SUE HECKER
CASSANDRA GIA

A Fênix de Fabergé

HARLEQUIN

Diretor editorial	*Omar de Souza*
Gerente editorial	*Renata Sturm*
Copidesque	*Luana Balthazar*
Revisão	*Luisa Tieppo e Expressão Editorial*
Revisão do russo	*Elena Jaeger*
Projeto gráfico de capa	*Denis Lenzi*
Projeto gráfico de miolo e diagramação	*Sonia Peticov*

CIP—BRASIL. CATALOGAÇÃO NA FONTE
SINDICATO NACIONAL DOS EDITORES DE LIVROS, RJ

G35f
Gia, Cassandra
   A fênix de Fabergé / Cassandra Gia, Sue Hecker. — 1. ed. — Rio de Janeiro: Harper Collins, 2018.
   320 p.

   ISBN 978-85-9508-3530

   1. Romance brasileiro. I. Hecker, Sue. II. Título.

18-50268

CDD: 869.3
CDU: 82-31(81)

Harlequin é um selo da Casa dos Livros Editora LTDA.
Todos os direitos reservados à Casa dos Livros Editora LTDA.
Rua da Quitanda, 86, sala 218 — Centro
Rio de Janeiro, RJ — CEP 20091-005
Tel.: (21) 3175-1030
www.harpercollins.com.br

Apresentação

Escrever é uma tarefa um tanto apavorante para algumas pessoas. Basta lembrar as temíveis redações exigidas das crianças na volta das férias escolares e concordarão com isso. Ter ideias é privilégio de todos os seres humanos; sistematizá-las e materializá-las, nem sempre. Partilhar oral e informalmente ideias ainda não estruturadas não é uma tarefa complexa, mas reuni-las numa história coerente, bem construída e interessante, sim.

A parceria entre nós duas, como autoras, ambas muito criativas e com personalidades fortes e aguerridas, não foi fácil, mas o resultado deixou-nos profundamente felizes e quase que totalmente satisfeitas — porque perfeccionistas nunca o ficam, por mais que tentem —, com este romance que não é exclusivamente erótico, mas recheado de cenas da vida real e de aspectos culturais de uma sociedade cuja história nos encanta.

A Fênix de Fabergé é uma história de amor, com cenas sensuais, planos de vingança, esperanças, personagens encantadores, magia, bom humor e cultura, entre outros elementos. A pesquisa para a ambientação da trama revelou-nos o modo de vida dos artistas itinerantes, com suas dificuldades e prazeres, trazendo à luz a importância desses maravilhosos mágicos da alegria, nem sempre valorizados como merecem, o que os faz sofrer toda a sorte de preconceitos e zombarias. Ficamos encantadas com suas atividades variadas, como atirar facas, andar de moto no globo da morte e equilibrar-se em tecidos nas alturas e em balanços: shows de acrobacia, contorcionismo e humor.

Estudar, pesquisar e abordar, no romance, aspectos da fantástica cultura russa foi igualmente gratificante, com várias de suas maravilhas, como os encantadores ovos Fabergé e as delicadas *matryoshkas*, além de seus hábitos alimentares e seu rico vocabulário.

Que esta história possa mostrar que, debaixo da perfeição da beleza sedutora e mágica do mundo do circo, assim como em todos os outros espaços da sociedade humana, existem histórias e pessoas reais, que sofrem, batalham e amam.

Obrigada antecipadamente a todos os que decidiram dar uma oportunidade à nossa obra!

Sue Hecker e
Cassandra Gia

Prólogo

Aleksei

— Fogoooooooo!!!! Foooogoooo!!!

Ouço gritos e mais gritos, gente correndo, labaredas enormes, barulhos de diversas espécies de animais e só consigo enxergar uma fumaça preta e espessa, que impede a visão.

Sinto um desespero enorme, uma coisa horrível que me queima por dentro e por fora, uma impotência enorme diante de um desastre inevitável.

— Fogooooo!!! Fooogooooo!!!

Escuto cada vez mais alto e mais próximo, como se, além de vir de todos os lugares, viesse também de dentro de mim.

Fica mais quente, mais quente. Mal consigo respirar, meu rosto lateja e sinto que estou perdendo completamente a consciência, quando de repente, ao tentar engolfar um pouco de ar, a fumaça me sufoca de vez e eu...

— Acorda, Aleksei! Acorda!!!

Abro os olhos atormentados e vejo diante de mim Ivana, a mulher que é uma espécie de faz-tudo em meu lar. Apenas olhar para ela é suficiente para ver que tive mais uma vez o que chamo de "o maldito pesadelo reminiscente", uma mistura de pesadelo com lembranças!

Lembranças terríveis e angustiantes, de acontecimentos que alteraram completamente o curso de minha vida.

Ivana apenas balança a cabeça, entrega-me um copo d'água com uma aspirina e se afasta, sabendo que ainda vou levar um tempo até me livrar de toda a angústia que sinto quando tenho esse pesadelo. Ela sabe, tão bem quanto eu, como é terrível o que aconteceu e como tudo se passou. Compreende que, por alguns minutos, vou relembrar e sofrer, como se estivesse sendo marcado a ferro e fogo, toda a agonia daqueles momentos, que pareceram horas no inferno, num flashback mórbido e doloroso.

Capítulo 1

O maldito pesadelo reminiscente

Aleksei

— Respeitável público, o Circo Gorkov apresenta o momento mais esperado do espetáculo. Ele... o destemido... o corajoso... o invencível domador de leões... Adrik Vladmirovich Gorkov!!!!

O apresentador anuncia para a grande plateia a próxima atração. Sorrio ironicamente por Dória ser ingênuo a ponto de achar que puxar o saco do insensível Adrik lhe garantirá alguma posição melhor dentro do circo.

Bedniaga[1]!!!! Não percebe que nunca deixará de ser apresentador aqui por causa da arrogância de Adrik, que não divide com ninguém a mínima possibilidade de poder, tampouco sua ambição o deixa considerar dividir os lucros. Até eu, um rapaz de apenas dezoito anos, posso ver isso.

Canhões liberam fumaças coloridas em direção ao centro da arena, que dançam entre as luzes com o intuito de ocultar da plateia as jaulas dos leões que adentram o picadeiro.

---

[1] Бедняга, "pobre coitado", em russo.

Tendo terminado o show com meus colegas, tiro meus acessórios de trapezista, prestando atenção no orgulhoso Adrik, o domador e também dono do circo, que estufa o peito e acha que sua performance será a melhor atração da noite. Mas, se as pessoas pudessem ver como ele maltrata os animais do circo, decerto o abandonariam sozinho com seu show.

Um cheiro forte de plástico queimado faz arder meu nariz e lacrimejar meus olhos. Não me conformo que, com o grande lucro que o circo tem, o *jmot*[2] não seja capaz de trocar os equipamentos de segurança ou até de modernizar o processo de liberação dessa fumaça, que deve ser para lá de tóxica, de tão velhas que são as máquinas. Este circo está há muito tempo com lonas desgastadas, material vencido, estacas e mastros podres, entre outras coisas problemáticas. Sem falar dos artistas explorados, que nada podem fazer porque são ilegais no país ou parentes de imigrantes ilegais.

Assim como eu, a maioria é russa. Minha equipe de trapezistas não rende as melhores performances de que é capaz por falta de motivação e pela constante humilhação a que somos submetidos todos os dias pelo dono do circo. Os palhaços, meus grandes exemplos de artistas, conseguem tirar sorrisos lindos da plateia enquanto, por dentro, choram pelas agruras e injustiças que somos obrigados a suportar diariamente.

Adrik é tão desumano que cheguei a pensar em várias maneiras de fazer com que sofra no bolso por sua crueldade — porque ter prejuízo ou não poder ganhar mais e mais dinheiro são as únicas coisas que o fazem sofrer —, já que conseguir um tratamento justo e digno para todos é quase que impossível.

Desde que cheguei aqui, com dezesseis anos, substituo todos os que ficam impossibilitados de se apresentar, tentando impedir que sejam punidos com as impetuosas retaliações de Adrik. Dou tudo de mim para ver o público aplaudir e sair satisfeito, ao mesmo tempo que quero aprender o máximo que puder para que, um dia, possa deixar este cárcere privado e, quiçá, levar alguns pobres coitados comigo.

É por isso que, nestes dois anos, desde a minha chegada, exercito-me no trapézio por horas a fio, treino com muita concentração com Boris, o atirador de facas, faço exercícios com os contorcionistas e equilibristas, assim como aprendo também algumas atividades

---

[2] Жмот, "miserável", em russo.

que me dão prazer, como os truques e brincadeiras dos palhaços e as peripécias audaciosas dos motoqueiros no globo da morte. Acabo sendo o que aqui, no Brasil, chamam de "pau para toda a obra".

Faíscas saindo de um emaranhado de fios chamam minha atenção, dando início a um curto-circuito na precária fiação do circo. O fogo começa a correr como num pavio em direção ao barril de pólvora, iniciando-se um incêndio que se alastra tão rapidamente quanto o breve intervalo que levo para inspirar e expirar o ar de meus pulmões. Atinge a lona desgastada e ressecada, que começa a queimar.

— Fogo! — grito horrorizado para que os artistas do circo ouçam, mas o barulho dos aplausos, assobios e os gritos do público não permitem que eles me escutem. Corro em direção a uma das maiores labaredas que posso ver, já com um extintor na mão que pego no caminho e, claro, a porcaria não funciona! Com certeza está vencido!

O desespero toma conta de mim. Mil pensamentos vêm à minha mente. Penso em correr até o locutor para que ele avise todos a respeito do incêndio iminente, porém minha atenção é desviada para as madeiras da estrutura, que começam a estalar. Olho para o centro da arena e vejo que os leões ainda estão fora da jaula. É impossível fazer qualquer coisa que não cause na plateia desespero, tumulto e alvoroço.

Minha cabeça gira de um lado para o outro, tentando encontrar uma solução para alertar o máximo de pessoas sem causar pânico. Quero fazer o possível para evitar uma grande catástrofe. Os camarotes e arquibancadas estão cheios. É uma imensidão de pessoas! Justamente hoje o circo está com a lotação máxima.

Desesperado, olho em volta à procura de algo que possa abafar o fogo. Meus olhos já ardem bastante por causa da fumaça tóxica liberada. Minha busca é em vão e o fogo continua a se alastrar. Então, corro e vou avisando todos os que encontro pelo caminho para que busquem alternativas em que não pensei ou simplesmente para saírem dali. Não há hidrante nem extintores funcionando! A mangueira que serve para dar banho nos animais é curta e não chega à tenda do circo.

— Fogoooooooo!!!! Fooooogoooo!!!

Ouço outros gritos juntando-se aos meus e vejo muita gente correndo por causa das labaredas enormes que aumentam, sem cessar, num ritmo vertiginoso! Barulhos de diversas espécies de animais soam através do caos e só consigo enxergar fumaça preta e espessa à minha frente, bloqueando-me a visão para qualquer coisa.

Minha preocupação é tirar o maior número de pessoas e animais dali, porque conheço a precariedade da estrutura do circo. Os pilares centrais, que mantêm a lona tencionada, estão velhos e desgastados pelo tempo, assim como as colunas que sustentam a circunferência externa, apoiada em quatro pilares remendados. Quando o fogo os atingir, o que fatalmente vai acontecer logo, não vão aguentar o peso da lona e tudo virá ao chão.

Grito incessantemente para que os funcionários me ajudem a salvar as pessoas e os animais, enquanto vou retirando quem posso. Os leões rugem, já presos na jaula, em meio a todo o caos. Felizmente para as pessoas, porque não serão atacadas, porém, infelizmente para os leões, que estão numa situação que os impede de se salvar.

As crianças choram, perdidas no meio da multidão, enquanto todos correm pelas saídas do circo. Sinto a *lycra* queimar meu corpo, meus pulmões parecem contrair, pedindo ar. Não há mais bastidores, tudo é tomado pelo fogo. Um pontinho azul chama minha atenção no centro do picadeiro, junto ao engate dos leões, e corro para ajudar, vendo que a estrutura que sustenta o centro vai desabar.

— O que você está fazendo?

— Não posso deixá-los aqui para morrerem!

— Vá se juntar aos outros que eu cuido disso!

— Só saio daqui com eles.

Kakoy koshmar[3]! Amaldiçoo internamente Kenya, a filha do Adrik, por ser tão teimosa. Aquela figurinha, aos dez anos, é tão franzina que aparenta ter muito menos. Naquela loucura toda, estranhamente rio por dentro de sua ingenuidade.

— Onde está seu pai?

— Ele deve estar tentando salvar os outros animais.

— E largou os leões aqui?

A jaula é pesada e os animais agitados deixam as coisas muito piores. As rodas giram e um grito de dor me faz parar. Vejo Kenya presa ao eixo da jaula. Sem tempo para pensar numa alternativa melhor, instintivamente rasgo a parte do seu vestido que ficou enganchada, na tentativa de soltá-la. Um grande estalo me dá a certeza de que temos pouco tempo. Desesperado, apresso-me para arrancá-la dali e, depois, tirar a jaula da mira do mastro que, em seguida, cai em direção ao solo.

---

[3] Что ебать, "que porra", em russo.

Já do lado de fora com a menina, vejo Adrik colocar uma bolsa grande em seu trailer e a filha corre para seus braços, em choque. Ele mal olha para mim, tampouco para ela, que tosse, sem conseguir respirar. Limita-se a colocá-la, afobado, dentro do trailer.

Logo à frente, percebo que a cabine da bilheteria parece estar sendo quase atingida pelo fogo.

— *Papa*[4]! — chamo por meu pai. — Adrik, você viu meu pai?

— Deve estar com os outros.

— Impossível! — Seguro seu braço. — Pelo que vi, você veio da bilheteria. Ele só pode sair de lá quando você abre a porta. Me dê as chaves!

Sempre fui contra meu pai trabalhar em uma bilheteria trancada, que só pode ser aberta quando Adrik, ao fim do espetáculo, vai até lá para ele prestar contas. Meu pai aceitou essa condição desde que descobriu sofrer de problemas pulmonares por causa de uma tuberculose mal curada. Achou melhor ter esse emprego do que nenhum e, por isso, submeteu-se às regras de Adrik. Além do mais, como sempre dizia, nossa intenção era juntar dinheiro para reunirmos nossa família novamente, não importando o que fizéssemos no circo.

— Quando cheguei lá, já haviam arrombado a porta para ele sair.

Ele puxa o braço com força e entra no carro.

— Aonde você vai?

— Levar o trailer para um lugar mais seguro.

— Como pode pensar em arrumar um lugar seguro para você quando estão todos correndo risco de vida?

— Cuide da sua vida, russo comunista imprestável!

Odeio quando ele se refere a todos nós do circo com adjetivos desprezíveis, apenas por virmos de um país que não é o seu, mesmo que todos tenhamos vivido sob uma mesma república por mais de cinquenta anos.

Ele sai cantando pneus e, na janela do trailer, vejo Kenya em prantos, olhando assustada e tentando desesperadamente sair de lá. Só a ouço gritando "Iva, Iva"...

Chegando perto da bilheteria, ouço uma tosse horrível e muito preocupante.

— *Papa*! — Tento abrir a porta, mas está trancada. — *Papa!* — Ele apenas tosse. — Vou te tirar daí.

---

[4]Папа, "papai", em russo.

11

Com o ombro, empurro a porta uma, duas, três vezes, até que ela abre. Lá dentro, a fumaça mal me permite ver qualquer coisa, apenas percebo que está tudo revirado. Meu pai segura-se nos pés da mesa, tentando se levantar do chão. A porta do cofre está escancarada, as gavetas do caixa estão no chão.

— O que houve aqui, *Papa*?

— Adrik... — ele mal consegue falar.

— O que ele fez?

— Levou tudo.

— *Sukin syn*[5]!!! Ele fugiu com o dinheiro? — Do canto esquerdo da testa do meu pai brota sangue, que escorre pelo seu rosto.

Os gritos da multidão ficam mais altos à medida que aumentam os estrondos de tudo desabando.

— Socorro!!!

Em meio ao caos e à cacofonia, sinto um desespero enorme, uma coisa horrível que me queima por dentro e por fora, uma impotência diante do desastre inexorável.

Mesmo fazendo um esforço sobre-humano, não consigo retirar meu pai, e a cena diante de nossos olhos é macabra. Ouvimos um barulho e percebemos um pilar de sustentação do circo em chamas arrebentando o teto da bilheteria, caindo quase que em cima de nós e espalhando fogo por todo o madeiramento.

Ainda tento carregar meu pai, sem muito sucesso, porque o fogo atinge a nós dois. Chego a ver gente queimando e correndo, tentando acabar com a cruel agonia. Animais desorientados e presos em jaulas, sem escapatória, crianças gritando por seus pais, amigos em choque pela absoluta impotência diante do caos generalizado. Consigo ouvir sirenes ao longe e tombo de vez, com meu pai em meus braços. Quero muito salvá-lo e ajudar todos, mas a inconsciência, insidiosa e inevitável, vai tomando conta de mim. Ironicamente, é justamente a lembrança do pontinho azul no meio do fogo, tentando, com bravura e sem temor, carregar a jaula para salvar os leões que me acompanha.

[5]"Filho da puta", em russo.

Capítulo 2

A surpresa da matryoshka

Kenya

— Senhoras e senhores manauaras, agradecemos a presença de todos e sentimo-nos honrados em lhes proporcionar o show *Matryoshka*!

O anúncio, junto com palmas e acordes da música, põe todos os artistas a postos. Durante os ensaios para esse espetáculo, levei meu corpo ao limite da exaustão. Foram meses me preparando para representar a magia da boneca russa, um dos brinquedos tradicionais da Rússia, numa espécie de resgate das minhas origens, expressando a vida por meio da arte.

Matryoshka é uma série de bonecas, colocadas umas dentro das outras, da maior até a menor, a única que não é oca. Os conjuntos de bonecas aninhadas geralmente incluem de três até vinte ninhos ou bonecas, embora existam conjuntos que contenham até mil e oitocentas delas. Optei, no meu show, por usar apenas cinco.

Quando as lindas e simples peças cilíndricas chegaram, dias antes do ensaio, todos os artistas participantes surpreenderam-se com o tamanho delas.

— O que você fará com essas bonecas, Kenya? — perguntavam alguns.

— Vou sair de dentro da menor delas, após a coreografia inicial de vocês.

Eles não acreditavam que eu poderia caber dentro da maior, que dirá da menor boneca!

— Mas isso é impossível! — um deles teve a coragem de dizer, cético.

— Depois de anos de treino como contorcionista, tenho certeza de que qualquer um de vocês se espantaria se eu contasse o que já fiz... — digo, enigmática, sem dar mais detalhes.

Lembro-me de, aos catorze anos, ter viajado horas dentro de uma mala em que mal caberia um bebê de um ano! Mas muitos passaram a acreditar que isso poderia ser verdade apenas quando Zlata, contorcionista conhecida como uma das mulheres mais flexíveis do planeta, começou a mostrar suas façanhas, até chamar a atenção do pessoal do *Discovery Channel*, que decidiu fazer um segmento sobre a moça, há alguns anos, num episódio de *Is It Possible?*.

Obviamente, essa loucura, como tantas outras em que me vi envolvida, não aconteceu porque eu a admirava e queria chegar ao seu nível de perfeição, mas por causa do meu pai que, falido, ao resolver que viríamos morar em Manaus, não tinha dinheiro para pagar a viagem completa. Depois de pegarmos carona de estado em estado para chegar aqui, não conseguimos nenhuma no último trecho da viagem, tendo que pegar um ônibus. Para que pudéssemos nos alimentar com o escasso dinheiro que sobrou, resolveu comprar só uma passagem e me enfiar numa mala para não pagar outro assento.

Bem, mas isso não é hora para ficar me lembrando das cruéis imposições de meu pai. Desde o incêndio em que perdeu tudo, quando eu tinha dez anos, ele ficou obcecado por me treinar para ser uma grande contorcionista.

Já é suficiente saber que passamos mais da metade da minha vida vivendo como itinerantes no velho trailer que restou de nossa antiga vida, sobrevivendo das minhas apresentações em praças públicas, sem eu nunca ter tido uma rotina minimamente normal. Até para continuar meus estudos tive que contar com minha própria iniciativa, usando cartilhas velhas que senhoras caridosas das cidades pelas quais passávamos me davam, após me ensinarem o que podiam no pouco tempo em que ali ficávamos.

Nunca entendi muito bem por que meu pai deixou tudo para trás e, já há dez anos, vivemos assim! Sendo ele um homem taciturno e de poucas palavras, na maioria sempre ríspidas, nunca tive coragem de lhe perguntar nada.

— Atenção, espetáculo começando em dez, nove, oito... — Ouço a contagem regressiva pelo meu ponto e me concentro no espetáculo prestes a começar.

Estou ansiosa porque resolvi inovar e introduzir acrobatas no show, para que a plateia não fique entediada com o que antecede meu número de contorcionismo. O show se iniciará com a maior das bonecas esculpidas em madeira, da qual serão retiradas, uma a uma, todas as outras, até a última; porém, em vez de ser uma maciça, eu estarei lá, sendo este o diferencial do show: deixar todos estupefatos e encantados por ver como eu coube em tão exíguo espaço.

— ... sete, seis, cinco, quatro, três, dois, um.

Ressoa a nota maior da famosa música russa *Katyusha*, escolhida por mim para a retirada das bonecas pelos malabaristas que, suspensos e espalhados pelo teto do palco do teatro, estão enrolados nos tecidos acrobáticos, dobrados num simulacro de casulos, formando uma meia-lua em volta da grande *matryoshka*.

Todos, de cima, podem enxergar claramente o público. O show começa. Simétrica e simultaneamente, os acrobatas iniciam suas performances e a plateia vibra. Escalam os tecidos, neles torcendo seus corpos, giram, fazem inversões e confiam na coreografia de seus voos, desenrolando-se rapidamente, como se em queda livre, até pararem, de ponta-cabeça, suspensos apenas pelas pernas, próximos à altura da primeira *matryoshka*, ao centro.

— Kenya, primeira boneca retirada!

Continuo sendo informada pelo ponto até que levantam a metade superior da última delas. Todos suspiram ao ver que, em vez de outra boneca, é um ser humano que está dentro, eu, toda enrolada em mim mesma, sem que se possa distinguir onde estão meus braços, pernas ou qualquer outro pedaço do meu corpo.

— Atenção, Kenya, agora é com você. Preste atenção e não erre! Não me decepcione.

Ouço a voz autoritária e rude de meu pai, o que é um incentivo poderoso para que eu faça o melhor.

Enquanto a plateia suspira e aplaude, sei que, assim como nas duas outras noites anteriores, o contratante do espetáculo está ali. Mesmo ainda dentro da *matryoshka*, entrevejo sua sombra altiva à meia-luz do camarote central, revelando sua postura ereta e o rosto fitando cada movimento do palco.

O contratante enigmático não poderia ter escolhido melhor lugar para o espetáculo do que o Teatro Amazonas. A ala dos camarins é o sonho de qualquer artista, acolhedor e elegante, com as paredes forradas de tecidos e vários objetos do final do século xix. O mesmo se pode dizer dos móveis, que são os mesmos desde a inauguração, todos reconstruídos e restaurados.

Apresentar-me aqui é um sonho realizado. Quanta vezes escapei de meu pai e vim até aqui, ouvindo entusiasmada o que o guia dizia!

"A arquitetura do Teatro Amazonas é tipicamente renascentista, com detalhes ecléticos. A sala de espetáculos tem capacidade para setecentas e uma pessoas, distribuídas entre plateia e três andares de camarotes, decorados com características barrocas. Os ornamentos sobre as colunas do piso térreo são máscaras em homenagem a famosos compositores e dramaturgos. No teto abobadado há quatro telas pintadas em Paris pela Casa Carpezot, a mais tradicional da época da construção do teatro, nas quais são retratadas alegorias relacionadas à música, dança, tragédia e uma homenagem ao grande compositor brasileiro Carlos Gomes. No centro, pende um lustre dourado com cristais venezianos."

De tão fascinada, consigo repetir palavra por palavra em minha cabeça.

Com esta, fecho a série de apresentações que foi contratada para públicos diferentes em cada uma das três noites. A primeira para pessoas de baixa renda; a segunda, para aquelas de classe média e, finalmente, a última, para a elite de Manaus. Meu pai, e empresário, inicialmente questionou essa exigência como condição para decidirem a respeito de minha contratação de forma permanente, entretanto, o preço que estavam dispostos a pagar desde que aceitássemos essa condição convenceu-o, mesmo que não dessem nenhuma outra informação adicional.

— Esse povo é muito esquisito para o meu gosto, mas pagarão bem, então, que seja feita a vontade deles. — Foi essa sua justificativa para mim.

Acho que isso, aliado à falta de educação do contratante ao sair do espetáculo sem cumprimentar o elenco, apesar de comparecer ao show todas as noites, é que está mexendo tanto comigo.

— Kenya, você está demorando muito, menina! — troveja meu pai pelo ponto.

Amaldiçoando quem lhe deu um aparelhinho desse, prossigo com minha performance e inicio minha sequência de números audaciosos. Modéstia à parte, não fico devendo nada a Zlata...

Enrolada no tecido que me sustenta e envolve meu corpo, mantendo-me suspensa no ar à altura do camarote do contratante, no primeiro andar, não consigo distinguir sua feição. Apenas posso perceber que veste paletó e gravata, mas a cor é impossível de definir.

Fico intrigada quanto às suas intenções. Meu pai passou as últimas quarenta e oito horas cuspindo fogo, querendo cancelar tudo. Só desistiu ao entrar em contato com a advogada do contratante e saber da grandiosidade do valor da multa rescisória.

Forço-me a desviar o olhar que, desobediente, retorna involuntariamente para o mesmo lugar em que sei que ele está na penumbra. Estaria seu olhar voltado para mim? Admirando-me? Desejando me conhecer? Encantado? Porque sinto tudo isso em relação a ele! Espanto-me com quanto a impossibilidade de vê-lo torna-me refém das sombras!

— Kenya! — berra meu pai tão alto que quase estoura meu tímpano.

Os acrobatas estão a postos, esperando para finalizar o espetáculo, após eu voltar a me espremer dentro da boneca menor, quando recolocarão as outras em suas metades.

Lentamente, desenlaço-me do tecido, dando atenção ao meu público, sem me apavorar ao ver centenas de olhares em minha direção.

Esses instantes de pausa decerto não foram perceptíveis ao público, porém, com certeza o foram ao meu pai. Ele é impiedoso com falhas! Já sei que, nos próximos ensaios, enfrentarei horas extras incessantes como retaliação.

Faço a dança coreográfica no ar até posicionar meu corpo eretamente sobre a base da minúscula *matryoshka*. Enquanto os outros artistas começam a girar formando uma roda de cores, os refletores focam em mim e na minha performance para retornar à boneca.

Meus olhos vagam em busca do meu espectador misterioso e noto que sua cabeça está voltada para mim. Um calor emana do meu corpo e encharca a *lycra* da fantasia que visto. Sinto uma barreira imaginária isolando-nos, como se todas as outras pessoas que me observam deixassem de existir.

Por um instante, esqueço as regras e que sou uma artista apresentando um show para centenas de pessoas. Executo movimentos audaciosos para ele, como se a envolvê-lo numa teia de sedução que pretende aproximá-lo de mim. Meus olhos não desviam da sombra do homem no camarote.

Viro a própria deusa da flexibilidade, levando a perna esquerda para trás da cabeça e, depois, também a direita, testando meus limites físicos. O vulto move-se. É incrível o que uma performance pode causar em quem a assiste e, neste caso, em quem a executa sabendo que é assistida. A dor em meu corpo, causada pelos movimentos audaciosos, é minimizada pelo formigamento no centro da minha intimidade.

Saindo totalmente do roteiro, relembro o que aprendi nas minhas andanças em workshops, cursos, treinamentos intensivos, encontros com outros artistas, modelos e circenses, na troca de experiência aqui e ali, e uso o conhecimento adquirido. A flexibilidade extrema faz com que os tendões sejam potencializados para não se partirem, então, executo posições bem sensuais e eróticas para mexer com a mente do homem. No meu caso em particular, tenho uma versatilidade rara. Então a exploro, fazendo movimentos que instiguem a imaginação de quem assiste.

Já aos quatro anos descobri que tinha talento para o contorcionismo, talvez inspirada pelas coisas que me contavam da minha mãe, que diziam ter sido a melhor contorcionista que tivemos no circo da nossa família. Eu passava horas imitando os movimentos das contorcionistas que via, já que, se alguma vez assisti, não me lembro de minha mãe fazendo isso. Quando era novinha, meu pai disse que ela e meu avô foram viajar para outro mundo e que eu não deveria mais falar sobre o assunto se não quisesse ser castigada.

Então, minhas habilidades brotaram muito cedo, só que meu pai nunca permitiu que eu me apresentasse no circo, mudando de ideia quando estávamos longe de lá, depois de meses passando por necessidades, já que ele não conseguia parar em nenhum emprego.

— O que está fazendo, Kenya Adrikovna Gorkova? — Ouço-o repreender-me ainda mais severamente do que das outras vezes.

Com prazer, constato que minha façanha incomoda também meu patrocinador, ao vê-lo levantar-se e, desta vez, não para partir, mas para balançar a cabeça, num gesto repressor, e mostrar sua desaprovação.

A plateia agita-se e, deixando minha assinatura no show para que todos constatem que sou dona dele, dou prosseguimento, satisfeita por atrair a atenção do homem obscuro que me observa. Executo um movimento de envergadura extrema até mesmo para uma contorcionista experiente, encaixando-me no interior da boneca, privando-o do show particular que estava fazendo. Os acrobatas descem até o chão e giram no palco, fazendo a plateia acompanhar seus movimentos de buscar a próxima boneca no canto do palco, enquanto rapidamente termino minha sequência de contorcionismo para caber no exíguo espaço.

O público murmura, encantado, quando um dos meus braços acena um adeus e desaparece no interior da boneca, sendo este meu último movimento. Minha cabeça saúda a plateia e os aplausos ovacionam-me.

As próximas *matryoshkas* são encaixadas. Na última, sou tomada pela angústia de saber que ele terá partido quando eu sair daqui, como fez nos outros dias de show. Faço um apelo silencioso para que meus olhos, desta vez, possam vê-lo quando for receber os cumprimentos do público após sair da boneca. Minha expectativa é atendida e meus anseios não são decepcionados. Quase se curvando sobre o parapeito do camarote, ele acompanha cada movimento meu. Tenho esperança de que fique ainda um tempo, para que eu possa ir até ele com a desculpa de agradecer-lhe e, assim, descobrir sua identidade.

De mãos dadas com os artistas, voltamos ao palco para agradecer a plateia que aplaude, em pé, nossa apresentação. Desde a primeira, faço questão de dividir com todos o sucesso, ao contrário de meu pai, que acha que o público está lá apenas por mim. Mal sabe ele que a magia circense só é completa com a presença de cada um dos participantes no momento certo do espetáculo.

Meus olhos radiantes de felicidade vagueiam pelo público, seguindo até o primeiro andar, em direção ao camarote central, para serem ofuscados pela decepção. O misterioso homem partiu. As cortinas são fechadas. Apressadamente agradeço aos artistas e dirijo-me para o camarim, com a intenção de evitar meu pai.

A poucos passos de entrar no camarim, alguém puxa rudemente meu braço. Não preciso olhar para a figura que o aperta para reconhecer o repressor.

— O que foi aquilo?

— Por favor, solte meu braço. O senhor está me machucando! — envergonhada, suplico baixinho, olhando para os outros artistas que passam ao nosso lado.

— Não vou soltar e você vai me ouvir. Se colocou tudo a perder com a demonstração barata de uma contorcionista vulgar, eu juro que... — Meu pai levanta a mão e eu o encaro.

— O que o senhor jura? Que vai me bater? — Minha voz está arquejante, apesar do desafio. Puxo meu braço. — O que pensa ser vulgar agradou a todos.

Sempre foi muito bravo, mas não violento a ponto de me bater na frente de outras pessoas. Esta é uma novidade para mim.

— Agradou? Não ouse me enfrentar, você me envergonha! Aquilo no palco foi repulsivo.

As pessoas vão passando e disfarçadamente massageio meu braço, que lateja. Forço um sorriso para não chorar de dor. Ele continua falando alto sem se importar com ninguém. Não ouso responder.

— Deveria ter te proibido de fazer tantos cursos idiotas e te amarrado aos pés da cama quando descobri que iria fazê-los. Talvez, assim, hoje não teria passado a maior humilhação da minha vida como treinador. Aquilo que fez foi baixaria! — Sua voz desdenha e volta a se tornar opressora. — O que quer que seu futuro contratante pense de mim?

Sua argumentação é equivocada e repugnante. Já não chega ter me proibido o acesso a uma educação formal, ainda acredita que os cursos que fiz foram algo baixo, voltado para o sexo?!

Ao contrário! Tinham o objetivo de potencializar minhas habilidades corporais, de maneira a ultrapassar limites que não ousaria antes deles, porque não tinha conhecimento de que meu corpo, diferente da maioria das pessoas, possui uma musculatura mais distendida e flexível, o que me permite realizar envergaduras bem mais extremas.

Quanto à questão sexual, na verdade, não aprendi em curso algum, foi mais uma das coisas na qual fui autodidata. Quando soube do *Kama Sutra*, pesquisei a respeito, constatando que minha flexibilidade, desenvolvida profissionalmente, poderia facilitar algumas posições sexuais ilustradas na obra, e não ao contrário!

Aprendi, sim, que existem significados próprios no ato de fazer amor, enfatizando a arte e os modos pelos quais as pessoas devem praticar o sexo quando querem envolver todos os cinco sentidos, além da mente e da alma. Foi muito bom para meu rendimento como contorcionista saber disso, mas apenas para me tornar desinibida e menos tímida, porque me ajudou a encarar cada apresentação com mais leveza, sem me constranger com os olhares focados em mim.

— Não acho que pensará mal do meu treinador, afinal, quem estava naquele palco era eu. Assumo toda a responsabilidade.

— Sério, menina? Só me diga qual foi sua intenção! Insinuar que está disposta a vender seu corpo junto com seu show? Porque se foi, atuou muito bem. Agora entre nesse camarim e arrume-se! Vou tentar procurar nosso patrocinador para avaliar o estrago que fez e tentar consertá-lo.

Meu pai vira as costas no mesmo instante em que lágrimas brotam dos meus olhos. Como pode falar comigo, sua própria filha, desse jeito? Antes de continuar, sem se virar, consegue magoar e ofender ainda mais.

— Ah! O bom é que, se perdermos o contrato, pode começar a pensar em mudar de profissão. Homens ansiosos para lhe pagar um bom cachê por uma apresentação erótica privada não faltarão depois de hoje. Bem que dizem que uma maçã podre nunca cai muito longe da árvore.

Suas palavras são como um soco no meu estômago. Insinuar que sou vulgar e posso ganhar dinheiro com shows de sexo é baixo demais até para ele. O que anda acontecendo com esse homem, que cada vez mais me acusa de coisas que nunca sequer pensei em fazer? Sem contar que algumas de suas palavras não parecem ser dirigidas propriamente a mim, mesmo que sirvam para me ofender! Quem é a árvore e quem é a maçã? E o que isso tem a ver com esta conversa?

Percebo nas palavras cruéis a sua intenção de me deixar insegura quanto à minha contratação.

— Que seja! Não faço questão alguma de firmar parceria com alguém que não teve a educação de vir nos cumprimentar! — Cuspo a indignação que estava entalada em minha garganta como uma bomba e percebo que ele estremece diante da possibilidade de eu não ser contratada.

Muito desgastada, entro no camarim fechando rapidamente a porta, sem olhar para trás, esbaforida pela minha audácia em provocá-lo. Solto o ar preso em meus pulmões, encostada à porta, quando me deparo com um arranjo de flores enorme sobre a penteadeira.

Lindas!

Emocionada, sinto medo de tocá-las e danificá-las, de tão trêmula que estou. Nunca ganhei nem mesmo uma folha, que dirá um arranjo tão lindo!

Trazendo-as para perto de mim, sinto o aroma e a fragrância.

São rosas!

Não paro de olhar e girar com elas em meus braços. Conto uma a uma até descobrir que há dezessete delas! O número não me diz nada, nem me importa diante da minha plena felicidade. O barulho de algo caindo no chão me faz parar de rodar e procurar o que foi. Vejo que é um envelope. Abaixo-me para pegá-lo e o abro, ansiosa. Dentro há um cartão com apenas uma frase, sem nenhum nome ou remetente.

Поздравляем вас с замечательным выступлением[6]!

Está em russo, e meu coração dispara ao supor que devam ter vindo do meu espectador misterioso, já que o nome de seu circo é de origem russa. Se pode ser enigmático, também posso mostrar-lhe que sou persistente. Vou desvendá-lo.

---

[6]Pronuncia-se Pózdrévzlyayem Vas si ziamechétil'nim vystupleniem e significa "Parabéns pela apresentação maravilhosa!".

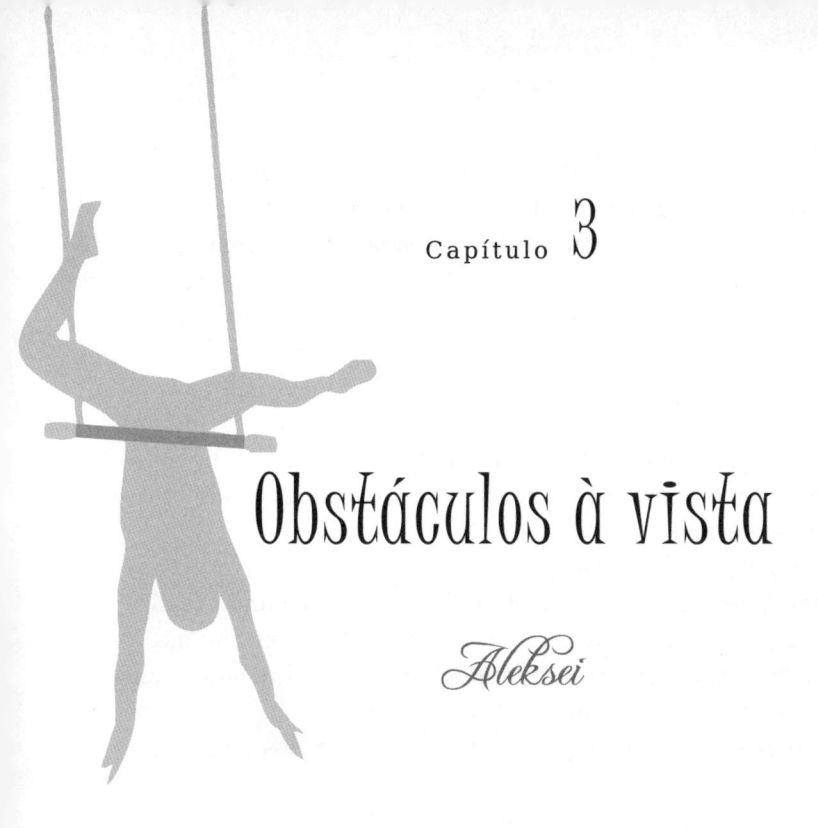

Capítulo 3

Obstáculos à vista

Aleksei

— Não acredito que não aceitaram os termos do contrato!

A ideia de não a ter no meu circo depois de assistir, pela terceira vez, ao melhor show de contorcionismo que já vi não me agrada. Minha motivação primária, sem dúvida, é satisfazer a minha sede de vingança contra Adrik Vladmirovich. Eu o quero na miséria e que pague pelo mal que fez.

Mesmo sabendo da grande possibilidade de ele não ser condenado legalmente pelo incêndio no circo e suas consequências por já ter passado tempo demais, a justiça será feita de outra forma. Ele pode ser condenado por outro crime, mas servirá para mim como justiça pelo que fez ao meu pai, que acabou falecendo quando a coluna de madeira em chamas caiu sobre a bilheteria onde estávamos.

Fecho os olhos e a imagem me vem à mente.

Foi angustiante ver *Papa* agonizar nos meus braços. Saí desse acontecimento marcado física e psicologicamente para o resto da vida, até hoje carregando cicatrizes na alma e no corpo.

Nunca me sai da lembrança meu pai revelando que foi golpeado na cabeça por Adrik Vladmirovich e que só pôde assisti-lo, impotente, pegar todo o dinheiro arrecadado naquela noite. Ele é o único culpado pela morte de meu pai, pelas queimaduras graves sofridas por várias pessoas e animais do circo, bem como pelo abandono e pela miséria a que condenou todos! Foi desesperador não conseguir tirar meu pai de dentro da bilheteria a tempo e vê-lo gemendo de dor. Naquele caos, era impossível alguém conseguir ouvir meus pedidos de socorro e nos ajudar. A mesquinharia de Adrik foi responsável pela morte de meu pai e por minha deformação permanente.

Quando tive condições de telefonar para a minha mãe para lhe contar tudo e dar a notícia da morte de seu amado marido, fui obrigado a ouvi-la falar alegremente de quanto estava perto de conseguir comprar uma casa no Canadá, para que pudéssemos juntar nossa família novamente.

Lembro-me como se fosse hoje.

— *Mama*[7], sei que está animada por estar conseguindo realizar nosso sonho, mas tenho algo para lhe dizer. Por favor, escute-me.

— *Moy mailenkiy syn*[8], só aceitei nos separarmos quando saímos da Rússia porque não podíamos correr o risco de escolhermos mal nosso novo país de moradia, para evitar ficarmos todos numa situação difícil ao mesmo tempo...

Antes que continuasse, cortei-a dizendo que sabia dessa preocupação deles e que, inclusive, levaram em conta minha segurança emocional.

— *Mama*, ouça, sou muito feliz por terem pensado primeiro em mim quando decidiram que eu e *Papa* viríamos para o Brasil, onde haveria uma rede familiar de russos para me dar suporte, enquanto aceitaria o convite do Cirque du Soleil e iria sozinha para o Canadá...

— *Dá, moy syn*[9] — igualmente ela me interrompeu, tornando ainda mais difícil contar que nunca poderíamos voltar a ficarmos todos juntos —, mas conforme combinamos, quem ficasse em melhor situação primeiro juntaria a família de novo! Sei que você e seu *Papa*, assim como eu, trabalharam muito e devem ter estabelecido muitos laços aí, mas não aguento mais ficar sem vocês e a situação aqui e as possibilidades de emprego para os dois são muito melhores do que aí...

Não aguentei mais. Continuar prolongava meu sofrimento, e eu precisava ser forte por nós dois. Ainda estava no hospital e sentindo muitas dores das graves queimaduras.

---

[7]Мама, "mamãe", em russo.
[8]Мой маленький сын, "meu filhinho", em russo.
[9]Да, мой сын, "Sim, meu filho", em russo.

— *Mama*, nós três não vamos poder nunca mais nos juntar... Por favor, deixe-me falar, escute o que tenho para lhe contar!

— Aleksei, não venha com histórias de que você e seu pai não querem vir, que não vou aceitar isso... — Parecia que ela sabia que algo não estava bem e ficava impedindo que eu dissesse algo, como se pudesse desfazer o que provavelmente sabia que não podia ser refeito. Estava ciente de que nunca fui dado a dramas, mesmo sendo um artista de circo e convivendo nesse meio a vida toda.

— Acabou, *Mama*! Nosso sonho foi brutalmente impedido! *Papa* não está mais entre nós...

Nem quero mais lembrar o sofrimento que foram aqueles minutos. Minha mãe ficou histérica, recusando-se a acreditar e a ouvir. Só depois de dois dias conseguiu deixar a ficha cair e telefonar novamente para mim, após já ter falado com Nikita, um grande amigo do meu pai, que a pôs a par de tudo o que havia acontecido, bem como do meu estado de saúde.

Mama tirou uma licença, veio me ver e render homenagens ao meu pai, deixando-me aos cuidados de Nikita. Enviou-lhe dinheiro para os gastos que viesse a ter comigo e com minhas cirurgias, até que pudesse me recuperar e voltar a viver com ela, o que só foi possível dois anos depois. Com a tragédia que ocorreu no circo, Nikita foi um dos poucos artistas a conseguir sobreviver sem o trabalho de palhaço, que exerceu por anos. Precavido, fez uma pequena poupança enquanto trabalhou lá.

Pouco mais de dois anos foi o tempo que pude viver com minha mãe, quase o mesmo tempo que levei para me recuperar e ir para o Canadá, para me juntar a ela. *Mama* morreu durante um treino na corda bamba, porque treinava sem a rede de proteção e caiu de mau jeito, quebrando o pescoço. Diferente de meu *Papa*, não sofreu, teve morte imediata.

Após a morte dele, ela foi se tornando cada vez mais obcecada por ganhar dinheiro para podermos nos vingar de Adrik, e ficou distraída e descuidada. Trabalhou tanto nesses anos que ganhou muito, assim como eu, que também trabalhei no Cirque du Soleil por três anos. Fiquei lá mais alguns meses após sua morte.

Não gastávamos quase nada, a não ser com o básico para sobrevivermos, movidos pelo desejo de não depender de mais ninguém e pela vingança contra Adrik. Investimos em ações de petrolíferas russas, que, com a queda do comunismo, tornaram-se um excelente investimento para quem tivesse dinheiro e nenhuma pressa de receber os dividendos. Nossa família que ainda estava na Rússia ajudou-nos nisso.

Cinco anos após o incêndio, inaugurei meu circo no Brasil, porém minha mãe não conseguiu ver. Sua morte, é claro, acirrou ainda mais minha raiva por Adrik. Na mesma época, investi parte de nossas economias no negócio de motos com meus primos gêmeos, Micha e Katyusha, recém-chegados ao Brasil. Ambos vieram com um capital significativo, que ganharam como engenheiros mecânicos na Rússia e com os investimentos em ações.

Mais do que o próprio circo, que se tornou relativamente bem lucrativo, o empreendimento com eles desenvolveu-se rápido e tornou-se muito rentável. Como nenhum de nós precisava ou contava com esse dinheiro, fomos reinvestindo no negócio, que está muito maior do que poderíamos imaginar.

Isso sem contar os dividendos das ações que continuo a possuir, podendo dizer que, financeiramente, tenho uma situação para lá de confortável, o que me possibilita atrair aquele crápula para a minha armadilha.

— Mas também não recusaram. — Yuri, meu assistente, tira-me das lembranças sombrias e continua explicando. Meus dedos correm sobre a meia máscara cirúrgica no meu rosto, que ainda dói em razão do último procedimento feito para reparar o tecido queimado que estava causando danos à minha visão e audição. — Só apresentaram as condições deles.

— Ora, quem eles pensam que são? — Bato com a mão na mesa, irado. Foram anos seguindo os rastros de Adrik Vladmirovich, planejando o momento certo para dar o golpe de misericórdia. Ele não pode se safar agora. Está falido e sendo sustentado pela filha! O que estou oferecendo para ela trabalhar no circo é muito mais do que ganha nas apresentações que faz nas casas de shows de quinta categoria e em festas e animações, ganhando uma mixaria para sustentar aquele vagabundo. Tanto talento desperdiçado para bancar o verme!

— Adrik Vladmirovich foi claro ao dizer que não moraria longe da filha. Não aceita ficar hospedado fora do circo.

— Estou contratando a filha, não ele.

— Mas ele é o empresário e o responsável pelo treinamento dela. Pode muito bem impor suas condições se ela estiver de acordo.

— No meu circo ele não mora.

— Então, nem ela! — Yuri é enfático. Sinto uma fisgada no peito. Aquela *vedhma*[10] fez de mim um *marionetka*[11] ao me tornar cativo dela com suas apresentações. É a única explicação que tenho para o fato de sentir fisgadas pelo meu corpo quando é citada, como se fosse seu maldito boneco vodu!

Se me vem à mente sua imagem contorcendo-se, sinto fisgadas nas minhas partes íntimas. Se penso no seu rosto angelical, as fisgadas são no meu peito. Para piorar, ao levar em conta que pode ser como seu pai, então é minha cabeça o alvo das fisgadas com uma dor que ataca minha consciência por desejá-la.

— Isso é o que veremos!

Pelo menos meu assistente sabe quando deve calar-se. Conhece--me suficientemente bem para entender que a palavra "não" deixou de existir no meu vocabulário há muito tempo. Não cheguei aonde estou desistindo fácil. Contudo, também não vou ceder a qualquer condição de Adrik Vladmirovich, não depois de tudo o que me fez perder.

Meu celular toca e, na tela, aparece o nome de Raissa, minha advogada. Enviei-a a Manaus com Yuri, para que ambos cuidassem dos termos da contratação. Se está ligando agora, deve deduzir que Yuri já me deu a notícia.

— Aleksei — atendo, decidido a mandá-la seguir com o plano.

— Pelo humor, devo presumir que já sabe a resposta.

— Siga em frente com o que orientei.

— Não vai me perguntar como fui de viagem? — Manhosa, faz dengo.

Raissa é uma excelente advogada e cometi o maior erro quando misturei trabalho com prazer. Permito que ainda trabalhe comigo porque, além de ser extremamente competente no que faz, é filha de Nikita. Sinto uma gratidão imensa pelo fato de ele ter me dado abrigo durante minha recuperação, em que mal podia me mexer por causa da quantidade de queimaduras no corpo e no rosto. Só que o mais importante foi ter me ensinado que, em qualquer circunstância, conseguir dar um sorriso é uma vitória, principalmente diante de uma situação difícil, e um objetivo a ser perseguido sempre.

[10]Ведьма, "feiticeira", em russo.
[11]Кукольный, "fantoche", em russo.

É óbvio que demorei para entender o que ele queria dizer. Só compreendi realmente quando comecei a ir com ele, em princípio disfarçado de palhaço, para cobrir minhas deformações, às suas apresentações voluntárias em orfanatos e asilos. Mesmo diante das condições precárias e de abandono por parte dos familiares, os órfãos e idosos que nos viam conseguiam distribuir lindos e felizes sorrisos, espalhando aquela energia gostosa e positiva por todo o lugar. Pareciam tão felizes com as palhaçadas que esqueciam seus problemas por um tempo. Claro que, posteriormente, minhas deformações deixaram de ser o motivo para me vestir de palhaço.

— Você tem certeza de que é a melhor solução? Pelo que pude perceber da moça, parece não ter perfil para compor nosso quadro de funcionários e aceitar as condições de trabalho que estabelece para o corpo funcional. Aliás, para ser bem sincera, achei a talzinha muito petulante ao dizer que só assinaria o contrato se primeiro conhecesse o contratante.

E não é que, como quando saiu da *matryoshka*, essa menina me surpreendeu! Estranhamente, não gostei da maneira como Raissa se referiu a ela.

Qual seria o motivo escuso na exigência de me conhecer? Será que queria usar aquele corpo maleável, leve e fluídico para conseguir mais dinheiro? Se assim fosse, tenho que admitir que vale por seu enorme talento.

Apesar de meu propósito ser o de fazer seu pai ser desmascarado e pagar pelo mal que fez a tanta gente, antes de fechar qualquer contrato, decidi averiguar se ela está no nível do meu circo. Prezo a qualidade sempre e, além disso, estamos nos preparando para a primeira turnê internacional, para a qual fomos convidados pelo Circo Moscovita, o estabelecimento do ramo mais famoso na Rússia, e não posso contratar profissionais menos que quase perfeitos.

Foi por isso que planejei esse espetáculo, para conferir sua competência como contorcionista e organizadora de um show sob sua inteira e única responsabilidade. A estratégia consistiu em investir de acordo com o orçamento que nos propusesse, porém, com a condição de que fossem feitas apresentações para três públicos distintos, a fim de que eu pudesse avaliar a receptividade de cada um deles.

Obviamente mandei minha equipe enviar convites também para membros, proeminentes ou não, da comunidade russa, para sentir igualmente como meus conterrâneos reagiriam, numa espécie de prévia para a Rússia. Não colocaria a reputação de meu circo em risco, contratando uma contorcionista medíocre e incompetente apenas por causa de uma vingança contra seu pai, mesmo que fosse uma ideia muito tentadora.

Confesso que foi uma aposta arriscada e que me custou um bom dinheiro. Entretanto, ao acompanhar grande parte dos preparativos e ensaios, de maneira oculta, bem como as apresentações das três noites, percebi que ela é perfeita para ser a contorcionista principal do circo, com a responsabilidade de todo o planejamento e organização, bem como para ser inserida em alguns outros números como parceira ou coadjuvante. Foi fascinante ver como conseguiu manter-se dentro do orçamento e, ainda assim, apresentar um espetáculo de alta qualidade, rico em elementos da cultura russa, que me despertaram lembranças do meu passado.

No programa, entre outras coisas, havia um breve resumo da lenda russa das bonecas *matryoshkas*, ilustrando uma versão apenas da boneca maior, tendo como fundo uma linda foto da aurora boreal, com todos os membros do elenco. Ela conseguiu unir duas coisas caras aos russos num mesmo espetáculo, sem que parecesse incoerente ou fora de contexto.

Tal qual o programa prometia, a magia das *matryoshkas* foi excepcionalmente enriquecida pela performance de Kenya, e a aurora boreal, pelo voo dos acrobatas, envoltos em tecidos coloridos e fluorescentes, em tons de verde e lilás.

O show foi tão magnífico que conseguiu me impactar quase da mesma forma que aconteceu quando vi a verdadeira aurora boreal na minha infância, na Rússia, com meus pais, que quiseram tentar ver o fenômeno antes de saírem do país, já que não sabiam quando e se voltariam algum dia.

Fui tomado por um turbilhão de emoções contraditórias: alegria, saudade, deslumbramento, nostalgia, mas também ódio puro e intenso pelos acontecimentos que me fizeram chegar até este ponto.

Todos esses sentimentos foram de longe suplantados pelo encantamento a que me vi preso pela performance da magnífica contorcionista, que, depois de sair da última *matryoshka*, brindou-nos com peripécias tão precisas entre as luzes e cores que realmente me fez assistir à mais perfeita reprodução da aurora boreal, com suas partículas misteriosas e etéreas a produzir o estranho brilho que ilumina o céu. Tudo foi tão lindo que, se ela quer me conhecer, então assim será.

— Aleksei, você ainda está na linha?

A voz de Raissa tira-me de minhas divagações.

— Não, não acho que essa seja a melhor abordagem, na verdade. Já achei uma solução melhor.

— Sabia que você cairia em si! Despejá-los da casa humilde em que moram poderia fazer com que, em vez de encontrarem outro lugar aqui em Manaus, resolvessem tentar a vida em outro lugar, como já fizeram antes. Voltaríamos ao ponto de partida, tentando descobrir para onde foram, o que não é uma opção para nós.

— Raissa, redija dois contratos, um para a contratação dela e outro para a do pai.

— Ele não aceitará isso, Aleksei!

— Alguns cifrões a mais o farão aceitar.

— E quanto a ela?

— Eu mesmo cuidarei disso.

— Você não precisa. Eu e Yuri estamos aqui para isso.

— Não! Atender ao pedido dela pode ser uma maneira para convencê-la de nossa boa vontade e transparência e servirá para que eu deixe bem claro que, como contratante, quem dita as regras sou eu.

Ao som de seus protestos, encerro a ligação, dando ordens expressas para que ela prepare os novos contratos. Yuri, em silêncio até então, pergunta:

— Resolveu revelar sua identidade?

— De forma alguma! — enigmático, não conto meus planos para Yuri. Digo apenas o que me convém. — Saberão quem sou na hora certa. Por agora, basta que saibam que o Gran Circo *Voskresenie*[12] está empenhado em contratar uma excelente contorcionista.

— Você acha que não o reconhecerão?

— Acho pouco provável, tendo em vista o estrago causado na minha aparência!

Como é que saberiam se o único a não poder esquecer era eu, que, a cada vez que me via na frente do espelho, com o rosto deformado, parecendo um monstro, me lembrava de cada segundo do terror que passei, enquanto eles fugiam largando tudo para trás!

— Além do mais, meu nome é Aleksei Ivanovich Markov, bem diferente daquela época em que "abrasileiraram" meu nome para Alex, mais fácil de ser pronunciado no Brasil. A menina era muito nova e

---

[12]Воскресение, "renascer", em russo.

tenho certeza de que não se lembra de ninguém da época do circo. Já Adrik chamava *Papa* pelo patronímico dele, que era *Fiodorovich*[13]. Ele não se preocupava em ficar íntimo de ninguém, tudo o que importava era que estivéssemos trabalhando direito e lhe dando lucro. Dou um sorriso sarcástico ao lembrar da avareza daquele homem pútrido.

— Para ele, diferente do velho Máximo, éramos os malditos e usurpadores russos comunistas, só porque a família dele era chechena[14]! Você não deve se lembrar muito disso porque ainda estava nas fraldas, mas seus pais com certeza não esqueceram. Duvido que uma só pessoa que tenha passado pelos maus-tratos de Adrik Vladmirovich tenha esquecido.

— Aleksei, ainda acho que pode pôr tudo a perder caso o vejam antes da contratação.

Yuri não é apenas meu assistente. Esse rapaz é como um irmão para mim. Ambicioso, é um de meus parceiros no globo da morte. Não me arriscaria nem a entrar, muito menos a dar uma só volta dentro dele com alguém em quem não confiasse! Só faço esse show com meus parceiros regulares, sempre avaliados por mim quando começam a treinar, desde novos, e com meus loucos primos gêmeos. Confio neles de olhos fechados.

Ele também me conhece bem e toda a minha história, mas, neste caso, Yuri está completamente enganado. Jamais deixarei que qualquer obstáculo impeça minha vingança.

— Nada sairá diferente do planejado.

— Não sei se tenho tanta certeza assim. Você parece bem diferente depois que assistiu às apresentações de Kenya.

— Nem as sete maravilhas do mundo são capazes de suplantar a tristeza de um lugar devastado e cheio de gente mutilada e sofrendo, *moy daragoy*[15]! As cicatrizes na pele enrugada do meu corpo, cobertas por muitas tatuagens, são um perfeito exemplo. Cobrir algo feio com belas pinturas não elimina o sofrimento.

---

[13]Para os russos, a combinação nome mais patronímico deve ser usada sempre quando não conhecemos a pessoa. Jamais devemos nos dirigir a um desconhecido, formalmente, somente pelo nome.

[14]Referência à histórica discórdia entre Rússia e Chechênia, que dura até os dias atuais.

[15]Мой дорогой, "meu caro", em russo

Capítulo 4

Conhecendo o terreno

Aleksei

Nestes três meses de negociações com Adrik Vladmirovich, vim várias vezes a Manaus. Desde que descobri seu paradeiro, não sossego um só dia, quero saber tudo sobre sua vida desde que fugiu. Se tivesse feito o que fez na Rússia, passando para trás tantas pessoas, teria sido devidamente punido. A arte circense no meu país de origem é uma tradição: institutos específicos a ensinam e a preservam, com ética de trabalho e respeito.

Enquanto vínhamos para cá, perguntei ao meu pai o motivo para escolher o Brasil como nosso destino.

— Aleksei, os artistas da antiga União Soviética, da Rússia e das outras repúblicas soviéticas, como a Chechênia, migraram para vários países, mas sei que muitos de grande excelência montaram circos no Brasil. Descobri que o checheno Vladimir Ilich Gorkov, conhecido como Máximo Gorkov, domador famosíssimo, montou um circo lá, por isso minha escolha. Ele é bom não apenas na arte de domar feras, mas no tratamento cuidadoso e amigável que oferece aos russos.

Com tantos circos, foi justamente para esse que lamentavelmente viemos. Quando chegamos, acabamos tendo que trabalhar para Adrik Vladmirovich. Na Rússia, ainda não havia chegado a notícia de que seu pai tinha falecido num acidente, junto com a nora, e muito menos que o filho estava administrando tão mal o legado que o pai tinha construído ao longo dos anos. Diferentemente do pai, Adrik tratava muito mal os russos, mesmo tendo sido casado com uma russa.

O som de um carro passando sobre os cascalhos me tira de minhas reflexões e o acompanho pela janela da casa onde estou hospedado estes dias. Dele sai Kenya.

Um estranho e indesejado arrepio surge na base de minha espinha e sobe até o meu pescoço, levantando todos os pelos do meu corpo quando ela fica de frente para a janela e me proporciona uma visão total de seu perfeito corpo.

Kakaya krasivaya zhenshchina [16]! Exclamo em voz alta ao perceber quão bela é. Não consigo deixar de admirá-la enquanto caminha pelo jardim até a porta de entrada. A genética, no quesito beleza, favoreceu-a. Herdou as melhores características de sua mãe, que, embora eu não tenha conhecido pessoalmente, ilustrava um dos pôsteres dispostos por Adrik na entrada do circo, exaltando sua formosura, ao lado de outro pôster do grande domador Máximo Gorkov, numa homenagem aos famosos profissionais.

Aquele cisquinho de gente ganhou formas capazes de colocar um homem de joelhos! Ajeito-me na cadeira, de costas para a porta, para ficar mais confortável. Meus dedos tocam automaticamente as bandagens que recobrem um lado de meu rosto. O velho e ácido gosto de rancor volta a me queimar, como em todas as vezes em que me lembro de como me feri e dos que se machucaram como eu. O que dói mais não são nem as cicatrizes, mas não ter conseguido salvar meu pai.

Nunca fiquei preocupado com estética e fiz o tratamento apenas para não perder a visão e a audição do lado atingido. No entanto, surpreendo-me com o aperto em meu âmago, preocupado com o que ela acharia ao me ver. Fiz tatuagens para camuflar as cicatrizes, quando já estava no Canadá, mesmo minha mãe tendo sido categoricamente contra:

— Aleksei, *moy syn,* você sabe o que representam tatuagens em nosso país. Quando voltarmos para lá, pode ser estigmatizado por isso! Desenhos no corpo são feitos ilegalmente nas prisões e nos quartéis.

---

[16]Какая красивая женщина, "que mulher linda", em russo.

— *Mama*, era assim só por algum tempo depois da Revolução de 1917. Sabe que não é assim hoje em dia. Só está repetindo o que os outros dizem. Fazer tatuagens recomeçou primeiro nas prisões para distinguir quem fazia parte do mundo do crime, mas hoje não tem nada a ver! Depois da Segunda Guerra Mundial, foram os combatentes que voltaram com tatuagens que fizeram disso um hábito até para quem estava no exército. Então, nem vem com esse argumento!

— Não me lembro de ver tanta gente tatuada lá!

— É porque os estúdios de tatuagem legais começaram a aparecer somente na década de 1990, *Mama*, quando a tatuagem virou moda na Rússia. Antes, só eram feitas ilegalmente nas prisões e nos quartéis mesmo, só que é moda agora, e totalmente legal. Não percebeu porque saímos de lá antes que isso fosse disseminado.

Teimosa, ela não queria que eu seguisse os conselhos dos maquiadores do circo, que me encorajavam a fazer as tatuagens para poder participar de números em que precisava exibir meu corpo, o que me pouparia de gastar tanto tempo sendo maquiado.

E foi assim que comecei a tatuar o corpo, tentando escolher desenhos ou frases que, na medida do possível, cobrissem os locais em que havia cicatrizes, evitando marcar a pele sadia.

Entretanto, a do rosto teve um propósito mais profundo. Por determinação da gerência do circo, tive que me submeter a um acompanhamento psicológico. A política da empresa, além de envolver a garantia com a segurança dos funcionários, também abrangia a preocupação com o bem-estar. Considerando-se o tipo de situação que passei, principalmente por ter sido dentro de um circo, temiam que tivesse criado alguns gatilhos psicológicos, que pudessem ser acionados quando eu estivesse executando algum número que envolvesse perigo.

Nas várias sessões de terapia a que compareci, o profissional falou de muitas coisas, mas uma sempre era recorrente e não saía de minha cabeça nos exercícios de reflexão a que me submetia: a paz. Entre todas as coisas que li, aprendi e refleti, cheguei à conclusão de que, de acordo com a definição da palavra, a paz, no plano pessoal, designa um estado de espírito isento de ira, de desconfiança e de todos os sentimentos negativos de um modo geral. Esse era exatamente o nível que eu queria atingir, um estado de espírito em que me tornasse equilibrado e sereno, a ponto de encontrar a minha total paz interior.

Foi justamente para reforçar esse objetivo sempre que olhasse para mim mesmo, real e metaforicamente, que tatuei a palavra *Mir*[17] na cicatriz da minha face esquerda.

Apesar de ainda estar com a bandagem do mais recente procedimento, estou inseguro quanto a ter feito uma boa escolha em atender ao pedido de Kenya para me encontrar pessoalmente. E se ela ficasse assustada com a minha aparência?

Será que tomei a decisão certa? O que estava pensando quando aceitei? Será que quando eu tirar minha bandagem, ao ver minha deformação, ela não vai desistir, achando que foi contratada por um monstro? Reagirá com horror ao me ver? *Kakoy koshmar*! Que fosse para o inferno o que ela sentiria ao me ver! Se alguém deve ficar constrangido com algo, esse alguém é seu pai!

Pelo celular, envio uma mensagem ao Yuri perguntando se a velha raposa aceitou a nova proposta. Ele responde com *emoticons*, um sorrindo e outros de notas de dinheiro, numa clara alusão ao fato de que alguns dígitos a mais foram suficientes para fazer o avarento Adrik abrir mão de ficar algumas horas ao lado de sua filha. Satisfeito, ouço uma voz doce após alguém bater na porta.

— Com licença! Posso entrar? A senhora que me atendeu disse para vir até aqui, que o senhor já estava me esperando.

Pelo vidro da antiga estante, vejo sua silhueta parada à porta, como se pressentisse o encontro com o monstro que a atenderia.

— Por que não entra em vez de ficar parada aí? Entre!

— Estava esperando sua autorização.

Cerro o maxilar diante da tentação de me deixar enganar pela suavidade e delicadeza de sua voz. Sei muito bem filha de quem é e, portanto, com quem aprendeu a usar esse jeito manso de falar com as pessoas quando quer levar vantagem em algo. Vamos ver aonde chega sua encenação de moça tímida quando olhar para mim. Que rufem os tambores... O show de horrores vai começar.

Viro a cadeira, fingindo indiferença à sua reação a mim e perco, por instantes, o ar. Não por suas vestimentas simples. Seu vestido floral fica apenas a um palmo acima do joelho, frustrando totalmente minha vontade de ver mais de suas pernas intermináveis. Aliás, deveria ser proibido uma mulher como essa usar uma roupa que limita sua beleza. O que realmente me rouba o fôlego são seus cabelos, que

[17]Мир, "paz", em russo.

parecem línguas de fogo, caindo como lavas que incendeiam o corpo de qualquer homem que se preze.

É impactante o contraste que faz com seus olhos azuis, que parecem o céu, e com sua boca, cuja cor vermelha lembra moranguinhos[18], fazendo-me imaginar seus lábios nos meus. Ela pode levar um homem do céu ao inferno em segundos. Sua pele branca parece translúcida à luz do dia. Em suas apresentações, usava uma maquiagem pesada e suas curvas delgadas, apesar de delineadas pela roupa colada que vestia, não me causaram tanto furor como vê-la agora, à minha frente, parada como que petrificada.

Em vez da expressão horrorizada que julguei ver em seu rosto ao se deparar comigo, estampa um sorriso agradável e confiante, diria até mesmo tímido. Ato contínuo, pensar em minha feiura traz minha razão e sensatez de volta, fazendo-me consciente dos motivos pelos quais ela está aqui.

— Se quem a atendeu transmitiu-lhe minha ordem para entrar, deveria tê-lo feito, Kenya. — Sinalizo com a mão, indicando-lhe para se sentar, encarando-a de modo que eu consiga vislumbrar todas as nuances de sua expressão diante do que falo.

Percebo que não fica irritada ou ofendida, o que eu esperaria da filha de Adrik, mas parece abalada e insegura. Kenya dirige-se à cadeira e delicadamente me estende sua mão antes de se sentar. Fico tenso com o gesto e, honestamente, receoso, porque se apenas a visão dela me faz ter desvarios eróticos, o que aconteceria caso a tocasse? Resolvo entrar no jogo para ver o que pretende e levo minha mão à sua. O aperto que nos damos me dá a certeza de sua insegurança e o tremor que sinto me prova que vai ser difícil ficar imune a ela.

Não importa! Não me deixarei levar pelos anseios do meu corpo, que parece rugir como um macho diante da fêmea no cio. Querendo assegurar a mim mesmo que sou capaz disso, não solto sua mão, mesmo porque quem tomou a iniciativa do cumprimento foi ela, não eu.

Surpreso, noto um leve rubor em seu rosto e sinto certa satisfação ao perceber que Kenya tem uma reação a mim que não é de asco ou horror. E vou mais longe: minha vasta experiência com mulheres permite-me arriscar a dizer que, por não entender a sensação

---

[18]Na Rússia, o morango é considerado uma fruta "picante". Na forma diminutiva, moranguinho é um símbolo de algo erótico.

causada pela minha mão na dela, puxa-a como se estivesse sendo queimada pela minha.

Que ironia, não é mesmo? No passado, o pai dela foi responsável por eu ter me queimado e, hoje, sou eu que a estou fazendo queimar!

Sua linguagem corporal é interessante e reveladora. Talvez eu deva reavaliar meus planos de vingança, que podem ser mais requintados, ao mesmo tempo em que me darão muito prazer. Mesmo ciente de que misturar mulheres e negócios não dá certo para mim, ignoro e deixo o fervor correr como o sangue em minhas veias.

Com essa ideia em mente, sinalizo mais uma vez para que ela se sente. Decididamente, pretendo explorar essa possibilidade, principalmente porque, se minhas suspeitas estiverem certas, essa moça é bastante ingênua e inexperiente em termos de sexo.

— Bem, queria me conhecer e aqui estou. Satisfaço suas expectativas como empregador?

Novamente mostra uma expressão confusa e pigarreia.

— Acredito haver um equívoco... — Apesar da timidez, seus olhos se mantêm firmes, grandes e tão brilhantes que um homem com menos autocontrole poderia perder-se neles.

— E qual seria? — pergunto, fazendo questão de mostrar impaciência.

— Não estou aqui para preencher nenhuma vaga de emprego, senhor Aleksei Ivanovich. E sim para negociar a venda do meu show para seu circo por tempo determinado!

Sua inquietação na cadeira, mexendo o corpo delgado, mostra quanto lhe foi difícil impor-se, estando bem ciente de que estou oferecendo bem mais do que as migalhas que seu pai recebe pelos shows que vende para as bocas de lixo nas quais ela se apresenta.

Se não estivesse sentado à sua frente, diria que é muito pretensiosa e dona de si! Mas sua postura desmente isso, apesar de que pode estar jogando comigo, possibilidade em que realmente estou bem mais inclinado a acreditar. Na situação dela, pôr a perder a oportunidade de trabalhar no circo mais renomado do país, com as regalias que estou oferecendo, é coisa para poucos.

— É isso que acredita ser minha proposta?

— Bem, é que prefiro não estabelecer nenhum vínculo empregatício no momento. Tenho interesse em um contrato de prestação de serviços, sem estabelecer uma relação de trabalho permanente, embora deva pedir-lhe que mantenha isso apenas entre nós dois.

O pedido é feito em voz baixa e um pouco suplicante. Olha para os lados como se a conferir se alguém nos ouve, o que me deixa intrigado. Tento descobrir um pouco mais de suas intenções, fingindo entrar no jogo dela.

— Mas seu pai, que além de treinador é seu empresário, não colocou qualquer empecilho à sua contratação. Ele mudou de ideia?

Fica mais branca do que já é, abaixa o olhar, respira fundo, e percebo o temor na voz sufocada.

— Apreciaria se não comentasse isso nem com meu pai. Ele não precisa estar a par dessa questão. Serei eu a ver a última versão do contrato que assinaremos. Não é nada contra o senhor ou seu circo, mas algo de foro íntimo. Trabalhei duro para montar esse show...

Sinto a vulnerabilidade em sua resposta. Dá um longo suspiro.

— ... que deve ser um caminho de libertação e não de prisão.

— Está dizendo que ser funcionária do meu circo é a mesma coisa que estar na prisão? — corto-a, secamente, para que não continue. Não aceito nenhuma crítica ao tratamento que dou aos meus funcionários, o que ela ainda nem conheceu.

Ofegante, arregala aqueles lindos olhos, que parecem piscinas que me chamam para um mergulho em sua alma.

— Não foi o que quis dizer! Por favor, me desculpe se me expressei mal, embora o senhor não esteja facilitando nossa conversa. A questão de não querer ficar presa a um contrato permanente, como já frisei, é de ordem pessoal, assim como a prisão a que me referi, que não tem nada a ver com seu circo. Só acho que tenho o direito de manter tais motivos para mim, já lhe tendo revelado até demais, além de confiado que o senhor manterá esta conversa entre nós dois.

— Obviamente.

— Bem, na verdade, o fato é que acredito que tenha gostado das minhas apresentações, a ponto de querer incorporá-las ao seu circo, senão não estaríamos aqui discutindo os termos do nosso negócio, e tenho interesse em fazê-las, de acordo com sua proposta, com a única ressalva quanto à forma de contratação.

Ora, ora, ora! A mocinha tímida finalmente mostrou que tem garras! Sabia que iriam aparecer, faltava só o estímulo certo. E ela pensando que vai me enganar com essa história da carochinha quanto ao assunto ser restrito a nós dois! É óbvio que ela e o pai estão tramando algo para se darem bem de qualquer maneira.

Mas vou dar corda à espertinha só para ver aonde vai chegar. Reclino a cadeira e passo a estudá-la sem disfarçar. Tem mesmo talento! Deveria aventurar-se na carreira de atriz, de tão convincente que parece no que me diz e em sua postura tímida. Sua audácia em acreditar que me engana é desconcertante. Tenho que admitir que a genética não apenas agraciou-a com a beleza da mãe, mas também a condenou com o gênio abjeto do pai.

Estimulada pelo meu silêncio, achando que conseguiu minha cumplicidade, ousa um pouco mais.

— A propósito, será que poderia saber por que escolheu três noites de apresentação com públicos distintos e selecionados por seu poder aquisitivo? É assim também estabelecido o público de seu circo?

— Bem, considerando-se que lhe paguei pelas três apresentações, sem poupar gastos com a contratação do figurino, cenário e pessoal, independentemente da maneira como selecionei o público, acredito que isso não é exatamente de sua conta, certo? — Ela tenta me interromper, mas continuo, sem lhe dar chance. — E, na verdade, não creio que essa seria uma pergunta que tenha resposta única. Isso se eu quisesse responder, o que não é o caso. O fato de tê-la contratado não lhe dá o direito de me questionar, desde que eu tenha pago o que pediu.

— Mas...

Uma vez mais, tenta falar algo, sem que eu permita.

— Aproveito para lhe ensinar uma lição muito valiosa no mundo dos negócios: habilidades de comunicação, Kenya, devem ser usadas no momento certo e com um propósito definido que não seja apenas o de matar uma curiosidade, principalmente porque pode estar perguntando a respeito de uma estratégia de negócios de minha empresa. E, nesse caso, segredo é a alma do negócio.

— Está dizendo que estou sendo indiscreta ao fazer uma simples pergunta?

— Não exatamente.

— Então, minha questão pode ter uma resposta relacionada a um segredo de sua estratégia de trabalho? Porque o que me parece é que está, na verdade, querendo me colocar no que acredita ser o meu lugar. Aliás, lugar este que me parece ser bem desprezível aos seus olhos, certo?

— Se é esse conceito que tem de si mesma, quem sou eu para dizer o contrário? Embora não seja isso o que estou fazendo. Estou apenas resguardando meus interesses comerciais.

— Confesso que não sou uma pessoa beligerante nem muito destemida, mas não significa que vou ficar calma e humildemente passiva diante de tanta ofensa! Não consigo entender o motivo de tanta animosidade! Ou ser ofensivo e prepotente é um de seus passatempos?

Fala aos borbotões, como se não estivesse acostumada a perder o controle. E, realmente, em todas as vezes em que a observei nos ensaios sem que soubesse, nunca a vi perder a calma, compostura e disciplina, mesmo quando os outros cometiam erros enormes. Sempre teve paciência e foi gentil.

— Bem, por sua postura, está sendo bem rápida em perder o controle. O que me faz questionar se continuo disposto a prosseguir com esta contratação. — Decido arriscar e testar o terreno para ver até onde é ardilosa para conseguir o que quer. — Não admito desrespeito comigo, seja de uma empregada permanente ou temporária. Nunca deve haver dúvida quanto a quem é o chefe. Se não é capaz de entender isso, sugiro que encerremos nossas negociações por aqui.

Sei que dei uma cartada arriscada, mas eu realmente preciso saber até onde está disposta a ir e até onde posso empurrá-la. Finjo que não estou nem um pouco interessado em sua reação, começando a mexer nos papéis que tenho em cima da mesa.

Ouço-a respirar fundo, usando uma voz controlada e novamente ofegante.

— Sr. Aleksei Ivanovich, desculpe-me pelo meu descontrole. Realmente não sei o que me deu, não sou mesmo de perder a paciência. Acredito que é um pouco do estresse que vem depois de cada espetáculo.

Minha raiva por sua família volta a crescer diante de sua capitulação. Será que, como em sua apresentação, em que cada *matryoshka* tinha uma aparência e cor das vestes, ela também tem várias facetas, adequadas a cada situação, de acordo com seu interesse?

Se essa é a verdade, ela e suas facetas que vão para o inferno!

Kenya cruza os braços e o decote recatado evidencia seus seios, que parecem muito maiores do que pude antever ao longe, no espetáculo. A ideia de tê-los em minha boca, acariciá-los com a minha língua e mordiscá-los com meus dentes causam uma onda de desejo tão violenta que chego a gemer.

Ainda bem que se encolhe, achando que foi um gemido de raiva e não de puro tesão. Reprimo brutalmente meus anseios sexuais.

— Se estiver mesmo interessada, sugiro que releia o contrato e veja se lhe convém. De minha parte, atendi à sua exigência de me conhecer, portanto, não há mais nada a ser dito. Tudo deve ser tratado diretamente com a assessoria jurídica da minha empresa.

— Não preciso reler o contrato. Tudo está de acordo, menos a questão do tipo de contratação, que ainda está pendente para mim. Entende?

Insiste na exigência e fico intrigado. O que pretende? Minha frustração com sua resistência une-se ao indesejável apelo sexual que me tenta. Deixo escapar, sem sentido:

— Não sei com qual tipo de empregador você está acostumada para estar tão receosa, mas posso lhe garantir que não costumo fazer de minhas funcionárias minhas escravas sexuais só por causa de minha repugnante aparência. Garanto-lhe que, apesar disso, nunca precisei pagar por sexo.

Ela ruboriza violentamente e gagueja:

— Se o senhor está ou não acostumado a dormir com suas funcionárias, realmente não é da minha conta, além de ser uma coisa que nem cheguei a pensar! Posso lhe garantir que, se esse fosse o caso, não aconteceria comigo, mas não por causa de sua aparência, que não me é nem um pouco repugnante, mas porque isso não é do meu feitio!

Para de falar e faz uma expressão de espanto, como se não acreditasse no que acabou de dizer. Aliás, nem eu mesmo posso crer que ela disse que minha aparência não lhe repugna! Quanto a dormir com minhas funcionárias, não, não uso dessa prática, principalmente porque a única vez que o fiz foi suficiente para mostrar quanto isso não dá certo e traz alguns inconvenientes.

Todavia, ela tem que dizer qual é sua preocupação. Se não é assédio, qual é?

— Sua insistência em não me dar um motivo concreto e aceitável me faz pensar que está preocupada exatamente com isso.

— Nunca dormi com nenhum empregador! — Suas mãos estão contraídas, como se estivesse se contendo para não me socar! Seu rosto estampa uma expressão angustiada. — Nunca precisei me rebaixar a tanto. Posso lhe garantir, até mesmo jurar, que minha exigência não tem nada a ver com o senhor, mas com alguns projetos particulares dos quais não posso falar.

Tenho que admitir que parece sincera, sem hesitar, mesmo sob pressão, em sua única exigência. Talvez esteja indo longe demais por causa do desconforto primitivo que me causa. Mas não me arrependo de tudo o que lhe disse, porque ela precisa entender quem é que está no comando desta negociação.

— Se o único obstáculo é a forma de contratação, considere-a na modalidade de prestação de serviço, como tanto deseja. Por hora, vou lhe dar um descanso e não insistir em saber o motivo, mas deixo claro que não desistirei.

Pela primeira vez, desde que entrou na minha sala, vejo o alívio em seu rosto angelical e tentador como o diabo!

— Mas não abro mão de mais nenhuma das cláusulas já apresentadas. Assim como todos os nossos artistas em regime de trabalho assalariado, você será submetida às mesmas regras, principalmente no que diz respeito a morar num dos trailers. Todos trabalham até muito tarde e não gosto que ninguém corra riscos perambulando pelas estradas. Nem sempre nos apresentamos em lugares totalmente seguros.

— Quanto a isso, não me oponho. Só não entendo por que meu pai não pode ficar comigo, já que é meu treinador.

— Nossos trailers são individuais e não posso abrir exceção a um artista atribuindo dois trailers a vocês e aos outros não. Além disso, seu pai não participará das apresentações, portanto, não precisa ficar durante as noites de espetáculos e poderá ir embora num horário seguro, já que os treinos sempre acontecem durante o dia.

No que depender de mim, aquela raposa velha não ficará um segundo a mais do que o necessário dentro do meu circo.

— Está bem. Como disse, não tenho nenhum argumento contra isso, fique tranquilo.

Ao tentar me tranquilizar, continua a se mexer na cadeira, parecendo incomodada. Curioso, sustento seu olhar. Se houver algo mais a ser dito, que fale logo ou ficaremos assim. Ela sorri, impaciente, e eu retribuo o gesto. Mexe as mãos e finjo não perceber. A situação chega a ser cômica quando cruza e descruza as pernas. Posso até apostar que transpira, considerando-se o brilho em sua testa. Ansiosa, rompe o silêncio:

— Sr. Aleksei, tenho mais uma última pergunta.

— Qual?

— Gostaria de saber por que não levou todo o elenco do show para seu circo.

— Porque o que me interessa é você.

As palavras saem antes de conseguir contê-las. Seu rosto ruboriza. Sua preocupação com o elenco, confesso, me deixa feliz, indicando não ser egocêntrica e egoísta. Reação muito diferente da velha raposa de seu pai, que foi logo dizendo que aquele valor se referia unicamente à apresentação da filha quando Yuri apresentou o contrato a ele.

— Até o Rio, Kenya.

Ela se levanta e a acompanho até a porta, me movimentando ao seu lado com o propósito de sentir mais um pouco do seu perfume, que dominou o ambiente.

— Até, senhor Aleksei.

Ela sai e meus olhos a seguem. Uma sandice me faz chamá-la:

— Kenya! — Ela se vira, agitando os cabelos vermelhos como fogo. A imagem me queima como brasa. — Quando chegar ao Rio, esqueça as formalidades. Lá serei apenas Aleksei.

Ela balança a cabeça concordando e sai.

Proklyatie [19]! Eu tenho que me manter longe dela ou aumentarei minhas cicatrizes emocionais, caso acredite em sua postura e ela não seja angelical como demonstra ser.

Uma única coisa me deixa realmente cismado: a impressão de que a ausência de seu pai parece ter sido um alívio para ela.

[19]Проклятие, "maldição", em russo.

Capítulo 5

Na toca do leão

Kenya

— Como é lindo o Rio de Janeiro! — Olhando pela janela do carro que nos pegou no aeroporto, fico genuinamente encantada com a beleza desta cidade, que já tinha vislumbrado quando o avião começou a sobrevoá-la.

— Eu já conhecia a cidade — sucinto, meu pai responde, olhando para o outro lado. É interessante que, com tantas mudanças, ele nunca tenha nos trazido para cá, tendo em vista que o Rio tem muitos turistas e boas oportunidades de se ganhar dinheiro com shows!

— Poderíamos ter feito grandes apresentações aqui. O senhor nunca pensou em virmos para cá?

— Está aqui agora, não está? Então não se lamente, o destino tem o momento certo e, por isso, estamos aqui.

Destino este que me deixou com muita dor no coração ao partir de Manaus! Ainda sinto o sabor salgado das lágrimas que derramei quando me despedi, no aeroporto, dos amigos que fiz. Estou até agora sob o impacto da linda homenagem que me fizeram. Conheci a equipe de profissionais na oficina de acrobacias circenses com tecido e foi amor à primeira vista. Nos demos tão bem nesses meses de treinamento que imaginei que não poderia nunca mais me ver longe deles. Acho que, em toda minha vida, foram as pessoas a estarem mais próximas de mim de que me lembro, fora minha Iva e um grande amiguinho que me traz lágrimas aos olhos sempre que penso nele!

O carro para na frente da porta de um prédio de três andares e arquitetura antiga.

— Acho que chegamos.

— Que bela porcaria que encontraram para me hospedar. Posso até imaginar como será seu alojamento! — irritado, meu pai abre a porta do carro sem falar mais nada e desço atrás dele, com as pernas trêmulas, caminhando angustiada até me aproximar.

O motorista o ajuda a tirar as malas enquanto meu coração aperta por deixá-lo só. Nós nunca nos separamos. Mais cedo ou mais tarde chegaria a hora em que isso aconteceria, porém, deixarmos de morar juntos assim faz com que eu me sinta culpada. Sei que ele não está feliz com esta situação.

— Pai! — Espero que olhe para mim. As lágrimas que vinha reprimindo até então escorrem pelo meu rosto. Tento disfarçar, mas ele as vê. É engraçado perceber como repudia qualquer demonstração de fraqueza. — Você sabe que isso é temporário e que logo estaremos juntos, não sabe?

— Eu a criei para ser forte. Não vá fraquejar agora, faça o que tem que ser feito! — Não afeito a qualquer gesto de carinho, apanha uma mala em cada mão. — Logo estaremos juntos! Na primeira manhã em que estivermos na próxima cidade, onde nos veremos novamente, esteja no picadeiro, na hora de sempre, para treinarmos. Não me decepcione!

Caminha para a porta sem olhar para trás, como se indiferente a mim. Mas prefiro acreditar que está abalado com toda esta situação.

Lembro-me de que sempre diz que as pessoas não devem ser ingratas e cuspir no prato em que comem. Devem, sim, agradecer pelo que têm e ser leais a quem cuidou delas quando ninguém mais o fez. E o alívio que sinto por ficar distante dele pela primeira vez na vida é contaminado pela culpa e arrependimento. Tento sufocar, como sempre faço, a raiva surda que sinto dentro de mim quando tenho pensamentos negativos em relação ao meu pai, recitando para mim mesma o mantra do "ele é bom e sempre cuidou de você". Essa cantilena sempre dá resultado para acalmar pensamentos indesejados.

— Te amo, pai! Se cuida!

Altivo, mal me fita. Apesar de ser sempre agradecida por cuidar de mim sozinho, não posso negar que o que mais pesou nessa minha resolução de ser grata foi sua experiência em domar leões, que o deixou bastante expert em usar o chicote para castigar meu corpo quando contrariado, assim como sua autoridade e voz de comando ao dizer palavras cruéis e ásperas para machucar minha alma.

— Mostre quanto me ama com seu talento e não me decepcione! Treinei você para ser a melhor.

— Pode deixar — respondo, piscando os olhos por acreditar que é dessa forma que sabe demonstrar seu amor, me dando forças para me superar sempre.

O temperamento de meu pai e seu tratamento tirano comigo, tanto nos treinos como em casa, fizeram com que eu, logo cedo, entendesse que era melhor ficar quieta e obedecer, sendo extremamente disciplinada, do que me revoltar e responder. Ele queria apenas o meu bem, e que fosse a melhor contorcionista, como a minha mãe tinha sido, de acordo com o que dizia.

Já de volta ao interior do carro, mesmo encantada e distraída pela linda paisagem à beira-mar, sinto-me cada vez mais tensa com minha iminente chegada ao circo e com o encontro com o autoritário e rude Aleksei. Não consigo deixar de relembrar nosso último encontro e refletir sobre o estranho efeito que o homem teve sobre mim.

Ora, sou conhecida por ser calma, pacífica e até mesmo tímida, a não ser quando estou me apresentando, quando não há nenhum limite e posso ser qualquer coisa. Mas as sensações e reações que tive na presença daquele homem enorme e arrogante foram chocantes para mim; eu o desafiei e impus minha condição para assinar o contrato de trabalho, ainda que vacilante e hesitante em alguns momentos.

Agora, sendo extremamente condicionada a não reagir diante da agressividade, surpreendi-me por não aceitar isso do arrogante Aleksei em Manaus!

Muito envergonhada e sem graça na frente dele, desacostumada a ficar sozinha com um homem, a não ser meu pai, sua presença e sua postura autocrática penetraram minha camada de impassibilidade, despertando em mim uma faceta desconhecida! Seu sarcasmo e sua frieza exerceram em mim um estranho fascínio e reagi de forma totalmente diferente da que estou acostumada.

Pensando nisso, sinto-me a própria *matryoshka*, cujas partes externas foram separadas e retiradas, revelando uma nova boneca, diferente da anterior. Balanço minha cabeça, com medo até de refletir a respeito, porque receio descobrir que há, sim, várias facetas, tantas como podem ser as *matryoshkas*.

Saio de meus devaneios quando percebo que o carro para e o motorista abre a porta para mim e me mostra um trailer grande e bonito, informando que será onde ficarei alojada. Descarrega minha bagagem e leva todas as malas para dentro do trailer, enquanto fico estática, sem entrar, admirando a organização dos outros, de mesmo tamanho, estacionados uniformemente. A quantidade de trailers é maior do que eu imaginava.

Parece uma vila! Pego-me sorrindo encantada, admirando meu novo lar. Tinha uma ideia diferente do que vejo à minha frente. Nostalgicamente relembro quando, em minha infância, corria entre os antigos trailers, barracas, carros, jaulas e vans, que nunca ficavam dispostos como estão aqui, no local do alojamento do circo onde cresci.

Tudo era improvisado e sem planejamento algum. A atividade no *set* era intensa, não parava. Não havia equipe exclusiva de montagem e artistas, todos faziam de tudo. Quando a trupe chegava em uma cidade, cuidava da montagem das marquises, treinava, fazia propaganda, desfilava nas ruas para promover o circo e se espalhava entre o público das ruas para vender ingressos. Eram bons tempos aqueles.

Meu pai não me permitia participar de nenhuma atividade do circo, nem interagir com as outras crianças. Sendo assim, restava-me procurar amigos entre os animais, aos quais meu pai não se opunha que eu desse atenção. Pensar neles me causa mal-estar no corpo e na alma, porque embora não me lembre de muita coisa da ocasião em que deixamos o circo, com certeza mantive em minha boca o gosto amargo e salgado das lágrimas que derramei ao deixar meus amiguinhos para trás. Não fosse aquele moço lindo e bonzinho, os leões teriam sido queimados... Ninguém fazia nada para os salvar!

O duro foi que nem mesmo Chimba pôde sair de lá conosco, o irmão de pelos que adotei e vivia comigo o tempo todo. Como ele havia nascido quase no mesmo dia que eu, a Iva, doceira do circo e a mulher mais velha que veio cuidar de mim depois que minha mãe morreu, trouxe Chimba para me fazer companhia. Eu era ainda muito nova, mas é vívida dentro de mim cada história que ela contava sobre minha amizade com Chimba. Dizia que, além de meu irmão de pelos, tinha também a chimpanzé Natasha que, ao ver nós dois juntos, imitava uma mãe e ficava nos acompanhando quando, volta e meia, tentávamos dar nossos primeiros passinhos, comigo sempre atrás dele, que era quem me motivava, porque eu queria segui-lo.

Na fatídica noite de nossa partida, eu o deixei na jaula com os outros macacos para poder ir espiar as sessões, única maneira de fazer parte delas. Quando percebi a gravidade da situação, vendo as labaredas se espalharem pelo circo, quis ir até ele. Porém, sabia que estava seguro fora da lona de apresentações, enquanto os leões rugiam assustados, bem no centro do perigo, rodeados por fumaça e gritos. Não podia deixar os pobrezinhos ali.

Minhas tentativas para salvá-los foram totalmente frustradas, levando-se em conta que meu peso talvez fosse menos da metade de um deles. E ali eram três leões, uma família de felinos presa sem ter como se salvar. Tinha que levantar o engate e, devagar, puxar a jaula em direção à saída. Em minha inocência de criança, achava que bastaria puxar, que as rodas que sustentavam as jaulas fariam o resto do trabalho! Afinal, era assim que levavam as jaulas até ali...

Então, não pensei nem hesitei, apenas fiz o que achava que daria certo, o que, obviamente, não deu. Mesmo com toda a força que fazia, não conseguia levantar o engate nem um milímetro do chão! Não quis desistir e já estava pronta para tentar de novo, quando, como se atendendo às minhas preces, um santo protetor dos animais enviou um anjo. Bem, um tanto musculoso e bonito para um anjo, mas, ainda assim, um herói, que não só queria que eu saísse dali para não me machucar, como entendeu minha preocupação e me permitiu ficar até que os bichinhos estivessem fora de perigo, salvando todos nós.

Nem tinha percebido que, quando fiz esforço para levantar o engate, a ponta do meu vestido ficou presa e, quando ele puxou para mover a jaula, fui arrastada com muita força, o que me fez tropeçar e cair.

Ele colocou-me em seus ombros e continuou a puxar. Depois que deixou a jaula num lugar seguro, meu herói levou-me até o meu pai. Não o conhecia direito, aliás, nem aos outros artistas, na verdade. Nunca podia estar com eles, nem quando se reuniam para conversar a respeito de sua terra natal, nas noites de folga. Era um povo feliz e que não tinha medo do trabalho pesado, tanto que até hoje me lembro disso, tamanha era a dedicação de todos.

A única coisa ruim nele era que, como meu pai, também não prestava atenção aos meus gritos para me levar até o Chimba! Foi assim que fiquei sem meu único e amado companheiro.

Volto à realidade quando ouço alguém se dirigir a mim.

— Bem-vinda, Kenya! Fez boa viagem?

Agradeço aos óculos escuros que ocultam minhas lágrimas de saudade e pesar. Expirando, como se para mandar embora a angústia que aperta minhas cordas vocais, viro e fico de frente para Yuri, o homem que cuidou de toda a minha mudança para cá.

— Correu tudo bem, obrigada.

— Já conheceu sua nova moradia?

— Ainda não tive a oportunidade de entrar, estava admirando a vila itinerante que montaram. Fizeram um excelente trabalho.

Mal tinha chegado e já sentia a adrenalina batendo ao ver todos agitados, desmontando tudo para viajar para um novo lugar. O sangue nômade corria nas minhas veias.

— Aleksei é muito preocupado com o bem-estar de todos.

Ouvir o nome daquele homem assustador me faz emitir uma risada forçada. Aliás, a bandagem que cobria seu rosto foi uma coisa que me deixou intrigada.

— Imagino que sim.

— Não imagine, tenha certeza! Dispomos de uma grande estrutura empresarial, que mantém a magia secular do circo, mas também acompanha o dinamismo dos novos tempos.

— Vejo que vocês têm uma estrutura enorme!

— Sim, porque nós modernizamos a antiga arte sem deixar que se perca sua identidade. Números modernos, equipamentos, tecnologia, tudo para oferecer ao nosso público um espetáculo primoroso, cuja qualidade seja comparada aos maiores shows do mundo.

— Estou me dando conta só agora de quanto senti falta de tudo isso! Parti muito cedo do circo com meu pai e não me lembro de ter podido participar dessa magia. Além do que, era um circo muito menor do que este!

— Nestes anos trilhando as estradas deste país, temos muitas histórias para contar, lembranças incríveis que revelam um pouco do povo de nosso país natal, a Rússia, além de sempre termos um público que valoriza e ama a arte circense.

— Deve ser muito emocionante, Yuri! Se eu, que só viajei com meu pai, tenho muitas lembranças, posso imaginar vocês, com esse grupo aparentemente enorme!

— É verdade, porque, nas inúmeras viagens que fazemos, não levamos apenas uma gigantesca lona, toneladas de equipamentos e muitas pessoas que vivem pela arte, mas carregamos, principalmente, muitos sonhos e ideais, além de um desmedido amor pelo nosso trabalho. O amor pelo circo é um mistério para quem nunca viveu a sensação mágica de subir num picadeiro, uma incógnita para quem pretende decifrar o olhar satisfeito de um artista quando realiza seu número.

— É fascinante ouvir você falar isso! Mas não deve ser fácil manter uma estrutura enorme como esta.

— De fato, não é. Para você ter uma ideia, para iluminar esta cidade viajante, são necessários dez quilômetros de cabos de eletricidade, com quinhentos quilowatts consumidos. São, aproximadamente, trinta mil lâmpadas, com projetores especiais para o picadeiro, que possibilitam a realização de efeitos especiais computadorizados dos mais modernos que existem atualmente no meio artístico.

— Mas como conseguem energia elétrica para tudo isso?

— O circo, além da energia fornecida pelas cidades em que nos apresentamos, também usa um gerador de eletricidade de emergência, com uma saída de cento e cinquenta quilowatts de força. O sistema de som tem cinco mil watts, totalmente digital.

— Meu Deus! Que loucura! E como movem tudo isso de uma cidade a outra?

— No transporte, o circo utiliza vinte e três carretas, trinta e cinco trailers-moradia dos artistas, cinco trailers coletivos e oito cavalos mecânicos, que são caminhões que viajam por todas as estradas, carregando cerca de oitocentas toneladas de equipamentos.

— Mas com tudo isso não dá para vocês pararem em qualquer lugar, dá?

— Para acomodar toda essa estrutura é preciso um terreno de, no mínimo, trinta mil metros quadrados.

— Nossa! Então demora muito para montar tudo para um espetáculo, não é?

— Não. Na verdade, a montagem do circo leva apenas oito horas, porque temos mais ou menos cento e cinquenta pessoas, entre artistas e outros profissionais, como administradores, publicitários, equipe de som e luz, técnicos, camareiros, motoristas, mecânicos, ajudantes e técnicos especializados em montagem.

— Uau! E quanto à segurança e à capacidade de público do circo? Porque, para toda esta gigantesca estrutura ser rentável, deve ser capaz de atender a um público grande.

— A lona é enorme, mas antichamas e resistente a ventanias e temporais. Temos capacidade para receber duas mil pessoas, que se acomodam com todo o conforto e segurança, tendo uma área mais cara para os Vips. Também oferecemos uma bela praça de alimentação acarpetada, com uma ampla variedade de produtos.

— Realmente estou fascinada! Há muitas apresentações?

— Nosso circo realiza aproximadamente quinhentos shows por ano e recebe uma média de mais de cento e trinta mil pessoas.

— Isso é realmente grandioso! Estou muito feliz por poder fazer parte desta coisa maravilhosa, Yuri!

— Bem, agora sendo prático e hospitaleiro, há algo em que possa te ajudar?

Não há nada que eu queira pedir para ele. Principalmente quando o homem à minha frente tem um sorriso matador, sob medida para seduzir e enlouquecer qualquer mulher. Sua pinta de conquistador faz seu simples desejo de boas-vindas ter uma conotação sedutora.

— Já fez muita coisa. Obrigada por preparar minha chegada até aqui e me dar tantas informações fascinantes.

— Apenas segui ordens. Faz parte do meu trabalho como assessor do Aleksei.

— Agradeço também por providenciar hospedagem para meu pai num local tão próximo. Treinamos todos os dias e ficaria difícil para ele ter que se deslocar por grandes distâncias.

— Estamos alojados quase que no centro do Rio de Janeiro. Conseguir acomodação próxima não foi difícil. — Lá está ele reafirmando que tudo foi fácil.

— Ainda assim, fiquei tranquila por saber que ele está perto.

— Aprumo os ombros, relaxada.

— O que pretende fazer agora? Descansar, comer ou conhecer o circo?

Sorrio para ele, que retribui com um largo e amistoso sorriso.

— Quero fazer tudo isso, mas acho que minha ansiedade me impediria de comer ou descansar. Mal posso esperar para ver o picadeiro.

— Mas existe algo que impeça uma bela borboleta de voar tendo asas que hipnotizam os desavisados com seu leve flutuar? — Uma voz masculina e zombeteira soa atrás do meu ombro esquerdo. A cadência suave, baixa e rouca revela uma espécie de advertência para o Yuri e um calafrio passa pela minha espinha.

Yuri estampa uma expressão surpresa e dá um passo para o lado. A presença silenciosa atrás de mim exala uma aura tão poderosa que me envolve com sua intensidade. Seria algum administrador do circo repreendendo um funcionário galanteador?

— Acho que, antes de oferecermos nosso préstimos e cordialidade à bela senhorita que acaba de chegar para nos encantar, deveríamos mostrar que somos bons anfitriões e deixá-la conhecer suas acomodações e descansar um pouco da viagem primeiro, não acha, *moy daragoy*? — A ordem implícita na voz masculina revela o sotaque de um autêntico russo, o que me remete ainda mais à minha infância.

— Está tudo bem! Realmente disse ao Yuri que preferia conhecer o circo primeiro. Preciso só... — As palavras morrem nos meus lábios ao me virar e me deparar com um palhaço. E, estranhamente, a menção às asas de borboletas parece ter sido pertinente, porque são elas que sinto revoar em meu estômago. Ele é alto, com ombros incrivelmente largos, ostentando um assombroso porte físico. Atônita, observo-o com o coração disparado.

A maquiagem artística cobre toda sua face, deixando entrever apenas as linhas masculinas, marcadamente viris. Sinto que há algo errado ali, pois palhaços não são poéticos ou viris! Devem ser, sim, engraçados e sem qualquer apelo corporal. Mas este é diferente de todos que já conheci. Fico tão atraída que, tola, me vejo agradecendo mentalmente por não ter coulrofobia, o inexplicável medo que alguns têm de palhaços.

São Nicolau que me ajude a superar esta reação estranha, principalmente a uma figura tão esdrúxula como esta, usando óculos bizarros de treliças! Eu deveria rir, não me sentir encantada...

Despojadamente vestida com jeans e regata, me sinto despida quando corre seu olhar por meu corpo e me descubro prendendo a respiração.

— Pudera meus artificiais cabelos rubros terem o brilho natural dos seus! — Levo um susto quando suas mãos penetram em minhas madeixas e, num piscar de olhos, com um truque típico de palhaços, retira dali uma margarida artificial e me entrega, com uma piscada bem-humorada.

— Aceite esta margarida como um gesto de boas-vindas e compartilhe de minha alegria por ter sua linda presença entre nós!

Não consigo desfazer o encantamento que me envolve. Não sei se fico preocupada ou aproveito a sensação que, sem dúvida, é muito boa.

— Obrigada, senhor...

— Bim Bom[20], ao seu dispor. — Irreverente, levanta o chapéu verde. Seus trejeitos são engraçados e tenho a impressão de que não está aqui por acaso, aproveitando para conhecer mais uma artista que se junta à trupe.

Meneio a cabeça para me livrar do transe e da minha imaginação fértil que, de tão excitada com a ideia de conhecer o circo, fica vendo propósitos inexistentes e me põe a sonhar acordada por causa do comportamento amigável de um artista que, lógico, facilmente encontraria em minha nova realidade. O melhor mesmo é ser prática e me acomodar, descansar, comer e, só depois, conhecer todas as instalações do circo.

Aleksei tinha mexido tanto com os meus sentidos desde que havia ido a Manaus que estou começando a me sentir ameaçada até por um galante artista trajado de palhaço. Se bem que o perfume desse primo de Arlequim me confunde e desestabiliza, como se sua essência já estivesse impregnada nos meus sentidos.

— Yuri, Bim Bom, se me dão licença, acho que o cansaço venceu minhas outras vontades. Descansarei um pouco. Quem sabe nos encontramos por aí mais tarde. Obrigada, rapazes, pela acolhida.

Dando um último olhar àquele palhaço envolvente, dirijo-me à minha nova casa.

[20]Nome escolhido para homenagear a dupla de palhaços Bim Bom — em que Bim sempre foi apenas o palhaço russo Ivan Radunsky, enquanto Bom foi representado por vários palhaços russos.

Capítulo 6

Tem marmelada? Tem, sim, senhor!

Aleksei

Desde que eu era bem pequeno, morando em cidades do interior, levado por um pai que nunca ficava satisfeito num lugar só e uma mãe aventureira e louca pelo marido, assistia a duas formas de viver o mundo muito diferentes. Uma seguia todas as regras e convenções da sociedade e a outra as transgredia continuamente, mostrando como a realidade acaba, muitas vezes, tendo limites frágeis e ridículos, principalmente quando o ser humano libera seu lado transgressor.

Por isso, ficava intrigado com o encantamento das pessoas, em determinadas situações, ao admirarem aqueles que "transgrediam" certos códigos normalmente estabelecidos. Ora, se eles seguiam as regras, aceitavam-nas e, muitas vezes, as impunham aos filhos, familiares, empregados, colegas e a todos com os quais conviviam, por que admiravam e, muitas vezes, até riam das ditas "transgressões"?

Estaria na alegria das coisas descomplicadas a felicidade?

Esse enigma norteou minha infância e adolescência e, por incrível que pareça, teve influência numa das coisas que escolhi fazer, me permitindo revelar aquilo que mais quero encobrir. Quando todos almejam vencer, não me importo de ser derrotado; quando todos ao meu lado voam, eu opto por cair. Quando as feras são domadas, eu sou indomável e, quando todos tentam vencer usando o poder que têm, eu venço pela fraqueza... Porque eu tenho uma grande vantagem, eu perco, mas sempre recomeço! Aparentemente um perdedor, eu crio e me recrio, capturando as pessoas por sua humanidade, não por sua capacidade de superação.

Sim, eu sou aquele que faz as pessoas ficarem felizes quando estão tristes, que distrai a atenção delas quando muitas coisas acontecem ao redor. Sou o que as tira de suas reflexões a respeito do que são, do que devem ser e do que querem ser, transportando-as para aquele espaço único e mágico em que podem apenas se sentir bem e felizes, sem culpa ou questionamentos.

Eu visto minha máscara, revelo meu sorriso, caminho e, com simples gestos e peripécias sempre desajeitados, torno o mundo das pessoas um lugar feliz, em que é certo rir das coisas mais simples e mundanas sem ser condenado ou ficar com dor na consciência por isso.

Riem apenas pelo prazer espontâneo de fazê-lo! Porque essa é a primeira expressão involuntária que têm ao ver como sou e o que faço. Em poucas palavras, eu levo alegria sem culpa!

Quanto a mim?

Ah, como todos, ao vestir minha máscara, sou só júbilo. Ela me esconde de mim mesmo e não revela a ninguém quem realmente sou.

Sim, tal como eles, ao olhar para dentro de mim, posso chorar ao ver o tamanho de minha imperfeição, mas, com minha máscara, torno-me aquele que, como dizia Eduard Blake — personagem de *Watchmen*[21], dos quadrinhos — "quando percebe que tudo é uma piada, o comediante é a única coisa que faz sentido".

Eu sou, literalmente, o palhaço.

Nasci Aleksei, que significa guerreiro ou guardião, mas sou conhecido, entre outros, como palhaço Bim Bom.

Ninguém pode nem chegar perto do que mais me motivou a representar a criatura que faz todos rirem até as lágrimas. Não podem, definitivamente, avaliar o monstro deformado que os leva às gargalhadas histéricas e à evasão do mundo real. Nesses momentos, nem mesmo eu posso! Eu, esta real e patética representação da metáfora do palhaço.

[21]*Watchmen* é uma série limitada de história em quadrinhos escrita por Alan Moore e ilustrada por Dave Gibbons, publicada originalmente em doze edições mensais pela editora estadunidense DC Comics, entre 1986 e 1987.

E foi assim que Kenya, mal tendo chegado, encontrou-me, sem que eu estivesse preparado para isso. Ela deveria ter chegado uma hora mais tarde, tempo suficiente para eu tirar a maquiagem e a roupa de palhaço e ir recebê-la. Se pudesse, teria cancelado meu compromisso anterior, mas decepcionar as crianças da Casa de Apoio à Criança com Câncer Santa Teresa não era, definitivamente, uma opção. Eles estavam aguardando o show do Palhaço Bim Bom há dias.

Ansioso desde a hora em que acordei, ou melhor, desde a hora em que decidi me levantar — se cochilei vinte minutos esta noite por causa da ansiedade que sentia foi muito —, passei o dia remoendo como seguiria com meus planos a partir do momento em que ela estivesse aqui. Mas minha ansiedade e minha surpresa por já ter chegado foram deixadas de lado quando vi os sorrisos que Yuri estava lhe dando à porta do seu trailer.

Poderia ter seguido em frente em direção ao meu trailer e deixá-lo fazer as honras, porém, de longe, percebi a cena do urubu em cima da carniça. Não me contive, fui até eles e o fiz perceber, pelo meu tom de voz e minha ironia, que não me agradava seu excesso de cortesia com ela.

Observo a porta que ela acabou de fechar, processando ainda a sensação boa do seu olhar de admiração para mim. Usufruo do calor intenso e espontâneo que nos envolveu como um manto, e que tornou o ar momentaneamente espesso entre nós, bloqueando o mundo.

Como tamanha atração entre um palhaço e uma bela mulher pode se dar desta maneira? Já tinha ficado extremamente impressionado com ela quando adotei o papel de empresário rígido. Agora, será que vou cair em seus encantos como palhaço? Coço a peruca sintética, que parece fritar meu cérebro com tantos questionamentos. Isto não pode acontecer de maneira alguma. Ela só pode ser vista por mim como um instrumento para chegar ao seu pai.

A tosse fingida de Yuri me tira de meus devaneios e ele consegue minha atenção. Ao ver que ele também estava a admirá-la enquanto caminhava, fecho minhas mãos em punho, com um primitivo sentimento de posse.

— Kenya parece bem encantada com a estrutura do circo. — Ele tenta evitar o assunto que sabe que abordarei ao notar minha carranca.

Saio pisando duro e ele me acompanha, seguindo meus passos largos e falando atrás de mim. Não consigo evitar me lembrar da postura de conquistador barato que adotou com ela e sinto uma raiva desconhecida. O rapaz não é fácil, já me deu muito trabalho como destruidor de corações. Quanto mais conquista mulheres, mais parece que seus hormônios ficam sem limites!

— Ela não parecia a única encantada — rosno, entredentes.

— Não estou entendendo aonde quer chegar, Aleksei. Estava apenas sendo cortês.

— Bim Bom! — ressalto, para que não esqueça de que ainda não quero que ela saiba minha identidade.

— Como queira, Aleksei ou Bim Bom! Embora estejamos apenas nós dois aqui e ela não esteja ouvindo o que estou dizendo.

— Ainda assim, mantenha Bim Bom quando eu estiver vestido como tal. Também entenda e aceite que ela está fora de seu alcance, ok? — A animosidade em minha advertência o faz emitir um sorriso irônico.

— Devo entender que isso vale para você também? Afinal, ela está aqui por um objetivo bem específico, lembra-se?

Meus olhos o fulminam! Estou muito consciente de que agora não é o momento para erros.

— Não preciso que ninguém me lembre disso, *moy daragoy*, porque está bem impresso em minha mente desde que comecei a traçar minha estratégia para atrair aquele crápula para a minha armadilha! — continuo, com ironia.

— Desculpe se pareceu que o estava tratando como um inconsequente, não foi minha intenção. Só quero saber se estiver invadindo território alheio. — Chego ao meu trailer e me viro para ele, percebendo que parece chateado com minhas desconfianças.

Suspiro e resolvo abrandar, embora, no íntimo, sinta mesmo muita vontade de demarcar território em torno dela, uma verdadeira surpresa para mim.

— Yuri, Kenya está fora dos limites para qualquer um de nós, porque além de ser uma excelente profissional que vai trazer muito público para o circo, também está aqui para atrairmos o pai dela. Se algo falhar, perdemos os dois.

Yuri não fica muito convencido, acena apenas num gesto de concordância.

— A gente se encontra por volta das três da tarde? — muda de assunto. — Vou almoçar, descansar um pouco e, depois, ver o que os mecânicos acharam no teste de nossas meninas.

— Não é necessário ir até lá porque eu mesmo já cuidei disso. Aliás, você precisa ver se troca sua moto. Binha informou que não aguenta muito mais tempo.

— Ele está é querendo ganhar uma comissão gorda. Minha menina tem muita fumaça para queimar.

— Bom, confio no que Binha diz. Se não está certo quanto aos conselhos dele, veja com o Micha se não tem um tempo para dar uma olhada nela, porque nele sei que você confia de olhos fechados. Só peço que não deixe de ver isso. Como meu mestre ensinou, segurança está em primeiro lugar.

Desafiar o globo da morte é burrice e ele sabe muito bem disso. Eugenie Hundadze Conci, esposa de Guido Conci, italiano que trouxe a ideia para o Brasil, que o diga. Ela foi a primeira globista e também a primeira mulher a realizar acrobacias em um globo no Brasil, porém, sofreu uma queda quando estava grávida de gêmeos e perdeu os filhos. Depois disso resolveu nunca mais se arriscar. Portanto, todo globista que se preze deve saber disso, principalmente os do Brasil, que são considerados os melhores nessa arte.

No início do meu circo, participava desse número em todos os espetáculos. Hoje em dia, diante do sucesso e crescimento do empreendimento e de minhas inúmeras atividades, não consigo mais fazê-lo e tenho profissionais para isso, mas participo sempre que posso, quando então fazemos números com até oito globistas, em vez de cinco.

Há uns três anos, após flagrar Yuri inúmeras vezes treinando dentro da esfera de aço com minha moto, por horas a fio, fazendo peripécias dignas de um astro, o contratei para se juntar a nós e incrementamos nossas manobras. No dia em que o presenteei com sua primeira moto, parecia ser o homem mais feliz do mundo. Agora, felicidade mesmo ele tem quando Micha ou Katyusha resolvem se juntar a nós, porque nós quatro temos um número que não permito a mais ninguém realizar, pois, ao mesmo tempo que eleva nossa adrenalina ao máximo, é extremamente complexo, veloz e perigoso. Só pode ser realizado por globistas que estejam na mais perfeita harmonia, como é o nosso caso, embora, há dois anos, sejamos sempre eu, Micha e Yuri, pois Katyusha quase nunca aparece por ter priorizado os campeonatos de motocross.

Ao pensar nisso e em Micha, a quem permito apresentar-se sempre que quer no globo da morte, lembro que ele sempre me diz que tem dúvida se meu maior dom é, de fato, o de poder assumir vários papéis no circo ou, na verdade, o de acertar na escolha e contratação dos melhores artistas para nosso quadro de pessoal. Raramente tenho problema nesse quesito. Demissões aqui são raríssimas e, na maior parte das vezes, são feitas a pedido do empregado, porque deixará a carreira no circo para se estabelecer de maneira permanente num emprego em que não tenha que se deslocar como nós temos que fazer.

— Três da tarde, então?

— Sim, perfeito! Micha avisou que vem para o treino também, já que nesta última noite de espetáculo no Rio quer se apresentar conosco. Disse que está muito estressado no papel de grande empresário. Avise todos os outros envolvidos no show e ao apresentador para incluir o número do incrível trio Markov! — Rio do nome que nos sugeriram quando resolvemos nos apresentar, porque me parece um tanto pretensioso para o meu gosto, embora tenha o apelo certo para um espetáculo circense. Quando Katyusha pode participar, nos tornamos o quarteto Markov.

— Oba! Vamos também apresentar o número com oito globistas para fecharmos com chave de ouro nossa estadia aqui?

Rindo de seu entusiasmo, respondo:

— E tem outra maneira de fazer você e Micha completamente felizes?

Sua expressão lembra-me do quão novo ainda é, o que tira todo o sentimento ruim que havia se apossado de mim ao vê-lo com Kenya.

— Estava sentindo falta de nossa apresentação com Micha! Já nem falo de Katyusha, porque nem dá as caras mais por aqui há muito tempo.

Rimos e nos despedimos, e me lembro de quanto meus primos são realmente carismáticos e divertidos. Micha, em particular, é um fanfarrão e mulherengo, ganha de longe do próprio Yuri, que já é bem servido nesse quesito.

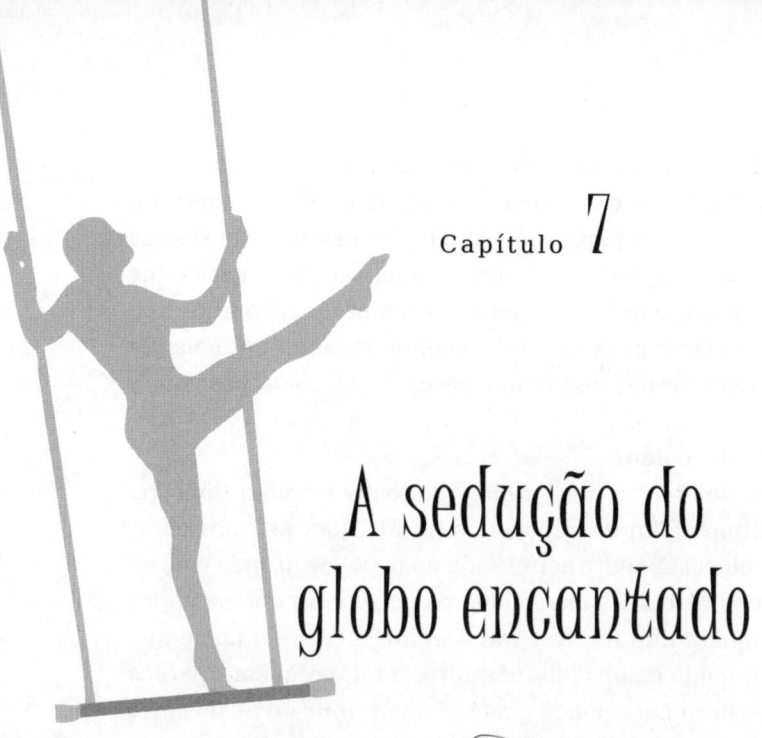

Capítulo 7

A sedução do globo encantado

Kenya

Entrando em minha nova casa, faço uma parada após fechar a porta e tomo fôlego depois da intensidade do encontro com aquele ser impactante.

Lar, doce lar!

Olho ao redor e vejo que o trailer é, a bem da verdade, muito mais bonito, limpo e bem equipado do que muitos lugares em que morei. O dono do circo pode ser áspero e ríspido, mas deve tratar muito bem seus empregados se todos os outros trailers tiverem este mesmo padrão.

Mais um ponto ganho por ele na minha avaliação.

Mas, desde quando comecei a me importar com seus pontos positivos e negativos?

De fato, não estou me reconhecendo! Começo a fazer uma lista das minhas recém-adquiridas "estranhezas":

1. *Desafiar meu pai durante um show, ousando nas minhas acrobacias.*
2. *Aceitar morar distante dele pela primeira vez na vida, mesmo que isso só esteja sendo possível porque ele achou financeiramente vantajoso.*

3. *Ter curiosidade e exigir conhecer um homem que me intrigava só de imaginá-lo assistindo ao meu show.*
4. *Passar por cima de minha costumeira timidez e impor minhas condições a esse homem.*
5. *Ficar atraída justamente por esse homem arrogante e mandão, mesmo só podendo ver a metade de seu rosto que não estava coberta por bandagem.*
6. *Sentir arrepios ao conhecer e me descobrir encantada por um palhaço!*

Deus! O que mais me falta?

Chacoalho a cabeça...

Melhor desfrutar de meu doce lar!

Olho o interior do trailer, composto por uma pequena cozinha com geladeira, fogão, micro-ondas, tudo em tamanho pequeno, um pequeno sofá com uma mesa à frente e um mini corredor com duas portas, as quais, confiro, dão uma para o minúsculo, mas confortável, banheiro, e outra para o quarto, com uma cama e um armário. Vejo que minhas malas ainda estão na sala e resolvo não mexer em nada por enquanto, apenas na minha valise de mão, onde deixei uma troca de roupa confortável, porque sabia quanto o Rio de Janeiro podia ser quente nesta época.

Tomo um banho frio. Assim, quem sabe, acabo com este calorão despertado pela voz quente daquele palhaço e pelas lembranças de Aleksei. Fico apenas de calcinha e pego o livro que estou lendo em minha bolsa, *Eu, ele e Sr. G*, de uma autora brasileira chamada Sue Hecker. Fico na dúvida se é a leitura mais indicada para este momento, é altamente erótica e acho que vai me deixar ainda mais fora de mim.

Posso até não ter me relacionado intimamente com homens, porque meu pai não me deu absolutamente nenhuma folga nem espaço para isso, mas não sou ingênua e pudica. Leio muitos desses livros de romances e já assisti a muitos filmes interessantes.

E mais, nesta era digital, é difícil não ter acesso à informação. Desde que estudei e aprendi quase tudo que sei de maneira autodidata, leio o que me cai nas mãos. Sempre tive sede de aprender nos livros o que não podia na vida real. Quando consegui conhecer computadores e a internet, o mundo se tornou maior para mim, principalmente quando descobri que podia obter e-books e tê-los num aparelhinho tão pequeno e leve como um leitor digital. A partir daí, conhecer livros, literatura erótica e autoras brasileiras foi um pulinho.

Talvez pela falta de experiência prática, os livros eróticos me conquistaram. Posso viver em minha mente o que ainda não tive oportunidade de viver na vida real.

Depois de conhecer Aleksei, passei a sentir na pele o que as autoras descrevem a respeito das personagens femininas quando se sentem atraídas por alguém. Estranhamente, o mesmo aconteceu na interação com Bim Bom!

Será que sou como uma daquelas personagens de Maya Banks, que gosta de fazer parte de um trio?

Começo a gargalhar sozinha e, pensando nisso, acabo não lendo nada e caio no sono. Quando acordo, vejo um teto diferente do usual e me sinto desorientada. Olho em volta e enxergo meu celular, finalmente me situando. Pego o aparelho e confiro as horas. Ao ver que já são quatro e vinte da tarde, resolvo me levantar, vestir meu short e minha camiseta e procurar comida, porque os roncos altos vindos do meu estômago são inconfundíveis: Estou faminta! Por mais que esteja ansiosa para visitar todos os locais do circo que puder, vou primeiro comer.

Ao sair do quarto, vejo que há uma bolsa térmica em cima da mesa, com um bilhete dizendo que sou muito bem-vinda e que a salada está na geladeira. Abro-a e vejo que há uma embalagem de isopor com a comida separada. Como tudo sem titubear, está uma verdadeira delícia.

Após limpar a bagunça, escovar os dentes e passar um batom vermelho do jeito que gosto, saio do trailer e começo a caminhar pelo local.

Ouço roncos altos e ensurdecedores. Atraída pelo barulho, sigo nessa direção, curiosa para ver do que se trata.

A grande tenda colorida me traz lembranças lindas e aquela menina curiosa que se escondia para ver as apresentações no passado reaparece. Entro no circo e, no picadeiro, vejo motos andando vertiginosamente no globo da morte. Os vultos lá de dentro me hipnotizam.

Vou chegando mais perto e fico estupefata por ver que há tantos globistas que nem consigo contar! Nunca vi manobras tão radicais. Meu estômago começa a dar voltas por causa da sensação de medo e temor pelo perigo da situação. Um errinho ali poderia ser fatal para qualquer um deles, senão para todos!

Observo o espetáculo, encantada com a performance. Acompanho em silêncio, sentindo o ressoar das motos que serpenteiam pelo globo vibrar em meu corpo. Meu coração acelerado bombeia sangue em minhas veias na mesma velocidade em que as motos giram, até pararem e, um a um, vão saindo do globo, num número de cinco, até ficarem apenas três deles. O quê? Havia dentro oito globistas! Não posso acreditar!

Quando penso que posso respirar normalmente, é fechada a entrada e os globistas restantes começam a acelerar. Se eu pensava que ver oito globistas tinha sido arrepiante, qual não foi minha surpresa com as manobras daquele trio!

Nunca na minha vida imaginei que poderiam existir profissionais tão competentes e arrojados como esses nesse tipo de apresentação.

O suspense e deslumbramento a que eles submetem quem assiste é indescritível! Fico imaginando esse show no escuro total, como será à noite, com as luzes que são continuamente lançadas. Pasma, nem percebo que assisto tudo de boca aberta...

Fico observando o espetáculo sem me dar conta do tempo e do lugar, só percebo quando eles desaceleram, até pararem. Mas não saio tão rapidamente do transe, pois, de fato, aquelas peripécias tiraram meu chão.

Apenas quando um deles tira o capacete e fala meu nome é que acordo e vejo que é o Yuri! Sem graça por ainda estar de boca aberta, fecho-a para responder à sua pergunta.

— Faz tempo que está assistindo ao treino?

— Bem, é difícil medir o tempo quando nos vemos transportados da realidade pela magia do espetáculo de vocês! Oito globistas! Sério? — pergunto e exclamo ao mesmo tempo, muito eufórica. — E o que vocês três fizeram nesse globo é... — Tento encontrar a palavra certa que possa reunir tudo o que senti ao vê-los. — ... Simplesmente a coisa mais impressionante que vi na minha vida! — Percebo quanto soei entusiasmada e fico sem graça.

Outro motoqueiro também tira o capacete, revelando um rosto maravilhoso e estampando um sorriso estonteante. Oi? Será que só tem homens como os dos livros aqui? Tudo bem se houver alguma imperfeiçãozinha...

Aquela coisa inacreditável de bonita mostra que ainda tem uma voz que convida ao pecado.

— Então é essa a bela e tão falada contorcionista? A mulher que vem distraindo meus companheiros...

Tenho a impressão de que fico vermelha, mas sou distraída pela voz rouca e abafada do globista que ainda não tirou o capacete.

— Sim, é ela mesma, Micha. A tão aguardada contorcionista.

Sorrindo com irreverência, Micha não se abala com o tom de advertência na voz do motoqueiro que se refere a mim, sem permitir que seus lábios deixem de sorrir enquanto estende a mão aberta para me cumprimentar. Estendo a mão e ele me puxa e estala dois beijos, um em cada uma de minhas bochechas.

— Cariocas cumprimentam com dois beijos.

Estranho, mas seu sotaque mostra muito bem que de carioca não tem nada! E esses cabelos pretos longos presos por um elástico são um sonho!!!

Pela viseira do capacete aberta, flagro o homem arredio estreitar os olhos diante da atitude do tal Micha, embora não mostre nenhuma animosidade.

— Ah, sim! — digo, constrangida pela demonstração exagerada de afeto.

— Não dê ouvidos a ele! É um abusado! Nem pense que aqui tem que sair dando dois beijos em cada pessoa que conhecer, principalmente quando nem cariocas são.

Sinto um tom levemente irritado naquela voz, mas, confesso, novamente me distraio com a figura do dono dela!

Não posso negar que, como uma artista que usa o corpo e suas infinitas possibilidades, sou muito atraída por formas corporais e, devo dizer, aquela forma, recoberta com uma agarradíssima calça de couro preta e uma jaqueta do mesmo material, é definitivamente o sonho molhado de qualquer mulher que tenha sangue nas veias!

Fitando seus olhos cor de avelã, fico tão atraída por ele que não ouço nada do que é falado, aliás, aparentemente nem ele. Assumo uma atitude ousada e estranha ao meu jeito usual de ser. Nossos olhos conectam-se sem vergonha ou pudor. O calorão que sinto faz minha camiseta ficar encharcada de tanto suor, colando-se ao meu corpo, que transpira de desejo. Um formigamento se concentra numa parte incomum de minha anatomia. A atração é tão forte que chego a me ver caminhando até ele e colando meu corpo ao seu. Minha necessidade dele parece que só vai ser preenchida se tiver cada parte do meu corpo colada ao seu!

Ele vem até mim e faço um esforço hercúleo para ficar aguardando, porque quero correr ao seu encontro. A energia que flui entre nós dois é tão densa que parece possível tocá-la! Parando à minha frente, tira lentamente uma das luvas e meu coração se avoluma por causa do desejo que tenho de que ele trace com sua mão nua o contorno do lado direito do meu rosto.

O silêncio é sufocante. Sua fragrância masculina, misturada à fumaça das motocicletas, invade minhas narinas e torna meus sentidos ávidos e explosivos, em pura combustão. Outra desconhecida e nova sensação se espalha pela minha pele. Ele me olha e diz, com a voz abafada pelo capacete:

— *Vy zametchatelhnaya jenzhina*[22]!

Apesar de minha mãe ter nascido em São Petersburgo, não convivi com ela nem com os russos do circo do meu pai. Claro que sei algumas palavras porque Iva vivia falando algumas delas, das quais me lembro até hoje. Por outro lado, meu pai nasceu no Brasil e tinha ódio mortal dos russos — o que entendi quando resolvi pesquisar, embora não ache que justifique tanto rancor de sua parte — porque diz que, como checheno, estava no sangue odiar "aqueles malditos vermelhos", como ele se referia aos russos.

Então, não sei o que esse homem de olhar enlouquecedor está falando, com essa voz empostada e abafada pelo capacete, mas, mesmo assim, arrepia meus ossos!

Presa em seu olhar ardente, me sinto invadida por um clarão de reconhecimento de algo que não sei o que é. Sua mão, como desejei, acaricia minha face.

Saímos do transe quando o bonitão de sorriso deslumbrante vem por trás dele e lhe dá um sonoro tapa nas costas, que faz com que sua mão, sem querer, empurre meu rosto e eu cambaleie com a surpresa e força do impacto, batendo a parte de trás da minha perna na cadeira em que antes estava sentada, caindo nela com um estrondo.

— Aí, matador, diga que o treino acabou, porque mal posso esperar para ver do que a Maria Fumaça do Yuri precisa.

O motoqueiro misterioso vira-se e, num reflexo, empurra o bonitão, acabando com seu sorriso, e grita um monte de palavras em russo que, imagino eu, devam ser palavrões bem pesados, pois o bonitão só olha, boquiaberto. Trocam palavras ásperas, até que o meu defensor se vira para mim.

— Você está bem, moça bonita? Machuquei você?

— Estou bem e não me machucou! — respondo, entre ofegos de emoção. — Apenas me assustei com o movimento inesperado!

[22]Вы замечательная женщина, "Você é uma mulher maravilhosa", em russo.

— Peço desculpas pelo grosseirão do meu primo Micha, que anda tão infeliz com sua vida que acha que pode estragar qualquer momento especial vivido por outras pessoas!

Uau! Ele disse isso mesmo? Também achou especial? Morri!

O bonitão, ou melhor, Micha, chega perto de mim.

— Não dê ouvidos ao meu primo brutamontes. Ele sabe que sou muito mais charmoso e bonito do que ele e está fazendo propaganda negativa de mim. Mas, de fato, fui muito desajeitado e quase a machuquei. Desculpe-me!

— Não há problema — digo. — Sei que não teve a intenção, e não me machuquei.

— Para compensar o meu mau jeito, convido-a para me acompanhar no jantar.

O convite inesperado de Micha me pega de surpresa, mas nem tenho tempo de responder.

— Creio que Kenya é esperta o suficiente para não cair na armadilha de um conquistador barato como você, então, desista e vá logo ver a moto do Yuri. E aproveite para tomar um banho, porque estou ficando enjoado de seu cheiro.

Micha olha espantado para o homem viril vestido com roupa de couro e solta uma gargalhada. Não entendo como, depois de ter sido ofendido pelo primo! Mas parece que compartilham algo e entram num mudo entendimento.

— Como disse, não acredite no que meu primo mal-humorado fala, mas entendo que não queira sair comigo após uma apresentação tão desastrosa. Mas não faltarão oportunidades, Kenya! *Dá svidânia*[23]!

Isso eu sei o que é!

— *Dá svidânia*!

Yuri, que até então se limitou a observar com uma expressão preocupada, também se despede e segue Micha.

Após a saída dos dois, o silêncio só é quebrado pelo ir e vir dos trabalhadores preparando o circo para o espetáculo da noite. Não sei o que fazer ou dizer para o silencioso homem ainda à minha frente, porque acho que minha ousada interação sexual de momentos atrás mexeu comigo, só pode ser!

Caramba, já tinha chegado a pensar em trios há algumas horas, mas, pelo que estou vendo agora, parece que vai ter que ser um

[23]до свидания , "tchau" ou "adeus", em russo.

quarteto! Após a estiagem sexual de uma vida toda, fico tarada por três pessoas de uma só vez! Volto a me lembrar dos livros de Maya Banks e começo a me arrepender de tê-los lido, inclusive a série em que escreveu a respeito de uma família de até três irmãos que se casam com a mesma mulher! Ai, ai...

O glorioso homem abaixa-se à minha frente, põe a mão no meu queixo e me faz olhar para ele, ainda de capacete. Nossos olhares se encontram novamente e o ar espesso entre nós bloqueia nossa percepção de qualquer movimento dos trabalhadores ao nosso redor.

— Acho que devo ir conhecer o resto do circo... — Ciente do meu tom de súplica, tento arrumar uma desculpa para sair dali. Essa fascinação por homens com as faces ocultas, seja por bandagem, pintura ou capacete, está mexendo com minha libido.

— Estou tão fascinado quanto você! — ele murmura.

— Então, acho que agora é aquela hora em que devo desviar meus olhos dos seus?

— Talvez a solução seja não lutar contra...

Não acredito que ele sabe no que estou pensando! Deus! Vou ali me enforcar de vergonha e já volto. Bem, na verdade, não vou, porque diferente dos outros dois, com este pareço não ter muito embaraço, quero mais é atacá-lo.

— Se tivesse uma ideia de contra o que devo lutar... — respondo, pensando em minha atração por três homens ao mesmo tempo, sem obviamente lhe mencionar tal absurdo.

Passo a língua sobre meus lábios secos, sem deixar de olhar em seus olhos. Não espero que me explique sua enigmática frase, assim como não quero explicar a minha.

O brilho de seus olhos cheios de promessas se intensifica e suas pupilas se dilatam.

— Diante de uma situação inesperada, mas intensamente prazerosa, talvez o melhor seja não se deter e continuar seguindo o curso programado. Porém, nada impede que, enquanto isso, desfrutemos mutuamente do que está fora do programa, usufruindo do prazer durante o percurso. O que acha?

Continuo sem entender o que quer dizer, mas a palavra prazer em sua voz me deixa trêmula e ansiosa para trilhar esse tal percurso.

Com mais uma carícia em minha face, sem mais nem uma palavra, ele se levanta e segue na mesma direção dos outros dois, sem parecer se importar com a resposta. Fico parada, na verdade sem forças para responder e nem andar.

Capítulo 8

Que seja infinito enquanto dure

Aleksei

Saio do circo com as pernas bambas e com um tesão violento! Arranco meu capacete com raiva e com as mãos tremendo.

Maldita mulher gostosa que me tira dos trilhos só de olhar para mim! Nem vou ficar me enganando, inventando um monte de justificativas ou desculpas para não ter nenhum envolvimento com ela. Desde que não perca de vista meu objetivo de obter provas materiais e uma confissão do pai dela pelo crime que cometeu contra tanta gente, não vou me impedir de explorar essa química profunda que explode entre nós sempre que nos encontramos!

Nunca senti algo tão forte antes! Nem a raiva que sinto do pai dela, a tristeza pela morte de meus pais e as dores das queimaduras chegaram à intensidade do que sinto por ela! Sua presença desencadeia uma gama de sentimentos desconhecidos e incontroláveis, ajo sem pensar diante dela.

— Ei, ei, ei, leão enfezado! Vai com calma aí, porque temos que conversar, não acha?

Ouço Micha falando comigo, tirando-me dessa onda de luxúria do cão!

— Nem vem, Micha! Não estou com humor para isso agora!

— Não esqueça que o pai dela é domador de leões.

— A piadinha é para ter graça?

— Com humor ou não, nós temos que conversar, Aleksei! Não estou bem certo que essa estratégia para apanhar aquele desgraçado com a boca na botija seja a mais adequada, porém, desde que decidiu por esse caminho, te apoiei e vou continuar apoiando. Mas já digo logo que não vai resistir a ela. Vocês transam só de se olhar, *móy drug*[24]!

— E qual é o problema, Micha? Acha que só você pode sair e levar para a cama qualquer coisa que use saias?

— Aleksei, está tão balançado pela contorcionista que nem percebe a besteira que fala, *tavarisch*[25]! Você não é nenhum santo e levou para a cama quase tantas mulheres quanto eu, senão mais, mas nunca ficou transtornado e sem controle como está com essa moça!

Olho feio, mas sei que ele tem razão. Sou um homem de sentimentos intensos e extremos, talvez uma característica do homem russo, não sei. E essa atração por Kenya cresce em progressão geométrica!

— Está certo, não posso refutar, mas não vou desistir dos meus planos por causa disso, fique tranquilo, Micha! Vamos pegar aquela raposa de qualquer maneira.

— Mas se você estiver louco pela filha do homem, como acha que vai ter coragem de fazer algo que vai fatalmente machucá-la? — insiste.

Passo a mão no meu rosto já sem a bandagem, que retirei há dias, e consto que a última cirurgia de reparação foi um sucesso! O cirurgião plástico conseguiu enxertar tecido onde era necessário e reparar as áreas que estavam pondo em risco minha visão e audição. E, ainda bem, não afetaram minha tatuagem com a palavra paz em russo, senão, ficaria a monstruosidade em cima do monstro.

— Micha, só tenho certeza de uma coisa, e isso é inabalável: Adrik vai pagar, de um jeito ou de outro, pelo que fez. Agora, quanto a essa loucura com a Kenya, só posso dizer o que você mesmo já disse, realmente não vou e nem sei se quero resistir a ela. Como vou administrar isso com meus planos em relação ao pai dela, sinceramente, ainda não tenho como responder, mas vou pensar no assunto

[24]Мой друг, "meu amigo", em russo.
[25]Товарищ "companheiro", em russo.

e, depois de digerir até mesmo essa incontrolável atração que estou sentindo, sei que vou achar alguma solução e lhe direi.

Ele apenas me olha, com uma expressão de compaixão que, confesso, me causa um pouco de receio, porque sei que estou, como dizem aqui no Brasil, numa sinuca de bico. Resignado, me abraça.

— Conte comigo para o que der e vier, *tavarisch*! Só não quero que sofra mais do que já sofreu até hoje, ou que tenha queimaduras mais dolorosas que as antigas, porém, num lugar muito mais sensível: seu coração.

— Ele está blindado contra fogo.

— Não estou muito certo a esse respeito. A menina é uma mistura explosiva de ingenuidade e sedução. É belíssima e sexy demais, mas parece não se dar conta disso, o que a torna perigosa para vocês dois. Temo que se envolva demais e acabe sofrendo as consequências negativas se não souber lidar direito com isso.

Balanço a cabeça, mostrando que também tenho o mesmo receio, porque sei, melhor do que ninguém, que não sou invencível, nem posso mudar o curso do destino, mas, de qualquer maneira, para explorar essa atração entre nós, estou disposto a pagar o preço.

— Eu também espero, Micha! Mas, apesar disso, a partir de agora, começa a temporada de conquista. — Rio com ele de minha piada, o que alivia o clima tenso. — Quero tanto essa mulher que não vou perder um instante em que eu possa estar com ela, durante o tempo que for bom para nós dois. — Fico assustado comigo mesmo ao me ouvir fazer tal confissão. — Se a intensidade de nós dois explorando essa atração for tão forte quanto é agora, quando ainda mal nos tocamos, tudo valerá a pena pelo tempo que durar. Até mais tarde!

Sempre fui muito objetivo e transparente com os gêmeos em relação aos meus ideais e sentimentos. Minha ligação com eles transcende coisas como ocultar segredos e mascarar a verdade. Mesmo estando só com Micha, isso continua válido.

— Até mais tarde, no show dos veneráveis Markov.

Nos afastamos gargalhando, como sempre que citamos nosso trio com um adjetivo mais tolo e pernóstico que outro.

Mal me afasto e já estou planejando um jantar com Kenya após o show desta noite. Agora que já admiti minha atração e resolvi explorá-la, não quero perder tempo com reflexões que, na verdade, serão só balelas hipócritas que apenas adiarão o inevitável: ficarmos juntos.

O descerrar das cortinas

Kenya

Após a saída do gostosão, levo um tempo para me recuperar de tanta emoção. Parece que estávamos em outra dimensão e voltar à Terra é bastante traumático, quase uma queda desastrosa, durante a qual me vejo horrorizada comigo mesma.

O que significa isso? Será que alguma pomba-gira tomou conta do meu corpo e das minhas vontades? Está de brincadeira! Três homens tirando meus pés do chão e me deixando alucinada de desejo! E, o pior, todos no mesmo lugar e, provavelmente, colegas de trabalho!

Como pode uma mulher ser tão volúvel assim? E, só para constar, esta mulher ser justamente eu! O que vou fazer, uni-duni-tê? Como escolher com qual deles vou deixar rolar a atração? Porque quando a gente escolhe, significa que está abrindo mão das outras opções. Não sei se meu corpo entenderá. Aliás, eu absolutamente não o conheço mais!

Respiro fundo e digo a mim mesma para me dar um descanso, porque essa confusão toda está acontecendo só dentro de mim, os três homens nem imaginam o turbilhão em que me envolveram. Para eles, a vida segue seu curso normal, sem maiores complicações.

Duvido que sentiram a mesma coisa que eu, embora eu tenha podido vislumbrar certo interesse por mim em cada um deles.

Bem, como o que não tem remédio remediado está, decido viver as coisas conforme forem acontecendo. Por agora, vou tentar conhecer o máximo possível do circo e interagir com as pessoas, porque amanhã tudo será desmontado para ser iniciada uma turnê pelo estado de São Paulo.

Passo a observar realmente o interior do circo. Estava tão focada no espetáculo do globo da morte que nem havia reparado em nada ao redor. O circo é gigantesco! O picadeiro é dividido em três espaços para apresentações e a parafernália eletrônica é moderna e bonita ao mesmo tempo, sem estragar a beleza da lona que recobre todo o espaço.

Embora não possa perder sua essência de despertar suspiros, emoções e risos na plateia, para continuar atraindo espectadores o mundo do picadeiro precisa se reinventar a cada geração. Muitas vezes, a tecnologia dá o toque final inovador às apresentações, que encantam tanta gente. E parece que isso, como explicou Yuri mais cedo, é o que acontece aqui, considerando a quantidade enorme de equipamentos.

Além disso, há artistas treinando na báscula[26], outros no trapézio, mais alguns fazendo acrobacias no arame, um atirador de facas e muitos mais.

Como sei que essa é a parte que o público das arquibancadas pode ver, sem imaginar a complexa e intensa atividade nos bastidores, dirijo-me ao portal que dá acesso a esse mundo igualmente mágico. Logo que entro, uma linda moça segurando um pequeno *walkie-talkie* caminha até mim, como se já estivesse me esperando, o que é confirmado quando ela se apresenta.

— Olá, Kenya! Bem-vinda ao Gran Circo *Voskresenie*! Sou Lara, trapezista e guia das visitas programadas pelas escolas dos locais em que nos apresentamos.

— Muito prazer, Lara! — respondo, de forma leve.

— O Aleksei me deu ordens expressas para lhe mostrar o máximo que puder por hoje, além de lhe apresentar à equipe de contorcionistas. Espero que goste, mesmo que seja bem rápido, porque

---

[26]Aparelho semelhante a uma gangorra usado para dar impulso aos saltos. Um artista ou um grupo pula em uma das extremidades, impulsionando quem está na outra.

temos espetáculo, e que seja muito feliz, como nós, aqui no nosso mundo mágico.

Fico encantada com a simpatia e a doçura da menina, que parece ter uns quinze anos. Quando lhe digo isso, ela ri e continua me mostrando as instalações.

— Tenho, na verdade, dezenove. Nasci no circo e, desde pequena aprendi a amar esta vida, porque aqui os mais velhos formam os mais novos, compartilhando técnicas e experiências. Eu e os artistas que conheço não acreditamos nessa história de que o circo está envelhecendo. Temos visto uma nova geração, que tem um carinho e uma devoção muito grandes em manter esta tradição! — fala, com orgulho.

— Penso o mesmo que você. E acho que nem a internet, a TV a cabo ou serviços de streaming são capazes de destruir o encanto e a magia que o circo exerce sobre as pessoas. Cada vez mais há novas e diferentes atrações, impossíveis de resistir.

— É verdade! Você pode ver isso pela nossa grade de atrações extremamente variada, que permite que a gente monte várias apresentações, com uma gama variada de shows, desde os mais conhecidos e comuns como o trapézio de voo, equilibrismo, tecidos facholy ou acrobático, globo da morte, até os mais modernos e inovadores, que continuamente elaboramos. Mas, sem dúvida, todos tendo a indispensável presença dos maravilhosos palhaços.

— Vocês não mantêm uma mesma programação pelos lugares que passam?

— Não! Aleksei sempre nos diz que o circo, desde que surgiu, se reinventa através dos tempos e que, como a humanidade em geral, nós temos que estar abertos para fazer o mesmo. Ele nos incentiva a criar novos shows e a aprender tudo o que temos vontade, claro que desde que cumpramos nossas obrigações. Por isso temos várias modalidades aéreas, de manipulação, esportes radicais, artes marciais.

Lara fala com tanto entusiasmo que me revela que, apesar de parecer enfezado, Aleksei é um excelente empregador, que valoriza e incentiva seus funcionários, preocupando-se com sua participação ativa e não faz uma administração autocrática.

Ela parece ler meus pensamentos.

— Continuamente recebemos treinamento não apenas referentes às nossas habilidades no palco, mas também um repertório amplo para executar tarefas com alta qualidade. Ele nos incentiva a estar à vontade no ambiente de trabalho e ter uma boa e mínima educação formal, principalmente desenvolvendo práticas de marketing e propagandas mais abrangentes em jornais e emissoras de rádio e televisão.

— E quanto aos animais? — pergunto, porque já andamos bastante e não vi nenhum até agora.

— Por ser do meio, você deve ter conhecimento da polêmica sobre o emprego de animais nos espetáculos circenses e o conflito entre os circos que os têm e alguns segmentos da sociedade, como os ambientalistas, órgãos públicos, ONGs e uns tantos outros que nem sei dar nome.

— Sim, quem é contra alega que sofrem maus-tratos, como dentes precariamente serrados, jaulas minúsculas, estresse, além de serem frequentemente abandonados, porque é necessário muito dinheiro para mantê-los.

— É, só que existem vários circos brasileiros que têm infraestrutura e recursos para manter seus animais, com auxílio de biólogos e veterinários contratados para garantir o bem-estar deles, inclusive com documentação do Ibama.

Ela tem bastante conhecimento do assunto, provando que foi realmente preparada para falar disso. Só para a conversa quando me apresenta a algumas pessoas.

— Já é proibido o uso de animais em algumas cidades, mas na maioria ainda é permitida a exibição. Alguns empresários circenses, artistas, produtores culturais e estudiosos tentam aprovar uma legislação federal que regulamente o tema. Aqui, apesar de termos animais de estimação, que não são só cachorros e gatos, não os usamos em apresentações. Aleksei acha que mesmo um adestramento positivo coloca o animal numa condição de estresse sob os holofotes.

Uau, o homem é um colosso mesmo! E Lara parece venerá-lo, alterando a voz quando o cita. Sinto um leve desconforto ao pensar nisso. Será que o todo-poderoso exerce esse mesmo domínio sexual sobre todas as mulheres do circo? Porque sobre a tal advogada que foi me procurar, posso jurar que sim.

— Para ele, um espetáculo de boa qualidade, com uma boa direção artística, apresentado dentro de uma estrutura segura, bonita e bem conservada, é suficiente para ter bastante público e fazer sucesso, sem precisar envolver os animais. — Balança os ombros e me puxa. — Venha, vou te apresentar à família Kuznetsov e aos outros que estarão com você em suas apresentações.

— Todos aqui são russos?

— Todos não, mas a maioria.

— E quanto à segurança? — pergunto, porque minhas lembranças não são muito agradáveis.

— Aleksei é radical nesse sentido e exige a contratação dos recursos tecnológicos e procedimentais mais modernos e eficientes disponíveis no mercado. Faz com que todos aprendam os procedimentos, protocolos e medidas de segurança, porque acredita que, mesmo com tudo isso, fatalidades acompanham os circos que realizam atividades que proporcionam risco de vida.

Estremeço quando ela fala isso, porque lembro que o globista misterioso participa de uma dessas atividades. Fico mal só de imaginar que algo pode lhe acontecer.

Finalmente, chegamos à equipe de contorcionistas. Lara os apresenta a mim.

— Kenya, esses são os rapazes, Bunin, Danya, Liev e Dimitri, meu namorado, e as meninas, Irina, Tereshkova e Sonya. — Ela aponta um a um e eu demoro para conseguir me lembrar dos nomes de tão rápida que é. — E aquela se desenrolando no tecido é Tanya.

Todos são extremamente receptivos e sou agradavelmente recepcionada e cumprimentada.

Tanya vem até nós. Aparenta ser mais madura que os demais. As feições de todos são muito semelhantes, todos altos, de cabelos negros e olhos amendoados. Danya e Tanya têm os traços mais suavizados, mas ainda assim extravagantemente aristocráticos. Embora parecidos, cada um tem suas peculiaridades. Mesmo um sendo homem e a outra, mulher, são parecidos demais, não dá para ignorar que são irmãos.

— Enfim nos conhecemos! — Tanya diz quando se abaixa para pegar a toalha e secar a testa, olhando para mim, sorrindo. — Que bom que Lara finalmente a trouxe para nos visitar.

— Também não via a hora de conhecer vocês! — Estendo a mão para cumprimentá-la e ela me puxa para um abraço acolhedor. É linda!

Observo a sintonia de todos ao voltarem ao treino, enquanto Tanya e Lara ficam ao meu lado.

Sincronizados, escalam o tecido acrobático com uma técnica impressionante. São tão ágeis e perspicazes que, em instantes, estão se amarrando, enrolando e girando no ar. Fico de boca aberta porque pesquisei muito e vi vídeos demais a respeito dos profissionais da área, mas estou conhecendo os melhores acrobatas que poderia, em apenas alguns segundos.

— Os meninos são bons, não é? — orgulhosa, Tanya pergunta ao ver meu olhar admirado. Ela os olha sorrindo, o que a torna ainda mais linda.

— Eles são ótimos! — Levo a mão ao peito, praticamente sem fôlego ao vê-los em uma acrobacia arriscada.

— Esperamos estar à sua altura. Aleksei nos falou que você é perfeita.

Congelo ao ouvir o nome dele.

— Ele falou de mim? — Por mais que soubesse que falaria, nunca o imaginei se referindo a mim como perfeita.

— Acho que falou de você mais do que percebeu. — Ela ri, ironicamente. — Mas eu e meus colegas somos discretos e o deixamos contar até que seus cabelos eram lindos como o fogo. Agora que a conheci, entendo o que ele quis dizer.

Parece sincera ao me contar as observações de Aleksei e me pergunto que tipo de elogio foi aquele.

— Mal vejo a hora de começarmos a treinar todos juntos.

— Nós também! — Fico sem graça pelas expectativas que percebi estarem projetando sobre mim a partir das informações de Aleksei, mas feliz ao saber que lhe causei tão bom impacto. Sua opinião a meu respeito me faz muito bem. Converso com as duas por um bom tempo, tomando conhecimento da rotina de treinamento e das habilidades de maior destaque de cada um. Como vão se apresentar esta noite, resolvo não prolongar muito a conversa, teremos tempo para isso quando chegarmos à próxima cidade.

Lara parece ter adivinhado que pretendia voltar para o meu trailer e me preparar para ver o espetáculo.

— Vou te levar até o seu trailer agora, para ter tempo de descansar e comer algo antes de o espetáculo começar. Quando terminar o show, Aleksei estará te esperando para jantar em seu trailer. Eu te levarei até lá quando for a hora. Ainda não me apresento no trapézio nas sessões noturnas e estarei livre.

Meu coração parece rodopiar no peito ao ouvir as instruções do todo-poderoso. Contenho-me para não mostrar minha reação diante do convite, com medo de que ela possa ouvir os sons dos meus batimentos cardíacos acelerados.

Capítulo 9

E as revelações começam

Aleksei

— E como é a rotina de quem mora e trabalha num circo? É tão mágica e glamorosa quanto os espetáculos?

Olho, divertido, para o universitário que está fazendo seu Trabalho de Conclusão de Curso de Artes a respeito do circo e me pediu uma entrevista para ajudá-lo em sua elaboração. Concordei porque ele entendeu que teria que fazer isso no meu tempo livre e porque acho muito bom que o circo seja estudado também em universidades, divulgando nosso trabalho e a vida de artistas itinerantes.

— Pode parecer que não, mas o dia a dia de quem mora e trabalha no circo não é muito diferente daqueles que têm uma vida, digamos, mais tradicional. A maioria de nós têm uma casa fixa para onde, algumas vezes ao ano, voltamos para descansar e rever familiares.

— Mesmo quando estão viajando?

— Neste caso, quando estamos em cartaz, rodando o país, a casa é sobre rodas, em trailers equipados como este em que estamos agora, que dão conforto e qualidade de vida. A rotina é quase igual à de quem não vive no circo. Acordamos, tomamos café, vamos conferir nosso material de trabalho, ensaiamos, vamos à academia, fazemos as atividades do dia a dia, descansamos e só duas horas antes do espetáculo começamos os preparativos para entrar em cena.

— E o que mais fazem durante as viagens?

— Nossa rotina só é alterada quando precisamos desmontar a estrutura, viajar e montar tudo de novo em outra cidade. Isso é o que mais me encanta, a possibilidade de conhecer novas pessoas, novas culturas e levar meu trabalho a uma nova plateia.

— Mas para realizar todas essas atividades, demanda muito pessoal, não? Você tem um quadro de funcionários muito grande para conseguir manter tudo?

— Na verdade, muitos de nós desempenham várias tarefas do dia a dia, além das relacionadas à montagem e desmontagem do circo, bem como na apresentação de vários números. Por exemplo, um trapezista, além de se apresentar, também ajuda a levantar os mastros, a erguer a lona e a montar os equipamentos relativos ao trapézio.

— E há alguns papéis que demandam mais pessoas?

— Sim! Os palhaços estão em maior número, porque ficam do lado de fora, vendendo pequenas bugigangas. Isso é muito comum nos circos, embora no nosso, no picadeiro propriamente dito, apenas trabalhem seis palhaços, liderados por Picolino[27], o mais velho deles, apresentando números clássicos e também inovando com trapalhadas originais.

— O senhor também desempenha algum papel, além de gerenciar o circo?

Quase rio da pergunta, lembrando quantos papéis já desempenhei e quantas pessoas posso substituir nos shows por causa das tantas coisas que tive que aprender.

— No início das atividades do meu circo eu desempenhava vários papéis, pois desde criança, assim como a maior parte dos artistas circenses, aprendi o máximo que podia. Mas, com o crescimento e o aumento dos lucros, tudo ficou maior e com muito mais responsabilidades, então tive que ir assumindo muitas atividades de gerenciamento do negócio e, aos poucos, abandonando o picadeiro.

Dou um suspiro pesaroso, porque administrar um circo nunca substitui a magia de estar no picadeiro, sentindo o calor e a receptividade do público.

— Então o senhor não se apresenta mais?

---

[27]Uma homenagem das autoras a Picolino I (1886-1962), nascido Nerino Avanzi, que viveu, na infância, no paulistano Teatro Polytheama, Vale do Anhangabaú. Pelas frestas, assistia aos espetáculos. Fundou, em 1913, em Curitiba, o Circo Nerino, junto com a mulher, a trapezista francesa Armandine Ribolá. O filho, Roger Avanzi, virou Picolino II. Muitas famílias participaram do Nerino, "o mais querido circo do Brasil". Em 52 anos, conquistou o "respeitável público". No livro Circo Nerino, Roger e Verônica Tamaoki (Códex/Pindorama Circus) contam a vida da companhia com paixão e lindas imagens.

— Tento me apresentar o máximo de vezes que posso, como hoje, em que não só participarei do globo da morte, como do trapézio, porque dei folga para um dos trapezistas, Oleg, que está apaixonado por uma artista de outro circo, que também está aqui no Rio de Janeiro. Muitas vezes acontecem imprevistos e acabo tendo que me apresentar sem ter sido programado. Essa é a vantagem de ter aprendido várias coisas!

— O senhor me daria permissão para filmar sua performance em ambos os espetáculos e, posteriormente, conversarmos de novo a respeito, após eu estudar o material coletado até agora e tirar algumas conclusões?

Não sou muito favorável à divulgação de performances individuais, prefiro que se dê destaque ao conjunto, a fim de que todos os profissionais sejam reconhecidos, mas tenho consciência de que, por se tratar de um trabalho muito específico, o rapaz tem seus objetivos, e não quero ser aquele que o impede de alcançá-los. Por isso, concordo.

— Sem problema, Reginaldo! Mas, lembre-se de que, a partir de amanhã, estaremos iniciando uma nova turnê no estado de São Paulo e você terá que nos localizar quando precisar novamente de dados de campo, está bem? Ah, e me chame de Aleksei. Esqueça as formalidades.

— Claro! Eu entendo e já previ isso em meu cronograma de trabalho. Peguei a programação com seu assessor e vou providenciar hospedagem nos locais em que vou encontrá-los. Aliás, seu assessor me disse que o senhor... Quer dizer, você concordou que eu acompanhe o circo num trecho da viagem.

— Sim, não há problema! Mas não se preocupe com hospedagem, pois os solteiros ficam em trailers que são compostos por quartos individuais e poderá ficar em um deles quando for nos acompanhar, assim sentirá na pele o que é viver a rotina de um circo.

Ambos rimos de minha observação e começo a me despedir dele. Logo terei que me preparar para o espetáculo.

Mas minha ansiedade está, na verdade, totalmente voltada para o que vai acontecer depois, quando vou receber Kenya para jantar em meu trailer. Após assumir que não posso lutar contra a atração que sinto por ela, não vejo a hora de descobrir se sente o mesmo e, em caso positivo, se está disposta a explorar comigo essa atração. Ou, na pior das hipóteses, perceber que é apenas uma oportunista que quer extrair vantagens de todos os homens que se aproximam dela.

Instruí Lara a avisá-la do nosso jantar depois do show, bem como a levá-la ao local que preferir para assistir ao espetáculo. Sei que, como artista, talvez queira participar da loucura e excitação que invade os bastidores em vez de ficar com a plateia.

Também pedi para Ivana preparar a melhor comida russa que pudesse, considerando o pouco tempo que lhe dei, e colocar vodca no congelador.

Esclareci que jantaria com Kenya e já fui claro quanto às minhas pretensões, porque não quero ficar sendo questionado a cada atitude que tomar. Além disso, até hoje Ivana tem um instinto maternal fortíssimo com relação a ela, pois foi quem cuidou da menina, desde que perdeu a mãe até os dez anos, quando foi levada pelo pai. Por causa disso, permiti que continuasse com aquele macaco temperamental que, segundo ela, era o companheiro inseparável de sua menininha.

Como o show de trapézio é antes da apresentação do globo da morte, já me visto. Se deixar para me aprontar lá, sei que vou acabar envolvido em tantas questões que terei que me preparar correndo, sem tempo para me concentrar. Estou mais do que acostumado a fazer a apresentação com a equipe de trapezistas e nem precisamos treinar mais, porém, isso não significa que não tenha que me preparar para focar apenas no que devo fazer.

Ao chegar, a alegria que percorre os artistas me envolve, como sempre! Quero saber onde Kenya resolveu ficar. Como não consigo encontrar Lara, peço para Igor chamá-la pelo *walkie-talkie* e perguntar. Enquanto aguardo, começo a atender a todos os que querem falar comigo. O apresentador é o primeiro.

— Aleksei, você, Micha e Yuri farão o show dos "Incríveis Markov" esta noite?

— Sim, faremos, mas deixe o globo da morte para a penúltima apresentação, porque me dará tempo para fazer a troca da roupa. Além do que, desta vez, o pirofagista encerrará o show antes da charivari[28].

— Fique tranquilo, Lara já me passou o roteiro desse último bloco. Aliás, já estamos no terceiro, que se encerra com vocês, trapezistas. Mais uns vinte minutos e precisamos de você lá. — Ele termina e vai em direção ao picadeiro, aguardando sua hora de entrar novamente.

De repente, sinto um arrepio na nuca ao mesmo tempo que Igor fala comigo, avisando que Kenya está aqui nos bastidores. Olho para o lado que me indicou e, se estivesse já no alto do trapézio, teria

---

[28]Número com todos os artistas em cena, apresentando acrobacias.

certamente caído do balanço direto para a rede de proteção pelo impacto causado por sua aparência magnífica.

Seus cabelos balançam com a brisa que lhes varre, fazendo aquela cascata de madeixas rubras brilharem. Ela usa calça justa, que delineia suas pernas torneadas das coxas até as panturrilhas, uma blusa também colada, resistindo à natureza por conseguir sustentar seus seios fartos, além de reverenciar seu colo nu. Uma excitação abrasadora invade meu corpo, obrigando-me a apertar as pernas uma contra a outra para não mostrar minha ereção pulsante. Mesmo tendo um roupão a me cobrir, não sei quanto pode disfarçar e, mesmo que o faça, vou ter que tirá-lo em poucos minutos, quando entrar no picadeiro.

Concentro meus pensamentos no desgosto que sinto ao vê-la conversando com Micha que, para variar, está fazendo seus gracejos com a equipe das bailarinas. Ele é incorrigível, mas, para seu mérito, não se envolve com nenhuma artista do circo, sabe que isso seria complicado. Foi mais esperto que eu, já que Raissa está me dando trabalho, telefonando todos os dias como que querendo monitorar o que faço. Vou ter que dar um basta nisso logo.

— Aleksei! — Micha grita meu nome ao perceber minha presença.

Viro apenas o lado bom do meu rosto, porque ela ainda não viu minha deformação e estou inseguro. Vejo que está olhando para mim, boquiaberta.

É difícil controlar a tensão desencadeada em meu corpo pela corrente elétrica que sua presença irradia. Eles caminham até mim e ela dispara uma pergunta surpresa:

— Você é trapezista? — Suas palavras ofegantes me fazem enrijecer.

— Olá, Kenya! Seja bem-vinda ao nosso show!

Ela assente, ruborizada, como se sua cor fosse reflexo dos seus cabelos. Eu me descubro sorrindo ao notar que, ao mostrar totalmente meu rosto, seu espanto não é pela cicatriz e tatuagem na face esquerda, e sim por eu ser um artista circense.

— Respondendo à sua pergunta, como artista de circo, desde criança aprendi muitas artes, virando uma espécie de curinga quando alguém não podia se apresentar. Tenho certeza de que, além de contorcionista, você também tem outras habilidades.

Vejo-a corar ainda mais, não sei se por não ter me cumprimentado antes de fazer a pergunta ou se minha menção às suas habilidades, que acabou parecendo um comentário de conteúdo sexual.

— Desculpe-me por não te cumprimentar devidamente, Aleksei, mas realmente fiquei surpresa. Nunca imaginei que você participasse das atividades artísticas do circo! Pensei que cuidava apenas do aspecto administrativo e de gerenciamento do negócio.

Essa doeu! Para um artista de circo, ser chamado de burocrata é uma tremenda ofensa! Mas vou ter que deixar essa passar por enquanto, porque Micha e os que a ouviram começam a gargalhar da observação dela, extremamente longe da verdade.

— Kenya, Aleksei é a pessoa menos burocrática que você pode conhecer! Se não tivesse todos nós sob sua responsabilidade, nunca sairia do picadeiro. São poucas as pessoas que aprenderam tantos ofícios de circo quanto ele! — Esse é Yuri, que estava acompanhando e fazendo as coisas funcionarem direitinho durante o espetáculo.

— Ah! Bem, só o vi uma vez, como empresário e de terno, então, acho que é compreensível meu engano. Desculpe-me, Aleksei!

Ela fala de um jeito tão envergonhado, fazendo biquinho com aquela boca moranguinho, tão sexy que me forço a pensar no rancor que sinto por seu pai para me impedir de ficar excitado. Minha expressão se contrai e seus olhos arregalam-se. Acredito que a criatura que tenho guardada dentro de mim a assusta!

— Kenya, seus cabelos são de tirar o fôlego de qualquer homem! — Aperto os punhos ao ouvir a fascinação na voz de Micha, mesmo sabendo que fez o comentário para amenizar o clima entre nós.

— Não adianta perguntar o número da coloração porque eles são naturais. — Ela brinca com Micha.

— Naturais? — Minha admiração chama sua atenção e só espero que não perceba que foi porque já fiquei imaginando todos os lugares em que sua cor natural se manifesta. A considerar a elevação de seu peito, que sobe e desce rapidamente, demonstrando uma respiração emocionalmente abalada, ela percebeu, sim.

É incrível como reage de maneira diferente cada vez que me encontra! Tudo bem que não sabia que era eu quando estava vestido de palhaço e, depois, como globista, mas, de qualquer maneira, suas diferentes interações comigo nessas ocasiões revelam que terei que desvendar com carinho essa minha encantadora *matryoshka*.

Quando vou falar novamente, Nikolai me chama para nos concentrarmos, o que significa que entraremos em cinco minutos.

— Bem, você terá bastante tempo para reparar sua dedução equivocada durante o nosso jantar. Até lá, *milaya moyá*.[29]

Viro-me e sigo em direção ao meu grupo.

[29]Милая моя, "minha querida", em russo.

Capítulo 10

A pintura em movimento

Kenya

Saio dos bastidores sem graça, porque sei que cometi uma tremenda gafe na frente de todos ao dizer a Aleksei que pensei que era um burocrata! Só faltou acusá-lo de ser um almofadinha, droga!

Realmente, nunca poderia supor que aquele homem sisudo e exigente pudesse ser trapezista! Talvez domador ou atirador de facas, mas fazer algo tão leve e belo como o que os maravilhosos trapezistas fazem no ar, de jeito nenhum!

De qualquer maneira, como disse, vou ter a oportunidade de ser mais agradável com ele durante o jantar e não perderei a chance de fazer isso.

Não pude ver seu corpo, porque não se virou totalmente de frente para mim e estava com a capa nas costas, mas, se de terno ele mostrava que tinha um senhor de um corpo, que dirá de malha de trapezista!

Sinto uma mão em meu braço e vejo Lara. Fico admirada por vir se sentar comigo, porque nas outras apresentações preferiu ficar nos bastidores com os outros.

— Lara, não se preocupe comigo! Fico super bem sozinha e você pode ficar lá nos bastidores.

— E perder a oportunidade de ver Aleksei ao vivo e em cores, voando naquela malha apertada?

Olho-a espantada por dizer isso em voz alta, já que me apresentou Dimitri como seu namorado.

— Ei, não me olhe assim. Adoro Dimitri, mas não estou morta! O show que o Aleksei dá não é só no trapézio. A simples presença daquele corpo sarado já é um espetáculo. Todas nós gostamos e respeitamos o homem, mas somos absolutamente fascinadas por aquele visual.

Ela ri diante de minha cara de espanto. Ouço o apresentador chamar os trapezistas e eles entram, dois homens e três mulheres. Todos ainda estão de capa e, após uns momentos agradecendo os aplausos, começam uma coreografia, até ficarem apenas de malha.

Meu São Nicolau! Eu já imaginava que o homem teria um corpão, o que Lara só confirmou com seu entusiasmo, mas não estava preparada para aquela perfeição recoberta de tatuagens! Aquela do rosto onde antes estava a bandagem quando o encontrei da primeira vez é intrigante.

Ouço Lara gargalhar e percebo que exclamei em voz alta.

— Não lhe disse? Agora entende o que quero dizer? Não há como vencer a tentação e deixar de assistir a esse show, concorda? Ainda bem que raramente faço shows com ele, porque senão viveria distraída e caindo na rede.

O show começa e o que esses artistas fazem no ar é muito lindo e bem coreografado. Todos são perfeitos, só acho que a trapezista não precisa ficar agarrando tanto Aleksei quando está a seu lado no balanço. Sinto inveja dela e ganas de arrancar suas mãos de cima dele.

De cada poro do meu corpo verte a vontade de aprender tudo no circo. Os trapezistas parecem tão livres ao voarem, ao mesmo tempo que seguros, sabendo que, após um rodopio no ar, alguém irá ampará-los. A euforia me toma diante de seus braços torneados por veias salientes, desejando estar lá em cima, no trapézio. Sinto-me à beira da insanidade.

O público ovaciona o quinteto incansavelmente e Aleksei os incentiva a bater mais palmas. Ele é carismático, sensual e irreverente, tornando o show mais excitante. Todos vão à loucura com seus giros no ar.

Nem percebo que mal respirei durante o show todo, até que termina e aplaudo de pé, sem tirar os olhos daquele homem viril. Sinto que ele comete um pecado ao cobrir com a capa um corpo tão perfeito.

— Kenya, você quer um lenço?

Como já se retiraram do picadeiro, me viro para Lara.

— Como assim? Lenço para quê?

— Para limpar esse monte de baba que está escorrendo de sua boca por causa do que eu e as meninas chamamos de efeito Aleksei.

Ri muito e, no fim, me junto a ela, porque realmente é um respeitável efeito que Aleksei causa nas mulheres. Quando estava fazendo as acrobacias, com aquele corpo cheio de músculos, sua leveza e elegância faziam com que parecesse levitar, desafiando a gravidade. Na verdade, aquelas tatuagens o tornam uma pintura em movimento.

Lara é chamada pelo *walkie-talkie* e sai, enquanto fico entretida com as apresentações seguintes, aliás, maravilhosas. Tão entretida que mal percebo ela voltando. Os profissionais realmente são de alto gabarito. Termina a apresentação do ilusionista, que me deixa desorientada quanto à maneira pela qual conseguiu fazer com que sua ajudante de palco flutuasse por cima da plateia. Eu juro que tentei encontrar qualquer truque, como uma corda a segurando ou o que quer que fosse que matasse a charada, mas nada. O cara simplesmente é perfeito!

— Senhoras e senhores... — O locutor começa a anunciar a próxima atração e Lara parece se divertir com a situação, considerando sua agitação ao meu lado. — ... segurem seus corações porque hoje, em nosso número de arremesso de facas, não será Stepanov a lançá-las. Quem lançará alguma coisa hoje é sua assistente: sua esposa, grávida, certamente vai lançar seu bebê nas mãos do médico no hospital para o qual estão se dirigindo neste momento.

O público faz um som admirado e, então, explode em gargalhadas pela forma divertida como o apresentador explicou a ausência dos profissionais.

— A bolsa da Mariana estourou — Lara fala baixinho.

— O quê? — A assistente de palco do atirador de facas estava grávida dele e se colocava sob sua mira nas apresentações? — Fico imaginando o nível de confiança que a mulher tem no marido! Deve haver muito amor entre eles, porque estava colocando não só a própria vida, mas a vida do filho em risco!

— Eles são ótimos juntos!

O horror me invade.

— São loucos, você quer dizer!

— Você diz isso porque não os conhece nem conviveu com eles. Acredito que nunca encontrou um casal que se ama tanto quanto os dois, porque, se tivesse, não faria uma afirmação dessa! O nível de confiança que eles têm um no outro é fenomenal!

Ela volta sua atenção para o locutor após, sem se dar conta, me repreender. Como não somos ainda tão íntimas, apesar de já me sentir muito à vontade com ela, mesmo a tendo conhecido hoje, prefiro ficar calada.

— Mas não fiquem tristes, porque, como o show não pode parar, teremos um substituto à altura! Com vocês, o temido, o valente, o a-tra-pa-lhaaaaa-do... Ops! É isso mesmo?

Ele faz uma cara de falso espanto ao olhar o script e, depois, olha para a plateia. Vai até um assistente de palco e cochicha com ele, fazendo toda uma *mise-en-scène* ao balançar os ombros e levantar as mãos para o alto, como se a pessoa a ser anunciada fosse algo fora do normal.

— Hum... Como estava dizendo, o a-tra-pa-lhaaaa-do Biiiiim Booooom, o palhaço atirador.

Meu coração dá piruetas, olho para Lara e ela ri, fingindo espanto também. Bim Bom entra, com facas na mão, todo atrapalhado, derrubando uma a uma. A plateia ri e eu também, porque a cena é muito engraçada! O que é reforçado por suas caras e bocas hilárias.

— Você sabia que ele era o substituto, não sabia?

— Acabei de ficar sabendo. Foi por isso que me chamaram. — Continua falando, mas mal posso ouvir por causa das estrondosas risadas de todos.

Ele se abaixa para pegar uma faca e sua calça cai. Como está de costas para a plateia, aparece sua samba-canção com uma boca mostrando a língua para todos.

O locutor volta a falar e a interagir com ele antes que tente pegar as facas novamente.

— E aí, Bim Bom, onde está sua assistente? Porque tem que haver alguém para você atirar essas facas, não?

Ele aponta o próprio locutor.

— Eu? Nem pensar! Tenho filho pequeno e um carnê enorme para pagar. Pode escolher outra pessoa.

Bim Bom dá de ombros e gira o corpo, gira, gira, sempre apontando para alguém que, enfaticamente, faz um sinal com a mão, dizendo não, até que não sobra mais ninguém no picadeiro.

Sem saída, ele começa a olhar para o público. Desconfiada, imagino que Lara será a tal assistente, por isso foi chamada aos bastidores. Quando a vê e continua a procurar, sinto um frio na barriga e chego até a me encolher, porque percebo que me enganei e, se estiver certa, escolherá aleatoriamente. Não quero que seja eu.

Mal acabo de pensar isso e percebo que minha tentativa é em vão, porque é em minha direção que ele vem, determinado, parando e se inclinando diante de mim, numa reverência. Quando volta à posição ereta, me oferece uma faca e eu, morrendo de medo, digo que não. Fazendo cara de triste, balança a cabeça, olha para a faca e, depois, para mim. Leva a mão à testa e faz careta, numa alusão de que se enganou ao me oferecer a faca. Ele brinca com a plateia e volta sua atenção para mim. Coloca a mão para trás e, no lugar da faca, me oferece uma margarida.

O público bate palmas e fico sem jeito, sem graça de recusar, e a pego de sua mão. Quando me inclino, fala comigo, sussurrando, para que só eu possa ouvi-lo.

— Confia em mim, menina do cabelo de fogo?

Ele é tão simpático que fico tentada a dizer que sim, mas que, apesar disso, não quero participar de seu número, qualquer que seja ele. Vai que seja o de atirar facas mesmo! Eu, hein? Se já achava louca a assistente grávida confiar no marido, que era profissional, imagina eu num palhaço inexperiente!

Mas, contrariando totalmente a lógica e a razão, mudo meus olhos da margarida para os dele, que toma a mão que lhe estendo, em aceitação, ao som de todo mundo gritando:

— Aceita, aceita, aceita...

Minhas pernas fraquejam, porque estou morrendo de medo de que vá mesmo atirar aquelas facas em mim e algo dar errado. Tomada pela apreensão do que está por vir, minhas mãos tremem, e Bim Bom percebe minha relutância. Aproxima-se de mim e ouço suas palavras sussurradas em meu ouvido:

— Já fui o atirador de facas principal do circo. Tudo está dentro do previsto e dará certo. Nunca colocaria você em uma situação de risco.

Sua voz rouca me transmite segurança.

— Por incrível que pareça, contrariando minha natureza desconfiada e retraída, confio em você.

— E não trairei essa confiança. Agora, é hora do show. Atue comigo, menina linda!

Tropeça nas pernas e me puxa, caindo e me levando junto, tendo o cuidado de me fazer desabar em cima dele para não me machucar. O público vai à loucura de tanto rir. Quando penso que as coisas não podem piorar, vejo que estou enganada. Entram os assistentes de palco trazendo uma venda e entregando-a para ele, que me ajuda a levantar.

— Você vai me vendar?

Ele balança a cabeça, negando, e sinto um medo irracional de ouvir sua resposta.

— Vou vendar a mim mesmo, porque não sou capaz de me concentrar e não errar a mira, diante desse seu corpo encantador.

— Nem sonhando que vou fazer isso! Você está doido? — Tento puxar minha mão, que ele segura forte, tentando me acalmar, sem entender que nem toda a segurança do mundo é capaz de me tranquilizar.

— Se não tivesse absoluta confiança e certeza da minha habilidade e competência, jamais a colocaria em risco, Kenya! — O sotaque em sua voz desperta algo em mim que, embora não saiba identificar o que seja, não deixa essa sensação ir embora. Olho-o confusa e ele pisca para mim.

Ele mesmo prende minhas mãos ao painel cheio de marcas e furos. Ficar tão próxima enquanto passa as mãos pelo meu corpo me deixa ofegante. Seus movimentos são lentos e juraria que até mesmo eróticos, a despeito da balbúrdia da plateia a bater os pés e as mãos incentivando-o. Divide sua atenção entre mim e o público. Abaixa-se, encarando cada parte da minha silhueta por onde seus olhos passam, me fazendo queimar. Segura meu tornozelo esquerdo com as duas mãos, faz uma leve carícia e o amarra, fazendo, depois, o mesmo com o direito.

Levanta-se lentamente, para à minha frente e me encara, quase tocando meus seios com seu corpo. Minhas mãos transpiram, enquanto meu peito parece explodir de emoção e medo.

— Menina do cabelo de fogo, você faz qualquer histrião suspirar de desejo ao vê-la tão ofegante.

— Estou com medo... — confesso.

Suspira e segura minha cintura, como se fosse me carregar em seus braços para me confortar. Seus olhos são tão profundos e familiares que parecem ter o poder de me hipnotizar. Subitamente, percebo que não me importo mais com o risco que corro e com o frio na barriga que sinto.

— Não tema. Só sou letal quando sou obrigado a ser.

Assinto, nervosa.

Segura meu queixo e não rompe a conexão de nossos olhares. Sua boca fica tão rente à minha que parece que vai me beijar.

— Prevejo que nós dois ainda experimentaremos juntos muitas emoções. — Seu dedo toca meu nariz e ele se vira para a plateia, caminhando desajeitadamente para o lado oposto ao meu.

Brinca com o público e mal presto atenção no que faz, sorvendo todos os sentimentos que despertou em mim. Um misto de pavor e prazer me invade e só saio do transe a que me submeteu quando o locutor pede silêncio e o vejo à minha frente, vendado e com facas nas mãos.

Respiro fundo e, antes que expire e volte a abrir os olhos que fechei, sinto um arzinho frio ao lado esquerdo do meu braço e o impacto da faca a talhar o painel, centímetros longe do meu corpo.

Aliviada, abro os olhos para ver a plateia explodir em palmas. Ele parece um samurai e, entre brincadeiras e arremessos de facas em minha direção, vou do céu ao inferno em instantes, até que atira a última faca e cai, divertido, tirando a venda, olhando para mim, passando o tecido na testa e suspirando de maneira a demonstrar alívio. Levanta-se, fazendo um ar vitorioso, porém se atrapalhando e tropeçando até conseguir se firmar e incentivar a plateia a ficar de pé e aplaudir.

Meu coração acompanha o embalo das palmas. Permito-me sorrir e olho para ele, agradecida por estar viva e pelo momento mais intenso da minha vida, em que fui capaz de seguir minha intuição e confiar cegamente em alguém.

— Isso foi absurdamente fantástico! — digo para ele assim que vem me desamarrar.

— Fantástica é você, menina do cabelo de fogo.

Solta-me da mesma maneira lenta e sensual que me amarrou, fazendo questão de despertar novamente cada sensação em meu corpo, como se não houvesse mais nenhuma atração para acontecer. Quando termina, percebe que mal consigo andar, então pega minha mão e faz mímica para o público me aclamar.

— Nos vemos depois. — Entrega-me a margarida que a assistente segura e me conduz até meu lugar.

— Foi um prazer, Bim Bom.

— Foi todo meu.

Lara me abraça, radiante.

— Você foi ótima, Kenya!

— Deveria te estrangular. Você sabia de tudo, não é mesmo?

— De tudo, tudo, não sabia. Mas que gostei de ver, ah, isso gostei muito. Vocês dois juntos foram muito quentes.

Ignoro o que ela fala. Lara parece ser daquelas pessoas a quem não se pode dar muita corda, que romanceia tudo.

Como não iria se apresentar, ficou comigo assistindo o resto do espetáculo, aliás, maravilhoso. Os profissionais realmente são todos muito bons. Até que chegou a hora do globo da morte, em que veria o outro ser irresistível, meu globista sedutor. Aguenta, coração!

Os roncos ensurdecedores das motos dispensam o anúncio do locutor, já deixando o público em polvorosa. As motos entram e circulam pelo picadeiro. A adrenalina invade o local, enquanto, um a um, os artistas entram no globo.

O show ousado com oito globistas é feito como imaginei, ainda mais perfeito e intenso com luzes, som e fumaça. A tensão se espalha entre os presentes, porque, de fato, é impactante e perigoso demais! Nem consigo respirar direito, quero que meu globista sedutor saia logo de lá.

As motos circulam como vultos cruzando a estrutura de metal, não é possível saber quem é quem dentro dele.

Ao fim, aplausos não param. A plateia está encantada!

Lara suspira ao meu lado.

— Já vi esse show tantas vezes que nem saberia dizer quantas, mas continuo encantada com a coragem dos meus dois amigos de infância, porque é engraçado ver aquelas crianças se tornarem homens tão destemidos.

— De quem está falando? Porque com os capacetes, não sei quem está lá, a não ser Yuri, Micha e o bonitão misterioso que vi no treino.

— Estou falando do meu namorado, Dimitri, que, espero, não seja esse tal bonitão misterioso que falou. Você o conheceu entre os ginastas que te apresentei à tarde. O outro é o Yuri, que também já conhece. Nós três crescemos juntos e sempre fomos um trio inseparável. Pena que isso mudou quando Yuri resolveu virar um idiota sarcástico a correr atrás de tudo que usa saias.

Sinto um acento de despeito em seu tom, mas acho que devo estar confundindo as coisas, porque falou do Yuri, não do Dimitri, seu namorado.

Os oito saem do globo e cumprimentam todos. Quando parece que o espetáculo vai ser encerrado, o locutor anuncia mais uma atração.

— Com vocês, os "Incríveis Markov".

— Estes são Yuri, Micha e o seu tal senhor Mistério Pecaminoso! Lara esclarece, rindo.

Os três voltam para o globo e todos vão ao delírio, gritando, até que, a uma só voz, dizem "Markov, Markov, Markov", batendo as mãos.

Eu vi o show deles no ensaio e sei quanto é realmente bom, extremamente louco e alucinado! Não sei se, depois de ter sentido o que senti pelo meu globista, vou conseguir assistir sem roer todas as minhas unhas.

Peraí, Markov? Viro-me para falar com Lara, mas as motos começam a fazer seu característico barulho envenenado e o show começa, então não consigo lhe perguntar nada.

Poucas unhas inteiras me restam quando finalmente encerram, sob os aplausos estrondosos da plateia, gritando novamente o nome artístico do trio. Meu inconfundível globista está de macacão verde, com listras de cor lilás, como as cores do meu show para representar a aurora boreal. Sinto meu coração pulsar mais rápido diante da descoberta, e em expectativa para ver o rosto dele, porque começam a tirar os capacetes para agradecer.

Primeiro Yuri, depois Micha e, finalmente... Não! Não acredito! Não pode ser!

Balanço minha cabeça, como se isso pudesse desfazer o que penso ser uma ilusão de ótica, mas as palavras de Lara destroem totalmente essa possibilidade.

— Agora você entende por que todos gargalharam quando você achou que Aleksei era um cara de escritório e negócios? O homem não só tem um corpo perfeito, é um artista polivalente fantástico, como também um excelente empresário e ser humano! Dificilmente existe quem não goste dele aqui nem há mulheres que não suspirem quando ele passa, desde as mais novas até as mais velhas.

Engulo em seco diante da informação que faz meu peito queimar ao imaginar esse bando de assanhadas querendo o meu homem. O quê? O que acabei de pensar? Estou louca de vez! Acho que meus hormônios entraram em combustão instantânea por causa dele e estão me deixando ensandecida, com ares de proprietária daquela bela espécime masculina. Que ridículo da minha parte! Quem é Kenya na imensidão de mulheres que devem cair em cima dele?

Ela continua, empolgada, diante do meu silêncio:

— Mas ele nunca se envolveu com ninguém que trabalha aqui no circo. Ninguém teve essa chance porque ele sempre deixou claro que não mistura negócios com prazer. Sendo o dono, realmente ficaria complicado se as coisas não dessem certo.

— Ninguém? — pergunto, tentando disfarçar que quero saber tudo.

— Bem, alguns acham que teve algo com a Raissa. — Dá de ombros. — Mas isso não compromete sua posição, já que não trabalha aqui. Ela tem o próprio escritório e o representa nas questões jurídicas.

Lembro-me daquela mulher lindíssima, porém seca e áspera no trato com as pessoas. Quando nos encontramos, me tratou com arrogância e desprezo, como se estivesse lidando com a escória. Não gostei nem um pouco dela, mas, como falou mais com meu pai do que comigo, só me cumprimentando, nem lhe dei qualquer outro pensamento depois que o encontro acabou.

Diante do meu silêncio, Lara caçoa:

— Kenya, você deveria ser menos óbvia quanto aos seus desejos por Aleksei.

— Como assim? Eu não o desejo.

Ela para de rir e fica séria.

— Não precisa mentir para mim. Desde pequena, minhas intuições sempre sinalizam o que realmente acontece. Venho de uma linhagem ancestral de videntes. Não tenho uma tenda aqui, como há em alguns circos, porque, na maioria das vezes, o que vejo nem sempre se trata de coisas boas e eu não quero ser a porta-voz de notícias ruins quando ainda nem entendo muito bem nem sei dominar o dom que me foi dado.

Vejo a honestidade de sua expressão e a ouço atentamente:

— Quanto a vocês dois, apenas aconselho ser prudente. O mundo tem tons de rosa, mas também tem tons sombrios.

Suas palavras me arrepiam.

— Não me confunda com Raissa.

— Não é essa a questão. Eu, pessoalmente, não acho que Aleksei se envolveria com alguém tão esnobe quanto ela, mas é o que a própria dá a entender a todos ao falar dele para quem quiser ouvir quando vem aqui. Também o toca o tempo todo com intimidade. Isso é o que faz com que desconfiem.

Mas que abusada! Quer dizer que fica tirando casquinha dele! Isso me faz muito mal e sinto uma raiva assassina da mulher.

Ah, nem quero pensar nisso.

Não tenho absolutamente nada com ele, não é?

Saber disso não me impedirá, no entanto, de retalhar o rosto da mulher caso me depare com ela. Ela que se meta comigo! Já nem consigo me admirar mais com minhas reações incomuns, porque já são tantas que nem vale a pena.

Abalada, não os vejo saírem do picadeiro.

— Como disse, pessoalmente não acredito no envolvimento dos dois. As muitas mulheres de Aleksei são passageiras, sem qualquer ligação com o circo, e raramente passam do primeiro encontro. Já cansei de ver muitas saindo daqui com um sorriso lânguido e satisfeito no rosto, mas nunca mais voltam.

Filho da mãe! O homem é um mulherengo! E eu toda iludida, pensando que tivemos algo especial! Como sou ingênua! Acho que o que aprendi nos livros não me tornou tão preparada para farejar um sedutor como pensei, ainda acredito no conto da carochinha do príncipe encantado perfeito.

Embora sinta alívio ao descobrir como ele é antes de cometer a insanidade de me empolgar, também sou invadida por um sentimento de tristeza ao perder algo que nem cheguei a ter.

Bem, já superei tanta coisa difícil em minha vida, submetida ao temperamento volátil de meu pai, que uma paixãozinha ingênua vai ser fichinha. E, agora, já sabendo das tantas mulheres bonitas disponíveis para ele, jamais esperarei que dê atenção exclusiva para mim. Tampouco vou me desnudar para alguém como ele quando, durante toda a minha vida, me empenhei em preservar minha alma livre de coisas ruins.

Pensando nisso, digo a Lara que vou ao meu trailer para me arrumar para o jantar e nem espero o show terminar. Agradeço a companhia e aviso que eu mesma encontrarei o trailer de Aleksei. Quero ter um tempo sozinha para colocar minhas emoções em ordem e me preparar para voltar a ser apenas a profissional competente e reservada, minha postura usual para o mundo.

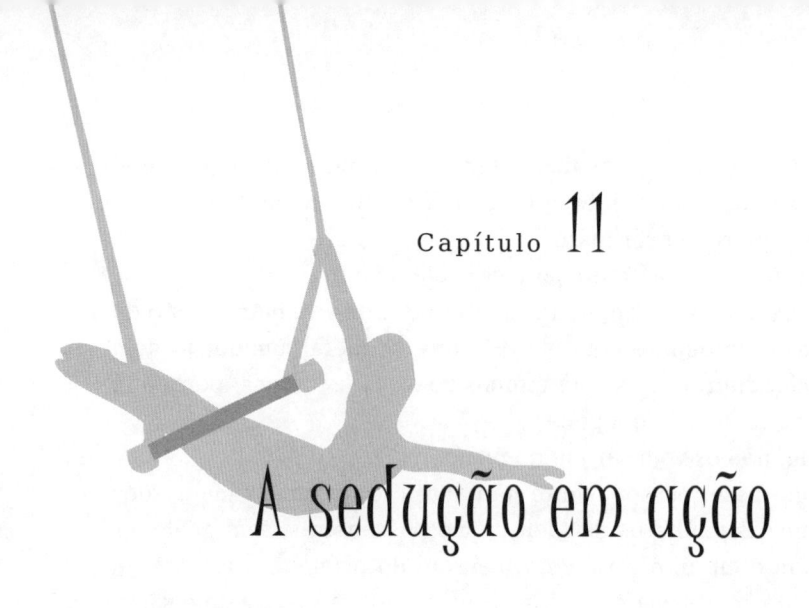

Capítulo 11

A sedução em ação

Aleksei

A noite passa rápido e, para minha total alegria, tudo corre bem e sem incidentes até o fim do espetáculo. A casa teve lotação esgotada e a receptividade do público foi maravilhosa. Todos aplaudiram de pé na charivari, assobiando e gritando.

Bem, agora é hora de meu outro show começar, porque usarei toda a arte de sedução que puder para que Kenya seja a única a gritar por mim. Já saindo, Lara me avisa que ela a dispensou, alegando que iria se trocar e seguiria sozinha para meu trailer.

Como sei que terá dificuldades para saber qual é o meu dentre tantos, resolvo que vou buscá-la após tomar um bom banho e conferir se está tudo certo para o jantar. E é o que faço.

Ao chegar ao trailer dela e bater, abro a porta e vejo que ela parece perturbada.

— Pensei que me encontraria com você em seu trailer. Não esperava que viesse me buscar.

Arrisco-me a olhar em seus olhos, que refletem uma aura envolvente, porém proibida; inocente, todavia atrevida.

— Não vinha. — Sou sincero. — Acontece que esbarrei em Lara ao sair do picadeiro e ela me disse que não a acompanharia até lá porque você decidiu vir se arrumar.

— E não poderia ir sozinha? Resolveu ser meu salvador? Que nobre de sua parte!

Fito seus lábios quando termina de falar e a vejo mordê-los como se os punisse por dizer o que pensa. Saber que a tiro de sua zona de conforto me atinge diretamente no peito.

— Talvez devesse deixá-la bater nas portas de todos os trailers. Assim, certamente conheceria todos de uma vez só, mas chegaria atrasada para o jantar. Sinto muito por ser atencioso quanto à preocupação de Lara por não ter dito a você qual era o meu trailer.

— Eu poderia perguntar isso na primeira porta que batesse por engano.

— Devo admitir que estou curioso para saber a qual deles se dirigiria.

— Procuraria o trailer mais afastado e imponente.

Ouvi-la deixar nas entrelinhas, novamente, que me acha arrogante é como uma lâmina a me rasgar.

— Ótimo. Vou acompanhá-la, então, para comprovar se sua intuição a meu respeito está certa.

— Acredita que vou errar, não é mesmo?

Contraio a mandíbula por vários segundos e, em seguida, deixo meus pensamentos escaparem.

— Seu corpo, diferente de sua mente racional, acerta mais do que pensa, Kenya.

— O que quer dizer com isso?

— Que errou quando pensou que eu era apenas um burocrata; não sou. Seu corpo acertou quando deu indícios explícitos de que se sente atraída por mim, porque você também me atrai.

Ela se encolhe diante da resposta, porém não me arrependo. Quase acreditei que pudesse estar envolvida comigo antes de vê-la tão armada contra mim. Não posso me abrir e me expor tanto, quando o pai dela, anos atrás, fez com que eu perdesse tudo o que tinha, correndo o risco de ela fazer o mesmo comigo.

O velho gosto amargo vem à minha boca diante do pensamento de que, talvez, ao me desnudar e ela constatar minhas cicatrizes físicas e psicológicas, perceba que não lhe importam nada. Como se meu passado já não tivesse feito com que eu mergulhasse na decepção e humilhação até que, anos depois, conseguisse superar o que aconteceu.

— Pensei ter ouvido que não se envolve com funcionárias.

— Não me lembro de lhe ter dito isso e não creio que seja o tipo de pessoa que dá crédito a fofocas, quando pode perguntar diretamente à pessoa de quem falam. Neste caso, como se trata de mim, pode me perguntar porque terá respostas absolutamente verdadeiras e sinceras. De mais a mais, não é minha funcionária. Ou se esqueceu do quão taxativa foi ao não querer estabelecer vínculos empregatícios com minha empresa?

— Isso torna tudo mais fácil, então? E, perguntando diretamente, quer dizer que prefere envolvimentos apenas com prestadoras de serviço?

— Não há qualquer preferência nesse sentido, Kenya. As coisas nessa área acontecem naturalmente. Não sou uma máquina para programar com quem, quando e de que forma me envolverei. Há muito mais no intercâmbio entre duas pessoas do que um planejamento frio.

Levanto o braço para que enganche nele o seu e me conduza ao trailer que imagina ser o meu. Vai para esquerda, na direção contrária à do meu trailer. Acompanho-a, divertido. O trajeto se transforma em uma agradável caminhada. Encurto os passos para acompanhar seu ritmo de passeio. Por diversas vezes sinto seu olhar hesitante quanto ao caminho escolhido. Forço-me a olhar para ela, impassível, para não lhe revelar nada quanto a estar certa ou não. Percebo que, mesmo não verbalizando, se dá conta de que a batalha está perdida.

Sua percepção e decepção são reveladas ao olhar para os lados e não conseguir ver nada que se assemelhe ao trailer que imagina ser o meu.

— Agora é a hora em que me desculpo por não ter acertado qual é seu trailer?

— Talvez seja a hora de admitir que sua intuição falhou e que não há necessidade de ficar tão na defensiva comigo.

— Bem, de fato falhou, os trailers são todos iguais.

— Na direção também se equivocou.

— Por que não me disse?

— Fui fiel ao que prometi, apenas te acompanhar! — murmuro, sarcástico. — Venha! Vou lhe mostrar onde é minha casa.

— Não foi muito gentil da sua parte se divertir com minha confusão.

— Mas foi divertido! Sabia que nunca levei nenhuma mulher do circo para meu trailer?

— Sabia!

Estava explicada sua mudança de comportamento. Lara, aquela pequena aprendiz de bruxa, estava alardeando suas suposições como se fossem premonições.

— Bando de fofoqueiros! — Levo a mão à cabeça, em fingida decepção. Ela sorri e acompanho-a, rindo junto. — Conte-me o que mais andaram falando a meu respeito.

— Seu ego inflaria se revelasse tudo.

Sorrio mais amplamente com sua honestidade. Finalmente marco um ponto ao tornar a tensão mais amena, embora não vá cantar vitória ainda. Arrancar-lhe um sorriso não significa que ela mudou o conceito que manifestou a meu respeito mais cedo.

— Vamos combinar uma coisa. Passamos uma borracha nas possíveis suposições que fizemos um do outro e recomeçamos do zero. Topa?

— Agora quem está curiosa sou eu. Também fez suposições a meu respeito?

— A seu respeito só pensei coisas boas e prazerosas.

— Devo me considerar sortuda? Agraciada com algum privilégio? Ou apenas fazer reverência agradecendo?

— Você fica ainda mais linda quando está bem-humorada. Chegamos! — Ela olha para o trailer e, depois, para mim. Capturo seu olhar e não desvio dele. Tampouco sigo para dentro de casa. Curto e aprecio o que vem me proporcionando e tento decifrar o que os traços enigmáticos de sua íris revelam. De frente para mim, sinto o calor emanar dos nossos corpos. — Tem noção de como me faz te querer?

Antes que possa me conter, diminuo a distância entre nós e ergo seu rosto, que ela abaixa rapidamente, constrangida. Mas a faço me olhar outra vez, porque quero que perceba quanto me afeta.

A proximidade e a fragrância do seu corpo de mulher, misturada com a de papoula vermelha, me fazem inspirar profundamente o perfume inebriante. O sangue pulsa com força em meu corpo, convergindo para o meu membro e causando uma enorme ereção, que ela não pode ver porque não quero que descubra o efeito que me causa.

— O senhor não deveria dizer tais palavras quando está prestes a levar sua convidada para dentro de sua casa. Ela pode desistir da ideia.

— Vou ser honesto e objetivo: se você entrar por esta porta, fará apenas o que desejar, mas já lhe deixo avisada de que sou bem persuasivo quando quero algo.

— Isto é uma ameaça? — Ela ergue o queixo, me provocando.

— Um aviso, Kenya. Você entrando aqui, haverá consequências.

— De que tipo?

— Do tipo de te beijar a cada vez que levantar esse nariz lindo e me desafiar. Você tem ideia de quanto meus lábios imploram para cobrir os seus quando faz isso?

— Nem quero ouvir as de outros tipos. Entendi do que se trata! — Altiva, empina ainda mais o nariz, como a me testar.

— Agora seria a hora de eu te beijar, sabia? Mas não vou fazer isso aqui fora para que todos vejam. Vou levá-la para dentro.

— E vai me beijar? — A pergunta sussurrada me faz experimentar uma onda de calor intenso. Não sei se devo ser insano ou prudente, mas acabo optando por este último.

— Como me considero um ótimo anfitrião, este será meu primeiro gesto de cordialidade com você após passarmos por aquela porta.

Seus lábios sorridentes me atraem e eu os observo, mal podendo esperar para tê-los nos meus. Ela percebe minhas intenções e seus olhos refletem alegria. Meu coração martela nas costelas. Puxo suas mãos e a faço me seguir para dentro do trailer, sem olhar para trás.

— *Vy neatrazimy!*

— O que isso significa?

— Significa que você é irresistível, em russo.

Seu sorriso de satisfação é revelador e cheio de promessas, uma combinação intrigante, curiosa e excitante.

Capítulo 12

Manjar dos russos

Aleksei

Tão logo entramos no trailer, vejo que Ivana esmerou-se na preparação do lugar, que cheira a limpeza e tem velas perfumadas queimando, espalhadas pela pequena sala e minicozinha.

Ouço o suspiro de Kenya diante do cenário criado pela minha romântica ajudante, em contraste com as cores quentes da decoração do meu trailer, típicas da minha amada Rússia.

— Seu trailer, por fora, é igual aos outros, mas, por dentro, é uma verdadeira obra de arte com essa explosão maravilhosa de cores e enfeites!

Fico feliz que ela tenha verdadeiramente gostado, a julgar por sua expressão encantada.

— Todo russo que se preze gosta muito de cores fortes. E nós temos muitas influências históricas que nos tornam assim.

— Sim, os mosaicos bizantinos, os ovos Fabergé, o Kremlin, e tantas outras! Tudo de muito bom gosto.

No espaço do trailer posso sentir o calor que emana de Kenya percorrendo minha pele. Vira-se para mim e, resplandecente, abre um sorriso, como se a me perguntar o que vem a seguir. Apesar de querer ser o mais escrupuloso possível, não me contenho.

— O que foi mesmo que eu disse que faria, como um bom anfitrião? — arrisco. Seus olhos encontram os meus.

— Não me lembro...

Provocante e ousada, ela empina o nariz.

— Eis você, outra vez, empinando seu lindo narizinho ao falar comigo. Não acredito que esqueceu. Na verdade, acho que está fazendo isso porque quer mesmo sofrer as consequências.

Passo a mão por sua cintura e a puxo para mim. Seu peito arfa como se, pela primeira vez, estivesse nessa situação com um homem. Seus olhos acompanham meus movimentos e, para que olhe nos meus, seguro seu cabelo com a outra mão.

— Você é melhor em demonstrações físicas do que verbais, Kenya.

— Se já me explicou o que significa ser um bom anfitrião, já não deveria estar me mostrando? — Tenho que admitir que essa mulher é audaciosa.

— Disse que só faria com você o que me permitisse.

Umedece o lábio inferior com a língua, provocante. Rosno uma maldição entredentes e cedo à compulsão, diante dos seus lábios carmins convidativos, de roçar minha boca na dela. Kenya tem gosto doce e picante, uma combinação perfeita.

— Quando se convida alguém para ir à sua casa e avisa que tem piscina, fica subentendido que há opção de nadar ou não. Algumas pessoas mergulham, enquanto outras preferem apenas observar. Sou dos que mergulham. E você, Kenya?

— Considerando-se que não sei nadar, se mergulhar, acho que vou me afogar, mas, se tiver ajuda, posso tentar aprender. — Ergue mais o queixo, me fitando. Sua confissão me intriga. Ela deixa claro que, apesar de não estar bem certa do que as águas lhe reservam, está disposta a experimentar.

Ouvir isso é um bálsamo para meus ouvidos. Fito seus lábios e a puxo para um beijo ardente. Sua boca se abre para mim, permitindo que minha língua a explore. Choraminga, revelando a reação do seu corpo. Reação esta bastante estimulante, diga-se de passagem, como se estivesse surpresa com as sensações que o beijo lhe desperta. Até me vem um pensamento de que ela parece inexperiente, mas é muito rápido e fugaz diante do que sinto. Sôfrego, seguro-a firme, possessivamente.

Nossos corpos juntos parecem nitroglicerina pura. Ergo-a do chão, sentando-a em uma banqueta, e coloco-me entre suas coxas. Minha mão livre sobe de sua cintura até seus seios, acariciando-os com habilidade, e ela geme e arqueia a coluna na minha direção, na expectativa de que a toque mais firmemente. Seu estremecimento de prazer me faz repetir a carícia. As coisas vão esquentando até que alguém bate na porta e, como se estivessem nos dando um banho de água fria, nos separamos sem fôlego.

Seus olhos brilham e, antes que faça algo de que venha a me arrepender depois, ainda totalmente excitado, mando quem quer que seja entrar.

Ivana entra, esbaforida.

— Desculpe-me, Aleksei, esqueci de lhe perguntar se queria que servisse a refeição, então, resolvi vir.

Essa espertinha pensa que me engana! Rio por dentro. Ela sabe muito bem que não era para vir, porque quando é o caso, sempre lhe digo. Quer mesmo é matar a curiosidade e rever sua menina Kenya. Apenas torço para que ela não reconheça sua Iva, que está mais velha, com muito mais rugas e com os cabelos totalmente brancos, além de que, comigo, diferente do que era com Adrik, não precisa usar uniforme, mais um motivo para Kenya não a associar à sua antiga babá.

Independentemente desse risco, prefiro entrar no jogo, porque não sou capaz de decepcionar Ivana. Sei que não faz por mal, mas está morrendo de saudades da menina de quem cuidou por dez anos e pela qual procurou pelos outros dez seguintes, incansavelmente.

— Ivana, acho que somos capazes de nos virar sozinhos com a excelente refeição que nos preparou. Não é como se tivéssemos que nos movimentar grandes distâncias para chegar à cozinha, não é mesmo?

Todos os três rimos quando digo isso enquanto aponto a pequena pia com a geladeira, fogão e forno bem ao lado da mesa.

— Esta é Kenya, a nossa nova contorcionista!

Como se não soubesse!

— Kenya, esta é Ivana, minha faz-tudo e, de quebra, a mulher que é enxerida como só uma mãe pode ser.

Kenya abre um sorriso e, para minha surpresa, Ivana se aproxima dela e abre seus braços, acolhendo sua menina dos cabelos cor de fogo entre eles, num abraço forte. Tudo bem que Ivana cuidou dela quando pequena e esse é, na verdade, um reencontro, embora Kenya nem sonhe com isso, mas temos que tomar cuidado para não despertar suspeitas e estragar meus planos.

— Seja muito bem-vinda, pequena Kenya! Estou muito feliz em poder ver você novam... Quero dizer, ver você entre nós!

Quase que Ivana, com sua sutileza inexistente, comete uma gafe! Se não a amasse tanto, acho que seria agora que a despediria.

— Obrigada, Ivana! Você é muito gentil e simpática! Todos têm me acolhido com muito carinho e calor, mas, confesso, você me emocionou com sua recepção!

Percebo que Kenya fala a verdade e está bastante emocionada. Sinto uma pontada em meu coração ao me lembrar de que cresceu sem mãe, apenas na companhia daquele homem bruto e grosseiro. Não teve nunca um carinho materno ou um aconchego. De acordo com a investigação que encomendei a um detetive, o pai não se casou nem levou qualquer mulher para conviver com eles durante os anos em que a criou.

Balanço a cabeça para desfazer o nó que se forma em minha garganta e tento reverter o clima emotivo.

— Bem, Kenya, considere-se uma privilegiada, pois não é bem assim que Ivana costuma lidar conosco, pobres mortais! Vive brigando e chamando nossa atenção, dizendo que estamos fazendo tudo errado e que devemos ser mais responsáveis.

Na mosca, atinjo o alvo, fazendo Ivana desgrudar de Kenya e revidar meu comentário.

— Ah, é, senhor cabeça-dura! Quantas vezes você mesmo veio para mim e disse que estava certa? Hum? Posso até contar para nossa Kenya aqui algumas vezes em que isso aconteceu...

Ameaça e logo a corto, divertido com sua reação previsível, porque não posso ficar mal aos olhos da mulher que pretendo conquistar.

Para Ivana, qualquer mulher que se aproxima quer uma fatia minha, palavras dela, não minhas, e ela não as trata com familiaridade, alegando que isso só as deixaria confiantes, quando não devem, porque teriam o coração partido por mim.

Para meu crédito, sempre diz que sabe que a culpa não é minha, mas da aura de mistério e fascínio que exerço sobre elas, com meu porte e corpo lindos. Como disse à Kenya, é mais coruja do que uma mãe biológica.

— Tenho certeza de que Kenya não quer saber a respeito das aventuras e desventuras de um russo viajante, Ivana!

Kenya olha para mim, com malícia, e diz, provocante:

— Ah, aí é que está enganado, seu russo aventureiro, quero saber tudo o que puder de suas trapalhadas, porque saber é poder! Não acharei nada ruim tê-lo nas palmas das minhas mãos.

Balança aquelas mãozinhas lindas e o clima muda. De divertido, passa a pesado com uma atmosfera de sedução. Ivana parece desaparecer de cena, porque ficamos um olhando para o outro, deixando de perceber o que há ao redor. Só a tosse dela é que interrompe nosso intercurso e nos faz voltar à realidade.

— Bem, como não vai precisar de mim, vou voltar para o meu trailer e fazer meu crochê. Ao contrário do Rio de Janeiro, no estado de São Paulo ficaremos em lugares em que faz frio e já está na hora de fazer novos cachecóis para todo o nosso pessoal. Prazer em te ver, Kenya. Espero que goste de uma autêntica refeição russa!

Ambas são altas, mas Ivana tem que se levantar nas pontas dos pés para alcançar as bochechas de Kenya e dar-lhe beijos em ambas as faces, no que é retribuída com carinho. Antes de sair, ainda destila mais simpatia.

— Se as refeições que te levar não estiverem do seu gosto, me avise que farei outras. E se houver algo que tenha vontade de comer, por favor, me diga que prepararei, está bem?

Vejo que Kenya fica surpresa, só não sei com o quê. Antes que pudesse dizer qualquer coisa, Ivana sai e fecha delicadamente a porta, o que não me impede de ver suas lágrimas caírem, coitada!

Fico observando a expressão de Kenya após a saída de Ivana. Balançando a cabeça, volta-se para mim.

— Ela me parece familiar, não é estranho?

Ah, se soubesse que não é nada estranho...

— Também tenho essa sensação com algumas pessoas.

— Bem, mas agora que demonstrou o quão bom anfitrião é, quero dizer que estou apaixonada por sua coleção de ovos Fabergé. Você tem vários e são todos lindos!

Se prefere ir por outro caminho, não sou eu que vou protestar. Na verdade, gostaria mesmo é de voltar a tê-la em meus braços, só que é prudente que eu vá com calma.

— Sempre fui encantado com a pureza e riqueza de detalhes desses magníficos ovos! Tento adquirir o máximo de réplicas e versões que posso, mas só deixo alguns aqui no trailer. Minha coleção fica em minha casa.

— Ah! Quer dizer que tem uma casa permanente?

Respiro fundo e penso que ainda é muito cedo para entrarmos nesse nível de informação. Não sei se Kenya é ou não uma pessoa gananciosa e interesseira como seu pai. Falar de minha situação patrimonial agora não é o momento. Tenho que a conhecer melhor.

— Não sei se chamaria assim, porque a única permanência para um artista de circo é justamente o fato de ser itinerante, certo?

A tensão entre nós é densa, mas apesar disso reprimo meus desejos e fico observando como reage a tudo o que vê em minha casa. Acompanho seus passos em direção à mesa e lhe aponto a cadeira, puxando-a novamente para ela.

Desliza rente ao meu corpo até a cadeira. Posso sentir o perfume dos seus cabelos. Inspirando fundo, me viro para o balcão onde estão as entradas, que são caviar e arenques em molho de nata azeda. Por não saber seu gosto, pedi para Ivana preparar as duas opções.

Ela fica espantada quando lhe explico que são apenas a entrada.

— Está de brincadeira! Tem coragem de dizer que tudo isso é só a *entrada*?

Rio de sua pergunta. Joga o corpo para trás e me faz perder o fôlego quando seus seios empinados se voltam em minha direção com o movimento. Tento disfarçar meu desejo falando a respeito dos hábitos alimentares de meu povo.

— Kenya, apesar de, para muitos povos, isso já ser uma refeição, para nós, russos, conhecidos por comer muito bem, é apenas um aperitivo.

Minha voz sai rouca sem que eu tenha intenção.

Ela olha para mim, com os olhos arregalados e a boca levemente aberta. Sinto uma descarga elétrica passar por meu corpo e os pelos de meus braços se arrepiarem.

Passo-lhe tudo e começamos a degustar as entradas. Tiro a vodca adequada para essa ocasião do congelador e sirvo uma dose para ela e outra para mim.

Ela balança a cabeça em negativa.

— Obrigada, mas raramente bebo. Nem tenho muita resistência ao álcool, para ser sincera.

— Bem, eu entenderia isso se você estivesse apenas bebendo entre amigos, num barzinho, mas, neste caso, é hábito russo a vodca ser acompanhamento de aperitivos. Por isso é que existe uma grande variedade delas, com suas características, pureza e o uso de aditivos, como frutas, pimenta, ervas, adaptados ao sabor dos alimentos utilizados nos aperitivos — explico-lhe, como grande apreciador que sou da bebida, tendo estudado suas origens e as mais adequadas para cada tipo de alimento. — Alguns pratos, inclusive, têm a propriedade de atenuar os efeitos do álcool, desde que preparados com alimentos específicos e que a vodca seja consumida com moderação.

Além disso, a bebida tem o papel de acompanhar e realçar os pratos da cozinha russa.

Degusto um gole da minha, após comer uma porção de caviar, a fim de incentivar Kenya e lhe mostrar que não há qualquer perigo. Sinto o sabor delicioso e gelado da vodca, que combina com o prato e constato quanto Ivana acertou na preparação.

— Com o que prefere começar, com o caviar ou com o arenque? — pergunto-lhe, ansioso para que experimente e aprecie nossa rica culinária.

— Acho que vou experimentar o arenque porque não me sentiria muito bem comendo peixinhos que não nasceram!

Fala isso com uma risada marota e rio junto. É extrovertida e amigável. Provavelmente é o tipo de mulher que, numa multidão, faz as pessoas virarem a cabeça para olhá-la ao ouvir sua risada gostosa.

Pego um pedaço de arenque, passo-o no molho de nata e o levo à boca dela, ao mesmo tempo em que lhe ofereço seu copo de vodca.

Ela olha intensamente para mim, aproxima-se da comida, abre aquela boca vermelha e pega o pedaço que lhe ofereço. Uma gota de nata fica em seus lábios e ela a lambe. Fico fascinado com aquela pontinha rosa de sua língua passando pelo vermelho do lábio e, sem deixar de olhar fascinado, ordeno, com voz grave:

— Beba!

Ela leva o copo aos lábios, dá um pequeno gole, prendendo-a na boca por uns instantes, para só depois engolir. Fecha os olhos, extasiada.

— Huuum... Que delícia!

Delícia é você, mulher inebriante! Não vou ficar embriagado com a vodca, e sim com a sua sensualidade crua e, ao mesmo tempo, inocente! Sinto minhas mãos tremerem e as abaixo para que não perceba quando voltar a abrir os olhos.

Sem que possa disfarçar minha reação a tempo, ao abrir os olhos, ela vê minha expressão crua de desejo! Novamente o ar fica pesado e não conseguimos tirar os olhos um do outro. Vai ficando vermelha e sem graça e isso me traz novamente à realidade. Nossa! Essa mulher é desconcertante e nem percebe!

Tento desfazer a tensão.

— Agora caviar?

— Bem, realmente não sei se estou preparada para os pobres não peixinhos...

Seu bom humor rouba novamente minha atenção, com seu jeito espontâneo, gesticulando enquanto fala. Flagra-me a observá-la e o vermelho volta às suas faces. O decote da blusa mostra a pele translúcida, que beira a perfeição, enquanto madeixas cor de fogo se espalham pelos seus ombros. Eu tenho tanta vontade de beijá-la que meu peito chega a doer de desejo.

— Ora, você acabou de comer um dos que viraram peixinho, isto significa que, na verdade, acabaram tendo o mesmo fim, isto é, o estômago de um ser humano.

Ambos gargalhamos e, aparentemente convencida, ela estica as mãos e pega uma torrada e o caviar, comendo-o, e, como eu, toma um gole da vodca.

Apesar de extremamente tentado, opto por comer também e não olhar a reação dela ao alimento, porque correríamos o risco de ter tubarão e sereia no lugar de arenques e esturjões.

Em seguida, por ser o Rio de Janeiro um lugar quente, muito diferente da Rússia, vejo que Ivana dispensou a *solianka*[30] e preparou apenas uma sopa de cogumelos que, em pequenas porções, também tomamos acompanhada de vodca.

Enquanto comemos, conversamos a respeito de assuntos gerais, como a grave crise política e econômica brasileira, concordando no que diz respeito à onda de corrupção que assola o país e envergonha seus conterrâneos. Chego a discorrer um pouco a respeito da corrupção nas altas esferas do partido comunista russo e o esfacelamento do regime comunista e da antiga União Soviética, até a formação dos vários grupos mafiosos do meu país.

Percebo que Kenya é uma mulher culta e bem informada, considerando-se que não teve educação formal. Tento perguntar algo nesse sentido, mas vejo que foge de questões mais pessoais. Como também não estou querendo falar a meu respeito, não insisto.

Ficamos tão entretidos que quase esqueço de servir o prato principal.

— Kenya, você é tão envolvente! Do jeito que estamos, comer será a última coisa que faremos, e Ivana vai puxar minha orelha ao ver que a comida típica que fez questão de preparar não foi devidamente apreciada.

---

[30]Típico prato russo, um caldo grosso e bem temperado feito de carne ou mistura de carnes, peixes ou cogumelos selvagens, com temperos como azeitonas, alcaparras, pepinos, pimenta-do-reino, sal e creme de leite.

— O quê? Ainda tem mais? Aleksei, eu não estou acostumada a comer tanto!

Duvido que aquele pai miserável dela a tenha ensinado a degustar uma boa refeição.

O ódio que sinto por esse homem só se intensifica, nunca abranda!

Acho que minha expressão revela algo, pois Kenya diz:

— Desculpe-me, Aleksei, não quis ofender você ou sugerir que come demais...

Ela para ao perceber a ambiguidade do que diz:

— Isto é, não é nada disso! — gagueja. — Eeeeu queeero dizeeer... Hum... Ai, meu Deus, só estou piorando tudo!

Acho lindo o rubor que lhe cobre as faces e suas tentativas fracassadas de se explicar. Sinto ganas de envolver suas bochechas com minhas mãos e beijá-la até que não se lembre do que estava falando. Ela é linda demais, até embaraçada!

Seguro suas mãos entre as minhas.

— Kenya, fique tranquila! Eu entendi o que você quis dizer. Há inúmeras razões para haver tantos pratos numa refeição russa, mas isso acontece porque nossa culinária não costuma oferecer pratos de digestão pesada, nem de sabores picantes; a mistura de sabores agridoces é realmente magistral e leve, principalmente com vodca.

Ainda sem jeito, ela fita nossas mãos entrelaçadas e, finalmente, sussurra:

— Você pode me dizer, então, quantos pratos ainda teremos? Assim vou me controlando para conseguir comer um pouco de todos, sem ficar parecendo uma caipirona num restaurante de luxo.

Sua embaraçada simplicidade é comovente! Fico imaginando quanto perdeu da vida. Sem uma presença feminina ao lado, com poucos recursos, sempre treinando e trabalhando, sem uma educação formal e com um homem intransigente, para dizer o mínimo!

Quando pensei em usá-la para me vingar de seu pai, confesso que não considerei absolutamente nada disso. Na verdade, nem sequer a considerei! Eu a vi como um mero instrumento, sem nome, sem rosto, sem absolutamente nada, apenas, como disse, um instrumento!

Uma onda de culpa me invade, não pelo desejo de vingança, mas pelo fato de ter me cegado para questões importantes, como o envolvimento de alguém que tenha sentimentos e que, talvez, seja tão vítima quanto eu.

— Aleksei, você está chateado comigo?

Uma vez mais, vejo que me perdi em meus pensamentos e fiz uma expressão que deve ter sido desagradável, já que ela achou que era por causa de sua declaração.

— Kenya, você não tem obrigação de conhecer os hábitos alimentares de outros povos, nem isso a torna de maneira alguma uma caipirona. Seria o mesmo que exigir de um russo que acabou de chegar ao Brasil saber que o prato típico mais famoso aqui é a feijoada, quais seus ingredientes, pelo que é acompanhada e como deve ser comida, por exemplo.

Olha admirada para mim e começa a rir.

— Bem, só falta me dizer agora que, assim como é hábito aqui no Brasil derramar um golinho de cachaça no chão para o santo, eu tinha que ter feito algo assim com a vodca e dei mais um fora!

Solto uma gargalhada diante de sua observação inteligentemente engraçada.

— Não, diferentemente do brasileiro, que é altruísta até para compartilhar sua bebida com o santo, nós, russos, não desperdiçamos nem um pinguinho de nossa vodca que, aparentemente, é mais sagrada que o próprio santo.

Rimos juntos, enquanto pego o prato principal, que é um belo frango à Kiev. Ao ouvir o nome, Kenya me pergunta se é muito popular na cidade, por isso o nome.

— É um prato bastante apreciado na Rússia como um todo, mas apesar do nome ser uma alusão à cidade de Kiev, o prato foi criado em Moscou.

— E do que é feito? Ah, e vai ter algum outro prato depois dele?

Rio uma vez mais.

— Este é um prato em que o peito de frango é desossado e recheado, depois frito ou cozido. No nosso caso, foi cozido, que é como prefiro. Pode ser recheado com vários ingredientes, mas Ivana fez com manteiga de alho, ervas, presunto e queijo. Espero que aprecie. E, sim, é o último prato da refeição, só vai faltar a sobremesa.

Ela suspira e dá um sorriso de lado.

— Pensei que você diria que ainda teríamos estrogonofe.

Uma vez mais, sua presença de espírito me faz gargalhar. Como é bom estar na companhia dessa mulher revigorante!

Capítulo 13

Encantamento quebrado

Kenya

Jantar com Aleksei está se revelando muito mais excitante do que imaginei que seria meu primeiro encontro com um homem! Não que ele não seja mandão e controlador, mas também tem um lado bem-humorado e muito atencioso.

Sem falar no seu *sex appeal*! Nossa, o homem transpira sensualidade e erotismo! Olhar para ele é viver em tentação. Tentação de sucumbir ao desejo de atacá-lo, de beijá-lo, de agarrá-lo.

E o mais interessante é que seu rosto lesionado por baixo da tatuagem não o torna nem um pouco assustador! Ao contrário, sua personalidade marcante e sua aura de masculinidade sexual são tão envolventes que nem se dá importância às cicatrizes. Aquela tatuagem, letras que acredito serem russas, o torna mais magnífico ainda! Apesar de curiosa quanto ao que é, sinto que não é momento para tocar nesse assunto.

Sem falar na comida divina e na cultura sem fim que ele me revelou nesse jantar. O homem parece saber conversar a respeito de tudo, do jeito que eu gosto. Não tenho educação formal, mas por ser uma leitora ávida, aprendi muita coisa e sei levar bem uma conversa.

Sua voz causa friozinhos na minha barriga, como se me levasse em sua garupa dentro do globo da morte. E o beijo... Ah! Não posso nem lembrar!

Depois de tudo isso, Aleksei ainda está pegando a sobremesa, que nem sei se vai caber no meu estômago, mas que não posso deixar de experimentar. Jamais ofenderia meu apetitoso anfitrião.

— Eis a famosa Charlotte Russa!

Ai, meu pai! Não acredito! Definitivamente vou estourar. Eu sou obcecada por doces e esse parece ser irresistível.

Se o homem me convidar para alguma refeição novamente, juro que só vou aceitar desde que me avise com dias de antecedência, para que possa jejuar até que chegue a data marcada! É tanta coisa, e tudo tão bom! Nunca comi essa quantidade de comida na minha vida. Nem que quisesse poderia, nunca tive acesso a tanta comida antes.

— Ei, parece que você ficou triste. Não gosta desta sobremesa? — Aleksei pergunta, mostrando preocupação.

— Não vou nem considerar essa pergunta, Aleksei! Sou uma verdadeira formirata!!!

Ele faz uma cara de espanto e incompreensão.

— O quê?

— Formirata é o nome pelo qual me chamo por causa de minha gula por doces! Só de ver essa delícia, fico tão louca para provar que corro como formiguinha em busca de alimento e avanço alucinada como barata no açúcar! Na verdade, o que me leve mais rápido possível, corrida de formiga ou ataque de barata.

Ouço-o gargalhar diante de minha explicação e me pego rindo junto, deliciada com sua espontaneidade. É lindo demais!

— Mas essa não é uma sobremesa francesa?

— Muitos pensam que sim. Na verdade, apesar de ter sido criada, no século XIX, pelo chef francês Antoine Carême, na cidade de São Petersburgo, com o nome de Sharlotka, foi um presente dele para a família imperial do czar Alexandre I.

— Hum, Aleksei também é cultura! — digo, bem-humorada.

Olho para aquela coisa deliciosa e fico achando que estamos demorando demais, estou louca para provar.

Aleksei percebe meu olhar guloso e, rindo, corta um pedaço da iguaria, trazendo o garfo com o doce à minha boca.

Deus! Vou cometer os pecados da gula e da luxúria de uma só vez!

Comer mais do que já comi e ainda ser alimentada pelas mãos deste homem: gula e luxúria puras...

Olho nos olhos dele, que observa minha boca se abrir para receber o doce, e me sinto queimar. Introduz o garfo entre meus lábios abertos e fica me observando sorver essa iguaria, puxá-la do talher, lamber o que ficou nos lábios, mastigar, fechar os meus olhos e, simplesmente, gemer desavergonhadamente.

— Isso é o puro manjar dos deuses! Que delícia! — sussurro, extasiada.

Abro os olhos e vejo os seus, ferozes, voltados para minha boca, sua mão parada no ar, ainda com o garfo vazio. Ele o deixa cair com um estrondo e passa seu polegar no cantinho da minha boca.

— Ficou um pouquinho aqui.

Leva o dedo à própria boca e o lambe.

Não consigo nem respirar direito, totalmente presa àquele momento.

— Você tem razão, uma delícia! — diz, mas não estou bem certa de que se refere ao doce.

— Por que me convidou para estar aqui?

Parece surpreso com a pergunta e dá de ombros.

— Por que não? É linda, atraente e desperta em mim um interesse que não sinto há muito tempo.

Apesar de envaidecida, não me iludo com seus elogios, mesmo apreciando ouvi-los.

— Por que não se envolve com funcionárias?

— Se entendem errado, corro sérios riscos.

— Tem medo do quê? De algum processo por assédio?

Seus dedos tamborilam sobre a mesa e minha imaginação fértil os vê me tocando novamente, com aquela mão forte e bronzeada, a remover minha roupa. Parece tão real que chego a estremecer com a imagem.

— Não chamaria de medo, porque, como disse a você antes de entrar por aquela porta, não forço ninguém a nada. O risco que correria seria de elas confundirem as coisas.

— Devo deduzir que você não leva relacionamentos muito a sério? Você se cansa muito facilmente?

— O que faz você pensar que não levo relacionamentos a sério?

— Acho que seu jeito de ser. Considerando que está sempre mudando de estado e cidade, caso uma mulher o tivesse interessado o suficiente para ficar com ela, estaria aqui com você, não estaria?

Ele joga a cabeça para trás, rindo de mim.

— Então, se eu disser que acho que você também não leva relacionamentos a sério por causa de suas roupas, também estaria certo?

— Não entendi a analogia! O que tem minha roupa a ver com o fato de ter ou não um relacionamento sério?

— Você está usando uma roupa que homem nenhum no mundo, com sangue quente nas veias, permitiria que você usasse para sair de casa! Ela é totalmente letal.

— Ora, ainda não entendi!

— Acho difícil de acreditar que alguém que se vista assim não está deixando claro para um futuro pretendente que ou ele te aceita como é, ou que nem se aproxime. Concluindo, se ele tiver sangue nas veias, não vai aceitar, portanto, nem se aproximar.

— Mas não é nada disso! Não tive essa intenção! Só não sabia o que vestir. Não estou acostumada a sair para jantar.

— Então provei meu ponto de vista de que as pessoas tiram conclusões equivocadas sem conhecerem bem quem estão julgando ou todos os fatos que realmente correspondem à realidade. — Sorri, debochado, e compreendo aonde quis chegar. Ele consegue me colocar no meu lugar quanto a formar opinião a seu respeito sem o conhecer direito.

Tentando desanuviar o ambiente cheio de tensão, pego o garfo, corto um pedaço do doce e, desta vez, sou eu que o levo até a boca dele. Ele abre a boca sem deixar de me olhar nos olhos e pega a porção, mastigando-a vagorosamente. Como ele, ousada, pego um restinho de doce que ficou em seus lábios.

— Também ficou um tiquinho aqui.

Antes que tire meu dedo, ele segura meu pulso, abre a boca e lambe o doce que está nele!

Meu São Nicolauzinho! Acho que vou entrar em combustão em três, dois, um...

Vejo-o cada vez mais aproximando seu rosto do meu e tenho certeza de que, finalmente, outro beijo voraz está por vir! A expectativa me faz gemer em antecipação, ao que ele faz eco. Mais próximos, a ponto de podermos sentir a respiração um do outro, estamos a milímetros de promover uma fusão nuclear!!

— Eu não deveria estar sentindo isto.

— Por que não?

— Conheço você há pouco tempo.

— Desejo não tem nada a ver com tempo. — Sua mão vem ao meu rosto e seus dedos traçam delicadamente minha face até segurar uma mecha do meu cabelo e colocá-la atrás do meu ombro. — Seus cabelos me hipnotizam! Eles têm um poder excitante sobre mim.

É tão erótico ouvi-lo que chego a sentir pulsar loucamente o desejo no meu corpo. Debruça-se sobre a mesa e sussurra baixinho no meu ouvido, respirando fundo:

— Não analise o que sente.

— Por favor...

Não me deixa concluir, trazendo os dedos sobre meus lábios, descendo-os pelo meu pescoço, me arrepiando toda e me fazendo esquecer quem sou.

— Consegue imaginar como foi torturante eu ver isso a noite toda? — Seus dedos seguem e desenham meu discreto decote.

— Não diga que está escandaloso, porque não está! — murmuro, rouca, sentindo sua carícia na minha pele desnuda.

— Esse é o fascínio. Imaginar toda a sua sensualidade debaixo disso! — Seus olhos vagueiam pelos meus seios e sinto-os intumescerem. — *Krasivaya zhenshchina*[31], não tem ideia de como isso é tentador, tem?

Tentadora é a vontade que tenho de me jogar sobre a mesa para ele! Seu rosto cola ao meu e nossos lábios atraídos se tocam. O único som a romper nosso silêncio é o de nossas respirações ofegantes, cheias de promessas e ansiedade. Afastamo-nos violentamente um do outro quando há um estrondo na porta e uma voz feminina grita:

— Alekseeeei! Desculpe, meu querido, acabei me atrasando por causa de um cliente e perdi o espetáculo, mas vim para o jantar...

A voz para, abruptamente, ao nos ver, com cara de assustados, ao redor da mesa, claro que cada um num canto, porque, com o susto, fomos para lados opostos, como se estivéssemos fazendo algo errado. Nem a intromissão de Ivana me constrangeu tanto.

Imagino que, como eu, ele ainda não absorveu o que está acontecendo direito. Estou com o coração batendo em ritmo acelerado.

A voz volta a se manifestar:

— O que está acontecendo aqui? Aleksei?

Olho para a dona da voz esganiçada e reconheço a advogada arrogante. À simples visão dela, volto ao meu estado normal e fico enfurecida.

[31]"Mulher linda", em russo.

Quer dizer que ela se atrasou para ver o show, mas não para o jantar? Ah, é? Então, na verdade, jantaria conosco e não chegou a tempo? Cara de pau esse Aleksei! Como a amantezinha escandalosa e arrogante não estava presente, estendeu suas garras para a ingênua e crédula caipirona aqui, né?

Deus, nunca imaginei que poderia ser tão humilhada! E eu achando que o homem é fantástico, único, inigualável! Ah, trouxa, vai ler romance, vai!

Estou me sentindo tão brava e decepcionada que acho que vou vomitar tudo o que comi!

— Raissa, não me lembro de ter combinado algo com você!

Ouço o infeliz dizer, mas não acredito nadinha no que fala. Agora me vacinei contra seu teatrinho.

— Mas, querido, sempre venho jantar com você em encerramentos de temporadas! Por que seria diferente desta vez? — replica a cobra.

— Você, Yuri e outras pessoas, Raissa! E no restaurante coletivo!

— Bem, creio que já terminamos nosso encontro de negócios, não é, Aleksei? — digo, com firmeza, recusando-me a participar desta palhaçada e me deixar iludir mais ainda por esse conquistador barato.

— Kenya, nós mal começamos a entrar em entendimento, meu bem! — diz, com voz sugestiva.

Olho para a megera histérica e sinto ganas de enforcá-la com um de meus movimentos de contorção! A raiva é tão grande que penso que vou sufocar.

E isso piora quando ela se aproxima de Aleksei, coloca uma mão em seu peito, fica nas pontas dos pés e lhe dá um beijo nos lábios! Eu... vou... matar... essa... ja-ra-ra-ca!

Ela dá um passo para trás e percebo que ele está tenso e sem corresponder à investida dela, mas, se fez isso, é porque está acostumada, então, a postura de durão dele não vai me enganar.

Antes que faça uma loucura e corte as mãos dela por ter ousado tocar nele, me levanto rapidamente.

— Obrigada pelas instruções, pelo excelente jantar típico e por ter esclarecido a situação. Tudo ficou bem nítido para mim e pode ter certeza de que não vou me enganar nem ultrapassar nenhum limite de nosso contrato. Você foi excelente em me mostrar exatamente qual é o meu lugar na estrutura do circo e que a habilidade de fazer arte em diferentes papéis não significa que a pessoa seja decente e confiável.

Uso essas palavras ambíguas para que entenda que percebi que é um safado, que quer ter o maior número de mulheres ao mesmo tempo. E também para deixar bem claro que não me sujeitarei a isso, mesmo sendo o dono do circo, um artista extremamente talentoso e um baita de um gostoso!

— Foi um prazer rever você, Raissa — minto despudoradamente.

— Kenya...

Ele diz, mas finjo não ouvir. Quero sair daqui antes que exploda em lágrimas por minha ingenuidade e pela decepção que sofro ao ver que é um garanhão mesmo, conforme tinha imaginado na conversa com Lara.

— Deixe que ela vá, querido! Assim podemos aproveitar o resto da noite.

Ouço a maldita dizer enquanto me retiro. Ele não vem atrás de mim, o que confirma minhas suspeitas.

Volto ao meu trailer e, mesmo não querendo, me jogo na cama enfurecida e me debulho em lágrimas. Que decepção! E uma tripla, pois ao mesmo tempo fui enganada pelo dono do circo, pelo motoqueiro gostosão e pelo trapezista! Porque é assim mesmo que me sinto, triplamente traída!

Choro até dormir e caio num sono sem sonhos.

Capítulo 14

Ossos do ofício

Aleksei

Assim que Kenya sai abruptamente do trailer, resolvo não segui-la porque tenho que, de uma vez por todas, colocar um limite nas atitudes de Raissa. É inadmissível o que vem fazendo, assumindo essa postura de dona sobre mim.

Posso ter minha parcela de culpa ao ter caído em tentação e transado com ela uma única vez, mas já faz um bom tempo e nunca lhe dei qualquer indício de que aconteceria de novo. Ao contrário, no mesmo dia lhe disse que aquilo não tinha futuro e que não iria se repetir.

Mas o fato de não ter colocado freio na atitude possessiva dela deve ter lhe dado alguma ideia errada.

Como não sou de rodeios, prefiro acabar logo com isso e, caso haja algum dano colateral, como seu pai ficar sabendo e se ressentir comigo, vou assumir minha responsabilidade e arcar com as consequências dos meus atos, tentando fazer o meu melhor para que voltemos às boas.

Tiro as mãos dela de mim e a faço se sentar.

— Raissa, olhe bem para mim e preste muita atenção, porque não vou repetir, e você tem que entender que o que vou dizer é definitivo e não vai mudar, ficou claro?

— Credo, Aleksei, que tom mais dramático!

Balanço a cabeça para não perder o foco e a paciência. Ela pensa que não percebo que está querendo desviar o assunto. É inteligente e sabe muito bem o que vou dizer.

— Nós não temos absolutamente nada um com o outro a não ser um relacionamento de amigos por causa do seu pai, e de negócios, porque você cuida das questões jurídicas do circo.

Tenta falar, mas eu a corto.

— Nós transamos uma vez e, na mesma noite, deixei claro que não aconteceria mais. Fui honesto e franco porque respeito nossa amizade e jamais iria prolongar uma situação que poderia ser preju- dicial para nós dois.

Novamente tenta falar e a paro com um gesto de mão.

— Chega, Raissa! Nosso relacionamento de amigos e profissional não lhe dá, absolutamente, o direito de se meter em minha vida e em meu trailer quando bem entende! Não vou tolerar mais isso. Se você continuar com essa atitude, não apenas teremos que rever nossa amizade como nossa relação de negócios.

Ela olha para mim com raiva.

— É por causa "daquelazinha", não é? A contorcionista barata!

Meu sangue sobe ao ouvi-la se referir assim à Kenya, mas me contenho. Minha vasta experiência com Raissa me diz que mostrar minha indignação é justamente o que quer para despejar seu veneno.

— Não, Raissa, é por causa de você, apenas você, uma mulher admirável e independente que se tornou chata e pegajosa! Virou tudo o que sempre criticou e, o pior, sem qualquer incentivo de minha parte. Iludiu-se sozinha e sem qualquer gesto meu indicando te querer.

Fica ainda mais brava.

— Você é um idiota, insensível e mal-agradecido! Entreguei-me a você completamente...

— Corta o drama, Raissa! — interrompo-a logo, porque já sei tudo o que vai falar. Sempre foi totalmente previsível. — Primeiro, não se entregou a ninguém, porque não é uma mulher sem vontade que tem que adotar uma postura de submissão e se entregar a alguém. O que aconteceu foi que você fez sexo comigo, sabendo muito bem que não haveria entrega alguma de ambas as partes. Queria transar, partiu para cima de mim, me provocou até o limite, mesmo quando eu disse que era uma má ideia, e foi arrancando a sua e a minha roupa.

— Ah, vai dizer que não gostou.

— Como um homem solteiro e sem compromisso, diante de uma mulher bonita e com um corpo agradável, minhas reações físicas são perfeitamente compreensíveis e aceitáveis quando a mulher em questão expressa verbal e fisicamente que quer transar comigo. Você não só aceitou meus argumentos como disse que entendia que estávamos só fazendo sexo, nada mais. Estávamos os dois lá, lembra-se? — Não responde, pois sabe que estou falando a verdade. — Seja o que for, sua atitude de posse acaba aqui! Nunca admiti, e não vou admitir agora, que adote ares de dona sobre mim. Se quer continuar sendo minha amiga e minha advogada será sempre bem-vinda. Agora, se não mudar seu comportamento, considere tanto a amizade quanto os negócios acabados.

Faz cara de assustada, parecendo achar que isso nunca aconteceria.

— E para ficar ainda mais claro e não haver dúvidas: uma vez apenas que seja que você volte a entrar em meu trailer sem bater ou, caso bata e não aguarde que eu autorize sua entrada, considere-se *persona non grata* nas instalações deste circo e nosso relacionamento profissional acabado.

— Você só pode estar brincando!

— Estou rindo, Raissa? Alguma vez me viu dizendo algo que não estivesse realmente querendo dizer? Ameacei fazer algo que não tinha intenção de cumprir? Brinquei com sentimentos alheios?

Finalmente vejo a compreensão no rosto dela, que parece digerir a importância e profundidade de minhas palavras.

— Você sabe ser cruel, Aleksei.

— Não, Raissa, sei ser honesto e não hipócrita, diferente de você, minha amiga. Nada do que disse é novidade para você. Nunca foi. A pessoa que não foi honesta aqui não fui eu.

Ela abaixa a cabeça, suspira e volta a olhar com ódio para mim.

— Um dia verei você sofrer por ser desprezado na mesma intensidade com que está desprezando meus sentimentos, Aleksei. E, se possível, terei contribuído para isso. Quando vier até a mim, implorando para que fique com você, verá que eu realmente o amo!

— Raissa, se isso é amor, de fato será um castigo se eu vier a sentir, porque o que diz que sente é uma obsessão que cria ilusões infundadas. De qualquer maneira, estamos conversados. Já é tarde e amanhã sairemos bem cedo. Ainda tenho muita coisa para providenciar para nossa partida. Boa noite!

Sai pisando duro, sem responder.

Confesso que, diferente da minha postura insensível, como me acusou, estou muito triste por ter que falar assim com ela. Raissa foi uma menina batalhadora e estudiosa, que se esforçou muito para chegar aonde está. Não sei em que ponto começou a confundir as coisas e a nutrir esses sentimentos obsessivos com relação a mim. É lamentável!

Volto meus pensamentos à Kenya e à sua partida intempestiva, querendo muito ir atrás dela, mas, além de ser muito tarde e de fato ter muita coisa para providenciar para a viagem de amanhã, não sei se é o mais adequado a fazer. Vou atrás dela e digo o quê? Exijo saber por que saiu tão brava? Se fosse o contrário, eu não teria feito o mesmo, além de quebrar a cara do cidadão que tivesse entrado daquele jeito?

Além do mais, nada de concreto chegou a acontecer ainda entre nós. Muito provavelmente, ir atrás dela agora, sem planejar bem meus próximos movimentos, poderá ser mais negativo do que positivo.

Resolvo cuidar das questões mais imediatas do circo e deixar as coisas acontecerem e seguirem seu curso.

Passo praticamente a noite toda em claro e só paro quase ao amanhecer. Volto ao meu trailer para descansar um pouco até que esteja tudo pronto para a partida, o que acontece logo. Me despeço de Ivana, que traz meu café e entende rápido que não estou disposto a conversar.

Vou até meu carro para seguir viagem com Igor, porque alguém sempre precisa ir na frente, para cuidar das questões burocráticas e de locação. Desta vez, eu fui o escalado, pois não tinha compromisso nos meus outros empreendimentos e o Yuri já havia pedido para acompanhar a caravana nessa viagem, porque estava com saudades de viajar com a trupe toda.

Sem nada para fazer, nem mesmo dirigir, enquanto aguardo Igor, lembro-me de uma das perguntas de Reginaldo quanto aos imprevistos e a maneira que lidamos com eles.

— Você me explicou que, quando resolvem definir as viagens de uma temporada, sua equipe organiza um planejamento prévio e, entre as tarefas, há a que prospecta os lugares mais convenientes em termos de acomodação da caravana e de público para os espetáculos, além da receptividade das prefeituras das cidades almejadas. Isso sempre dá certo?

— Reginaldo, o circo é uma empresa como qualquer outra, paga os impostos, os salários, o aluguel dos terrenos e depende da venda do produto, que é o espetáculo, para sobreviver. Assim, lidamos com imprevistos o tempo todo e estamos sempre no risco.

— E sempre foi assim?

— Olha, na verdade, antigamente era ainda mais difícil, os circos eram de tecido de algodão, molhavam com a chuva e eram de fácil combustão. Eu mesmo passei por um incêndio em que perdemos tudo, inclusive uma vida. Hoje temos mais facilidades, como o *bobcat*, trailers confortáveis, televisão a cabo, celular, internet, geradores, caminhão pipa, entre outros. Mas também, por outro lado, há mais exigências, problemas trabalhistas, circos que inflacionam os cachês, além de ser mais complicado conquistar o público, que fica em casa vendo televisão.

— O que é *bobcat*?

— É um tratorzinho carregadeira importado que faz o trabalho de, aproximadamente, trinta homens.

Observando o volume de veículos, equipamentos e pessoas à minha volta, fico orgulhoso de que, independentemente dos problemas que apontei para Reginaldo, nosso circo tenha prosperado e as pessoas sejam felizes aqui. É uma vida de constantes mudanças, sim, mas de muitas aventuras e cheia do prazer de levar magia e alegria às pessoas. A gente aprende a viver assim e não sabe viver de outra maneira, preso em uma cidade, um escritório, um apartamento.

Olho para o trailer de Kenya com a esperança de vê-la. Como se atendendo ao meu desejo, a porta é aberta, mas quem sai de lá é Lara, com passos trôpegos e vacilantes.

Fico preocupado porque já sei que ela fica assim só quando tem uma de suas "visões". O que será que falou para Kenya? O duro é que Lara nem sempre se lembra do que fala quando está em transe.

Ao chamado de Igor, resolvo deixar isso para lá também e embarco no carro, rumo ao interior paulista, mais precisamente Limeira.

Sei que vou ficar alguns dias sem poder encontrar com Kenya, porque depois de resolver tudo o que for possível para a montagem e funcionamento do circo, terei que viajar para São Paulo, onde Micha marcou uma série de reuniões para resolvermos os rumos da expansão de nossas fábricas de motos personalizadas para o exterior.

Também quero passar uns dias com meus primos doidos. Estou com muitas saudades de Katyusha, que virá ao Brasil para participar dessa chatice empresarial conosco. Estando nós três juntos, sempre conseguimos nos distrair e nos divertir, principalmente com as histórias malucas e engraçadas de suas andanças pelo mundo. Micha é o gozador nato, mas Katyusha é a alma da festa, tudo o que conta tem sempre toques de emoção, aventura e drama. Pena que cada vez passa menos tempo conosco. Acho que nunca vai sossegar.

Depois disso, ainda terei que me encontrar com os representantes do Circo Moscovita, a fim de começarmos as tratativas para nossa turnê na Rússia, com a qual estou muito empolgado e ansioso.

Acho que esse tempo me dará condições de colocar em perspectiva tudo o que vem acontecendo entre mim e Kenya, que foi muito rápido e incontrolável. É uma boa hora para pôr um freio nisso e avaliar a situação com a frieza e a distância adequadas.

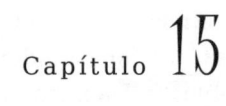

Capítulo 15

A crueldade mora ao lado

Kenya

Acordo me sentindo ainda muito mal, mas, como a guerreira que sempre fui, me levantando dos golpes recebidos das mãos da pessoa que mais deveria me apoiar, tomo a resolução de seguir com meus planos iniciais quando impus a condição de ter um contrato temporário.

Não preciso de distração.

Preciso, sim, fazer o melhor trabalho que puder, dar ao meu pai o máximo de dinheiro que for possível e, depois, finalmente seguir com meus outros planos.

Não sei como pude, no espaço de horas, ficar tão envolvida com as ilusões causadas por Aleksei. Acho que a solidão e o deslumbramento embotaram minha mente sempre tão prática e estoica e fizeram com que adotasse um comportamento totalmente atípico e descabido.

Ainda bem que, pelo barulho e balbúrdia externos, partiremos em breve e logo estaremos na estrada e, acampando em um novo local, poderei começar meu trabalho. Já havia sido informada pelo Yuri, quando cheguei, que partiríamos logo cedo e que não me assustasse se acordasse com meu trailer em movimento. E, de fato, quando cheguei do jantar, meu trailer já estava engatado ao comboio.

Embora não tenhamos saído ainda, percebo que Ivana, que me revelou que era ela que fazia isso ontem à noite, já me deixou o café da manhã e não precisarei sair, o que me alegra por não correr o risco de me deparar com Aleksei. Vou tomar o café da manhã e me exercitar, porque quando encontrar meu pai, que já deve ter partido, sei que não vou ter um minuto de descanso ou trégua, porque ele não sabe pegar leve.

Ouço alguém bater à porta e meu coração dispara. Não quero que aquele infame venha ao meu trailer contaminar meu espaço. Assim, finjo não ouvir, com a esperança de que, quem quer que seja, vá embora.

— Kenya! É a Lara! Você está acordada?

Corro até a porta e a abro. Fico feliz em ver alguém que possa me distrair de pensamentos sombrios.

— Oi, Lara! Bom dia. Entre!

— Não, obrigada! Só vim ver se está bem antes de partirmos, porque sei que está triste... — Antes que eu pudesse perguntar se alguém lhe falou algo, continua. — ... mas precisava lhe avisar que, embora tudo pareça obscuro, a luz está dentro do ovo, esperando para renascer. O que está escondido será revelado e o que está revelado será desmascarado! O horror e a raiva serão curados e a tirania, castigada. Muitas águas correrão, mas o lírio, no pântano, nascerá, depois de tempestades. Durante o caminho, tente ser feliz, porque isso também será possível!

Suas palavras são estranhas. Observo sua expressão e vejo que está com os olhos vidrados, como se estivesse em transe. Sinto um calafrio de medo quando, sem dizer mais nada, vira-se, como uma sonâmbula, e vai embora.

A viagem do Rio até Limeira é longa. Várias paradas são feitas para abastecer, para as pessoas esticarem as pernas, usarem os banheiros ou, simplesmente, para darem uma relaxada, como me conta Ivana quando vem até meu trailer numa dessas paradas, com a já familiar mochila térmica nas mãos. Essa mulher é uma bênção e desperta em mim um sentimento de paz e aconchego.

Desta vez, traz comida para nós duas e diz que, como a parada é curta, apenas para todos almoçarem, vai ficar comigo até o próximo local, assim poderemos conversar e nos conhecer melhor e não me sentirei tão sozinha. Ela me pergunta a respeito da minha vida, querendo saber de tudo. Conto-lhe muito mais coisas do que estou sequer acostumada a pensar comigo mesma. É estranho, mas Ivana solta minha língua e me faz contar coisas que nunca contei a ninguém!

— Mas, Kenya, pelo que você está me falando, seu pai foi cruelmente exigente com você a sua vida toda!

Seus olhos expressam piedade e me sinto mal. Não foi minha intenção falar tão abertamente sobre meu passado.

— Não, Ivana, não é assim! Ele só quer que eu tenha sucesso e seja uma boa profissional, sem me desviar desse objetivo. Para isso, tem que ser rígido para eu não me acomodar. Sou muito agradecida a ele por ter ficado comigo quando ninguém mais quis.

— E quem lhe disse isso? Seu pai autoritário?

Ela fala dele como se o conhecesse! Não acho que lhe contei o suficiente para despertar esse ódio que sinto em sua voz.

— Ivana, já percebi que é maravilhosa e que gosta de cuidar das pessoas, mas o fato de ter gostado de mim não deve nublar sua percepção. Tudo o que lhe contei deveria mostrar quanto meu pai me ama e cuidou de mim.

— Alguma vez lhe ocorreu perguntar a ele se ninguém te quis? Porque não acredito que isso seja verdade, embora tenha aceitado que sim.

— Bem, em todos os anos que vivi com ele, ninguém apareceu para me procurar, o que já responde a essa pergunta, não é?

— Não, não é! Talvez tenha aparecido, só que você não ficou sabendo porque nunca perguntou e aceitou como verdade absoluta as palavras de seu pai.

Não sei aonde quer chegar e resolvo mudar de assunto. Ela pode ser muito legal, mas com certeza não sabe do que está falando. Só nós dois sabemos o que passamos durante esses anos juntos e todos os obstáculos que superamos. Se ele tem sido ou não demasiadamente opressor, isso se deve às dificuldades que enfrentamos. Eu particularmente continuo despreparada para avaliar meu relacionamento com meu pai e a maneira como me trata.

O comboio para mais uma vez e, incentivada por Ivana e pela revelação que me fez de que Aleksei não está viajando conosco, resolvo descer um pouco da minha casa de quatro rodas junto com ela.

Vejo as carretas e todos os trailers que formam a "aldeia" com os "habitantes". O abre e fecha das portas é grande, parece que todo mundo quer descer um pouco. Em alguns dos trailers, vejo bicicletas penduradas e também percebo que há animais de estimação, como o cachorro e o papagaio que estão perambulando com seus donos.

Olho em torno. Desta vez, não estamos em um posto de gasolina, mas num local deserto e lindo, com uma paisagem maravilhosa. Várias pessoas se dirigem para um rio, alguns carregam varas de pescar.

— Ivana, o pessoal está indo pescar?

Ela ri com minha surpresa.

— Sim, minha menina! Nem só de pão vive o homem. Quando viajamos, além das paradas para abastecer e usar os banheiros, também aproveitamos para ter alguns momentos de lazer.

— Que legal! Pensei que, quando em turnê, a vida seria trabalho, trabalho e mais trabalho. Eu mesma mal posso fazer outra coisa além de treinar e me apresentar, sem nem mesmo viajar ou estar num circo!

— Isso porque seu pai sempre foi um monstro cruel.

— Como? — pergunto, abismada com a observação dura dela.

Parecendo meio sem graça, como se tivesse cometido uma gafe, logo tenta consertar, enquanto caminhamos por aquele lugar lindo.

— Desculpe, Kenya, mas em minha idade, acabamos considerando os que são bem mais jovens do que nós como crianças. Se nos afeiçoamos a elas, então, viramos a própria leoa. O que me contou de seu pai, ao juntar com o conhecimento que tenho das pessoas e minha experiência de vida, mostra muito bem que é um pai abusivo. Espere, deixe-me terminar! — Ela me para quando vê que vou contestar sua afirmação forte. — Não quero que fique chateada ou que deixe de me contar as coisas por lealdade ao seu pai ou por decepção com minhas palavras. Já é minha criança e vou ficar brava com qualquer um que a faça sofrer, mesmo que quem tenha feito isso diga que foi para o seu bem. Então, por favor, releve a indignação e as palavras duras desta velha aqui quando xingar alguém que te machuque, seja do jeito que for, está bem?

Diante de seu pedido tão singelo, feito com uma voz suplicante, fico totalmente desarmada e não consigo protestar. Então, resolvo voltar ao clima de camaradagem e curtir nossa parada.

— As crianças, correndo de lá para cá, parecem felizes por poder escapar da escola!

Ela ri alto.

— Quem disse que elas escapam? A cada cidade que passamos, as mães matriculam os filhos nas escolas, amparadas em uma lei promulgada por Getúlio Vargas, que obriga as escolas a aceitarem os filhos de circenses em qualquer período do ano. Mas, como nós, ficam muito acostumadas a viver sobre quatro rodas e a curtir esses momentos durante a viagem. Então, sim, você está certa em dizer que estão felizes.

Saber disso, que são matriculadas em escolas, me traz muita alegria, porque não tive essa oportunidade e, mesmo que tivesse, duvido que meu pai iria se preocupar com isso. Ao contrário de mim, essas crianças terão a opção de continuar no circo ou de exercer outra profissão que preferirem. Estão estudando para ter esse direito.

Ivana me incentiva a me juntar à equipe de malabaristas, que está provocando os pescadores, dizendo que vão espantar todos os peixes quando pularem no rio para nadar. Estes entram no jogo de provocação, respondendo que vão pegar muitas piranhas e tainhas quando eles estiverem na água. Todos riem e a brincadeira segue. Chegando mais perto, me junto ao grupo.

— Se eu fosse você, princesa, não me aproximaria tanto assim da margem do rio com essa sapatilha. Pode ser um problema.

Tarde demais para ouvir os conselhos de Bunin: logo sinto meu pé direito atolando na lama. Desequilibro-me e seguro o primeiro braço que vem ao meu socorro.

— Cuidado, Kenya! —Tanya diz, com um sorriso divertido e consolador ao mesmo tempo.

— Nossa! Não percebi que estava tão perto da água.

— Relaxa, consegui te ajudar porque aconteceu comigo a mesma coisa há pouco... — Ela levanta a perna e eu vejo seu pé e tornozelo enlameados.

— Equipe unida permanece unida. Até na lama... — rindo, Dimitri brinca conosco e os outros entram na onda dele.

— Pelo menos peguei um peixão. — Tanya continua a brincadeira.

— Quero ver se pegarão algo além de lambari.

— Vai acendendo a churrasqueira que hoje vocês vão se fartar de comer peixe. — Ao lado de Dimitri, com a vara pronta para a pesca, Yuri se intromete na conversa.

— Lá vem ele com suas histórias de pescador! — Lara aparece do nada e ataca.

Presto atenção nos dois, enquanto tiro cuidadosamente o pé da lama, com a ajuda de Tanya.

— Ao contrário de você, Lara, que não tem muita certeza de suas previsões, quando digo que algo vai acontecer, falo exatamente do que se trata e a coisa acontece.

Meus olhos vagam disfarçadamente até ela e percebo que ruboriza de raiva. Dimitri abraça-a por trás e beija seu ombro e a expressão de Yuri fica nublada com a visão dos dois. Pode ser impressão minha, mas acho que tem alguma coisa mal resolvida entre eles.

Ele balança a cabeça à visão do casal e se vira para o lago.

Ninguém parece notar a hostilidade entre eles, mas se notam, logo são distraídos pelo grito de Yuri.

— Olha aqui... — Começa a puxar a linha, enquanto a vara enverga.

— Sortudo de uma figa! — Lara cruza os braços, observando.

— Sai para lá com seu mau agouro, Lara! Esta vai ser nossa janta hoje.

— Cuidado para não ser uma bota cheia d'água.

O coro de risadas explode.

— Só nos seus sonhos.

O peixe se debate na água. Com um sorriso irônico, ele se esforça na luta.

Envolvidos com a cena de um Yuri orgulhoso, as brincadeiras atraem todos. O peixe não é tão grande quanto o brincalhão fez parecer, só que Lara não teve tempo de tirar sarro dele por isso, porque Dimitri já a tinha arrastado em direção à mata, talvez para terem um pouco de privacidade para namorar.

Após um tempo nesse clima, sigo para o acampamento com Tanya para limpar nossos pés.

Esta tem sido mais uma oportunidade de conhecer outras pessoas do circo, bem como o estilo de vida de seus artistas quando na estrada. Até agora, posso dizer que tem sido tudo muito gostoso e divertido. Esta é uma das paradas mais longas que teremos, porque pernoitaremos aqui, tempo para que os motores dos caminhões tenham uma pausa; as caixas d'água dos trailers sejam abastecidas pelo caminhão pipa que viaja conosco; os depósitos de dejetos orgânicos sejam esvaziados e, principalmente, a galera toda possa relaxar um pouco entre uma turnê e outra.

O dia passa e a agitação e a alegria são grandes e contagiantes. Alguns fazem fogueira e se reúnem em volta dela, contando casos, rindo, tocando instrumentos musicais e cantando. Crianças brincam de esconde-esconde, pega-pega e andam em suas bicicletas. Alguns casais andam de mãos dadas, abraçados, muitos trocando beijos apaixonados. Ivana e outras pessoas sentam-se para conversar, fazendo diversos tipos de artesanato, como crochê, tricô e outras coisas que, na verdade, não sei o que são.

Junto-me novamente ao pessoal que será minha equipe, e eles me contam um pouco de suas vidas e experiências profissionais. Lara também está no grupo, abraçada a Dimitri, mas não deixa de observar Yuri, que está entre duas moças lindas rindo de tudo que ele fala.

Atenta, noto que, disfarçadamente, quando Lara não está observando, ele sempre volta o olhar para o casal, como se quisesse conferir o que estão fazendo. O relacionamento desses três é estranho, porque além dos dois ficarem provocando um ao outro, Dimitri, por sua vez, provoca bastante Yuri, como se estivesse com inveja dele.

Pela primeira vez na vida, me sinto pertencente a um grupo, que me aceita sem questionamentos e com carinho. Dividem comigo suas alegrias e seus sonhos, como se eu tivesse sempre vivido ali e sido companheira deles. Estou tão feliz e em paz que quase consigo esquecer meu chefe globista trapezista gostosão... Quase!

Após uma noite muito gostosa, no dia seguinte seguimos viagem e, desta vez, é Tanya quem vem para o meu trailer, alegando que está enjoada de ficar na algazarra do trailer dos solteiros e quer um pouco de paz. Mas desconfio que essa é apenas uma desculpa que usa para não me deixar sozinha. Nem perco tempo dizendo que não precisa fazer isso, porque estou adorando tanto cuidado.

Ao chegarmos a Limeira, ligo para meu pai para saber se chegou bem e ver quando começaremos o treinamento. Preciso que isso aconteça o mais rápido possível, porque os treinos sempre foram para mim um meio de exorcizar meus problemas, que, atualmente, também estão relacionados à atração que sinto por Aleksei.

Claro que tenho que ouvir sua cantilena de reclamações; do hotel primeiro, que é uma pocilga de baixa qualidade, pior do que o do Rio; depois, que a viagem de ônibus acabou com sua coluna, e daí em diante. Uma vez mais, não me pergunta como estou e avisa que as instalações em que iremos treinar estarão prontas apenas amanhã, mas que eu fosse fazendo meus exercícios rotineiros, que iria verificar minha elasticidade. Tremi ao ouvir isso, porque só eu sei o que ele faria caso não ficasse satisfeito.

Se bem que, do jeito que estou, suas instruções soam como um bálsamo para meu coração partido e, sem demora, ponho-me a treinar e o faço por quase todo o dia. Não quero me arriscar a não atingir o nível que sei que ele irá exigir. Fiquei parada por três dias desde que saí de Manaus e, como contorcionista, sei o impacto que isso causa nas articulações. Não que perca minha elasticidade, mas levo mais tempo para executar alguns movimentos.

E meu pai não é complacente ou compreensivo com isso. Se eu não realizar o exercício ou movimento que ele quer logo da primeira vez, a punição com certeza virá.

O dia passa, e treino tanto que nem paro para comer a comida que Ivana deve ter trazido sem que eu tenha nem ao menos visto. O medo é um incentivo poderoso!

Finalmente, exaurida, encerro as atividades, tomo um banho e caio na cama, ainda sem comer, o que só percebo quando acordo, no dia seguinte, com uma forte dor de estômago.

O bom é que Ivana já trouxe meu café da manhã e tem pão quentinho, mesmo sendo cinco e meia da manhã. Ataco o pão sem nenhuma vergonha, após rechear com o queijo fresco que tinha na geladeira.

Já pronta, espero meu pai que, com certeza, estará aqui às seis e quinze, sem atraso, pois é extremamente pontual e meticuloso. Nunca se atrasa e não aceita atrasos.

Quando ele chega, para variar, não me pergunta como estou nem expressa qualquer carinho por mim. Apenas me olha e diz:

— Vamos! Quero ver se a madame não relaxou durante minha ausência. Espero não ter que relembrá-la de que deve estar sempre em forma.

Abaixo a cabeça e fico quieta. Não há o que dizer, como sempre.

Sigo-o para mais um dia de tortura física e psicológica, que se arrasta por mais de uma semana. Nesses dias, ele parece mais intransigente e rigoroso. Não aceita falhas e se irrita com os outros artistas do circo, que se juntam ao show. Parece descontar neles e em mim, amargurado, toda a frustração que sente por ter que ir embora todos os dias após os treinos.

Percebo que Tanya e seu irmão são os mais incomodados com sua atitude. Vejo que fazem o máximo para se conterem e não o contestarem, mas nem sempre conseguem e o ignoram muitas vezes, fingindo não terem ouvido o que disse, o que o deixa mais irritado e cruel comigo. Várias vezes os vejo conversando muito bravos com Yuri, que balança a cabeça e parece adotar uma postura pacificadora.

Já estamos na cidade há exatamente oito dias, que passaram num borrão. Volta e meia me pego pensando em Aleksei, que não vi uma só vez em todo esse tempo. De acordo com Lara, ele nem sempre tem condições de estar presente no dia a dia do circo, porque tem outros negócios. Ainda de acordo com ela, só veio na frente para cuidar das questões burocráticas e viajou no mesmo dia.

— Sonhando acordada para variar, menina?

Sou abruptamente trazida de volta à realidade pelo meu pai, que havia dado uma saída para atender ao celular. Tem me submetido a um treinamento cada vez mais pesado, sem admitir qualquer erro. Sua ênfase na perfeição tem ficado cada vez pior e o tempo de treino só aumenta. Não consigo fazer absolutamente nada que não seja treinar, comer e dormir, estes dois últimos muito mal, por sinal, porque vivo tão exausta que mal consigo fazer essas coisas tão "banais"!

Não fosse por Ivana, acho que não teria forças para comer nunca, mas a resoluta mulher chega até a me levar comida na cama quando percebe que não comi nada o dia todo. Quanto a dormir, apesar de muito cansados, meu corpo e minha mente ficam muito despertos pela intensidade dos exercícios, o que me causa insônia.

Não costumo reclamar ou lamentar, tento ser o mais pragmática possível, mas desta vez meu corpo vem sentindo. Emagreci quatro quilos só nestes oito dias! Meus cabelos já começam a cair e minhas unhas a quebrar e sei que não estou ingerindo a quantidade que preciso de vitaminas. Sinto receio de prejudicar minha performance em função do cansaço.

— Vamos, Kenya! Você não é paga para ficar pensando na morte da bezerra!

Ele berra, sem qualquer cuidado ou sensibilidade. Respiro fundo, o que parece irritá-lo.

— Está muito distraída, não é mesmo? — Altivo, ele me fita. — Como sempre digo, mente vazia é oficina do diabo. Para a barra já, menina! Quem sabe se um pouco de dor nos músculos tira você do lugar onde está vagando, não é?

Penso em lhe responder que estou cansada, mas desisto ao perceber que todos nos observam, em expectativa e apreensão. Percebem que a expressão de meu pai é de quem não está de brincadeira e de que pouco se lixa para como me sinto. A equipe é sensacional e, por esse motivo, tenho feito tudo o que ele pede para que sua agressividade não seja direcionada a nenhum dos que a compõem, e para que não percamos ninguém por causa dos seus modos. Arranco forças do fundo da alma e faço o que ordena.

É uma série de vinte exercícios. Subo na barra: oito, nove, dez... e caio. Chego definitivamente à exaustão, sem qualquer energia para continuar.

— Não consigo mais... — Meus braços doem, com câimbras. O corpo lateja, sem forças.

— Você ficou mole, isso sim! — Em vez de me dar a mão para levantar, seus dedos largos fecham e apertam em torno do meu braço. — É com esse ritmo que pretende se apresentar em dois dias? — Tento levantar e minhas pernas fraquejam. Talvez tenha razão. Do jeito que estou, duvido de minha capacidade.

— Preciso parar um pouco. Me dê dez minutos — suplico, ofegante.

— Peça à sua plateia dez minutos. Você acha que está em posição de barganhar, Kenya? Porque estou indo embora, não estou aqui para ver fraqueza. Olhe para você, parece uma contorcionista decadente.

— Ei! Calma aí! Você não percebe que ela precisa de uma pausa? — Tanya explode com meu pai que, graças a Deus, a ignora, porque não quero que ele despeje sua raiva nela.

Uma leve tontura me invade, deixando-me sem condições de perceber uma confusão que acontece ao meu lado.

Deitada sobre o colchão, respiro e inspiro a cada desaforo que meu pai me diz, enquanto me olha com desprezo, antes de virar as costas e sair. Onde estou não é o lugar e nem a hora para me debulhar em lágrimas, só que é justamente o que acontece. No picadeiro há outros artistas treinando seus números. Mal tive oportunidade de conhecê-los, mas a presença deles pouco importa porque, sufocada pela pressão, só consigo chorar, me sentindo derrotada.

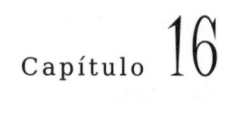

Capítulo 16

Vai, vai, vai...
Começar a brincadeira

Aleksei

Contei os minutos para estar de volta ao circo. Nunca a ânsia de voltar foi tão grande quanto nesses dias que passei fora.

Ao me deixar a par dos acontecimentos do cotidiano do circo, Yuri me preveniu que seria prudente transitar pela área dos ensaios caracterizado como Bim Bom, já que encontraria o pai de Kenya treinando com ela no picadeiro, num ritmo pesado como se não houvesse amanhã. Está preocupado com ela por causa da quantidade de horas de treino a que é submetida pelo pai.

— Você está me dizendo que eles não param nem para fazer as refeições?

— A velha raposa come o que vê pela frente, mas ela... — Pelo reflexo do espelho, vejo que balança a cabeça. — Não vi uma só vez. Não fosse por Ivana, não comeria nada, porque chega tão exausta ao trailer que só consegue tomar banho. Ivana me contou que tem levado comida na cama para ela, forçando-a a comer, mas que ela só consegue ingerir minúsculas porções.

Fechando as mãos em punho, cego de raiva, sinto o pote de *pancake* se quebrar entre os meus dedos. Não me admira essa atitude dele, tendo em vista quanto maltratava seus animais quando tinha o circo. Mas aqui não fará mais isso com Kenya. Ela não é um de seus bichos e, mesmo que fosse, no meu circo ninguém sofre maus-tratos.

— Onde estão agora? — Apresso-me em delinear o rosto com o lápis preto e terminar logo a maquiagem.

— Estão desde cedo treinando.

— Você viu se ela almoçou?

— Ele, sim, mas ela, não.

— Está na hora de o palhaço se divertir.

— O que pensa em fazer? Gracinhas para alimentar a moça?

— Se a fizer comer, por que não? — Balanço os ombros, tentando parecer indiferente, mas completamente irado por dentro, na realidade.

— Só não sei como fará isso.

— Se aquela raposa se puser na frente de Bim Bom, faço-o cheirar sua margarida e levar um banho. Depois, o derrubo ao tropeçar com minhas botinas enormes e passo por cima dele. E ainda finalizo, quando estiver estendido no chão, dizendo que o matei de rir. — Bufo e me levanto, puxando os suspensórios pelos braços. — Procure Ivana e peça que prepare algo forte e rico em vitaminas.

Yuri sai comigo do trailer e cada um segue para um lado. Encontro alguns artistas pelo caminho e todos me cumprimentam, com olhar desconfiado, considerando-se que raramente me visto de palhaço durante o dia, a não ser quando vou a alguma instituição levar um pouco de alegria a crianças e idosos ou quando participo das matinês nos domingos.

De longe sinto sua presença e, quando a localizo, constato que Yuri não estava exagerando. A moça parece bem mais magra.

São tantos artistas em atividade que, ao me aproximar, nem me notam.

Ouço seu pai falar com ela, exasperado, e não entendo como Kenya, com sua personalidade forte, não mostra as garras para ele ao ser tão pressionada. É notório que está cansada. Por que deixa que seu pai a controle desse jeito? Teria tanto pavor assim? Se bem que, se for esse o caso, é perfeitamente compreensível, porque como treinador, ele é um cruel domador! A forma como fala com ela não deixa margem para dúvidas quanto a ser um carrasco.

Resolvo intervir, só que, quando dou um passo em direção a eles, Adrik grita com ela. Minhas vistas escurecem por uns segundos. Quando voltam a clarear, para meu desgosto, vejo-a seguir para a barra como ele mandou, como se falando com um animal adestrado. Lamento não estar com as facas do atirador para lançar nele. Meu ódio é tão grande que sinto ganas de colocá-lo no lugar em que deve estar, que é preso numa jaula, como o animal irracional que é. Que me desculpem os bichinhos...

— Kenya precisa de alguém que lhe ofereça uma saída para se livrar disso, não alguém que vai apenas usá-la e torná-la cativa de outra maneira! — Olho de lado para ver quem fala comigo.

— Deu para ficar espiando as pessoas e bisbilhotando, Lara? Não tem nada para fazer, não?

— Falar para as pessoas o que prevejo também é fazer alguma coisa! E uma coisa muito importante, Aleksei, considerando-se meus avisos acertados.

— Yuri me falou que Kenya não anda se alimentando. Estou aqui só para me certificar disso.

Enquanto falo com Lara, vejo Kenya subir e descer em uma série na barra. Não sou especialista no assunto, mas posso ver que faz um esforço danado para executá-la.

— Se é assim, deveria estar com a expressão do Bim Bom e não de John Wayne Gac, o palhaço assassino.

Antes que possa retrucar que, nesse caso, iria matar várias vezes, mas uma mesma pessoa, um barulho de corpo caindo nos chama a atenção.

— Kenya! — Lara chama seu nome, assustada, tampando a boca com a mão. Dou um passo para socorrê-la e Lara me segura. — Não vá fazer algo de que se arrependerá. Ela precisa levantar sozinha e enfrentá-lo, pois não consegue ainda ver a fealdade que envolve esse ser asqueroso.

— O que você sabe, Lara?

— Não sei nada de concreto, apenas o que minha intuição me conta. E ela me diz que a única pessoa capaz de parar o pai é ela mesma, quando resolver desvelar o véu que lhe cobre a percepção com relação a ele. Porque a verdade será muito dolorosa.

Oh, inferno! Lara com suas predições! Vou até eles e, assim que me aproximo, Adrik dá as costas a ela. Minhas mãos se fecham em punho, querendo socá-lo, mas isso é logo esquecido quando a ouço chorar de dor. Abaixo-me até ela.

— É certo que as mulheres gostam de caras que as façam rir, mas também querem que as façam se sentir seguras, não é? — pergunto, para chamar sua atenção. Seus olhos molhados e inchados voltam-se para mim. — Então aqui estou eu, seu palhaço ninja!

Dou um berro e um chute no ar, fazendo meu sapatão voar para longe.

Ela para de chorar e dá um leve sorriso.

Pego o sapato de volta, claro que desajeitadamente e tropeçando. Visto-o, abaixo-me até ela e lhe estendo uma flor. Quando ela a pega, aperto a haste e, de seu miolo, pula um palhacinho sorrindo, preso por uma mola. Ela se assusta, mas acaba rindo e olha para mim.

— Bim Bom?

— Em carne e osso. Ou melhor, em maquiagem e peruca — brinco para descontraí-la.

Tenta levantar e geme. Desde que a conheci venho fantasiando ouvi-la gemer de prazer, não de dor. Meu peito se aperta e sua expressão muda. Examino-a rapidamente para saber se está bem e vejo seu braço marcado. Instintivamente a toco com calma, para não a assustar, porque preciso confortá-la. Seus olhos fitam os meus e seguem a direção para onde eles olham, chegando ao seu próprio braço e à percepção do que estou vendo. Fica muito constrangida, fecha os olhos e sacode a cabeça, como se não acreditasse no que seus próprios olhos constatam.

— Quem fez isso com você?

— Acho que me machuquei quando caí.

Ouvi-la querer omitir a responsabilidade do seu pai me causa náuseas.

— Essas marcas não são pancadas. São apertões.

Ela não pode mentir, não para si mesma. Precisa falar em voz alta quem fez isso para começar a entender que está sofrendo abuso físico.

— Seja lá quem foi o crápula que fez isso com você, serão tomadas providências pela direção do circo.

— Não! — Segura minha mão e a tira de cima dos seus hematomas. — Meu pai deve ter marcado sem querer quando foi me ajudar a levantar. — Sua pele translúcida mostra as marcas vermelhas recentes, porém outras marcas menos aparentes provam que vêm sendo feitas com regularidade e há tempos.

— Jeito gentil que ele tem de te ajudar, não é mesmo? — Meus olhos vão para as outras marcas.

— Não tem sido fácil para ele. É desgastante ter que vir para me treinar todos os dias e eu não render no ritmo que ele sabe que sou capaz.

— Se você acha que a responsabilidade por isso é sua, ainda não percebeu que está numa situação de abuso. — Dou de ombros. — Não está mais aqui quem a questionou. Mas fica sabendo que, se precisar, não hesite em me chamar. Minha peruca vermelha com seu cabelo de fogo juntos são incandescentes e podem causar um senhor estrago.

Faço um esforço danado para mudar de assunto. Sua fragilidade é de cortar o coração. Adrik foi capaz de devastar muitas vidas e causar sofrimento a muita gente, mas nada é comparado ao que está fazendo com a vida da própria filha, dia após dia.

— A culpa tem sido somente minha. — Ela parece vagar para outra dimensão e refletir a respeito do que acaba de admitir. Eu a fito, desafiante, mas ela não reage, o que me faz recuar. Não deveria tê-la questionado.

Coloco meus óculos cor-de-rosa choque, dou um toquinho com meu dedo em seu nariz e, quando olha para mim, pisco muito rapidamente e luzes nos aros dos óculos acendem e apagam, conforme aumento ou diminuo o ritmo de minhas piscadas.

Ela ri novamente e o ambiente se desanuvia um pouco.

— Vem, vou te levar para descansar. Já comeu alguma coisa hoje?

— Somente quando acordei.

— Já são mais de quatro da tarde! Hum, agora entendo de onde os ruídos estão vindo. Eram da sua barriga! — Simulo uma cara de espanto, enquanto levo a mão à cintura. — E veja só, eu pensando que você não era uma moça educada e estava prestes a soltar os gases de enxofre.

Não tenho tempo de me constranger com o que digo, pois sou agraciado com uma explosão sonora de gargalhadas.

— Mal-educado é você ao dizer isso para uma dama. — Ela mal consegue falar.

— Você ri? Esses ruídos são medonhos. — Levanto uma perna e um barulho sai de minhas calças, reproduzindo um pum. Ela ri mais e vejo-a suspendendo a sobrancelha. — Não falei?

Balanço a mão na frente do nariz.

— Que carniça!

Ela continua a gargalhar e não me contenho.

— Já lhe disseram que fica ainda mais linda quando sorri?

— E a você já disseram que é feio dizer mentiras?

— Está me chamando de mentiroso? — Estendo a mão para ela, fingindo fazer força exagerada para levantá-la. Descontraída, continua rindo. — Você é tão linda, daria uma bela Colombina! — Distraio-me enquanto a admiro. Tocar sua frágil e calejada mão me desperta o desejo de tocá-la inteira. Uma cena fugaz penetra minha mente: eu a acolhendo em meus braços. Isso me faz desequilibrar e cair em cima dela, como um verdadeiro palhaço atrapalhado.

Nossos corpos se juntam e as respirações se misturam. A semana toda me lembrei de nós dois juntos, antes de sermos interrompidos pela Raissa. Como senti saudade do cheiro de Kenya, que, mesmo suada após a sequência de exercícios, me faz querer inspirar fundo sua fragrância. Por instantes, desprendo-me de qualquer etiqueta social ou regra, e só admiro de perto sua fisionomia vibrante.

— Não diga bobagem, eu nunca fui engraçada. Sou amarga demais para adoçar o espírito de alguém com meu sorriso.

Dou conta de que outras pessoas nos olham e rolo de lado rindo, como se ela acabasse de contar uma grande piada quando, na verdade, minha vontade era rolar chorando por ver a tristeza em seus olhos. Gargalho como Bim Bom, como sempre, buscando dentro de mim a força do riso.

Espantada, ela me encara:

— Você está rindo de mim?

Paro de rir e a encaro de volta:

— É que quando você disse isso, logo veio na minha cabeça o Gasparzinho e você tentando colocar açúcar nele! Minha imaginação vai longe quando as pessoas falam e acabo rindo. Então, sim, estou rindo de você, da vida e de como sou desastrado. Meus amigos muitas vezes riem apenas por causa de meu riso.

— Você faz parecer tão fácil.

— Não é que por trás de um palhaço só exista felicidade. Na verdade, independentemente do que a gente sinta por dentro, o que importa é ver o sorriso e a alegria no rosto de quem nos assiste.

— Não sei se isso é possível.

— É, sim! Você riu, não foi? Venha, Colombina, vamos comer algo, porque os ruídos da sua barriga vão acabar fazendo um festival sonoro aqui.

Levanto e ofereço-lhe minha mão, curvando meu corpo como um lorde faria a uma dama. Ela apoia uma mão no chão e se levanta com minha ajuda.

— Obrigada, Bim Bom! Você é muito especial.

— Não foi nada. Se quer me agradecer, venha participar hoje da festa de lançamento do circo na cidade.

— Não sei se devo ir.

Yuri já tinha me falado que, ao entregar-lhe o convite, ela disse que não participaria. Quando a questionou, a única resposta que deu foi que, geralmente, nos dias que antecedem sua apresentação, evita grandes festividades e apenas se concentra. Claro que essa desculpa para um artista é pífia. No fundo, eu sei que eu sou a causa para ela não querer participar. Será que quer me evitar?

— Por que não? Elas costumam ser muito boas: têm sempre muita comida, dança e animação.

— Meu último encontro com Aleksei não foi nada agradável. Também não sei se quero me encontrar com ele e com a namorada. — Gargalho de verdade.

Então estava certo e, melhor, ela sentiu ciúmes de mim com Raissa. Para um macho alfa, sua confissão é a glória.

— Ver você ralhando com o grandalhão do Aleksei deve ser uma cena hilária.

— Bim Bom! — Ela põe a mão na cintura. — É muito deselegante, mesmo para um palhaço, rir de uma mulher quando confidencia algo.

— Não fique chateada. Não ri por querer, é que você fez uma afirmação que poderia ser a piada do ano. Raissa jamais seria a namorada de Aleksei.

— Não foi o que vi. E, além do mais, o fato de dizer o nome dela quando eu falei namorada é bastante revelador.

Ai, ai, ai, quase ponho tudo a perder...

— Bem, a única mulher de fora do circo que visita Aleksei é ela, por isso, para bom entendedor, meia palavra basta. Mas me diga, o que foi que viu? Eles se beijando, se abraçando ou até mesmo fazendo juras de amor? Você o viu lhe dando comida? Ou talvez tentando seduzi-la?

Faço uma série de perguntas para que perceba que a conclusão a que chegou foi errada. Ao virar o rosto para mim, vejo nos seus olhos a dúvida.

— Aleksei falou alguma coisa para você?

Ela cora quando diz meu nome e fico perdido ao conferir sua expressão. Meu olhar se detém em seu rosto e, por um instante, fico sem saber o que dizer.

— Para mim? — Coloco a mão espalmada sobre o girassol no meu peito e ele assobia e murcha. Faço um biquinho de amuado e continuo. — Para mim não disse nada. Agora, se quiser me contar por que apareceu essa ruguinha entre seus olhos, me sentirei honrado em ouvir enquanto come alguma coisa.

Sorrio e, ao mesmo tempo, faço o girassol se abrir e pisco os olhos para as luzes dos óculos acenderem.

Na hora ela substitui a expressão séria por uma risonha. Não esperava que eu fizesse isso. Normalmente não sou de ficar divagando, porém, com ela viajo a dimensões que jamais imaginei que chegaria. Passo meu braço pelos seus e caminho com ela para a cozinha coletiva.

Ufa! Por pouco não me entreguei. Kenya é esperta demais para que eu possa subestimá-la.

Capítulo 17

Debutar é preciso

Kenya

Respiro fundo ao me olhar no espelho.

Giro o corpo e olho novamente.

Sou mesmo eu?

Não pode ser.

A mulher de frente para o espelho parece feminina e, contraditoriamente, sexy e angelical ao mesmo tempo. Não a mulher atlética que vive de roupa de ginástica básica e sem graça.

Tenho muitos motivos para não ir à festa hoje e um deles é não ter roupa para um baile. No meu armário, há um único vestido preto de cetim, que comprei em um brechó em Manaus. Na época, eu sonhava em ter uma oportunidade de usá-lo, mas o tempo foi passando, meu pai não permitia que eu saísse de casa e, agora, ele está antiquado.

Não posso decepcionar Bim Bom. Não depois de ele ter me acompanhado animadamente na refeição, que já esperava por mim no refeitório. Foi tão atencioso, engraçado e sedutor que eu não podia recusar dizendo que um dos motivos para não ir à festa era por simples falta de roupa. Isso seria muita humilhação para mim.

Mas, apesar de continuar rindo de suas trapalhadas, os pensamentos quanto ao que vestir também passaram a me torturar, até que me lembrei de uma coisa que Lara havia dito quanto a ela ser a responsável pelos ajustes de roupas do circo. Tão logo o pensamento me ocorreu, me levantei da cadeira e, sem me despedir direito de Bim Bom, corri para o meu trailer, peguei o vestido amassado e esquecido e segui para onde Lara estava.

Ela não apenas o ajustou como o reformou inteiramente, tornando-o o sonho de qualquer moça que vai a seu primeiro baile. Aliso o cetim que recobre meus quadris e coxas, satisfeita e feliz com o resultado. O delicado decote que ela abriu um pouco realça meus seios. Até um cinto de argola ela anexou, para delinear minha cintura.

Está fabuloso!

Giro, encantada, admirando a abertura nas costas do corpete e agradeço à genética por me permitir usá-lo sem sutiã, já que Lara foi categórica com relação a isso.

Acostumada a me maquiar, não preciso carregar muito na base e nem no pó, apenas realçar meus olhos e boca. Decido deixar meus cabelos soltos e lisos, para disfarçar e cobrir a pele desnuda.

Uma pena que Bim Bom disse que não poderá me acompanhar. Explicou que chegaria um pouco atrasado na festa porque antes visitaria a ala infantil de um hospital da cidade, mas que nós, de uma forma ou de outra, com certeza nos encontraríamos.

Esse palhaço, além de ser sedutor, é misterioso, e não me dá qualquer brecha para perguntar algo referente à sua vida pessoal. Nem mesmo seu nome verdadeiro eu sei!

— Kenya! — Ouço Lara me chamar.

— Estou saindo! Um minuto! — Olho novamente no espelho e saio.

— Fiu, fiu! Você ficou um espetáculo! Vai ter os artistas circenses como sua plateia cativa esta noite.

— Olha só quem fala! Você está linda também.

Lara é toda tatuada e tem um estilo próprio. É meio *pinup,* um tanto psicodélica, usa maquiagem com delineador bem grosso e a sombra também escura. Seu cabelo vive com um topete e tem mechas coloridas de azul e rosa. Ela é provocativa e nada vulgar. É doce, delicada e extremamente romântica. Ao contrário do meu pretinho básico, traja um vestido justo e todo colorido, bem retrô.

— Mas eu tenho namorado, enquanto você é solteira e será bem cobiçada. Coitado daquele que se aventurar a desafiar o todo-poderoso.

Claro que quando fala todo-poderoso é Aleksei que vem à minha mente e meu coração acelera.

Eu acreditei quando Bim Bom me disse que ele e Raissa não estavam namorando, mas será que ele vai trazê-la ao baile?

— Por que ele se importaria? Isso é uma premonição ou charlatanice?

— Apenas uma constatação, minha querida.

— Você deveria sintonizar melhor seu receptor de sinais de previsão. Deve estar quebrado, recebendo sinais confusos.

— Se pudesse ser assim tão simples, com certeza todos os problemas do mundo estariam resolvidos. — Sacode os ombros. — Vamos?

Seguimos até a tenda central do circo, onde a festa acontecerá. Agora que decidi ir, estou bem animada, mesmo com meu pai desfiando um rosário de argumentos contrários à minha presença, alegando que isso iria atrapalhar a rotina dos treinos que, segundo ele, já estava uma porcaria.

Sempre aceitei seus comentários e orientações, mas, desta vez, resolvi seguir minha própria vontade. Não sei bem o que está havendo e não quero parar para analisar agora, mas não tenho conseguido mais aceitar tão passiva e estoicamente o que meu pai tem feito e falado.

Acho que a *matryoshka* maior, que representaria minha camada mais externa, já foi retirada e a de dentro revela-se, porque não consigo mais aguentar determinadas atitudes dele, como se o estivesse realmente enxergando agora!

— Alô, alô, Marciano, aqui quem fala é da Terra... — Lara canta uma música para chamar minha atenção, — Quer me contar onde foram parar seus pensamentos?

— Desculpe, acho que estou meio receosa com meu primeiro baile e com medo de só dar gafe.

— Você nunca foi a um baile?!

Lara fica tão espantada que me sinto de verdade a própria marciana.

— Bem, digamos que não tive uma infância e juventude convencionais. Enquanto as meninas normais estudavam, tinham suas formaturas, iam a baladas, faziam amigos e namoravam, eu treinava e... treinava! Ah, esqueci de mencionar que também... treinava.

Dou um longo suspiro ao lembrar de como foi difícil viver apenas por meio do que li nos livros. É certo que foram minha salvação para não ser uma alienada e bobona completa, mas muitas vezes desejei viver várias das coisas que lia.

— Como assim, Kenya? Até nós, que viajamos com o circo e moramos em trailers a maior parte do tempo, conseguimos ir à escola, aniversários e encontros com amigos. Por que você não pôde?

— Lara, se eu fosse te contar tudo, perderíamos a festa. Além do que, há muita coisa que nem eu entendo! Há muito, aprendi que a melhor forma de viver é aceitar e seguir a vida conforme a maré.

— Nossa! Você não parece que tem idade para ser tão madura assim! Deveria levar a vida de maneira mais leve, senão um dia verá que o tempo passou e você, como ele, passou também.

Olho para Lara, enquanto caminhamos, lembrando que já li algo nesse sentido.

— Menina, menina, você gosta de usar as palavras dos outros, hein? Primeiro a música, agora trechos do poema de Francisco Otaviano!

Ela ri descaradamente e, sem nos darmos contas, declamamos juntas:

— Quem passou pela vida em branca nuvem, e em plácido repouso adormeceu; quem não sentiu o frio da desgraça, quem passou pela vida e não sofreu, foi espectro de homem; não foi homem, só passou pela vida, não viveu.

Gargalhamos com nossa performance ridícula, como se fôssemos duas meninas despreocupadas, curtindo a vida.

Uma sensação de leveza me invade e, pela primeira vez, sinto o que é me divertir sem me preocupar se estou fazendo o que é considerado certo ou não e, muito menos, se vou obter aprovação alheia. E confesso: estou simplesmente adorando. Não poderia ter escolhido alguém melhor para compartilhar este momento comigo do que a Lara. Ela é uma pessoa que, para quem olha de fora, parece ser meio tresloucada e indomável, mas que é, na verdade, muito sensata e cordial.

É por isso que me sinto à vontade para lhe contar um pouco da minha vida.

— Lara, nem tive oportunidade de ir à escola! Sou completamente autodidata. Tudo o que sei de educação formal, aprendi sozinha nos livros porque tenho muito interesse. Não fosse isso, seria praticamente analfabeta e não saberia nem contar.

— Você está brincando!

— Infelizmente não. Há pouco tempo, após estarmos mais estabelecidos em Manaus, consegui fazer um supletivo de primeiro e segundo graus, senão nem teria qualquer certificado.

— Mas você é tão culta e fala tão bem!

— Leitura, minha amiga! Quem lê tem as portas abertas para o infinito das possibilidades.

— Isso é verdade!

Ficamos pensativas por alguns instantes.

— Mas o que isso tem a ver com bailes, amigos e festas?

Rio por sua falta de compreensão.

— Primeiro, nunca parávamos num lugar por muito tempo. Quando estava fazendo amigos e estabelecendo laços, de repente meu pai aparecia esbaforido e me dizia para arrumar as nossas malas e, no máximo duas horas depois, estávamos na estrada.

Lembro-me de quantas vezes implorei para que não nos mudássemos. Quantas vezes chorei em silêncio por deixar para trás tudo o que não deu tempo de carregar e tudo o que poderia ter sido se tivéssemos ficado. — Meneio a cabeça para afastar as lembranças tristes. — Então, parei de me relacionar com as pessoas, porque sabia que iria sofrer de novo quando meu pai resolvesse partir. Nunca entendi, por mais que perguntasse, o motivo para tantas e tão abruptas mudanças. Aliás, não entendo até hoje. Na única vez que lhe perguntei, a reação dele foi tão traumatizante que nunca mais fiz isso.

— Quem não é o verdadeiro quer mais é tirar todo o proveito possível.

Lara fala, mas agora com aquele olhar desfocado dela. Embora ainda me assuste, já sei que se trata de algo que está vendo ou sentindo.

— Ao que você está se referindo, Lara?

— No tempo devido, o verdadeiro se revelará falso e não mais conseguirá tirar proveito.

Nesse momento, Yuri aproxima-se de nós, aparentemente feliz porque chegamos.

— Olá, lindas senhoritas! Até que enfim chegaram para embelezar nosso cenário. Vocês capricharam!

Sempre galante, Bim Bom tem razão, Yuri não perde a oportunidade de despejar seu charme. Lara, de repente, parece ficar alheia ao que ele diz. Estranho seu comportamento ao olhar para ela. Voltando minha atenção para Yuri, ergo a sobrancelha, junto com os ombros, numa indagação, incerta quanto ao que está acontecendo.

— Lara, para variar, está ouvindo vozes do Além?

Olha para ele e, num piscar de olhos, volta ao normal.

— Yuri! Que droga, fiquei em transe de novo? Quando é que vou ter domínio disso, diacho?

— Quando, não sei, mas acho prudente procurar alguém que tenha respostas.

— E acha que é tão simples assim, é? — Ela o desafia, com os braços na cintura.

Vejo que a fita cuidadosamente, como que preocupado. Por instantes, ela se conecta ao olhar dele e ambos parecem estabelecer uma muda comunicação, que é rompida quando alguém esbarra nela. Yuri aproveita a oportunidade, enlaça o braço dela num dos seus, oferece o outro para mim e ficamos ambas enganchadas nele.

— Aposto que todos me acharão o mais sortudo da festa.

— Você se acha, não é mesmo? — Lara ralha com ele. Observo, disfarçadamente, os dois se olhando novamente. Não é possível que eu esteja tão enganada! Entre eles parece haver uma história ou, talvez, uma química cuja natureza está para ser descoberta. Quando isso acontecer, torço para que estejam preparados para saber lidar com seus efeitos. Até parece que a vidente agora sou eu.

Yuri nos conduz para dentro e fico deslumbrada ao entrar na tenda e ver a explosão de cores. Tudo parece tão mágico!

Será que nesta noite poderei ser aquela mulher com a qual fantasiei por tantos anos? Livre, leve, solta... Ou serei a mesma mulher, que se esconde atrás da contorcionista? Se descobrir que tudo o que imaginei até hoje é apenas uma ilusão, ainda assim me sentirei satisfeita por me permitir tentar averiguar se a realidade pode corresponder ao sonho.

Ousarei ou não? A ansiedade quanto à resposta me envolve.

Uma infinidade de cumprimentos nos é feita. Entre os convidados, há artistas que mal conheci e acredito que este é o momento ideal para remediar isso e interagir melhor com todos.

Parte de mim gosta de todo o paparico que recebo, enquanto a outra parte é distraída para um local, atraída por uma força maior... Meus olhos se encontram com ele.

Aleksei...

Lindo! Sua presença me faz sentir como uma mulher cheia de necessidades, que nunca teve consciência de si mesma como um ser sexual antes. Ele me olha e faz com que cada poro do meu corpo se sinta vivo. Até o tecido sobre meu corpo formiga nas partes em que o recobre. Meus lábios secam e meu coração dispara.

Assustada com a onda de calor que me envolve, desvio meus olhos dos dele. Quaisquer que sejam minhas necessidades, preciso sublimá-las para o meu bem e proteção.

Capítulo 18

A bela do baile

Aleksei

Conversando com o grupo de malabaristas, que reclama do desrespeito de Adrik com eles e com a filha, de repente sinto um arrepio na nuca e sei, com certeza, que a bela Kenya chegou. É incrível minha percepção à sua chegada. Posso não saber onde está, mas sei que está presente.

Sem tentar disfarçar o que estou fazendo, varro todo o espaço à procura dela.

Linda como nunca!

Aliás, assim como a minha, ela atrai a atenção da maior parte das pessoas, ninguém desgruda os olhos de seu visual sexy.

O quadro impactante de seu vestido negro em contraste com sua pele translúcida e a perfeição dos cabelos vermelhos revela que qualquer homem iria do céu ao inferno com os pensamentos eróticos que são despertados pelo mero vislumbre dela. Kenya está linda como o pecado, incentivando todo homem de sangue quente a pecar com gosto. Algumas pessoas a rodeiam, enquanto gesticula, cumprimentando cada um que lhe dirige a palavra.

Fico repetindo mentalmente: "Olhe para mim e sinta quanto estou ansioso para que você me note". Como se ouvisse meus comandos, seus olhos travam nos meus e um rubor delicado colore sua face.

Novamente me lembro de morangos suculentos e penso que deveria ser proibido uma mulher ser tão perfeita.

Sorri para todos, incessantemente, e fico imaginando quantos desses marmanjos a estão paquerando! Será que não percebe que, ao sorrir para eles, está incentivando-os a serem mais afoitos e inconvenientes?

Sinto-me péssimo porque vejo que eles a bajulam. Sei que cada homem ali se imagina despindo-a e a possuindo. O vestido parece ter sido moldado a cada curva do seu corpo, tornando-a sexy sem ser vulgar.

Mas que diabos! Essa contorcionista já tem uma barra na qual se segurar. E vou me certificar de que não queira largar dela tão cedo. Com passos duros, sigo em sua direção enquanto ouço suas risadas gostosas.

— Que bom que veio, Kenya! — Faço uma pausa ao notar a rouquidão e profundidade exacerbadas em minha voz.

— Olá, Aleksei! — Olha para mim e a intensidade de seu olhar é como um murro na boca do meu estômago, dada a carga de desafio ali contida.

— Fiquei muito triste quando Yuri me disse que não poderia vir, mas me alegrei quando Bim Bom contou que a convenceu do contrário.

— De fato não vinha, porque nenhuma mulher gosta de ser convidada apenas porque outra se ausentou. Só que Bim Bom foi tão doce e gentil comigo, que não tive como recusar o convite. Aliás, você sabe onde ele está?

Fica na ponta dos pés e se põe a procurá-lo, ignorando-me completamente, como se eu fosse um inseto.

— Então... — Esforço-me para retomar sua atenção. — Bim Bom consegue ser bem convincente quando quer.

Altiva, volta a olhar para mim, ainda brava. Céus! Posso afirmar com toda a certeza que é extremamente quente e excitante vê-la me olhar com o nariz empinado!

— Ele é um doce de pessoa e muito engraçado, não precisa usar autoridade e tamanho para se impor, como certas pessoas que conheço!

Não é possível, a menina está uma fera! Se acredita que tenho medo de garras, saberá que adorarei amansar essa tigresa.

— Ele é um palhaço, isso, sim!

Falo bem sério, em contraste com a frase engraçada, e nesse momento ela não consegue manter a seriedade e ri comigo.

Uma excitação me percorre ao lembrar de como fica linda quando está descontraída. Insidiosamente, a ideia de fazer amor com ela penetra minha mente, voraz, rápida... E uma tímida ereção ameaça aparecer.

Por mais que tente parecer indiferente, nossa proximidade a afeta. Meus olhos a percorrem e seu aroma delicioso me embriaga. Estudo seu rosto esculpido e o rubro febril que o recobre me convence de que mexo com ela tanto quanto ela mexe comigo.

Aquela pontinha rosa que me desestabiliza umedece seus lábios e minhas mãos se fecham em punho para me impedir de agarrá-la na frente de todos e de sugá-la até me fartar.

Pretendo sugerir que me acompanhe para um lugar mais privado, mas sou impedido por pessoas que querem falar comigo. Mal me distancio de Kenya e ela já é rodeada pelos idiotas carniceiros! Levo uma meia hora atendendo a todos, até que Yuri chega perto de mim e diz, em alto e bom som, que precisa que eu resolva algo.

Respiro aliviado e logo volto a tentar achar Kenya, mas Yuri intercepta-me e me aconselha a desencantar Bim Bom. Contou que ela está chateada por não o encontrar, afinal, tinha vindo por causa dele.

Apesar de contrariado por seu interesse nele, resolvo seguir o conselho do Yuri. Bim Bom prometeu que viria à festa e parece que é o único a penetrar suas defesas. Por hora, Aleksei não tem qualquer chance.

Sigo em direção ao meu trailer, aborrecido, mas subitamente paro e começo a gargalhar com minha sandice.

Aleksei, você está com ciúmes de Bim Bom?

Isso é totalmente ridículo, estou com ciúmes de mim mesmo!

Troco de roupa e passo a maquiagem bem rápido. Não quero desperdiçar nenhum momento perto dela.

Assim que volto à festa, meu radarzinho começa a tentar localizá-la. Algo me diz que estará onde tiver a maior roda de homens. Dito e feito, encontro-a perto do bar, com um copo na mão e um bando de babacas ao seu redor. Bem, na verdade, são todos gente boa, mas, em se tratando de Kenya, qualquer um que a esteja rodeando vira um babaca para mim.

Ponho o cachorrinho de pelúcia que levei no chão e começo a puxar a guia presa em sua coleira. Assim que me vê, ela abre um sorriso tão lindo que ofusca tudo o mais que há debaixo daquela grande tenda. Só existe ela e mais ninguém para mim ali. Fala algo para seu séquito e vem em minha direção. Quando está chegando perto, estendo a mão, num gesto para não se aproximar mais.

— Pare! Meu cachorro é muito bravo e ciumento. Se chegar muito perto, pode querer fazer xixi em mim!

Ela arregala os olhos e sorri.

— Xixi em você?

— Sim... — Aproximo minha boca de seu ouvido e sussurro. — Para marcar território e evitar que alguma fêmea invada o que é dele. Ama minhas superbotinas!

Ela joga a cabeça para trás e solta uma gargalhada gostosa demais. Quero tanto agarrá-la e me apossar desse som gostoso com minha boca.

— Mas me deixe cumprimentá-la adequadamente.

Faço uma reverência e estendo minha mão para pegar a dela. Ao mesmo tempo, puxo meu cachorrinho pela guia e o agarro como se ele estivesse tentando pular nela e eu o impedindo. Começo a gritar e a fingir que ele está querendo me morder, balançando-o e fazendo uma cena hilária e ridícula.

— Não, Bim Bonzinho! Você não vai morder ninguém, está entendendo? Ai, socorro, pare! Não!

Os que estão próximos riem junto com ela. Como todo palhaço, faço uma cena tão ridícula que fica engraçada.

Quando Bim Bonzinho se "acalma", ofereço uma flor para ela, pedindo desculpas pela falta de bons modos dele. Claro que fica desconfiada e não a decepciono. Pego sua mão e me abaixo para beijá-la, quando a flor de sua mão começa a "cantar".

Uma vez mais, a gargalhada é geral. Sinto-me contente por ver que ela está feliz e se divertindo.

— Que bom que veio!

O brilho nos seus olhos funciona como um murro na boca do meu estômago, porque quero que olhe para Aleksei como olha para Bim Bom. Irritado, dou um fora sutil nela.

— Não perderia a boca-livre por nada.

— Então veio só pela comida? — diz, claramente chateada.

Seu olhar de decepção corta meu coração e o arrependimento me faz consertar.

— Que nada, nem estou com fome. O único que quer comer aqui é Bim Bonzinho e, por isso, eu o deixarei um pouco de lado e farei o que vim fazer aqui.

— Que seria...

— Dançar com a mulher mais linda da noite.

Puxo-a para mim. Obviamente, como já espero, o arco que envolve minha calça, sustentado pelo suspensório, impede que nossos corpos fiquem próximos. Seu sorriso largo de satisfação me enche de felicidade.

— Como vamos dançar? Não tem nem música!

— Quem disse que Bim Bom também não faz mágica? Solta a música, DJ! — Aceno para o rapaz atrás da mesa de show e, como num passe de mágica, a música "Pedras que cantam", de Fagner, ressoa pelo local. O ritmo é muito propício. E eu a embalo no balanço do forró que se segue. Depois, vem "Asa Branca", de Luiz Gonzaga, e todos se empolgam no ritmo das músicas.

Ela é delicada e sensual, se encaixa perfeitamente em meus braços e acompanha minha coreografia. Nossos olhos se cruzam e entram em um clima romântico, que trato de desfazer rapidinho, para não me entregar.

— O que está achando da festa, menina do cabelo de fogo? Você parece estar incendiando todos.

Ela ruboriza, desta vez demonstrando constrangimento, e admiro como consegue ser tão transparente. Na verdade, com sua perfeita pele translúcida não é difícil notar qualquer alteração.

— Bobagem sua.

— Que seja mesmo, porque se algum desses marmanjões tentar chegar perto de você, acho que sou capaz de pegar minha pistola de água e atacar qualquer um.

Ela joga a cabeça para trás e puxo-a novamente no embalo da música.

Fico mais um tempo fazendo palhaçadas e vou ficando cada vez mais louco toda vez que ela dá um dos seus sorrisos lindos.

Quando percebo que fiquei mais de uma hora e meia na festa, sei que foi tempo suficiente para a participação de Bim Bom. Além do mais, caso Micha venha, deve estar para chegar. Ficar do jeito que estou não é uma opção, porque iria ficar me gozando até depois de passarmos por umas três encarnações, no mínimo!

Também quero dançar com ela como Aleksei.

— Linda Kenya, tenho que levar Bim Bonzinho ao Wanderley Cardoso, está bem?

Olha para mim, meio em dúvida quanto à minha sanidade. Parece que ouço seus pensamentos: "Será que ele pensa que o cachorro é de verdade?"

Rio por dentro. Não posso negar para mim mesmo, minha imaginação é mesmo muito fértil.

— Também preciso parar um pouco e beber algo. Não estou acostumada a dançar forró, ainda mais tantas músicas seguidas.

Aliviado, levo-a ao bar, brinco com seus cabelos, no qual ponho uma flor, e saio rapidamente, voltando ao trailer para nova troca de roupa. Ó, céus, o que eu não faço por essa mulher! Quase saindo, ouço meu celular tocar. Vejo no visor que é Micha e não posso deixar de atendê-lo. Quando diz que não pode vir e começa a falar sem parar, por mais que queira ser legal, minha vontade de estar com Kenya é maior, então, digo a ele que tenho que desligar e que retorno a ligação no dia seguinte. Rezo para que Kenya ainda esteja lá. Antes de sair, disse ao Yuri que a segurasse a qualquer custo, até que eu, como Aleksei, voltasse.

Pela terceira vez de volta à tenda, começo a procurá-la. Vejo-a dançando com meu assessor e não gosto nadinha. Não posso dar asas para Yuri que já sai voando sem demora! Também, quem mandou eu lhe dizer para segurá-la de qualquer maneira? Sigo em direção a eles.

— Acho que é a minha vez de ter a honra de dançar com a senhorita.

Percebo-a retesar o corpo e levantar a cabeça, empinando aquele narizinho impertinente.

Yuri sai e enlaço sua cintura.

Chego próximo ao seu ouvido.

— Onde foi que paramos? — Ofegante, sinto-a segurar o ar. — Não vai me dizer que não pensou no que poderia ter acontecido se não tivéssemos sido interrompidos na noite de nosso jantar?

Meu ponto parece desestabilizá-la e sei que a cor rubra em sua face não é um reflexo de seus cabelos vermelhos, mas sua reação ao que digo.

— Claro que não pensei!

— Mentira! Posso sentir seu corpo vibrar contra o meu. — Aproveito para acariciá-la levemente, imaginando o que tem por baixo do lindo vestido. Suas formas são o meu tipo ideal. A tentação de apertá-la em meus braços é irresistível.

— Estou tremendo de raiva por você ter a cara de pau de me tirar para dançar.

— Não lembro de tê-la forçado a isso. Vamos lá, Kenya, estou levantando a bandeira branca, está bem?

— Estávamos em guerra?

— Jamais estaria em guerra com você. Mas já não posso dizer o mesmo de você com relação a mim. Estou sentindo seu ataque.

Nossos corpos balançam ao ritmo da nova música, "*Ya skutchayu pa tibê*"[32] que, desconfio, foi propositadamente escolhida por Yuri. É de um grupo russo contemporâneo de que gosto muito, Те100стерон. Se a intenção dele era esquentar o clima, não podia ter acertado tanto. No ritmo ela me deixa levá-la como se tivesse nascido para ser minha parceira.

— Você acha realmente isso? — desafia-me, atrevida.

— Como não quer admitir que pensou nem o que pensou, vou te contar o que eu imaginei.

Ah, esses olhos presos aos meus tão próximos. Inexplicavelmente, ela me atrai.

A primeira estrofe da música toca, canto junto e traduzo para ela.

— *Ya skutchayu pa tibê, i ya ne ochen' panimayu, chtó diélath...*[33] Sinto sua falta e realmente não sei o que fazer.

— Por favor, Aleksei, não faz isso!

— Por que não? Não quer saber que seu gosto não saiu da minha boca e que o sinto a cada vez que penso em você?

Tenta recuar e meus braços enrijecem, mantendo-a no lugar.

— *Ya skutchal pa tibê na vcherashney liéktsii...*[34] Eu senti sua falta na palestra de ontem. *Ya skutchal pa tibê...* Senti saudades.

Suas mãos estremecem em meus ombros.

— Diga que quer que eu pare, olhando nos meus olhos, que farei isso e te soltarei.

— Por que você está fazendo isso?

— Porque não parei de pensar em você um só segundo! — traduzo a música, mas acrescentando algo de meus próprios sentimentos.

— E isso o fez ficar mais de uma semana fora?

— A pior semana dos últimos tempos.

Num rodopio, trago-a para mais perto do meu corpo.

— *Ya skutchayu pa tibê, Kenya...* Que saudade de você, Kenya! — acrescento à música seu nome.

— Está querendo que eu acredite que um simples beijo foi capaz de manter seus pensamentos em mim por uma semana?

---

[32] Я скучаю по тебе, "Sinto sua falta", em russo.
[33] Я скучаю по тебе, и я не очень понимаю, что делать.
[34] Я скучал по тебе на вчерашней лекции.

Sua reação fica surpreendentemente tensa e ela age quase como se fosse inocente, o que só noto por nossos rostos estarem tão próximos.

— O que você quer dizer com simples beijo? Está querendo me fazer beijá-la aqui, na frente de todos, para lhe provar que não se tratou de um "simples" beijo?

Que vontade de fazer exatamente isso!

— Nem pense...

— *Ya skutchayu pa tibiê...* Tive saudades da tua boca. — mais uma vez acrescento o que quero na música.

— Você não seria louco!

— Bem, se eu fosse você, não pagaria para ver.

— O que isso importa para você? Você deve ter recebido beijos bem quentes depois que saí.

— Para sua informação, o último beijo que recebi foi o seu. — Aperto mais os braços em torno da sua cintura delgada. — Ainda posso sentir meus lábios formigarem ao pensar nele. Agora, me diga, quando estava de olhos fechados, a centímetros da minha boca, o que esperava que fosse acontecer?

— Não vejo sentido nisso, Aleksei.

— Há todo o sentido, porque poderemos voltar ao ponto em que paramos. *Ya skutchayu pa tibiê...* Senti sua falta. — O refrão vem a calhar no momento certo e eu soletro, em seu ouvido, exatamente como o cantor. Os pelinhos do seu pescoço mostram quão afetada ela está.

— Olha, na verdade, mal me lembro direito do beijo.

Hum... Alegra-me saber que mente tão mal.

— Bem, então sou obrigado a te lembrar neste exato momento. — Raspo a barba por fazer em sua face, trazendo minha boca perto dela. Seus olhos se arregalam e ela empina seu narizinho precioso, como se a me desafiar.

— Está me ameaçando? — Vira o rosto para eu não ver a excitação estampada em seus olhos e sopro as palavras ao pé de seu ouvido, satisfeito por senti-la estremecer.

— Não, apenas querendo reavivar sua memória.

Assopro as palavras ameaçadoras e ela estremece.

— Não!

— Então apenas vou lhe dizer como as coisas teriam sido se não tivéssemos sido brutalmente interrompidos.

Encosto meu rosto no dela, aproximo meu quadril do seu, fazendo com que perceba quanto me excita.

— Eu teria começado a beijá-la e a puxaria para meu colo, por cima da mesa, e só te soltaria em cima da minha cama, onde te despiria com beijos em cada parte de seu corpo que fosse descobrindo...

Ela perde o ritmo do passo e encaixo uma perna entre as suas, para conduzi-la de volta. Estou obcecado por ela desde a primeira vez em que fantasiei com seu corpo se contorcendo junto ao meu.

— Na sua fantasia, você levou em conta que eu poderia não ter o mesmo desejo que você?

Diante do tremor em sua voz e de sua desorientação, aliado ao meu estado de extrema excitação, que pode embaraçar nós dois, percebo que é o fim do jogo das preliminares para nós. Chegou a hora da verdade e do xeque-mate. Cansei de ser tentado mais do que posso suportar. Sinto meu controle escorregar.

— Kenya, estou louco por você e não vou fazer joguinhos. Isso é brincar com o que estou sentindo, que é algo muito sério, como também um desrespeito à sua inteligência.

Digo a mim mesmo que, se me der qualquer resposta negativa, vou soltá-la e deixá-la seguir sua noite em paz.

— Você está querendo me dizer que não é uma mera atração física?

Suspiro, resignado.

— Quem me dera fosse! Você sente o que me causa? — Encosto minha ereção nela, que pulsa como se a me ajudar no questionamento. — Acredita agora?

— Isso é só sexo!

O inferno que é só isso! Desde que a conheci venho fantasiando despir Kenya e me perder em seu corpo delgado e firme. Especialmente quando ela me desafia a ponto de me deixar louco ou, então, quando a imagino em posições similares às de sua performance de contorcionista. Mas a vejo em meus braços depois disso, muito diferente do que acontece com as mulheres com as quais tenho só sexo, com as quais não tenho nenhuma vontade de estabelecer um relacionamento duradouro.

— Não, mas seria muito mais fácil de lidar com a situação se fosse. Claro que meu desejo é intenso e minha vontade de te provar e te amar são tão grandes que tenho medo de perder a cabeça e te atacar aqui mesmo, como um Neandertal.

Ela estremece uma vez mais e seu tremor termina em minha virilha, que dói de tanto desejo! Deslizo a palma da minha mão de sua cintura até alcançar seu quadril. Ao ouvir seu suspiro, subo novamente.

Não consigo mais prolongar a situação. Estou completa e irrevogavelmente alucinado por ela, que não parece se chocar com minha confissão.

— O que exatamente você quer de mim, Aleksei?

— Exatamente tudo o que você estiver disposta a me dar! E o que não estiver também, embora reitero que farei apenas o que você quiser.

— É muito difícil para mim confiar em alguém tão seguro de si como você! — Sua voz sai rouca.

— Eu não diria que estou tão seguro de mim assim, mas que sou persistente. Quando desejo muito alguma coisa, costumo ser bem persuasivo.

— Tenho que admitir que está tendo sucesso.

— Não há nada melhor para mim neste momento do que saber disso — sussurro somente para ela ouvir, como se fosse possível alguém mais conseguir escutar com a música tão alta. — Poderia te levar embora sobre meus ombros se teimasse em afirmar o contrário.

— Estaria caindo em contradição se o fizesse.

— Não em contradição, mas em tentação, diria.

— Não vou desafiá-lo porque ainda posso caminhar por minhas próprias pernas, mas a vontade é grande, viu? — Sua admissão faz minha ereção aumentar.

— Vamos ao meu trailer reconstruir o momento em que paramos?

Ela olha por um tempo para mim, avaliando minha sinceridade. Estou tão ansioso, que me parecem horas.

— Você tem razão numa coisa, suas respostas mostram que respeita minha inteligência, e não fez juras de amor eterno apenas para me levar para a cama. E é justamente por isso que acredito em tudo o que me disse e lhe devolvo a cortesia, sendo honesta da mesma maneira ao lhe dizer: sim. Vamos ao seu trailer.

Passei a noite toda querendo que me dissesse exatamente isso para continuarmos de onde paramos. Agora que não me desapontou, estou mais ansioso do que nunca.

Pego sua mão e nem olho para os lados para conferir se alguém nos observa. Minha atenção está toda no que está por vir.

Capítulo 19

De volta ao aconchego

Kenya

Aleksei não é apenas empresário, globista, trapezista e sei lá mais o que, mas um exímio encantador de serpentes. No caso, sou a serpente, embora não tenha veneno nenhum para me defender. Mesmo que tivesse, de nada adiantaria. Estou absolutamente envolvida por ele.

Gostei demais de ele ter sido sincero comigo. Não sou ingênua. Se me dissesse que estava apaixonado por mim e que queria se casar, teria rido na cara dele e achado que era um cretino.

Embora não tenha experiência prática, não sou ingênua nem puritana. Ao contrário, o meu caso é apenas uma infeliz falta de oportunidade de poder experimentar minha sexualidade. A vida com um pai castrador é o pior obstáculo para alçar voos em direção a isso. Só quem passou pela mesma situação é que entende.

— Por que ficou tão silenciosa, *krasivaya*[35] Kenya?

Olho para Aleksei e vejo que já estamos diante de seu trailer. Um frio invade minha barriga e minha pele fica arrepiada com tudo o que sei que vai acontecer após entrarmos.

Ele me encara, sua expressão é tão intensa que é como se fosse me fazer suar e ficar com a pele marcada. Meus seios latejam sob o tecido. Ele morde os lábios esperando minha resposta, e a lembrança

---

[35]Красивая, "linda", em russo.

do gosto de sua boca me faz salivar. Uma sensação de prazer aperta meu âmago. Meus pensamentos são profanos e decido ser sincera.

— Estou pensando em como estou apreensiva e, ao mesmo tempo, desejando fervorosamente tudo o que vai acontecer conosco. Mal estou conseguindo me conter de tanta ansiedade.

Ele fica de frente para mim, coloca uma mão sob meu queixo e me faz fitá-lo. Desliza seu dedo indicador por meus lábios, como se estivesse memorizando seu desenho. Aproxima sua boca, encostando-a na minha, falando tão baixo que mais parece sussurrar.

— Meu desejo é tão forte que tenho medo de não conseguir me conter e lhe parecer bruto. É a mulher mais bonita e desejável que já conheci e a maior surpresa em forma de boneca *matryoshka* que poderia desejar. Meu corpo clama pelo seu, minha língua precisa provar seus lábios e minhas mãos contornarem essa obra de arte que é seu corpo.

Ele fala isso me arrepiando dos pés à cabeça. Esse homem sabe excitar uma mulher só com as palavras! Estou tão envolvida por sua fala sedutora que mal percebo que abre a porta do trailer, me pega no colo e entra rapidamente, fechando-a com um chute.

— Aleksei... — Pigarreio para recuperar minha voz quase inexistente. — Você é muito bom com as palavras.

Seus olhos me fitam maliciosamente, mostrando que não está para brincadeira, e um frio percorre minha espinha.

— E você, Kenya, é muito boa com suas formas. Estava a ponto de enlouquecer naquela festa enquanto você distraía todos à sua volta.

— Eu? Não fiz nada do que está falando.

— Você pode ser ingênua, mas garanto que não teve graça.

Só de ouvi-lo tão possessivo me arrepio toda. Ele me faz sentir desejável e sabe conquistar uma mulher.

Coloca-me sentada sobre o pequeno balcão da pia e se posiciona no meio das minhas pernas. Segura meu rosto com ambas as mãos e aproxima novamente sua boca da minha, depositando um beijo casto.

— Pare com isso. Não tive olhos para outro homem que não tenha sido você.

— Nem para Bim Bom? — Seus dedos traçam meu queixo e vão até minha orelha.

— Bim Bom é um bom amigo. Não é como você, que me deixa sem chão, sem saber ao certo o caminho a tomar. Nunca sei o que você vai fazer!

— Kenya, você mesma vai poder julgar meu desempenho sem que eu precise lhe antecipar nada. — Passa sua língua no meu lábio inferior, causando-me calafrios. — Se você permitir que eu faça tudo o que desejo, terá diferentes maneiras de comprovar.

Sem mais delongas, seus lábios aproximam-se dos meus que, por sua vez, entreabrem-se, ansiosos. Realmente quero que me beije, e sua língua habilidosa não hesita e me invade, louca e sedutoramente! Esperava que seu beijo fosse possessivo, ou até mesmo de triunfo, mas, ao contrário, é doce, introduzindo sua língua lentamente.

Para encorajá-lo a aumentar a pressão entre nossos lábios, envolvo seu pescoço e entrelaço meus dedos em seu cabelo. Sinto seu desejo crescer ao meu toque. A energia sexual o motiva e, quando me dou conta, ele se pressiona mais contra mim, segurando meu corpo e levando-o até ele pelos meus quadris. Faz minha intimidade roçar contra seu sexo viril e rígido.

Esfrego-me contra ele, sentindo uma necessidade que penso ser de alívio da sensação que causa dentro do meu âmago. Morde meu lábio, seus dentes o esticam e o aliviam com a língua. Gemo, me deleitando com o que faz comigo. Beija-me novamente, com mais ardor, assumindo totalmente o controle. Sensível, sinto meu núcleo umedecer e meus seios intumescerem sob o domínio do seu beijo, que deixa meu corpo fraco, totalmente disposto a se entregar.

Seus músculos poderosos se flexionam contra mim e, por um segundo, a razão me atinge, esfriando o clima. Meu Deus, o que ele vai falar quando descobrir sobre minha inexperiência? Seus olhos encontram os meus e vejo neles a incerteza estampada.

— Você está mudando de ideia? Porque se for, é melhor pararmos agora. Não terei condições de fazer isso se continuarmos neste ritmo. Você me tira do controle, Kenya!

Afasta seu corpo um pouco do meu, deixando-me à vontade para decidir o que quero.

— Não, Aleksei! Desculpe, só estou um pouco assustada com a rapidez com que as coisas têm acontecido entre nós! — Nunca vou revelar que esta é minha primeira vez fazendo sexo. Duvido que qualquer garota de vinte anos admitiria isso para alguém!

— Se disser que também estou, melhora? — Seus olhos ardentes me queimam. — Kenya, só o som da sua voz faz a excitação preencher meu corpo e me deixar teso de desejo! — fala, e volta a colar seu corpo ao meu, dando beijos ao longo de meu pescoço e roçando sua rigidez de encontro ao meu centro de prazer.

Ah, preciso de sua língua devassando minha boca de novo. Levo as mãos à nuca dele e imito os gestos da língua dele com a minha, ouvindo-o rosnar e se empurrar ainda mais contra mim. Pego fogo onde ele balança junto ao meu corpo. Quero mais disso e das suas mãos que vagueiam por minha coluna, indo até meus quadris, segurando-os para que seus movimentos de vai e vem não o desestabilizem.

Lembro de várias figuras que vi no *Kama Sutra* e uma delas é justamente a de uma mulher sentada como estou, com seu parceiro à frente. Não acredito que vou poder pôr em prática tudo o que já li e vi até hoje. Acho que serei uma ninfomaníaca, meu Deus! Tenho teoria demais para experimentar na vida real.

Ah, cadeado! Isso! Eis o nome da posição! Apenas tenho que me inclinar para trás, ficar bem na borda deste balcão e usar as mãos como apoio, envolvendo a cintura de Aleksei com minhas pernas, bem firme. Sem demora, é o que faço, cortando o contato de nossas bocas.

— Kenya, o que você está fazendo? Se continuarmos nesse ritmo, isso vai acabar mal tendo começado! Você está me deixando louco!

Percebo que respira pesado, como se tivesse corrido uma maratona, e fico ainda mais excitada com sua reação. Empurro e esfrego minha pélvis em sua protuberância com mais força, sem qualquer pudor. Já disse que acho que sou uma tarada? Nossa! Isto é tão bom... Ele balança e se empurra em mim com força, esfregando-se deliciosamente.

— Sabia que seria um furacão e que poderíamos fazer peripécias sexuais incomuns por causa de sua elasticidade, mas a realidade está sendo muito mais louca do que pude imaginar. *Vy ochen' seksualiny, moyá krasivaya devushka*[36]! — Passa as mãos por meus seios e se assusta. — Diga-me que você está usando algo entre esses lindos montículos e seu vestido.

Apesar de extremamente constrangida, Lara me convenceu a não usar nada na parte de cima, porque iria aparecer e tirar a beleza do decote. Então, apenas balanço a cabeça, em negativa.

— Não? Eu te proíbo de usar esse vestido matador novamente! — fala com voz rascante, levando as mãos até as mangas da roupa, retirando-as. Ao me ver sem sutiã, respira fundo, espalma ambas as mãos em minha cintura e vai subindo até chegar abaixo dos meus seios, como se a segurá-los, passando os polegares pelos bicos intumescidos.

— Você é perfeita, Kenya!

O desejo inunda meu baixo ventre. Aleksei faz de minha realidade algo eletrizante e o que eu sonhava que seria a minha primeira vez não é nada comparado ao que estou vivendo.

---

[36]Вы очень сексуальны, моя красивая девушка, "Você é muito sexy, minha linda menina", em russo.

— Aleksei... — arqueio o corpo para a frente e minha cabeça para trás, deleitando-me com seu toque.

— Vou mapear seu corpo inteirinho com minhas mãos e minha boca até o fim desta noite. Seu gosto ficará impregnado em minha língua e você se lembrará dela no seu corpo por muito tempo.

— Verdade? — provoco-o. Não imaginava que esse homem poderia vir a me marcar para sempre.

Abaixa a cabeça em direção ao meu seio direito e lambe o bico, engolindo-o por inteiro e sugando-o como se sua vida dependesse disso. Continua a empurrar contra mim e vou sentindo um calor subir pelas minhas costas e me esfrego cada vez mais nele, porque em meu interior, sinto uma pressão grande, que pulsa, pulsa e... Ah!

— Isso, *moyá krasivaya devushka*, não se contenha! — ele fala, enquanto alterna a sucção entre os bicos de ambos os seios e empurra sua ereção entre minhas dobras, cobertas pela calcinha. — Quero... ouvir... todos... os... sons... do... seu... prazer!

Mais rápido, mais sucção, rápido. Ele me enlouquece ao levar sua mão livre à minha calcinha, colocando-a de lado. Provavelmente nunca mais me esquecerei dos seus dedos. Questiono se não morri quando o sinto tocar a fenda úmida.

— Dê seu mel para mim, Kenya! Quero sentir você explodir contra mim!

Meu olhar fixa-se em sua boca, que profere palavras de desejo. Subo-o para seus olhos e concluo que jamais vi em nenhuma outra pessoa essa vivacidade luxuriosa. Uma onda de prazer me toma.

— Ah... Alekseeeeei!

Gemidos ousados escapam do fundo da minha garganta. Movimento meu corpo no ritmo dos seus dedos, que me invadem e me incitam. São Nicolau! Que sensações deliciosas! Meu núcleo atinge a temperatura da explosão de prazer e gemo alto, sem pudor. Já tive orgasmos quando me masturbei, mas nunca foram tão intensos, gostosos e longos!

Meus seios ficam sensíveis e minha região íntima meio esquisita, como se não pudesse ser tocada por um tempo.

Aleksei afasta-se um pouco, abre suas calças, abaixa-as e pega em seu membro que, Deus, está tão duro que as veias saltadas parecem que vão arrebentar! Já vi outros na internet e, confesso, não achei nada atraente como as mocinhas dos livros descrevem. Mas agora, estando envolvida no calor do momento, entendo a que tipo de beleza elas se referem. Um homem excitado, em sintonia com você, ao estampar seu falo rígido e estimulado só pode mesmo deixar uma mulher molhada! É demais para a libido ver que foi você que causou isso.

Não há mais como confundir minhas sensações. Qualquer medo anterior se esvai, substituído pelo desejo mais primitivo, tornando tudo muito real. Por um momento, paramos para nos olhar.

— Quero ter você em nossa primeira vez exatamente assim, entregue e com esse brilho selvagem nos olhos, fitando meu pau, com desejo e com essa necessidade.

Enquanto fala, bombeia seu membro com a própria mão e isso é demais para mim. Sinto minha vagina pulsar de novo, bem dentro, como se a pedir que fosse preenchida por ele. Vejo-o colocando uma camisinha, que nem vi de onde tirou, inclinar-se e começar a tirar minha calcinha com impaciência, como se tivesse chegado ao seu limite.

— Desta vez não vai ser um passeio calmo e tranquilo, porque é tão gostosa que não aguento me segurar mais. Prometo que reverenciarei você com minha boca e corpo da próxima vez.

Volta a se posicionar entre minhas pernas, já segurando minhas nádegas e puxando-me em sua direção. Anseio por mais contato e ele empurra seu membro em mim de uma vez, o qual escorrega por eu estar muito molhada. Mal entra, grito.

Aleksei olha para mim, com uma expressão chocada, e faz menção de se mover.

— Não! Por favor, fique parado um pouquinho...

Respiro fundo e tento administrar a dor. Não quero estragar o momento nem acabar com o prazer dele.

— Pelo jeito, faz tempo que não faz sexo, não é, Kenya? — sussurra, com a voz contida, mais como uma afirmação do que como uma pergunta, em meu ouvido.

Ainda sem condições de falar, faço um sinal positivo com a cabeça.

Ele beija minha boca, pressionando lentamente seu corpo contra o meu e, de repente, sinto-o sedento por mais. Nossas línguas se entrelaçam e respiramos junto com nossos sussurros, selando nosso destino. A paixão feroz nos envolve e os sons famintos aumentam com a necessidade um do outro. Sua boca desliza pelo meu pescoço e segue para meu seio direito, recomeçando o ato de sugar um e depois outro, mas agora uma sucção forte e meio desesperada.

Um pouco refeita, arco para trás e permito que se movimente, o que começa a fazer, para a frente e para trás, num vai e vem cada vez mais veloz, sem deixar de se banquetear em meus seios.

Confesso que, apesar de estar sentindo dor em meu canal vaginal, seus golpes de língua em meus seios e a visão dele excitado e louco por mim são estimulantes demais! Sinto a dor, mas é possível ignorá-la para assistir àquela beleza, ainda vestida, começar a se desmanchar por minha causa.

— Kenya, você é tudo e muito mais do que eu imaginei! — Sinto sua ereção me rasgar, no vai e vem acelerado. — Nunca mais quero sair de dentro de você! — Considerando a excitação que me desperta, tampouco quero que saia, porém, levando em conta a dor aguda, preciso que saia quando terminar, sim!

Arfante, perco o fôlego quando sua boca toma meu seio todo, ao mesmo tempo em que pega o outro com sua mão áspera, apertando-o em concha. Mal saio de uma onda de prazer e ele se encarrega de me colocar em outra.

— Ah! — Minhas unhas se enroscam nas mangas de sua camisa e sinto, sob o tecido, seus braços musculosos e impenetráveis de tão rígidos. A fricção do seu vai e vem se torna cada vez mais prazerosa.

— Perfeitos! — Mordendo meu mamilo, sussurra, complementando com uma série de lambidas, levando-me ao deleite com a sensação. — A não ser quando estivermos acompanhados de outros homens, não quero que use sutiã quando estiver comigo. — Engulo em seco, me sentindo desejada. Seu tom possessivo me dá esperanças e me deixa deslumbrada, nem me importo com seu lado dominador neste momento.

Investindo vigorosamente, seus olhos se voltam para mim e sinto-me tentada a lhe dizer que sou virgem. Quer dizer, não mais, porém, sua expressão de prazer faz a confissão perder a importância diante do fato de me sentir viva e amada.

— Kenya, não aguento mais segurar... Você é muito gostosa!

Joga a cabeça para trás e solta um grito rouco, enquanto bombeia mais rápido e mais forte dentro de mim. Sinto uma pressão enorme na vagina e uma alegria imensa ao vê-lo se desfazer por minha causa, mas, diferente do que esperava, não tenho o tão famoso orgasmo que pensei que teria com o meu parceiro na primeira vez. Apesar disso, mesmo assim foi algo mágico e encantador. Se não gozei porque a dor foi forte, tampouco foi terrível como já havia lido em relatos de algumas mulheres.

Tenho sorte de ter sido com um homem tão gostoso e sensual como Aleksei. Quero repetir a dose, com certeza!

A força do orgasmo dele e o tremor do seu corpo me fazem abraçá-lo com ternura.

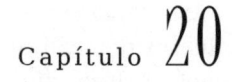

Capítulo 20

Ainda assim, é especial

Aleksei

— *Kakoy koshmar*[37]! — grito, chocado, após acariciar Kenya, dar-lhe um beijo carinhoso e, delicadamente, me retirar dela. O sangue em minha camisinha me faz ver que devo ter sido tão violento que a machuquei.

Quando vou lhe pedir desculpas, vejo-a colocar a mão entre as pernas, levantá-la na altura do rosto e olhar o sangue entre os dedos, com a boca aberta e uma expressão que parece de deslumbramento!

Não é possível!

Não, não posso acreditar nisso!

— Kenya, você está bem?

— Nunca estive melhor na minha vida! — Ela sorri, e a dor que aperta meu peito alivia.

Abalado, desastrado e confuso, não consigo raciocinar direito. A única reação que tenho é tentar ajudá-la a limpar seu sangue. Corro em direção ao banheiro e pego uma toalha, molho-a e volto correndo,

[37]Что ебать!, "Que porra!", em russo.

estabanado, batendo em tudo o que há no caminho e derrubando coisas. Acho que encarnei Bim Bom, mesmo desnudo.

Ela continua na mesma posição, como se não acreditasse no que vê. Algo volta a se apertar no meu coração, porque ao observá-la olhando estranhamente para o sangue, o homem das cavernas em mim é despertado, aquele que quer bater no peito, urrar e gritar para todo mundo ouvir: "Ela é minha!"

O peso dessa responsabilidade me assombra. Não quero pensar agora no que isso significa. Mas a culpa por minha insensibilidade e rudeza é mais forte, e paro em frente a ela, tomando sua mão nas minhas, com cuidado, olhando com carinho seu rosto lindo.

— *Moyá sladkaya devushka*[38], sinto tanto por ter sido tão bruto e insensível! Nunca imaginei que você ainda era virgem! Sabia que era inexperiente, mas não a esse ponto! — Seus olhos me fitam, tranquilizadores. — Por que não me avisou, Kenya?

— Por que e quando faria isso, Aleksei? E de que maneira?

Bem, não é preciso que explique detalhadamente para eu entender o que quer dizer. Nós ficamos ligados um ao outro tão rápida e irrevogavelmente que pulamos toda e qualquer etapa de conhecimento mais profundo a respeito de nós.

Que loucura! Tudo isso é muita informação no momento. A mim foi entregue a inocência de uma mulher.

— Bem, imagino que a primeira relação sexual deva ser importante para uma mulher, além de requerer certa delicadeza do parceiro para não machucá-la. — Não tiro minhas mãos da sua. — Você me deu algo muito precioso. Um presente que nunca na minha vida imaginei ser digno de receber.

Falo pacientemente com ela, enquanto limpo sua mão e coloco delicadamente a toalha entre suas lindas pernas. Vejo que fica constrangida, tira minha mão e coloca a dela. Não reclamo e a deixo fazer como quer, afinal, é de fato uma situação muito delicada e íntima.

— Aleksei, vou ser sincera — começa a dizer, com carinho na voz e um olhar honesto. — Sempre achei que a ideia de a primeira vez ser especial fosse algo supervalorizado, um resquício de uma sociedade ainda mais patriarcal e machista. Honestamente, pela lógica, é um pouco difícil algo ser completamente maravilhoso como muitas mulheres falam quando, em termos físicos, é rompida uma membrana que, na maior parte das vezes, sangra e dói.

---

[38]Моя сладкая девочка, "Minha doce menina", em russo.

Levanta sua mão e faz carinho em minha tatuagem da face esquerda.

— Por favor, tire essa expressão de culpa de seu rosto e entenda que o que importa é que a dor veio com alguém que foi escolhido por mim, um homem que eu queria e que me fez sentir muito bem! Isso, sim, é especial na primeira vez, apesar de envolver dor. Estou muito feliz que tenha sido você, obrigada! — Pisca, apaziguadora.

Essa mulher será minha morte. Está derrubando todas as minhas barreiras e levando-me cada vez mais em direção ao chão, de joelhos diante de sua maturidade e candura.

— Mas não pense que, por causa disso, o senhor está livre de fazer a segunda, terceira e as outras vezes serem maravilhosas e prazerosas como dizem ser a primeira, entendeu?

Ela ri e não resisto a beijar sua boca carnuda e vermelha. A decisão de assumir minha atração por ela foi uma das mais acertadas que tomei. Do contrário, teria perdido a oportunidade de conhecer essa doce e encantadora feiticeira.

Sua mistura de mulher sábia e madura com menina deslumbrada e curiosa me encanta e me faz querer ser um homem melhor. Quando estou ao seu lado, quase não penso em nada de ruim, nem mesmo no seu pai cretino.

— Então acho que é melhor eu cuidar primeiro desse corpinho maravilhoso, com todo o cuidado que merece, para depois submetê-lo às mais doces e eróticas torturas de prazer. — Sorrio maliciosamente. — Aliás, tenho que cumprir minha promessa de desenhá-lo com minha boca e minhas mãos. Garanto que vou me esforçar muito para atender e, quiçá, superar suas expectativas em todas as próximas vezes.

Beijo-a, carinhosamente, como nunca antes beijei uma mulher. Ela tem o poder de fazer com que eu queira ser melhor e dar o que tenho de bom, acordando dentro de mim o espírito protetor que me faz pegá-la no colo.

— Posso andar, sabia?

— E vou perder o prazer de ter essa bunda arredondada em meus braços? Impossível!

Carrego-a até o banheiro, onde tenho que, infelizmente, colocá-la no chão, já que é muito pequeno para acomodar duas pessoas, estando uma delas no colo. Abro o chuveiro e coloco-a debaixo da água.

Ela me olha, impaciente.

— Você não vem?

Travo com a pergunta. Não que tenha vergonha das cicatrizes que marcam meu corpo e que estão cobertas por tatuagens, mas raiva e indignação pelo que significam e como aconteceram. A mulher à minha frente é o retrato da pureza e da credulidade na bondade do ser humano, e não gostaria de manchar isso com a feiura do que minhas cicatrizes representam.

Só que, diante de sua demonstração de confiança em mim, não posso me acovardar e ficar sempre coberto em sua frente.

Tiro a roupa e me encanto com sua audácia ao me encarar como se diante dela estivesse um homem perfeito e sem marcas.

Seus olhos acompanham meus movimentos, e o que parecia ser inicialmente um martírio para mim se torna prazeroso e livre de qualquer inibição. A necessidade de me livrar das peças de roupas é urgente e, quando me dou conta, estou dentro do box.

Beijo-a como uma primeira vez, despido e livre de qualquer inibição quanto aos meus defeitos. Seus lábios me aceitam ao se entreabrirem e introduzo lentamente minha língua. Sou doce e carinhoso. Kenya me encoraja passando os braços em meu pescoço, pedindo para eu me aproximar mais dela, entrelaçando os dedos no meu cabelo molhado. Sua energia sexual me torna insano, e eu a pressiono, sedento, provocando-a e estimulando-a de maneira ousada, segurando seus quadris contra meu sexo.

Danada, ela sorri em meus lábios, e a lucidez me faz recuar. Com certeza ainda está dolorida.

— Vamos devagar, Kenya! Você precisa de cuidados e, para mim, será um prazer te mimar.

Nunca imaginei que faria isso, mas a vontade de lhe dar um banho é tão forte que pego o sabonete e vou passando-o por seu corpo tonificado e firme. Suas curvas são indecentes de lindas. Tem o corpo todo definido, não como o desses fanáticos por músculos, que levam o corpo ao limite para ficarem com uma estrutura muscular exagerada. Parece uma escultura cujas formas são lindamente desenhadas.

— Não posso acreditar que uma mulher maravilhosa como você, de corpo e alma, não tenha uma legião de homens apaixonados que tenham tentado te levar para a cama! — Com as mãos ensaboadas, deslizo-as por cada curva do seu corpo.

Ela sorri, mas com certa tristeza.

— Bem, diria que não é bem por falta de homens, mas de oportunidades de interagir com eles. Já viu burro amarrado pastar? — ela pergunta, com um tom irônico.

Não entendo. Será que está comprometida com alguém e o detetive deixou passar? Meus nervos se contraem e, como não sou homem de meias palavras, vou direto ao ponto. Não quero qualquer dúvida entre nós.

— Por que diz isso? Pelo que me consta, não tem namorado.

— Não é necessário ter namorado para sofrer repressão, Aleksei.

Paro no ato de esfregá-la ao me dar conta do que está falando. Posso muito bem imaginar quem é o repressor, mas nunca cogitei que seria cruel com ela. Nunca mesmo! Esse conhecimento me faz ter ainda mais vontade de acabar com Adrik.

Seguro seu rosto entre minhas mãos e olho no fundo de seus olhos.

— Kenya, é necessário apenas uma palavra sua para acabar com seu sofrimento. Você não precisa ser humilhada e castigada por seu pai.

Vejo que seus olhos nublam, como se ficasse arrependida do que revelou.

— Não, Aleksei! — apressa-se em falar. — Por favor, não faça nada com meu paizinho! Foi o único que cuidou de mim quando eu não tinha mais ninguém no mundo. Nunca me abandonou ou deixou me faltar nada, além de ter me ensinado a ser uma contorcionista profissional e disciplinada. Devo tudo a ele!

Percebo que Kenya foi totalmente condicionada pelo pai a acreditar que ele foi bom ao ficar com ela e a fazê-la sentir que tem que sempre lhe ser grata. Adrik tem se revelado um abusador competente. Maltrata-a e a humilha, mas faz parecer que é para o seu bem. A doutrinação nesses anos deve ter sido tão forte que Kenya até sente culpa quando deixa escapar algo negativo a respeito dele.

Terei um grande trabalho e deverei ser paciente para desconstruir essa imagem que o pai lhe incutiu durante os últimos dez anos, mas não vou desistir até conseguir. Ele vai perder tudo e pagar pelo que fez, inclusive à filha, isso eu garanto!

— Bem, acho que a senhorita já está devidamente limpa e cheirosa. Vou fazer o mesmo comigo e vamos àquelas vezes que mencionou, o que acha?

Toda a expressão preocupada vai embora de seu rosto lindo. Toma o sabonete de minha mão e começa a me ensaboar.

— Agora é minha vez de cuidar de você.

— Kenya, se fizer isso, creio que a segunda vez terá uma grande chance de ser tão rápida quanto a primeira.

Olha desafiante para mim, e o sangue esquenta em minhas veias.

— Quão rápida? — Sua mão ensaboada vem ao meu membro e, timidamente, desliza-a sobre sua extensão. — Para uma primeira vez, acho que fui uma sortuda!

— Se considera ser sortuda seu sucesso em me deixar excitado, você se tornou uma desde o instante em que nos conhecemos.

— Você está brincando!

— Não estou, não — respondo, rouco, entredentes. É torturante seu toque. A pequena mão circunda meu membro, apertando do jeito que gosto. — Se quer saber, não sei mais o que é não ficar excitado quando estou ao seu lado.

— Isso é bom? — Atrevidamente, seus dedos circulam minha glande e eu seguro-os, mostrando-lhe como me agradar.

— Pequena, não brinque com meu corpo... Tenho dentro dele desejos impetuosos, que só serão satisfeitos depois que eu estiver enterrado até o fundo em você. Então, respondendo à sua pergunta, é bom se estiver sempre disposta a tê-lo dentro de si, profundamente.

— Podemos negociar isso... — Chega perto do meu ouvido e completa: — Se prometer me recompensar. Aí, não vejo problemas.

— Não tenha dúvida disso. Meu prazer é e sempre será te satisfazer. — Sua língua desliza pelo meu pescoço e suga a água do chuveiro que por ele escorre, como que matando a sede. — Acho que estou criando um monstro, a propósito.

— Devorador... — Na ponta dos pés, morde meu ombro, enquanto sua mão desliza o sabonete por minha pele. Essa cabecinha maliciosa parece muito experiente para uma mulher virgem.

— Ah! Onde aprendeu a conhecer os pontos fracos de um homem?

— Nos livros. Sou autodidata. — Morde-me com vontade.

— Quer dizer que os livros ensinam passo a passo como masturbar um homem tão brilhantemente? — Assumo o controle da situação e a encurralo contra a parede. Seu peito sobe e desce ansioso, porém, ela tem mais coragem do que covardia e me desafia, empinando o nariz.

— Você se assustaria se lhe contasse o que os livros foram capazes de me ensinar. Para não temer, mas incentivar este monstro, vou só confidenciar que já li o *Kama Sutra*.

— O *Kama Sutra*?

Balança a cabeça afirmativamente.

A diabinha revela que já é capaz de realizar os desejos obscenos e sonhos eróticos deste reles mortal com suas posições e elasticidade de contorcionista. Agora me resta apenas seguir minha crença de que uma mulher precisa ser conquistada todos os dias e em todos os momentos, assim também oferecerei o que tenho de melhor à minha parceira. Aproveito sua distração e posiciono minha ereção entre suas dobras para lhe provar que gosto de ter as rédeas em minhas mãos.

— Kenya! Como me fala isso quando, na minha cabeça, cansei de te imaginar em posições obscenas ao fazermos amor?

— Ah... Não imagine, Aleksei — geme enquanto esfrego minha ereção em suas partes íntimas. — Estou aqui para colocar todas em prática com você.

Apanho o sabonete que segura firme na mão e o devolvo à saboneteira.

— Mal posso esperar por isso.

Pego uma toalha de banho, enxugo-a e, depois, faço o mesmo comigo. Analiso a melhor maneira de lhe dar prazer e recompensá-la pelo que me proporcionou esta noite.

Levo-a até meu quarto e ela fica olhando em volta, na penumbra, porque há arandelas acesas sobre a cama.

Fica encantada com a decoração que lembra muito as cores do Kremlin, mas não acho que é hora de conversarmos a respeito disso, porque, à visão dela em meu quarto, meu amiguinho de baixo fica muito animado, e tenho que me concentrar para não ter outro orgasmo tão rápido.

— Fique à vontade, volto já.

Aliviando um pouco a atmosfera, vou até a geladeira, pego uma vodca do congelador e tomo um gole no gargalo mesmo. A bebida gelada desce rasgando pela minha garganta! Ainda bem que não congela, porque preciso muito disso agora para desacelerar e esfriar meu corpo quente.

Um pouco recuperado e mais no controle do meu corpo, coloco uma dose de vodca num pequeno copo e volto ao quarto. Vejo-a sentada na beira da cama, com a cabeça abaixada e seus maravilhosos cabelos de fogo cobrindo-lhe o rosto.

Esses cabelos são capazes de incendiar um homem somente ao vê-los.

Paro à sua frente, ponho a mão no seu queixo e levanto sua cabeça.

— Uma dose de vodca por seus pensamentos.

Ela sorri de lado.

— Estava imaginando se a segunda vez me faria ir aos céus como li nos romances!

Santa mãe de Deus! Ela não cansa de me surpreender! O que será que esses livros dizem? Será que terei que me tornar um leitor voraz para saciá-la em tudo que anseia?

— Bem, então tome seu prêmio logo para que possa deixar você conferir.

Viro a dose em minha própria boca e me abaixo até a dela, dando-lhe a vodca. O choque do quente de nossas bocas e o gelado da vodca vai direto para o meu pau, que pulsa rígido e doido para entrar nela uma vez mais. Calma, amiguinho, penso comigo mesmo.

Faço-a ir para trás até que se deite na cama. Tiro sua toalha e tomo seu pé direito entre minhas mãos. Passo as pontas dos dedos sobre o peito de seu pé e as deslizo por seu tornozelo e perna, voltando ao peito do pé. Permito-me observar sua expressão e me deleitar com a visão de sua excitação, que brilha, úmida, no recôndito recoberto por uma trilha pequena e fina de pelos vermelhos.

— Kenya, sua beleza é capaz de tornar qualquer homem de sangue quente um escravo, sabia? — Meus lábios fazem uma trilha de beijos em sua pele macia, desde a panturrilha até sua coxa. — Diante dela, gostaria de ser um poeta para lhe dizer palavras bonitas, um pintor para retratar sua figura linda, um compositor para te reverenciar pela minha música. — Audaciosamente, me arrisco a lambê-la entre seus grandes lábios, ouvindo-a gemer.

Continuo a trilhar seu corpo com meus lábios, alternando meus beijos com palavras.

— Como não sou nada disso, só posso, com meu próprio corpo, mostrar-lhe quanto sou seu cativo e reverenciá-la com minhas mãos, boca e língua. — Exploro cada curva do seu corpo, chupando cada centímetro por onde passo. — Seu gosto é como o néctar dos deuses, mais doce que as famosas tortas russas, mais saboroso do que nossas sopas deliciosas e mais embriagante do que a melhor e mais preciosa das vodcas.

Passo ambas as mãos por suas pernas, deslizo-as por seus quadris, cintura, seios, onde paro e começo a acariciá-los. Beijo com vagar e perícia sua boca macia, inserindo a língua e mostrando-lhe que um beijo pode ser tão intenso e gostoso como a própria relação sexual. Para mim, um beijo pode ser íntimo, quente e significar uma entrega sem limites. Por isso a beijo, me entregando totalmente a ela, que geme e agarra meus cabelos, puxando-os com certo desespero.

— Calma, *moyá sladkaya devushka*, prometo que terá todas as sensações que leu desta vez.

— Nunca imaginei que um beijo poderia ser tão excitante, Aleksei! — Sentir sua voz circunspecta entre meus lábios é como o soar de uma ópera aos meus ouvidos. — Se você continuar me beijando assim, acho que vou ter um orgasmo só com isso!

Sua declaração me deixa ainda mais duro, porque não tem noção do que pode fazer a um homem já excitado e louco pela mulher que fala!

Calma!, fico repetindo como um mantra na minha cabeça.

— Kenya, eu vou adorar fazê-la gozar com meus beijos, porque o mesmo aconteceria comigo. — Chupo seus lábios até estalarem. — Você é muito responsiva, e nós dois temos uma sintonia sexual absurda! — Afasto um pouco a boca e ela inclina a cabeça, querendo-a de volta. — Está difícil ir devagar com você.

— Então não vá!

Olho para seus olhos suplicantes e não me contenho, beijo-a sofregamente, com tesão, fúria apaixonada e fervor. Beijo-a como se fosse a última vez que vou fazer isso. Beijo-a para marcar nós dois, enredando-nos numa teia que tornará ambos irremediavelmente cativos. Ela me faz isso, me torna insano, guloso para sorver tudo.

Seus gemidos ficam mais altos e, cego de desejo, começo a lamber e a sugar seus seios, levando uma das mãos até sua pélvis, que se movimenta para cima e para baixo, como se a pedir para ser preenchida. A visão daquele monte recoberto pela penugem de cor vermelho-fogo quase faz com que me perca de vez.

São expelidas do meu membro gotas e sei que tenho que fazer algo logo, senão vou voltar à adolescência e gozar sem nem mesmo tê-la penetrado.

Volto a lamber seus seios gostosos e túrgidos, enquanto acaricio seu clitóris, passando levemente o dedo de cima para baixo. Meus dedos parecem que nasceram para se encaixar em suas dobras úmidas e por elas deslizarem livremente. Ela geme ainda mais alto e balança-se no ritmo dos meus movimentos. Curioso, observo-a e sigo beijando seu abdômen, inserindo a língua em seu umbigo. Ela praticamente uiva e, em resposta, minha rigidez pulsa como se a entrar em erupção.

— Ah! Aleksei, isso é muito bom! — Levanta seu ventre e praticamente esfrega sua intimidade em minha boca. — Nossa, sua língua e suas mãos são mágicas! Mais, quero mais! Que gostoso!

Pronto, agora estou completamente ferrado! Se não terminar com isso agora, vou gozar vergonhosamente. Ô, mulher gostosa!

— É isso o que quer, Kenya? — Inspiro e expiro o ar em seu sexo.

— Seu cheiro é delicioso, *devushka*! Vou saborear estes lábios sedosos e vermelhos e só parar quando deixar seu néctar em minha língua. — Abro seus grandes lábios com os dedos e lambo seu clitóris, chupando-o e mordiscando-o, ao mesmo tempo que insiro um dedo em sua intimidade, à procura de seu ponto de prazer. Seu gosto é tão embriagador que começo a chupá-la com mais força. Geme mais e aperta meu dedo. — Aproveite tudo e sinta o que pode fazer comigo apenas por estar próximo a você.

— Ai! Siiiiim... Bem aí! Ai... Vaaaai... Não para, Aleksei, não paaaaraaaa!

Acelero meus movimentos e o ritmo de minha sucção. O aperto de sua vagina em meu dedo é tão forte que, juro, vou gozar junto com ela só de imaginá-la fazendo isso em volta do meu membro.

— Meu Deus, meu Deus, meeeeeu Deeeeeuuussss!

Acelero e repito todos os gestos com a língua áspera e com os dedos em sua carne macia, explorando e invadindo-a como um predador se deleitando com sua presa. Ela explode em minha boca e lambo tudo o que posso, sem querer perder nada. Só paro quando segura meus ombros, me puxando. Olho para ela, que está com uma expressão lindamente sexy. Atrevida! Fita minha ereção sem pudor, desavergonhadamente, e esta, exibida, se mostra a Kenya, totalmente pulsante, dura a ponto de ser capaz de martelar pregos!

— Quero você dentro de mim, Aleksei! Quero gozar com você dentro de mim, junto com você!

— Seu desejo é uma ordem. Na gaveta do criado-mudo, do lado esquerdo, tem uma caixa de camisinhas. Por favor, pegue uma para mim... — Ofegante, não concluo a frase, incapaz de falar. Se me mexer agora, vou gozar antes de a festa acabar.

Rapidamente ela pega uma camisinha, que me entrega já fora da embalagem. Sua pressa parece ser a mesma que a minha.

Coloco a proteção e subo pelo corpo dela.

— *Krasivaya*, vou tentar fazer isso ser bom e prazeroso, mas preciso que fique quietinha e me deixe fazer as coisas. Você pode colaborar comigo?

Sinaliza que sim com a cabeça.

Fico de joelhos entre suas pernas abertas, com aqueles cabelos gloriosos encharcados pela minha saliva e pela própria excitação. Passo ali dois dedos e coloco-os em sua vagina, que vou massageando e estirando em movimentos vagarosos e cuidadosos.

— Você é maravilhosa!

Seus gemidos me tornam impaciente e vou abrindo os dedos para que ela possa acomodar melhor meu pau, sem sentir dor. Impotente para continuar, já que não aguento mais me conter, abro seus grandes lábios com uma mão e a entrada de sua vagina com outra. Coloco a ponta de meu pênis e começo a empurrar, devagar, indo e voltando lentamente, absorvendo sua aceitação ao me abrigar.

Impaciente, não espera e arca o quadril empurrando-se contra mim para que eu entre até sentir sua pélvis colada à minha. Paro um instante para respirar fundo. Estar com Kenya é um verdadeiro exercício de contenção para não gozar com qualquer movimento dela.

Surpreendo-me quando começa a se movimentar para a frente e para trás, num vai e vem que me aninha.

Fico louco de vez!

Tomo as rédeas e seguro seus quadris, penetrando-a com força e ritmo, numa sintonia e cadência de movimentos que vão ficando cada vez mais rápidos e profundos.

Ela geme, eu rosno. Sua vagina aperta meu membro mais e mais e mais...

Sei que vou explodir!

Estou no limite.

— Kenya...

— Aleksei... Mais, por favor! — Sua súplica é como bálsamo em meus ouvidos, e aumento o ritmo, tornando-a ávida por mais. Ela se contorce para me incentivar, mas não preciso de incentivo algum para lhe dar o que precisa, possuindo-a como necessita. — Você é tudo o que preciso — ela confessa ofegante.

— E vou te dar tudo. Me diz o que quer! — ordeno-lhe que fale, girando seu corpo sobre a cama, colocando-a de bruços. Solta sussurros frustrados, imaginando que continuaria em vez de a observar à minha frente, em silêncio, esperando-a se manifestar.

— Volte para dentro de mim, por favor, Aleksei! — Sua voz é trêmula.

Posiciono a ponta do meu pau em sua entrada, postado atrás dela, com as mãos firmes em suas nádegas.

— Mostre quanto me quer. — Saboreando o momento, avanço um pouquinho para dentro dela. Não me desaponta, empurrando sua bunda redonda de encontro à minha pélvis, me engolindo quase que por inteiro. — Isso, gulosa, me possui todo! — Repito o vai e vem, fazendo-a acostumar-se novamente com o meu tamanho. Quando acredita que meus movimentos vão ser frenéticos, recuo, curtindo o momento.

— Ah, Aleksei! Não faz isso.

— O que, minha querida? Isso? — Volto a lhe oferecer um bocadinho mais de meu pau inteiro dentro dela.

— Sim! Isso...

— Não estou certo de que você esteja pronta ainda! — desafio-a. — Não vou me dar ao prazer de gozar outra vez, antes de ter a certeza de que também virá comigo.

Movimento-me rápido e com força, firme e regular, ouvindo seus gemidos suplicantes a pedir sempre mais. Quando vejo que está no auge, reduzo as estocadas, tornando-as suaves, porém insistentes. Ao passar a comprimir meu pau, demonstra sinais de um prazer iminente e eu acelero, até seu grito de alívio e prazer explodir, mostrando que nós dois gozamos juntos! Seu aperto prolonga meu orgasmo, que parece não ter fim. Tenho a impressão de que até perco a consciência... Quando dou por mim, estou sobre ela, respirando pesadamente, literalmente esmagando-a.

Rolo para a cama, puxando-a para cima de mim. Olho para seu rosto e vejo uma única e solitária lágrima cair de um de seus lindos olhos. Pego-a em meus dedos e levo-a à minha boca, como se a dizer que sempre iria tomar qualquer dor sua. Ela me dá um leve beijo nos lábios, suspira e, aparentemente sobrecarregada, fecha os olhos e dorme.

Ajeito-a entre os travesseiros e saio para descartar a camisinha, certo de que foi o melhor sexo da minha vida.

Capítulo 21

Revelações mútuas

Kenya

— Não é possível, Kenya! Estou começando a me arrepender de ter aceitado o contrato com este circo! Em vez de melhorar, você está cada dia mais distraída e medíocre nos movimentos mais simples! E a estreia já é amanhã!

Outra vez sou criticada e humilhada por meu pai na frente de todos e, de novo, a dose de paciência que costumo ter com ele diminui. Minha performance, ao contrário do que diz, melhorou em vez de piorar. Atualmente estou mais feliz do que jamais fui, o que tem refletido nos meus movimentos, mais fluidos e leves.

— Pai, isso não é verdade! É você que está cada vez mais exigente! Já estou realizando praticamente todos os exercícios mais difíceis e complicados que os contorcionistas famosos fazem e você ainda não está satisfeito?

Ele agarra meu braço com força e o aperta.

— Está me contestando, mocinha?

Olho para ele, quase dizendo que sim. Por não responder o que quer imediatamente, recebo um aperto mais forte e um chacoalhão que me pega desprevenida, fazendo-me morder a língua sem querer.

Meus olhos enchem-se de água com a dor, e gemo; fico impedida de responder. Seus olhos irradiam um ódio conhecido quando pensa que o estou desafiando e não que estou com dor. Empurra-me e levanta o braço para me bater, encolerizado.

Ponho as mãos no rosto para me proteger e espero o soco, que sei que vem num lugar que causa muita dor, mas que não pode ser visto a olho nu. É a especialidade dele.

Em vez do soco, percebo um silêncio sepulcral onde antes havia só atividades e balbúrdia de um dia de treinamento em um circo, até que o ouço berrar.

— Mas que diabos! O que está fazendo, seu imbecil?

Tiro as mãos do rosto, vagarosamente, para garantir que não é um truque para me fazer olhá-lo, e o vejo caído no chão, com Bim Bom em cima dele. Meu doce e hilário palhaço salvador que, coincidentemente, surgiu nas duas vezes em que estive em sérios apuros com meu pai e, uma vez mais, vem em meu socorro.

Saber que Bim Bom também é Aleksei foi uma das revelações mais felizes que tive. Na primeira noite em que ficamos juntos, depois que acordei após termos feito amor e eu ter adormecido em cima dele, começamos a conversar até que as coisas voltaram a esquentar.

Quando fui percorrer sua face marcada com os lábios, abaixei do lóbulo de sua orelha, vi algo que me deixou intrigada e não me contive.

— Você gosta de usar maquiagem também, Aleksei? Não que isso possa afetar sua masculinidade, mas *pancake* branco não é uma cor que lhe recomendaria...

Ele olhou para mim, piscando exageradamente e rindo de lado, fazendo isso sem parar. Esse piscar foi o que me revelou o que estava diante dos meus olhos e não percebi.

— Bim Bom! — Eu o abracei com força, feliz em ver meu sonho de homem ficar completo. — Você é o Bim Bom também!

— Sou ele e todos os outros que quiser que eu seja. — Carinhosamente me beijou.

— Que alegria, Aleksei! Não poderia pedir pessoa mais cheia de facetas do que você para ser o meu especial!

Ele me abraçou forte e, desta vez, fizemos amor de uma forma divertida e engraçada, ao estilo Bim Bom. Depois disso, ainda de manhã, senti necessidade e curiosidade naturais em desvendar seu corpo lindo e tatuado. Qual não foi minha surpresa ao passar as mãos seguindo as linhas dos desenhos e ver que, debaixo de toda aquela tinta, havia várias cicatrizes, assim como já tinha percebido do lado esquerdo de seu rosto.

Uma dor excruciante me invadiu e, sem que pudesse compreender, fiquei extremamente angustiada e perturbada ao imaginar quanto deve ter sofrido com o que lhe causou tudo isso. Tenho quase certeza de que só estava tendo a chance de perceber todas essas marcas porque ele estava dormindo. Não aguentei, chorei diante do sofrimento que supus que ele tivesse passado, como se a dor dele fosse minha. Ele acordou comigo beijando todo o seu corpo e, antes que eu pudesse perguntar algo, fui distraída por sua avidez e deixei para depois.

Após aquela noite, dormimos todas as outras juntos. Durante o dia, Aleksei estava sempre muito ocupado, porque um circo, ao contrário do que parece, tem sempre muitas coisas para serem resolvidas e bastante trabalho a ser feito.

Fiquei orgulhosa de ver como meu durão empresário tem consideração e cuidado com seus empregados, fazendo questão de suprir suas necessidades da maneira mais completa possível. Contou-me que gosta de estar com eles em treinos, montagem de novos espetáculos, novas coreografias, figurinos, entre outros. Sempre que possível, manda alguns, em revezamento, para fazer cursos de reciclagem e aperfeiçoamento, já que acredita que todos podem crescer e aprender coisas novas, sem cair no comodismo e na mediocridade.

Conversamos tantas coisas nesses dias, além de fazer muito sexo, é claro! Mas notei uma coisa estranha. Sempre que tentava abordar assuntos mais pessoais, como as cicatrizes, por exemplo, Aleksei desconversava, de uma maneira ou de outra, me distraindo. Numa dessas vezes, até me contou que tinha outros negócios que demandavam teleconferências constantes por estarem em processo de expansão.

Embora estivesse curiosa, não quis e continuo não querendo perder nosso pouco tempo juntos com conversas a respeito dos seus muitos negócios, e sim do horror que deve ter sido para ele a causa daquelas cicatrizes. No entanto, não há muito o que possa fazer por hora, porque meu ritmo de treino é intenso e consome praticamente todas as horas do meu dia.

Meu pai realmente parece estar obcecado com a perfeição, mesmo eu não conseguindo entender o que essa palavra significa para ele. Estar num circo parece ter despertado o domador que já foi e ele aparentemente acha que está de novo com seus bichos. Se bem que penso que até tenho sorte... Se me trata assim, fico imaginando como fazia com os pobres animais.

— Saia de cima de mim, seu palhaço idiota!

Meu pai berra ainda mais alto, trazendo-me de volta ao presente e, em câmera lenta, vejo Bim Bom se levantar e estender a mão para ajudar meu pai a se erguer. Claro que ele não aceita e o faz sozinho. Se eu achava que já o tinha visto com olhar raivoso, o de agora para Bim Bom é simplesmente diabólico!

— Não sei por que quando aparece está sempre trombando comigo, mas vou lhe dizer uma coisa, seu cretino, se isso acontecer mais uma vez, vou exigir do dono deste circo que decida entre você e minha filha. Não tolerarei mais respirar o mesmo ar que um vagabundo como você.

Ofego tão alto que Bim Bom se vira para mim e me vê no chão. Volta-se para o meu pai rapidamente e leva sua mão até o pescoço dele. Levanto-me correndo para impedi-lo de o machucar, porque ele é muito maior e mais forte. Antes que consiga fazer algo, escuto Yuri gritar.

— Bim Bom! Pare de brincar com o treinador de Kenya! Ele é pai dela.

Por um momento, acho que vai ignorar as palavras de Yuri. Mas, apesar de estranhas para mim, diante delas Bim Bom larga o pescoço de meu pai, como se caísse na real.

— Desculpe-me por viver tropeçando no senhor. Por favor, fique com meu chapéu.

Tira o chapéu que traz desta vez na cabeça e, antes que meu pai possa fazer qualquer coisa, coloca-o na cabeça dele com força. O topo do chapéu se rompe e passa direto pela cabeça de meu pai, parando apenas quando encontra a barreira de seus ombros, soltando uma gosma verde que escorre por sua roupa.

Mais forte do que minha vontade de gargalhar pelo ridículo da situação é o meu empenho em me segurar e me lembrar de que é meu pai que está lá, e Aleksei está expondo-o ao ridículo diante de todos. Tudo bem que não sou idiota, Bim Bom opta pelo humor pastelão para desfazer a situação em vez de machucar meu pai. Mas, se a intenção é me tirar de uma situação difícil e me levar às lágrimas de tanto rir, engana-se, porque o ridicularizado é o meu pai, e não posso compactuar com isso.

Meu pai avança em Bim Bom, e Yuri o segura, rindo da triste figura com aquela gosma escorrendo. Isso o deixa ainda mais enraivecido.

— Adrik, você está proibido de treinar Kenya nas dependências do circo sozinho. Esta é uma ordem expressa de Aleksei. — Confusa, olho para Aleksei caracterizado de Bim Bom, que não diz nada.

— Sou o treinador e pai dela. Quem esse Aleksei é para dizer o que é melhor para Kenya?

— Tente treiná-la sozinho mais uma vez e será impedido de entrar nas dependências do circo. — Yuri se exalta, enquanto Aleksei o observa.

— Então, diga ao seu patrão que não venha falar, depois, que não estou honrando as cláusulas do contrato. Porque por cima de Adrik ninguém passa. Aliás, vou telefonar para aquela advogada arrogante agora mesmo. Quero saber de algumas coisas! Se estiver certo, muito em breve terão notícias minhas. — Cuspindo as palavras como fogo, sai pisando duro. Minha apreensão aumenta nessa hora, e vou atrás dele, preocupada.

— Pai! — chamo-o para tentar acalmá-lo, com medo de que possa lhe acontecer algo. Sua pressão em Manaus andava alterada e, assim que o alcanço, ele olha para mim e diz uma coisa que me deixa intrigada e com medo.

— Até entendo que você é tão ingrata quanto foi sua mãe, mas, desta vez, não vou ser passado para trás. Tomarei as mesmas providências, só que antes de deixar você me enganar, está entendendo? Estarei sempre um passo à frente, sua miserável!

— Está ameaçando sua filha? — Bim Bom mais uma vez intervém em meu favor e caminha em nossa direção, mas Yuri o segura e aponta para mim. Meu pai vira as costas sem responder nada para ele.

— Bim Bom, cuide de Kenya! Ela está precisando de cuidados. Deixe que vou atrás de Adrik.

— Miserável? — repito a palavra usada por meu pai para me ofender. Meu Deus, o que está acontecendo com ele? Não entendo o que tudo isso significa! Suas palavras mexem muito mais comigo do que qualquer outra coisa.

— Você está bem, *moyá lyúbímaya*[39]? — Bim Bom pergunta ao me ajudar a levantar.

— Sim, claro! Ele não ia fazer nada contra mim.

— Kenya, pare de mentir para si mesma! O que é isso no seu braço? Mais marcas? Até onde vai isso? — Ele faz uma série de

---

[39]Мой любимый, "minha amada", em russo.

perguntas que não sei responder. — Se eu não tivesse chegado a tempo, ele ia bater em você!

— Não, não ia. — Tento apaziguá-lo. Ouvi bem as ameaças de Yuri e não quero meu pai longe de mim. — Só não entendi por que Yuri falou por você quando está presente!

— Ele interveio porque é meu administrador e essas eram as instruções que já havia lhe passado caso seu pai fizesse isso de novo.

— Ele nunca foi além do limite! — Não consigo olhar para ele, envergonhada com toda a situação.

— Não posso nem imaginar esse homem te batendo! — Seus dedos levantam meu rosto, enquanto me abraça forte e beija meus cabelos, sem tocar no assunto de não ter falado diretamente com meu pai. Usa um tom de voz como se a raiva que sente tivesse a ver com algo a mais do que o que presenciou. — Juro, acho que o mataria se pusesse as mãos em você como pretendia. — Seguro um soluço que quer escapar. — Só não o soquei porque é seu pai, mas não vou prometer que não o farei se isso acontecer novamente. Ele não merece um fio de sua compaixão. Esse homem parece não ter limites!

— Calma, Aleksei! Nada aconteceu e tem que me deixar lidar com ele. Anda muito nervoso porque não pode ficar comigo. É a primeira vez que estamos separados, e acho que está inseguro.

— Kenya, acorde! Seu pai é abusivo, e se não começar a enxergar isso poderá correr sério perigo com ele. Eu sei do que ele é capaz.

— Sabe? Como? Do que está falando, Aleksei? Há algo que não está me contando e eu deva saber?

— Nem sei mais o que estou dizendo de tão nervoso que fiquei em te ver nessa situação.

Estremeço ao perceber que ele desconversa. Sinto que há algo de muito sério no que diz. Será que meu pai tinha aprontado algo? As perguntas martelam em minha mente.

— Ele nunca faria nada de mal contra mim... — falo baixinho, não sei se para convencer Aleksei ou a mim mesma.

No meu interior, sinto a incerteza contida em minhas palavras.

— Vamos esquecer isso por hora. Agora, só quero te mostrar o presente que comprei para você. Vem! — Amparando-me, ele me faz caminhar ao seu lado.

— Sério? — pergunto, animada. Nunca ganhei um presente novo, só roupas e livros usados de doações. — Acho que esse será o primeiro presente que vou ganhar.

Nossa, isso soou tão patético! Sorrio para desanuviar o ambiente, porque ele me olha com piedade.

— Viu, mais uma qualidade para a lista que me torna o seu especial!

— Convencido também não deveria entrar na lista?

— Foi você quem começou a me dar ideias quando disse que era o seu especial, sendo vários homens reunidos em um só. Eu mesmo nem imaginava precisar usar tantas facetas para conquistar uma única mulher.

Abraçados, seguimos, lado a lado, rindo juntos, enquanto sinto sua mão acariciar minha coluna de forma carinhosa.

— A verdade vai aparecer e o assassino será revelado. Ele quer matar novamente, mas a alegria vai derrotá-lo e o castigo finalmente virá.

Aleksei e eu pulamos surpresos com as palavras ditas em cadência monótona e alta. Ao nos virarmos, deparamos com Lara em um de seus momentos de transe profético. Suas palavras mórbidas ficam pairando no ar. São enigmáticas, e sabemos que nem adianta lhe perguntar o que querem dizer. Como ela mesma diz, ainda não atingiu o estágio de interpretar as profecias.

Chateado, Aleksei levanta as sobrancelhas, sacudindo a cabeça e dou de ombros.

— Obrigada, Lara, por mais essas encantadoras palavras. Você é sempre muito gentil!

Aleksei fala ironicamente, embora sem um pingo de raiva. Desta vez, ela se vira e vai embora antes de sair do transe, sem nos dar a chance de dizer qualquer outra coisa.

— Ela, às vezes, me assusta.

— Acredito que suas previsões a assustem muito mais do que às pessoas as quais se dirigem.

— Já tentei falar com ela sobre isso.

— Todos já tentamos! Mas não há ninguém, infelizmente, que tenha experiência para orientá-la corretamente aqui no circo. Yuri estudou muito a vida toda para ajudar, mas é uma coisa predestinada. Agora, o que acha de relaxarmos no trailer? Ganhar uma boa massagem e seu presente, é o que você está precisando. Amanhã é dia de estreia e quero ver minha estrela bem para brilhar.

— Podemos também ter mais uma aula prática hoje? — provoco-o ao me referir ao que passamos a chamar de aulas práticas, que consistem em meus experimentos e contatos com a anatomia masculina. Claro que todo saber e experiência são adquiridos no corpo dele, pelo qual sinto imensa curiosidade.

— Kenya, acho que está se saindo uma bela monstrinha tarada... Não que eu esteja reclamando.

— Isso é um alívio para os meus ouvidos. — Pisco. — Se não for para me tornar uma mulher com mil facetas também, ficarei em desvantagem em relação a você.

— Para tudo há uma solução.

— Pode me adiantar qual? — Entro no seu jogo.

— Adiantar, não. Haverá a hora certa. — Aleksei me oferece um sorriso malicioso. — Nunca ouviu falar que quem tem pressa come cru? Veja o que aconteceu em nossa primeira vez juntos.

— Amei tudo o que aconteceu. Não posso imaginar nada mais lindo.

— Assim me decepciona, Kenya. Acaba de me falar que quer tentar novas e diferentes experiências e, logo depois, alega que não imagina que nada pode ser melhor do que você já viveu?

— Digamos que eu acredite que cada vez será uma coisa especial e diferente, mas nunca melhor ou pior. Está bem assim?

— Vamos ver...

— Estou apostando minhas fichas em você.

Ri e balança a cabeça, e eu o acompanho. Como não cansa de dizer, um palhaço, mesmo que destroçado por dentro, tem o dom de fazer as pessoas à sua volta sorrirem. É por isso que me agrada muito a ideia de me fingir de Colombina para meu Bim Bom.

Capítulo 22

Hora de brilhar na estreia

Aleksei

Noite de estreia é sempre uma expectativa, não sabemos nunca que público esperar ou qual será a reação dele diante do que é apresentado. Hoje, excepcionalmente, não participarei do espetáculo.

Apesar de gostar muito de me apresentar, igualmente faço questão de estar envolvido na emoção que o público sente, observando-o participar e vibrar a cada manifestação de contentamento. Mas esta decisão de me misturar aos espectadores veio depois de refletir horas a fio sobre as palavras de Kenya, ao despertar em meus braços e confessar que minha presença, na plateia do teatro Amazonas, a tornou livre, incentivando-a a ousar.

E, na verdade, assistir está sendo benéfico. Fico avaliando o desenvolvimento da série de espetáculos apresentados, orgulhoso com cada profissional que abrilhanta o show do meu circo.

Pauto tudo mentalmente. Tenho ótimas sugestões e dicas para apresentar numa breve reunião com todos. Algumas coisas podem ser melhoradas e outras, mais exaltadas.

Outro motivo que me move é poder observar o comportamento da raposa do Adrik no meu circo, diante da grandiosidade do espetáculo.

Sei que os ingressos esgotaram em questão de horas porque passei na bilheteria para avaliar as vendas. Inclusive, bendita a hora em que resolvi fazer isso. Foi justamente a visão de Adrik bisbilhotando, pela porta entreaberta, os bilheteiros contando o dinheiro que me fez enxergar uma maneira de colocar meus planos de vingança finalmente em prática.

A cena, longe de me aborrecer, foi como um colírio para os meus olhos! Aquele crápula não mudou nada. Sua ambição desmedida será justamente o que usarei para colocá-lo na cadeia, não tenho dúvidas disso. Fui mais esperto do que ele e designei um segurança só para ficar em seu encalço. Instruí os caixas para despistarem e não o deixarem ver o local do cofre. Ainda não sei como o pegarei, mas uma coisa é certa: farei isso.

Terminada a apresentação dos palhaços, que, como sempre, arrancam gargalhadas estrondosas, preparo-me para ver o show dos ilusionistas, que optam sempre por uma série muito bem montada e compassada. Esse núcleo de artistas é composto por uma família excelente de brasileiros, que faz maravilhas, apresentando quadros tão bons e de maneira tão rápida que mal dá tempo de acabarmos de admirar um número quando outro ainda mais incrível começa, sem pausa. Gosto muito de assistir ao show deles, que sempre têm novidades e me surpreendem. Brasileiros são admiráveis profissionais de circo, criativos, competentes, sérios e, como não poderiam deixar de ser neste país, muito alegres.

Vagando os olhos pela plateia e camarotes, uma coisa me chama a atenção. No camarote que deixo reservado para eventualidades, para quando algum conhecido ou algum membro das famílias dos profissionais do circo vêm ver o espetáculo, noto a entrada de duas pessoas. Acho estranho porque sabia que não haveria ninguém para ocupá-lo hoje e decido me aproximar.

— Acho que alguém da plateia se esgueirou até o camarote *Moskvá* sem o funcionário da área ver — falo com Leon, chefe da segurança, pelo *walkie-talkie*. — Vou até lá para conferir.

O sinal fica baixo enquanto espero a resposta de Leon. A poucos metros, consigo perceber que é Adrik. A pose característica jamais disfarça sua falta de caráter. Interessante é vê-lo acompanhado. De onde estou, não consigo reconhecer a pessoa. A única coisa que vejo é o ângulo do rosto desprezível e os olhares de réptil sob o qual ele esconde sua crueldade. Disfarçadamente percorro os tablados decorativos e, para minha total surpresa, vejo... Raissa! O que está fazendo aqui e, além do mais, junto com Adrik? Ela nunca vem em noites de estreias!

— Foi Raissa quem pediu o camarote, Aleksei. Como não tinha ninguém previsto para vir, autorizei. Algum problema?

À distância que estou, não consigo ouvi-los, mas posso ver que ela está sorrindo, como se estivesse feliz e não com raiva, sentimento que a dominava todas as vezes em que tinha que se encontrar com Adrik, responsável por seus pais e companheiros sofrerem com o incêndio. Não duvido que ele esteja tentando persuadi-la a fazer algo que lhe convém. Isso é típico dele. Adrik usa seu charme até que não surta mais efeito, então parte para a coerção. Sinto que algo não está batendo e, subitamente, lembro-me das palavras de Raissa na noite em que me viu jantando com Kenya. Não acredito que será capaz de nos trair e ir contra suas convicções por causa de despeito ou ciúme!

— Aleksei, você me ouviu?

— Ouvi, Leon! Fique tranquilo! Acho que ela não teve tempo de me avisar.

Raissa pode ter vários defeitos, mas não é desleal, tampouco antiética. Sei quanto ela preza os amigos e a conduta profissional. No entanto, preocupa-me saber que, se sentindo muito possessiva comigo, pode se aproveitar da situação. Torço para que não revele nada a Adrik a respeito de nossos planos e para que sua vaidade não a torne irresponsável por achar que a desprezei em favor de Kenya quando, na verdade, nunca pretendi ter nada com ela, mesmo antes de encontrar minha contorcionista.

Mudo de direção e sigo por trás do camarote para tentar ouvir o que estão dizendo e me preparar para o que for preciso. Sorrateiro, tenho sucesso em me colocar num lugar em que não me veem, mas posso ouvir o que falam.

— Não, o contrato cobre sua manutenção como treinador, embora não esteja presente nas instalações do circo. O contratante pode, sim, não permitir sua presença, porque vocês poderiam treinar em qualquer outro lugar. Ou, então, ela treinar sem você, que receberia seu cachê do mesmo jeito.

— Mas, nos termos do contrato, é obrigatório o fornecimento dos equipamentos e locais.

— E está sendo feito, certo?

— Mas ameaçaram proibir minha presença nos treinos e não vou admitir isso, porque me recuso a deixar minha filha desprotegida e à mercê desse monte de russos desclassificados.

Raissa estremece e revira os olhos, fazendo uma careta irônica, que disfarça ao se voltar para Adrik.

— Talvez sua filhinha não seja tão desprotegida quanto pensa! Quem sabe não é você quem precise de proteção!

O que é que ela está insinuando? O sangue sobe à minha cabeça! Minha vontade é entrar no camarote e enxotá-la daqui. Mantenho-me oculto, observando até onde vão com essa palhaçada.

— O que você está sugerindo? Que minha filha está querendo se livrar de mim? — o homem bufa, com raiva.

— Não estou sugerindo nada, mas aceitou os termos do contrato e não há brecha para contestar, caso seja proibido de vir ao circo. Só sugiro que averigue se é uma proibição do dono do circo por algum motivo qualquer ou um pedido de sua filha porque, ao que me parece, você está tendo problemas em controlá-la, ao contrário dela, que tem o dono do circo na palma da mão, usando de eufemismo para não dizer algo grosseiro para um pai.

Que traiçoeira! Raissa passou dos limites...

Basta!

Para mim já chega!

Vou acabar com essa conversa ridícula!

Suas insinuações são maldosas e descabidas, feitas apenas por ciúme de Kenya. Aliás, apesar de não ser segredo que nós dois estamos juntos, não entendo como ela ficou sabendo, porque não tem amigos aqui, já que sempre adota uma postura distante e superior em relação às pessoas. Quem poderia ter contado a ela?

Decidido, mal começo a entrar no camarote e já tenho que voltar atrás porque ouço o início da música *Katyusha*, alertando-me que a apresentação de Kenya vai começar, o que é confirmado pelo apresentador ao chamar os nomes dos artistas. Ao mesmo tempo, percebo que Adrik está gritando e vindo para a saída.

— Avisei para aquela sonsa que, antes de pensar em me trair, vai se arrepender muito mais do que a outra. Sofrerá muito até tudo terminar. — Quase trombando em mim, Adrik sai bufando do camarote, mas tenho tempo de me esconder atrás de uma coluna de sustentação e o vejo marchando duro em direção à saída, sem ficar para o show.

Logo depois, quem sai é Raissa, estampando um sorriso de satisfação.

Como pude me enganar tanto com ela? Raissa está se saindo uma advogada do capeta.

Nas caixas ressoam as notas da música.

Não tenho tempo de lidar com ela agora. A prioridade é ver minha linda menina estreando no meu circo. Cuidarei de Raissa depois e garanto que não será bonito.

Também pedirei a Micha para averiguar melhor o passado de Adrik e descobrir que ponta ficou solta na investigação que fizemos. Não identifiquei essa outra a que já se referiu duas vezes. Sinto nas entranhas que preciso proteger Kenya desse celerado.

Volto apressado ao camarote em que iniciei a noite, em frente ao palco central. Em silêncio, vejo o público maravilhado, observando os acrobatas se desenrolarem de seus tecidos no ar, em um verdadeiro misto de cores e manobras, enquanto a equipe de apoio no solo coloca, no centro do picadeiro, a *matryoshka* na posição certa. Já posso antever a surpresa do público quando virem que há outras no interior daquela única que lhe é apresentada.

A canção escolhida por Kenya é uma das mais conhecidas e populares na Rússia, e surgiu na época da Segunda Guerra Mundial. A letra fala de uma jovem e seu amado, um soldado recrutado para um local distante. Envolvido pelo significado da canção, fico hipnotizado ao ver sair da menor boneca Kenya, totalmente esplendorosa, de frente para mim.

Fiz questão de ficar neste camarote para que ela perceba, ao contrário do misterioso homem que a observou em Manaus, que hoje, à sua frente, há um homem que a admira, sem mistérios.

Ela torce o corpo e faz o público se maravilhar com o movimento e ovacioná-la, impressionado com sua flexibilidade, incapaz de acreditar que alguém pode caber dentro de tão minúscula boneca.

Linda! Espetacular! Sensual, sem ser vulgar! Todos a aplaudem. Meus olhos procuram Adrik para ver se voltou após sua explosão de raiva. Vejo que está posicionado na beira do picadeiro, parecendo descontente por ela sair do roteiro montado por ele. O homem me deixa mal e com raiva de novo. Minha vontade é sair do camarote e ir até ele para socá-lo até a morte.

Uma vez mais, a acústica do circo me faz voltar a atenção à Kenya, que me contou ter gostado da sugestão de Tanya para colocar mais vida em sua apresentação, deixando de ser tão mecânica e politicamente correta, como o treinador a havia orientado. Confesso que eu também gostei, pois não há um só poro em meu corpo que não se excite com sua desenvoltura. Ela tem o poder de me fazer esquecer todo o ódio que sinto por Adrik, com suas formas harmônicas e perfeitas.

Meu Deus! Sai definitivamente do roteiro, desafiando seu corpo ao fazer posições praticamente impossíveis, dobrar e requebrar, o que prende minha atenção. Estou tão enlevado e preso àquele pecado de mulher que nem sou capaz de olhar para seu pai a tempo de me regozijar com sua insatisfação por sua filhotinha escapar de sua guia.

Ela está diferente na apresentação e sorri com alegria, exaltada com a vibração da plateia, mas sem deixar de fazer seu show para mim, como se eu fosse seu único espectador. Ninguém precisa saber, mas sei que é para mim que dedica cada movimento que faz. Sensacional!

Não há como negar quanto ela mexe comigo. Robusta em suas curvas, parece não ter um único osso em seu corpo. Sua aura animada e talentosa prende a atenção das crianças e dos adultos. Entusiasmada, segue o show, e fantasias invadem minha mente.

Aquela performance com os dois pés atrás da cabeça será divertida quando estivermos sozinhos em meu trailer.

Recostado na cadeira, assisto sua habilidade sexy e seu profissionalismo. Enquanto todos a admiram, fantasio posições luxuriosas.

A apresentação não é baseada apenas na flexibilidade dela, mas também na mistura da dança, malabarismo e efeitos especiais que meu circo pode proporcionar, tornando o espetáculo completo e mais digno de seu talento.

Os holofotes se movimentam, e os tecidos também. Finalmente, volta-se para a menor boneca, já levando o público ao êxtase por saber que, mesmo parecendo impossível, ela entrará lá.

Eu já a vi se contorcer até caber naquela boneca, porém, sua determinação em se superar me faz perder o fôlego porque, de repente, após todas as outras serem colocadas uma sobre as outras, a boneca maior, que envolve todas elas, começa a balançar, cai de lado e gira, de um lado para o outro no picadeiro, seguindo direções pré-definidas, claramente mostrando que, de dentro da menor boneca, Kenya tem o domínio da direção que segue o brinquedo.

Estupefatos, todos se levantam e aplaudem. Inclusive eu!

A boneca para, e o elenco desce ao solo ao lado da boneca maior, de onde retiram Kenya, que sai da menor com um movimento delicado para agradecer os aplausos.

— Bravo! — Continuo a aplaudir fervorosamente, ovacionando-a, assim como faz toda a plateia.

Atropelando quem está à minha frente, vou em direção ao camarim como um foguete. Vejo Adrik sair sem mover nem sequer uma parte do corpo para cumprimentar a filha e o elenco pela bela apresentação. Cada cicatriz em minha pele formiga de ódio. Esse homem monstruoso consegue aumentar dentro de mim, cada dia mais, a gana por justiça.

Antes de chegar até minha menina linda, telefono para Micha e peço que mande seu investigador fazer um levantamento das pessoas ainda vivas que conviveram com Adrik, o pai e a esposa, e interrogá-las a respeito dessa época. Algo me diz que podemos descobrir coisas importantes desse período. Peço a Micha para que, tão logo tenha as informações nas mãos, me avise e venha para o circo para uma reunião comigo e Yuri, porque já tenho uma ideia do que fazer para pegar o bandido.

Impaciente, não quero que nada mais atrapalhe a noite com minha gostosa e atrevida contorcionista; então vou atrás da minha Colombina sexy.

Não me decepciono ao encontrá-la vibrante e radiante, abraçando todos e comemorando o sucesso da apresentação.

— Aleksei! — Abre os braços e se joga contra mim, que retribuo o abraço.

— Bela apresentação, Kenya! — Beijo-a levemente. — Vai ter que ser muito convincente para me deter esta noite depois de me torturar com cada posição que fez naquele picadeiro.

— Deter você nem passou pela minha cabeça. Para falar a verdade, o resultado que eu esperava era esse mesmo.

Seus lábios encontram os meus e nos beijamos apaixonadamente. Seu encaixe em mim é perfeito.

Foram só gozações e assobios de todos os lados, com as pessoas manifestando sua alegria por estarmos juntos. Cumprimento os artistas pela bela performance e, mal me afasto de Kenya, um par de braços femininos me enlaça. Pelas unhas compridas e vermelhas, já sei a quem pertencem.

Viro-me como um guerreiro pronto para a batalha.

— Oi, meu querido! Que saudade de você. — Ela se põe nas pontas dos pés, enlaça o meu pescoço e tenta me dar um beijo, mas eu a afasto.

O silêncio no local é assustador... Minha expressão de nojo e o olhar firme que lhe dou não são comuns e todos sabem disso.

— Já disse para não tomar esse tipo de liberdade comigo, Raissa! Não precisa me agarrar para me cumprimentar.

Ela recua, com uma expressão horrorizada. Vingativa e agressiva, vira-se para Kenya.

— Que tipo de bruxaria você fez para que ele me trate assim? Já não basta ser filhote de cobra, ainda usa seu veneno para destilar inimizade entre pessoas que se conhecem há anos?

Incapaz de enfrentá-la, vejo em Kenya a mesma expressão que faz quando se sente acuada pelo pai. O instinto protetor me faz entrar na frente de seu corpo, como um escudo.

— Raissa, não vá por esse caminho — ameaço. — Kenya não te fez nada. Se tem algum problema, resolva comigo.

— Não fez mesmo, Aleksei? Eu poderia enumerar as razões que tenho para atacá-la.

— Fique quieta e não diga besteiras, Raissa! Saia daqui e nunca mais se dirija a Kenya se não souber tratá-la com respeito!

— Que interessante, Aleksei, seria cômico se não fosse trágico! Um homem tão inteligente como você se deixar manipular dessa forma! Perdeu o rumo de vez, amigo, e o tiro saiu pela culatra.

Seus olhos me desafiam, prendendo-se aos meus sem piscar. Sei muito bem aonde quer chegar e meus olhos se dirigem, simultaneamente, para ela e Kenya, que demostra constrangimento. Ao contrário de Raissa, minha menina nunca responde à rudeza com rudeza.

— Saia e não volte até que eu a chame. Até lá, fica proibida de vir até aqui. E este é só um aviso.

— Aleksei, pare! Ela é sua amiga. Não precisa fazer isso por minha causa... — Sem graça, Kenya tenta apaziguar, chocada ao perceber meu humor perigoso.

— Sério, isso? Você acha que tem o poder de se intrometer no meu relacionamento com Aleksei?

Agressiva, Raissa grita com Kenya. Volto a me dirigir a ela com animosidade, sentindo na boca o gosto amargo de sua traição.

— Raissa, não vou repetir. Você já sabe. Por mais que tenhamos sido amigos, não tolero deslealdade e traição, principalmente se vem de pessoas próximas. Você deveria saber muito bem disso.

Como gostaria de poder acreditar no horror que ela estampa no rosto.

— Traição? Traição?! Quem é o traidor aqui, Aleksei? Quem fez todo o trabalho sujo planejado? Ou quem prega a lealdade, mas engana para atingir seus objetivos?

— Chega, Raissa! Isso não lhe diz respeito! Estava me referindo a você com a pessoa no camarote *Moskvá*.

Ela fica branca, mas não perde a pose. De fera passa a ferida

— Eu te avisei que o veria sofrendo como me fez sofrer e, sem atrapalhar nossos planos originais, dei algumas pistas para que aquele abutre te faça cair em si e ver quanto a bonequinha é totalmente conivente com o que ele faz.

— Saia daqui agora, Raissa! E não volte sem minha autorização. Agora!

— Vou porque estou decepcionada com sua atitude e não porque está me mandando ir. Insultos têm limites e os seus só refletem ingratidão.

Vira-se e fecho os olhos, soltando todo o ar contido no meu peito, enquanto mãos leves tocam meu braço.

— Não deixe que ela te atinja e estrague nossa noite, por favor!

A súplica na voz de Kenya me acalma. Ela é doce e sensível.

— Não, meu bem, ela não estragará nada entre nós dois. Não esta noite! Ou se esqueceu de que disse que nada me conteria? Seus movimentos naquele picadeiro ficarão gravados na minha mente por mais de uma vida.

Viro-me, abraço-a e encosto sua cabeça em meu peito. Levanto uma sobrancelha para todos os que nos cercam, que me voltam semblantes consoladores, saindo, um a um, deixando apenas nós dois nos bastidores.

Capítulo 23

Celebrando o amor

Kenya

Foi muito desagradável assistir àquela cena. Só que o tipo de conversa enigmática que tiveram foi estranha demais. Mais esquisito ainda é que parecia que, de todos os presentes, eu era a única que não estava entendendo.

O que foi aquilo? Quais eram os segredos dela com Aleksei? E o que eu tinha a ver com tudo o que disseram? Arriscaria dizer que se tratava de ciúme, mas se essa tivesse sido a única causa, o ataque seria outro. Enfim... Chacoalho a cabeça para que as energias negativas que vêm desse encosto chamado Raissa sumam e eu possa dar a atenção que Aleksei precisa. Ele, sim, parece estar com os ânimos à flor da pele.

Sem jeito pela atmosfera tensa no ar, não peço permissão e invado seu banheiro para tomar uma ducha e tirar todo o suor do corpo.

Por mais que me esforce e tente encontrar um jeito, não arrumo um meio para lidar com o humor de Aleksei. Desde que entramos em seu trailer, ele está tomando vodca, parado à porta do quarto.

— Raissa veio trabalhar para mim depois que se formou advogada. Não hesitei em lhe dar uma oportunidade em consideração à amizade com sua família e à gratidão que sinto pelo pai dela.

Embora não me sinta muito confortável em ouvi-lo falar de outra mulher de sua vida, percebo que precisa fazê-lo e sinto que posso descobrir algo importante a seu respeito a partir do relato.

— Uma noite, bebemos muito e ela forçou a barra para ficarmos juntos. Não querendo parecer arrogante, tenho que contar o que realmente aconteceu para que entenda que não dei qualquer indício para Raissa de que queria algo além do que houve. Na verdade, tampouco o que aconteceu eu realmente queria, e assegurei a ela, na ocasião, que até poderíamos curtir o momento, mas que não haveria continuidade. Como ela insistiu, e por eu ser um homem descomprometido e de sangue quente nas veias, acabou acontecendo.

Continuo não gostando da conversa dele a respeito de outra mulher, mas admiro sua honestidade em não negar que foi tão responsável quanto ela.

— De lá para cá, nunca mais ficamos juntos, mas ela... Ela desenvolveu um sentimento de possessividade doentia com relação a mim. Cansei de lhe dizer que não alimentasse esperanças, mas parece que nunca entende, por mais que eu tente explicar e mostrar! Já saí com outras mulheres, e ela chegou a me ver com elas, mas, mesmo assim, parece que isso a deixa ainda mais interessada!

Entendo o que ela sente por ele. Aleksei tem o dom de deixar a nós, mulheres, apaixonadas e vidradas. Apesar do assunto, sinto-me feliz por estar se abrindo comigo.

— Você já tentou falar com os pais dela? — Abro o chuveiro e espero sua resposta.

— É o que estou pensando em fazer. Segurei até onde podia e acho que devo dar uma satisfação a eles antes de tomar qualquer atitude mais definitiva.

— Faça isso. Vai se sentir bem.

— Você não existe, sabia?

— Existo, sim! E estou bem na sua frente, nua, te esperando para ensaboar minha pele, conforme prometeu. Você me acostumou mal, sabia?

— Provocadora!

O que ele me contou sobre Raissa é o bastante. Não quero ficar colocando caraminholas na minha cabeça. Comigo é ou não é! Se falou que acabou e que foi apenas um caso, então prefiro acreditar e seguir em frente, porque para mim só importa o que vier a acontecer depois que ficamos juntos.

— Nem sei mais se sou capaz de voltar a tomar banho sozinha...

— Faço bico e mostro o sabonete, apertando-o em minhas mãos como se fosse seu membro.

— É mesmo? — diz, com aquele sorriso de quando está com ideias safadas.

Sorrio satisfeita por recuperar sua atenção. Em menos de cinco passos, ele está dentro do pequeno banheiro, arregaçando as mangas e, num piscar de olhos, sua mão grande pega o sabonete da minha.

— Nossa! Que homem mais afoito!

— Posso saber qual parte do seu corpo precisa ser lavada primeiro?

— Não saberia dizer qual delas. Acho melhor descobrir sozinho. Afinal, me lembro muito bem de que suas mãos são sábias.

— Então vou deixá-las descobrir.

Seu toque é gentil, mas a pressão que faz é delirante. Acompanho seus movimentos enquanto suas mãos habilidosas me provocam. Seus olhos têm o poder de me ver além da camada de pele. Por um instante, também tenho vontade de me abrir.

— Aleksei... Antes de seguirmos em frente, gostaria de lhe agradecer. Você vem me defendendo como nunca ninguém fez. Sempre me senti tão vulnerável e incapaz. Às vezes me dou conta do quão idiota eu sou por suportar algumas coisas.

As mãos que antes deslizavam, param e puxam meu corpo para perto do seu.

— Você não é idiota. Nunca mais quero ouvi-la chamando a si mesma assim, entendeu?

Molhada, sinto sua roupa seca a me envolver e seus braços me levantam para seu colo.

— Eu seria capaz de levá-la para longe de todos para poupá-la de tudo o que pode acontecer. Mas não posso. Não é assim que as coisas vão funcionar.

— Pareço fraca, e disse que me questiono por ser idiota às vezes, mas sou dura de quebrar, Aleksei. Eu já suportei muita coisa.

— Eu imagino, *moyá devushka*. Tudo o que posso lhe pedir é que confie em mim. Além disso, não posso prometer nada, entende? Nem que nunca será ferida, só que estarei aqui para te amparar quando e se alguma coisa acontecer.

Suas palavras me apavoram. Nunca o vi tão determinado e sincero ao mesmo tempo. Até parece que isso é o prenúncio de algo que não será bom.

— Promete que vai confiar em mim, Kenya?

— Como posso lhe prometer isso se, em troca, está me dizendo que não pode me prometer nada?

— Tudo o que preciso que faça é confiar em mim. Esta é a base de qualquer relacionamento que se pretende duradouro, Kenya.

Fitando-o, sustento meu olhar.

— Está bem, prometo que vou ao menos sempre me lembrar desta nossa conversa e desse seu pedido. Assim fica bom?

Ele acena afirmativamente com a cabeça.

Seus olhos me passam tanta sinceridade que o abraço, incerta quanto ao significado de tudo o que aconteceu aqui, aceitando apenas confiar nele. O clima desanuvia um pouco.

Minha afirmação é recompensada por seus lábios, que buscam os meus em um beijo sôfrego. Ele sucumbe à força de nossa paixão, fazendo com que minha confiança em nós dois juntos aumente e eu seja forte o suficiente se vier a me sentir vulnerável. Pequenos tremores de prazer me arrepiam.

Mal percebo que chegamos ao quarto, só me dou conta quando o cetim frio atinge minhas costas e Aleksei se debruça sobre mim.

Arco o corpo, enquanto levanto as mãos em urgência para despi-lo. Ele captura ambas, beijando-as alternadamente.

— Foi um inferno até chegarmos na minha cama hoje. Você imagina quanto foi torturante para mim vê-la se exibir com todas aquelas performances? — Mantém minhas mãos erguidas. — A cada vez que se esticava, mostrando sua elasticidade, eu sentia minhas bolas contorcerem-se dentro da calça.

Sua força se concentra em juntar meus pulsos e os dedos da outra mão seguem uma trilha pelo meu corpo até chegarem em minhas dobras e abri-las. Seu polegar massageia meu clitóris. Gemidos escapam da minha boca.

— Ah...

— Foi exatamente isso que senti a cada ousadia sua. Engoli cada gemido de desejo como o seu. Um pouco de provocação em seu corpo é um troco justo, não acha, Kenya?

— Aleksei... — protesto, arcando o ventre ao sentir meu sexo pulsar.

— Quão torturante é isso, Kenya? — Solta palavras em russo e, antes que eu responda, seu dedo me invade.

Fecho os olhos e mordo os lábios pelo prazer de senti-lo dentro de mim.

— Não feche os olhos, Kenya! Aguentei tudo de olhos abertos. Abra os seus ou vou parar — Seu dedo ameaça me abandonar e o obedeço rapidamente.

— Isso é injusto. Eu não o estava tocando.

— Era como se estivesse, minha ruiva. Era como se estivesse... — repete e, ao mesmo tempo, movimenta o dedo em meu núcleo. Encaro-o, implorando para que me dê o que preciso. Sinto em meu âmago o desejo aumentar e, impetuosamente, seu polegar volta a trabalhar, massageando-me. Tento puxar minhas mãos, mas ele as segura mais firme. — Aguentei, aguentei, aguentei... E o que você fez? Provocou, provocou e provocou! Quer mais disso?

— Muito... — Mal consigo responder.

— Sei quanto. Está tão molhada!

— Também fiquei molhada quando estava me apresentando.

— Igual a mim. Como você acha que eu estava e ainda estou? Excitado até o limite!

Outro dedo me invade e paro de pensar, acompanhando com o corpo seus movimentos.

— Continue, Kenya! Veja como sou mais bonzinho que você.

— Mais...

— Mais bonzinho ou mais pressão? — Seus dedos me torturam com seu vai e vem e contorço-me. — Como não respondeu, só demonstrou, acredito que é a isso que está se referindo.

Ele se cala e, em um movimento, sua boca desce até meu seio e me morde, puxando meu mamilo entre os dentes. Todos os músculos do meu corpo se contraem, e um grito de prazer me escapa. Meus joelhos fraquejam e respiro fundo, arqueando meu peito de encontro à sua boca. Sinto todo meu sangue convergir para meu sexo, e seus dedos incentivam meu orgasmo próximo. Aleksei acelera os movimentos, atendendo aos meus anseios, enfiando seus dedos o mais fundo que pode. Quando penso que vou desfalecer com tamanha força do prazer, sinto-o descer a boca pelo meu corpo, até chegar à minha região mais íntima, começando a me chupar como se o meu mel fosse tudo o que precisasse para sobreviver, deleitando-se com todos os meus espasmos.

Ele me lambe e chupa, chupa e lambe... E, completamente amolecida, grito seu nome repetidas vezes, absorvendo cada sensação lasciva e chegando a ver estrelas com o forte orgasmo que me dá, intensificado por sua língua, que absorve todo o meu prazer.

— Ah, Kenya... Você é o céu e o inferno para mim!

Sua declaração me faz ter ideias. Para falar a verdade, em termos de provocação sexual, eu me considero um anjo, mas, como disse que represento os dois para ele, decido ser diabólica. Fecho os olhos, um pouco tímida ao vê-lo a me observar extasiado, e sigo com meu plano.

— Não se sinta tímida, *moyá devushka*! Porque, depois do que acaba de me proporcionar, estou fantasiando mil coisas.

— Aleksei, você me espera um minuto? Preciso ir ao banheiro... — minto enquanto o vejo tirando a camisa pela cabeça. Deslumbro-me, como sempre, com os músculos do seu peitoral e dos braços fortes. Distraída ainda com a bela visão, mordo os lábios, admirando a fina linha de pelos que desce pelo seu abdômen trincado. Sem esperar pela resposta, pulo da cama antes que desista de ir, diante daquela perfeição.

Hoje puxarei aquele piercing em seu mamilo com os dentes, até ouvi-lo gemer de prazer.

Como foi bom não ter passado no meu trailer para tirar a roupa da apresentação. Se tudo isso que me proporcionou agora foi pelo show que apresentei, ele se sentirá privilegiado quando for o espectador exclusivo e íntimo de uma apresentação privada.

Enquanto me arrumo, tento me concentrar. Uma vez li um livro que dizia que, se você desejar realizar uma fantasia ou se transformar em um personagem para seu parceiro, deve sustentar sua decisão com segurança, senão tudo poderá se tornar patético e broxante.

E broxante é tudo o que evitarei ser hoje!

Capítulo 24

Apresentação privé

Aleksei

Termino de tirar a camisa e aproveito para tirar a calça. Os pensamentos obscenos fervilham em minha mente e agradeço por eles me impedirem de pensar em tudo que aconteceu hoje. Geralmente não tenho esse tipo de imagens eróticas na cabeça com mulheres em geral, apenas com Kenya. Essa mulher me leva à beira do precipício e, o pior, me deixa louco para querer voar sem asas.

Fazer Kenya confiar em mim é tudo que preciso. Sei que já não conseguirei mais seguir em frente sem tê-la ao meu lado. Toda a raiva que senti ao longo destes anos se transformou numa preocupação extrema no sentido de protegê-la. Não que tenha desistido de meus planos, mas meu instinto superprotetor com relação a ela é intenso e muito maior do que qualquer desejo de vingança.

— Respeitável espectador! Ela... a tímida, porém destemida... a incansável... a exibida... a despudorada... e a sempre ávida por novas experiências! A brilhante contorcionista que o levará da harmonia do céu às quenturas do inferno... Kenyaaaaa!

Ouço sua gargalhada e ela aparece, linda em sua roupa de contorcionista, à porta do quarto. A visão daquele corpo maravilhoso, envolto naquela malha sexy, colante e brilhante me impede de a acompanhar em seu riso. Meu pau, já duro por ter provado seu mel embriagador, parece que vai estourar de tanto que dói.

— Na única apresentação exclusiva para o lindo, tatuado, musculoso e gostoso palhaço-motoqueiro-trapezista-arremessador de facas... Alekseeeeei!!!

Surpreso, só agora percebo que está tocando uma música, de tão enlevado que eu estava! Quando ela entra no quarto ao som de *Good for You*, cantada por Selena Gomez, fico de queixo caído.

Vestida com a roupa de sua apresentação, encara-me, ousada.

— Você será a minha morte, mulher!

— Segure o coração, bonitão, porque eu te quero vivinho.

Começa a dançar e a fazer posições, encantando-me com o show, e acompanho-a no balanço da música. Sensualmente, levanta uma das pernas, segurando-a à frente de seu corpo e para cima, destacando aquela parte que amo lamber, de fato bem molhada, o que prova que ela gosta de se exibir para mim e quanto isso a excita.

— Kenya, estou ficando cada vez mais louco e não sei se terei condições de esperar que termine seu show particular — sussurro, engasgado de tesão.

Deus! Ela baixa uma perna e levanta a outra e começa a balançar os quadris, como uma oferenda de seu delicioso monte de Vênus!

Ah, se continuar assim, vou gozar sem nem encostar nela.

Tiro meu pau da boxer e passo o dedo indicador pela cabeça, que já libera gotas de pré-gozo, lubrificando-o.

— Veja o que está fazendo comigo, sua gostosa! — Minha voz é um arremedo do que costuma ser, tal é a tortura a que estou sendo submetido.

Quando abaixa a perna e inclina-se para trás, levando seu tronco a quase encostar em seus quadris, passando sua cabeça entre as pernas, por trás, e expondo totalmente sua intimidade para mim, vou à loucura. Não resisto e começo a massagear meu pau, da base até a ponta, em movimentos apertados e lentos, para não gozar vergonhosamente em minha própria mão.

— *Devushka*, está brincando com fogo...

— A ideia é essa, meu trapezista. Sei que também tem uma flexibilidade bem considerável. Imagine o que não poderemos fazer juntos!

Continua sua performance de maneira lenta e na cadência do som. Adoro o que vejo. Contorço-me na cama, admirando-a. Vez ou outra, aproxima-se de mim, em posições extremamente tentadoras. Numa delas, inclina-se de costas, sua cabeça ficando virada ao contrário. Tira aquela língua rosada e me mostra, provocante. Chego a salivar de tanta tortura! Fecho os olhos e logo os abro, soltando palavrões em russo ao sentir a pontinha de sua língua lamber meu pau. Desavergonhadamente, sem qualquer pudor, ela o abocanha para, em seguida, afastar-se, sem qualquer piedade deste pobre mortal.

— Kenya, já chega! Não aguento mais, quero entrar em você, fazer meu pau deslizar nessa sua intimidade gostosa, sentir você engolir toda a minha espessura ao ser sugada para dentro do seu corpo!

Surda aos meus avisos, engole meu membro e o suga com força e sem trégua. Quando acho que não vou aguentar mais, ela o solta com um barulho alto e me dá um olhar guloso e safado.

— Só vou parar porque quero muito testar uma posição que, acredito, vai te deixar muito louco e satisfeito! E o consolo é que dificilmente poderá repeti-la com qualquer outra mulher.

— Kenya, não fale besteiras! Acha que poderei encontrar tudo o que temos com qualquer outra criatura neste mundo? E não falo só de sexo. Na mesma medida em que sou o seu especial, você é minha única, *moyá devushka*.

Observo seus olhos azuis erguerem-se, expressando perceptíveis sentimentos de carinho e desejo. Volta à posição ereta e retira, com movimentos sensuais, aquela malha alucinante. De minha parte, não perco tempo e logo vou tirando direito minha boxer, porque nem matando vou esperar mais para me enterrar nela.

Kenya é de tirar o fôlego. E me escolheu para ser o seu primeiro homem. Isso desperta em meu peito uma satisfação indescritível. Ela tinha sido minha, está sendo minha e será minha por muito tempo! Na verdade, até a eternidade, no que depender de mim.

— Aleksei, vou subir na cama e me posicionar. Assim que estiver pronta, vou te falar o que vamos tentar.

— Desde que seja já e que eu possa me abrigar todo dentro de você, estou pronto para tudo.

Vejo seus pelos pubianos vermelhos brilhando com a umidade de sua excitação. O tempo para...

Pelo jeito, não sou só eu que estou em apuros para me segurar. Ela sobe na cama, em pé, inclina-se para trás, apoiando as mãos e, depois, os cotovelos no colchão, passa a cabeça e uma parte do tronco entre as pernas, segurando os tornozelos com as mãos, olha de lado para mim, que estou completamente alucinado por suas dobras escancaradas, e me chama. Uma necessidade feroz de penetrá-la me consome.

— Kenya... Agora você passou dos limites. Não sei se vou conseguir ser delicado, porque quando me enterrar em você, irei o mais fundo que puder, sem piedade ou delicadeza. Mulher, quero afundar tanto a ponto de querer morar dentro de você — trovejo, engasgando com minha excitação. — Acho que mataria se alguém me impedisse de a ter agora.

— Vem, Aleksei! Não precisa se conter, meu bem! Quero o mesmo. E quando começar a entrar e a sair de mim, vou te lamber e aumentar o nosso prazer. Aposto que você nunca pensou que poderia estar dentro de uma mulher e, ao mesmo tempo, ter seu membro lambido por ela, não é?

Tenho certeza de que morri agora. Só as palavras dela já são suficientes para me fazerem gozar. Não! Por favor, meu amigo, me ajuda... Aguenta mais um pouco porque esta mulher é puro delírio! Colabore comigo, amigão!

Subo na cama e me posiciono, com meu membro duro já próximo à sua abertura. Antes que possa entrar nela, vira a cabeça e o lambe com gosto. Tiro-o rapidamente de perto de sua boca, porque senão vou gozar ali mesmo, às portas do paraíso! Seguro suas coxas com cuidado e vou entrando devagar. Ela continua a me lamber, não me dá uma trégua, a danadinha.

— Não acredito nisso, Kenya! Você tem certeza de que não vou te machucar? — falo, gaguejando e sem muita firmeza na voz. Está demais para aguentar! Tenho o maior receio de levar ao limite suas articulações com a força do meu desejo, mas peço a Deus que ela diga que está tudo bem e que não preciso me preocupar, porque acho que esta posição é o sonho de qualquer homem.

— Aleksei, sou uma borrachinha desde muito nova! Já fiz esta posição tantas vezes, muitas delas com meu pai fazendo pressão para que eu conseguisse ir ainda mais adiante, que você empurrando dentro de mim só poderá me trazer prazer! Que tal parar com esse cuidado todo e tentarmos?

Era só o que eu queria ouvir para me enterrar de vez, sem dó nem piedade, naquela tentação gostosa. A sensação ao penetrar naquela umidade quente e apertada, nessa posição invertida, é tão intensa que acho que vou morrer de tanto prazer!

— Ah, Kenya! Só um minuto. Não... se... mexa... Acho que estou tendo vertigens de tanto que isso é bom. Eu... não... vou... durar... muito...

— Vem, Aleksei, penetra no meu mundo!

Começo a estocar com força. A cada saída, ela lambe. A cada entrada, outra lambida. Sinto-me crescer ainda mais dentro dela. Meus olhos encontram os seus e vou fundo. Ela me lambe...

Faz tudo numa cadência de tortura e prazer. Suas práticas desconhecidas me deixam louco, e amo todas! A insanidade erótica dela me atrai e seduz. Não sei por quanto tempo serei capaz de me conter.

Estocada, lambida, penetração, lambida, estocada... Penetração... Entro, saio... Um comichão quente começa na base da minha espinha e os gemidos dela são mais lenha atiçando a fogueira. Levo meu polegar ao seu clitóris e começo a massageá-lo em movimentos de vai e vem, acompanhando o ritmo de minha invasão.

Ela grita descaradamente, despertando o que há de mais profano em mim. Orgulhoso do que lhe desperto, me deleito e pressiono ainda mais seu centro de prazer, fazendo com que grite muito alto!

Em resposta aos seus gemidos luxuriosos, emito sons ininteligíveis. Estocadas fundas: uma... duas... três...

Nossos sons juntos mais parecem uma poesia de intenso desejo mútuo.

— Eu... vou... gozar... Vem comigo, *moyá devushka*...

Ela aperta minha rigidez e posso sentir suas paredes sugando-me ainda mais, se é que isso é possível! Deixo-me levar pela sensação mais incrível e excitante que já experimentei, explodindo no que acho que é o maior, mais intenso e demolidor orgasmo que um homem já teve na face da Terra. Ela goza junto comigo, se a forma como me aperta duramente for sinal de seu prazer.

Depois do que me parece uma eternidade, bastante fraco, saio de dentro dela e vejo que está com um olhar sonhador e satisfeito. Meu ego, numa reação primitiva, quer bater no peito, orgulhoso! Ajudo-a a ficar na posição normal e nos deitamos juntos na cama, com ela no meu peito, ambos muito ofegantes e exaustos com a força de nossas explosões. Enterro o rosto no pescoço dela, inalando o aroma almiscarado do bom sexo que tivemos.

— Não sei você, mas estou completamente esgotado! Você me tem totalmente cativo e à mercê de suas vontades. — A mão de Kenya se abre em meu peito. — Se eu morrer hoje, morrerei como o homem mais feliz e realizado do mundo.

São palavras tão clichês e piegas, mas é exatamente o que sinto e não vou ficar me reprimindo só porque soam bregas! Ela teve todo o desprendimento e altruísmo para me oferecer o máximo de prazer, e ser honesto é o mínimo que posso fazer em retribuição, porque, sexualmente falando, acho que não consigo oferecer mais nada a ela hoje. A bandida me detonou!

— Aleksei, você é a pessoa que mais me fez sentir querida em toda a minha vida. Tem paciência comigo e com todas as minhas limitações. Respeita minha falta de traquejo e minha ingenuidade, mas, principalmente, minha inexperiência. Não quero nem saber de morte. Quero mais é viver muito para poder ter tudo isso que temos muitas vezes mais.

Bem, nem eu tampouco quero morrer, mas, confesso, essas palavras me matam... de satisfação.

— Sinto-me da mesma forma, *króchka*[40]!

— Você vive me chamando por nomes russos, que nem sempre sei o que são. Como você faz isso principalmente quando estamos fazendo amor, não consigo perguntar o que significam.

Sorrio, incapaz de acreditar que estou contente por manter uma conversa pós-sexo agradável. Antes de conhecer Kenya, nesta mesma situação com qualquer outra mulher, ou eu ou ela estaríamos nos vestindo para sair e eu não estaria, de forma alguma, feliz por permanecer com a parceira.

— *Króchka* significa algo como uma migalha de pão. Nós costumamos usar essa palavra para nos referir carinhosamente a alguém, como se, em português, estivéssemos chamando a pessoa de pequena.

— Então você me acha pequena?

— Bem, embora em estatura não seja, perto de mim você fica pequena. Além disso, é como me sinto com relação a você quando está assim, aconchegada em meus braços.

— Hum! Gostei porque não disse que é por me considerar incapaz de me defender, o que seria muito machista de sua parte.

Ri, como se a zombar de uma possível situação em que eu ousasse ser machista.

— Posso ter sentimentos protetores em relação a você, não por ser mulher, mas porque...

Paro, de supetão. Quase que, inconscientemente, expresso um sentimento que nem sequer analisei ainda!

---

[40]Крошка, "migalha de pão", em russo. Uma palavra carinhosa que se usa para mulher no sentido de pequena.

— Mas porque... — questiona, olhando-me nos olhos.

— ... você me deixa louco e por ter um carinho e respeito enormes por você! Não quero que ninguém te machuque! — disfarço, mordiscando seu lábio inferior.

— Que lindo! Gostei da explicação! Sinto-me da mesma maneira com relação a você. Mas também quero te chamar de algo carinhoso em russo!

Acaricio sua face, com ternura:

— *Moy lyúbimiy*... É assim que pode me chamar.

— *Moy lyúbimiy*? Gostei! O que significa?

— Algo carinhoso que uma mulher fala para seu namorado. Quando é o contrário, o namorado falando para a mulher, é *moyá lyúbímaya*[41].

Mudo de assunto antes que insista, porque não vou lhe contar que significa meu amado, que é o que quero ser para ela no futuro mais próximo possível.

— Se você acordar e eu não estiver aqui, não vá tirar conclusões de que a larguei na cama. Acordo muito cedo para me exercitar e, ultimamente, por causa de uma irresistível mulher, estava negligenciando meu treino no horário devido.

— Cedo quanto? — Sua mão delicada acaricia meu peito.

— Geralmente às cinco. — Beijo o topo da sua cabeça.

— Para mim está ótimo.

— O que está ótimo, eu deixá-la na cama ou me exercitar?

— Ótimo porque acredito que será o horário perfeito para me juntar a você.

A animação vibra em mim.

— Treino pesado.

— Está duvidando da minha capacidade, Aleksei?

—De forma alguma! Se quer treinar comigo, então vamos lá.

Geralmente me exercito sozinho. A vida noturna e agitada de artistas circenses não os faz matutinos. Cansei de chamar Yuri para me acompanhar, e nunca topou seguir meu ritmo. Acredito que será prazeroso ter Kenya comigo. Ela se aconchega mais ainda a meu peito e, trocando carícias, adormecemos.

---

[41] Любимый / любимая, amado e amada, em russo.

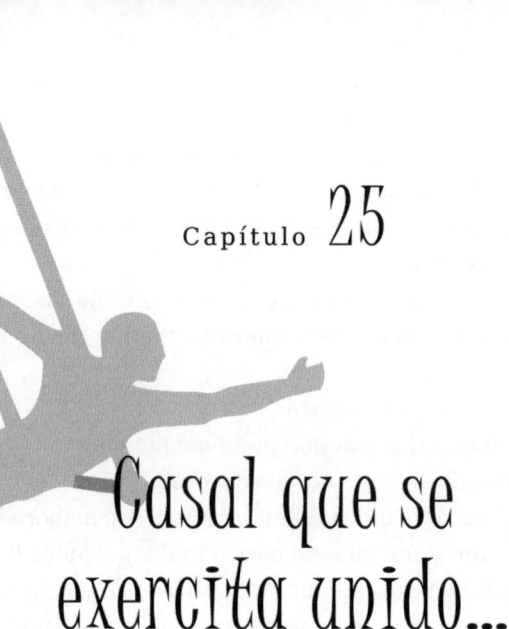

Capítulo 25

Casal que se
exercita unido...

Kenya

Poderia jurar que dormi apenas algumas horas antes de ser acordada. Decerto dormi muito pouco. Uma única hora que acorde antes do meu horário normal já é madrugar para mim.

— Se não desistiu de me acompanhar, tem cinco minutos para ficar pronta.

Levanto a cabeça e vejo Aleksei ao lado da cama, com uma bandeja em uma mão e minha roupa de ginástica na outra. Surpresa, não entendo como a conseguiu.

— Antes que diga algo, eu não invadi seu trailer. Fui buscar seu café, e Ivana estava lá e se ofereceu para pegar sua roupa quando lhe contei que iríamos treinar.

Assustada, levanto.

— Você contou para ela que dormi aqui?

Ele ri.

— Enquanto estamos indo com a farinha, Ivana vem com os pães prontos. Agora, mova-se e coma o que ela preparou.

Eu vinha lavando minha própria roupa e colocando para secar na varanda do trailer. Só que, ultimamente, estava encontrando-as lavadas e passadas. Ao ver, um dia, Ivana chegando com umas peças de minhas roupas nos braços, ela me disse que não era grande coisa para ela lavá-las, o que, aliás, a fazia se sentir útil. Alegou estar feliz por poder voltar a cuidar de alguém querido. Não entendi a quem se referia. Não perguntei, porque continuou argumentando que ia seguir me ajudando, mesmo eu dizendo que não precisava.

Aleksei aproxima-se e coloca a bandeja ao meu lado. De short e camiseta justa no corpo, tenho uma bela visão da linda silhueta que tem, com a qual tive a oportunidade de dormir atracada. Uma onda de excitação deixa meus mamilos doloridos sob o lençol. Altivo e imponente, parado em pé à minha frente, subo meus olhos de suas coxas até seu rosto. Ele abre um sorriso.

— Nem pense em me fazer ler seus pensamentos. A cada minuto que me enrola é um quilômetro a mais de corrida para você, antes de ir para os aparelhos de ginástica.

— Não imaginei que treinar ao seu lado lhe desse direito de ser como um general a dar ordens aos seus soldados.

— Vou encher as garrafas de água, tempo suficiente para comer e se levantar.

Em dois minutos volta e pulo da cama, enrolada no lençol. Uma coisa é me despir para ele. Outra é ser ousada o suficiente para andar nua na sua frente.

— Pensei que demoraria mais.

— O tempo que lhe dei foi suficiente. — Violentamente, sua mão puxa o lençol do meu corpo. — Agora vem aqui e me dá bom dia direito.

— Autoritário, não é mesmo? — Deposito um beijo casto nos seus lábios. — Bom dia, general.

— Bom dia, *moyá devushka*!

Pegando a roupa de cima da cama, corro para o chuveiro para um banho rápido, antes que implique com a minha demora. Apronto-me sem demora.

— Podemos ir.

Pegando-me pela mão, caminha comigo até a entrada do circo. O ar matinal é fresco e o vento nos saúda.

— Preparada? — Mexendo no relógio, espera eu responder e aperta o botão do cronômetro. Disparando na frente, resta-me seguir atrás dele.

O circo fica bem próximo do Parque Cidade de Limeira. Eu mesma já vim caminhar aqui com Lara, e o lugar parece bem diversificado, atendendo todas as "tribos": crianças, idosos, esportistas, skatistas, corredores... Tem também o ginásio de esportes Vô Lucato, casa do time de basquete local Winner-Kabum.

Eu só sei disso porque, curiosa por ver rapazes com a mesma camiseta à porta do ginásio, Lara me carregou junto quando resolveu ir perguntar se haveria algum jogo. Um rapaz bem-educado, além de falar que se tratava apenas de um treino do time, contou também que o parque era bem movimentado, abrigando atividades de empresas privadas, apresentações ao ar livre da Orquestra Sinfônica, shows de bandas e muitas outras coisas. Em poucos minutos, descobrimos até o nome das empresas que já haviam realizado eventos ali.

— Esse silêncio todo é concentração ou cansaço? — Aleksei chama minha atenção, referindo-se ao meu silêncio correndo ao seu lado.

— Em minhas jornadas de treinamento, essa pequena corridinha não chega nem perto do aquecimento... — Acelero meus passos e me adianto a ele.

— Que bom que sabe correr, já estava ficando entediado tendo que acompanhar seu ritmo. — Sorrindo, me ultrapassa.

Brincando um com o outro, corremos um percurso bem extenso.

— Acho que encontrei uma companheira à altura. Só não vá contando vantagens, porque ainda temos uma academia para encarar.

— De acordo, general!

Diminuímos o ritmo e paramos no meio-fio antes de atravessar. Para não esfriar o corpo, alongo os braços e abaixo até minhas mãos tocarem meus pés.

— Eu disse academia, Kenya, não quarto! Dá para parar de fazer posições indecentes?

— Estava só me alongando!

— A mim também, só que em vez de alongar e relaxar os músculos, está conseguindo que um específico fique apenas bem alongado, nada relaxado. — Aleksei ri e puxa minha mão para atravessar a rua.

— E a culpa é sua. Depois da noite que tivemos, qualquer exercício que fizer colocará minha imaginação para trabalhar a pleno vapor.

Sigo Aleksei até a tenda de aparelhos esportivos, anexa ao circo.

Durante a primeira hora, acompanho o homem em vários aparelhos, até na bicicleta ergométrica.

Seus olhos cruzam com os meus e, com um simples gesto, alerta-me para acelerar. A camiseta colada em seu corpo suado me deixa insana, e praticamente perco meu ritmo, encantada com suas formas.

— Acelera essa pedalada! — fala mais alto do que o barulho das bicicletas. Acelero, procurando voltar ao ritmo.

Não me atrevo a olhá-lo até que o percebo sair do aparelho e jogar dois tapetes no chão.

Aleksei passa a série que fará de agachamento para mim e respondo que me parece boa.

— Dois quilos são suficientes para você? — Suas mãos me entregam a barra com pesos e sinto que quer facilitar para mim.

— Vai treinar com dois também? — Ergo as sobrancelhas.

— Não nesta vida. Meu peso vai um pouco além. — Exibido, agacha para apanhar os pesos e colocar na barra. Quase perco o fôlego vendo as veias saltadas na extensão dos seus braços torneados. Ao me flagrar, ele sorri. — Se não tivesse tão determinada a me acompanhar nos exercícios, ficaria confortável em te usar como peso.

— Posso me tornar preguiçosa se isso te fizer feliz.

— Não me provoque! Está querendo me seduzir porque está achando o treino pesado?

— De jeito nenhum! — Sigo até ele, abaixo-me empinando a bunda em sua direção, olhando-o enquanto troco meus pesos. Satisfeita por vê-lo fascinado, continuo a provocação. — Cinco quilos fazem mais meu estilo.

Ele ri.

— Realmente acredito que não seja uma provocadora. Está mais para torturadora, isso sim! Acho que essa é uma boa definição.

Ele levanta os braços, tira a camiseta e exibe seu peito esplendoroso. Fecho os olhos diante da imagem que vem à minha mente: eu deslizando as mãos por ele.

Dirige-me um olhar questionador, diante do qual apenas me viro, fingindo não perceber.

Nos próximos minutos, concentro-me no exercício. Ele leva a sério seu treino matinal.

— Arruma a postura, Kenya! — Seu comando tira minha concentração. — Feche os dedos na barra. Com eles abertos vai acabar machucando o pulso.

— Estou fechando, general.

O barulho da sua barra no chão me deixa em alerta. Sinto-o caminhando e parando atrás de mim. Os poros do meu corpo vibram.

— Você sempre faz agachamento assim? — Suas mãos grandes cobrem as minhas na barra.

— Sou sempre muito disciplinada. Afinal, meu pai é o treinador! Só que excepcionalmente hoje algo está me distraindo.

Sinto seu corpo se alinhar ao meu, forçando-me a acompanhá-lo no agachamento.

— Estou começando a pensar que terei que policiar seus treinos. Definitivamente, suas posturas precisam ser melhoradas. — Expiro e inspiro fundo, tentando voltar a me concentrar, sentindo uma rudeza em sua voz. E não é que fala a sério quanto à minha postura? Inicia uma nova série: dez, nove, oito... Afasta-se, parando na minha frente para verificar se estou fazendo certo.

Assim é impossível. Como quer que eu faça algo racional quando seu corpo suado e atlético está à minha frente, com cada parte exposta aos meus olhos gulosos?

Sete... seis... Olhando para frente, fico em pé, após um dos agachamentos, parando com a visão dos seus ombros. Antes de descer novamente, fito seus olhos a me encarar, o que faz até meu bíceps se contrair. Seu olhar amendoado percorre meu corpo, também suado, enquanto prossigo com o exercício buscando forças não sei de onde para continuar.

— Cinco! — conta comigo.

— Está tentando me distrair?

— Talvez testando sua concentração.

Seus olhos se voltam para meus seios e apenas isso os deixa intumescidos.

— Quatro!

— Isso é covardia, sabia? — Ofego, exaurida.

— Covardia foi querer se juntar ao meu treino matinal, arruinando meu desempenho.

Não paro a série de exercícios.

— Três!

— Está dizendo que eu o arruíno, general?

— Dois! Estamos quase lá, Kenya. — Sorri e não me responde.

O último agachamento faz um misto de dor, exaustão e excitação percorrerem meu corpo e termino-o largando a barra no chão.

Minhas pernas parecem que vão desmanchar.

Aproxima-se e empino meu nariz, do jeito que ele diz ser provocante.

— Estou começando a achar que quem não estava preparado para a série de exercícios era você, porque fui até o fim — provoco-o.

— Você me deixa louco!

— Deve ser porque você baixa a guarda facilmente.

— Acredita nisso? — Seu braço quente enlaça minha cintura e o ar fica preso em meu peito. — *Kakoy koshmar*, já lhe disse que me leva do céu ao inferno apenas com um suspiro! — Meus olhos o observam maliciosamente enquanto ele morde o próprio lábio.

— Isso é bom, porque poderá escolher qual dos dois vai apreciar mais.

— Essa sua língua, *moyá devushka*!

— Vai querer exercitá-la também?

— É só no que penso desde que acordei... — Inclinando seu rosto, roça a barba por fazer na minha face, antes de beijar um ponto sensível no meu pescoço. Meu coração pulsa forte.

— Estou tão suada!

— Estamos. — Sem se importar com meu aviso, continua a me saborear com seus lábios e dentes, enquanto explora minha pele até chegar ao queixo. — Eu me perco no seu sabor... — Escapa da sua boca carnuda um suspiro de prazer.

— Devo estar salgada.

— Deliciosa! — Outro gemido rompe o silêncio, só que desta vez é meu, e ele se aproveita de minha boca aberta para cobri-la com a sua, enquanto seus braços me apertam, tirando-me do chão. Para me equilibrar, enlaço meus dedos em seu pescoço.

Posso sentir na sua língua o meu sabor. Sou conduzida e prensada numa coluna de sustentação da tenda, onde me solta, não muito gentilmente. Seus quadris esfregam-se nos meus e a fina malha de ginástica evidencia quanto me quer. Seu beijo sôfrego leva meus sentidos a queimarem em chamas de desejo. Cada lambida, mordida, chupada, me excita.

— Ah! — sussurro em seus lábios.

— Você tem razão! Poder escolher entre o céu e o inferno é incrível. É muito bom poder ir e vir, de um ao outro, experimentando ambos para fazer uma opção. — Seus dedos percorrem o cós do meu short, me arrepiando toda.

— Não vamos fazer nada, vamos?

— Aqui, encostados à coluna, debaixo da tenda? — Imita meu tom de voz escandalizado.

Sua mão segura meu rosto enquanto seus olhos brilham com um fogo que me queima. Angula minha cabeça para chupar meu lábio inferior.

— Siiiim... — Mal consigo responder. Suas mãos deslizam para meus seios sobre o top e ele emite um gemido profundo.

— Podemos fazer o que quisermos aqui e agora! — Volta a me beijar. O ar matinal que entra pelos vãos da lona me arrepia. Quero me cobrir e, ao mesmo tempo, que Aleksei me toque.

— E se aparecer alguém?

Os olhos dele se abaixam, me admirando. Murmura algo que parece ser meu nome ou, talvez, um palavrão.

— Pouco provável — sussurra, já puxando meu top pela cabeça.

Percebendo que fico constrangida quando levanto as mãos para cobrir minha nudez, Aleksei tenta me tranquilizar.

— Não vai aparecer ninguém! — Tira minhas mãos e as substitui pelas suas. Aperta meus seios, tocando-os e me torturando com seus movimentos excitantes. Seus dedos beliscam meus mamilos, girando-os entre eles, e eu tremo com lascívia. — A única pessoa acordada é Ivana e nunca vem até aqui. Mesmo querendo se juntar a nós, duvido que o faça logo hoje.

Aleksei abaixa minha lycra até a metade das minhas coxas. Suas mãos habilidosas viram meu corpo e fico de costas para ele, prensada na coluna, nua da coxa para cima, com a respiração ofegante. Um dedo desliza pela minha coluna e vai direto para meu interior.

— *Moyá devushka*, brincaremos mais tarde, porque aqui serei rápido e entrarei em você até o fundo. Tente ser o mais discreta possível. — Me penetra como avisou e desliza para dentro de mim...

O ato primitivo me faz gemer.

— Tão receptiva e, o melhor, toda minha!

Não consigo fazer o que instruiu e deixo escapar da minha garganta um grito estrangulado.

— Ah!

— Shh! — Aleksei agarra meu rabo de cavalo numa das mãos, enquanto a outra vem aos meus lábios. — Quietinha, gostosa! — Sopra as palavras no meu ouvido. — Apenas sinta como me encaixo em você em qualquer posição que estivermos. — provocando-me, retira-se por completo.

— Por favor!

— Suplicando, Kenya?

Sim, estou, e nem preciso dizer...

Volta a investir dentro de mim, num vai e vem que começa lento, penetrando até o limite. Meus gemidos o incentivam, e ele acelera vorazmente. Sussurra palavras em russo cujos significados eu adoraria saber. Nossos gemidos guturais misturam-se, alimentando-nos de desejo e... Explodimos juntos, satisfeitos. Delirante, não sei se morro ou renasço.

— Se aceitar, será muito prazeroso treinarmos juntos todas as manhãs.

Aleksei retira-se de mim, ofegante.

— Por favor, *moy lyúbimiy*, não diga isso para me agradar, porque pode se prejudicar. Afinal... — puxo o short rapidamente para cima ao sentir escorrer seu gozo de dentro de mim. — ... você me culpou por ser uma distração.

— Acho que posso lidar com isso — fala, com aquela voz rouca de travesseiro. Abaixando-se, pega meu top do chão e me entrega.

— Não sei. — Sorrio. — Você, como treinador, é um verdadeiro general. Tenho até medo dos próximos treinos.

— Costumam ser bem piores. Ainda mais quando sei que quem está treinando comigo aguenta muito mais.

Ele espalma suas mãos em meus quadris e o olho, divertida com seu toque.

— Isso foi bem puxado!

— Aumentei a intensidade porque essa bunda dura como uma bola de vôlei é irresistível.

— Poderia ser mais firme ainda, tão dura quanto uma de basquete.

— Ainda assim seria muito gostosa. Venha! Vamos tomar banho e seguir com as atividades do dia, senão é bem possível que passe o resto do tempo com você aqui, tentando entortar todas as colunas que sustentam esta tenda.

— Posso querer exatamente isso também...

— Se não é capaz de se exibir para todos, não provoque, *moyá devushka*! Porque lhe garanto, se começar algo com você novamente, não me importarei se, daqui a dez ou trinta minutos, alguém surgir na entrada. E isto não é uma ameaça, é uma simples realidade.

A ideia de sermos observados por outras pessoas enquanto me toma até soa surpreendentemente excitante, mas sei que não tenho estrutura para isso. Sem dizer nada, sorrio e o acompanho.

— Não sabia que era tão covarde...

— Nem eu!

Ambos gargalhamos juntos, enquanto puxa minhas mãos para seguirmos em direção ao seu trailer. Escondo um sorriso de peraltice ao ver Aleksei tentar disfarçar sua flagrante excitação. Homem insaciável!

Capítulo 26

Ouvir atrás da porta nunca é bom

Kenya

Fico radiante com o sucesso do espetáculo durante todo o fim de semana. Nunca imaginei que, ao assinar esse contrato, poderia ter tanta felicidade. E não só no sentido profissional, mas no pessoal e amoroso também!

De artista mal valorizada, passei a contorcionista de circo ovacionada. De menina solitária, a uma moça cheia de amigos. De mulher sozinha, a uma loba muito bem realizada sexualmente! E tudo isso em tão pouco tempo; nunca achei que fosse possível acontecer.

Na manhã de hoje, quando acordei e me espreguicei, senti quanto meu corpo foi satisfeito, e as lembranças de fazer amor com Aleksei me fizeram suspirar.

— Kenya, já não chega todas nós termos perdido qualquer chance com Aleksei, ainda temos que aturar você sonhando acordada com ele e suspirando bem na nossa frente?

Tanya caçoa de mim, numa camaradagem que existe só entre pessoas que se gostam. Sinto-me muito bem entre estas meninas. Pela nossa excelente apresentação, ganhamos um *day spa* do circo. Os meninos preferiram como prêmio o aluguel de uma quadra de futebol society, com direito a chope e churrasco.

Aleksei disse que em todos os fins de semana de estreia o público recebe um pequeno formulário para escolher o melhor show e fazer sugestões ou reclamações. O mais votado dá aos artistas que dele participam o direito a um dia de lazer, sempre variado. Desta vez, para a minha alegria, nosso show foi o escolhido. Fiquei tão feliz que nem percebi que meu pai não apareceu no circo desde o dia da estreia.

Nesse dia, vi que estava na plateia, mas só o olhei uma vez, porque estava com uma cara assustadora. Mas na verdade também porque eu só tinha olhos para meu lindo tatuado, como se estivesse fazendo um show privado para ele. Várias vezes pude perceber seu olhar de luxúria diante de algumas das posições que apresentei, e isso me incentivava cada vez mais a ser ousada, sem ligar para o que meu pai viesse a pensar ou para as retaliações que certamente sofreria e ainda sofrerei...

Não tocamos mais no nome da advogada metida, o que foi bom, porque só o som de seu nome me faz ter vontade de vomitar.

— Kenya, o mal já está feito, a víbora já deu o bote. Cuidado com o predador que está te rondando para te arrebatar.

Meu Deus, Lara não tem limites! Ela tem que resolver isso, senão, um dia, vai acabar matando alguém de susto ou de ansiedade por não entender suas previsões. Já que não curto muito esse lance de ficar o dia todo estendida, com pessoas mexendo no meu corpo, preferi convidar Lara para vir comigo ao Shopping Center Limeira fazer algumas compras, coisa que não estou acostumada a fazer, mas para a qual fui convencida por Aleksei, após fazermos amor hoje de manhã, quando conversávamos a respeito de meus gostos. Ele me disse que deveria comprar mais roupas, sapatos, maquiagem e outras coisas "de mulher", nas palavras dele.

Comecei a rir e disse que, igual ao sexo, teria que ter alguém para me ensinar. Nunca comprei nada a não ser roupas de treino. A maior parte do que tenho ou foi doação ou meu pai comprou. Só consegui meu leitor digital quando, num dos lugares em que trabalhei, a recepcionista estava com um e eu perguntei o que era. Fiquei maravilhada quando me explicou a infinidade de livros que poderia conter. Diante do meu interesse, disse que, se eu quisesse, ela o venderia baratinho para mim, porque havia ganhado outro num sorteio do Facebook.

Meu pai aprontou um escândalo quando soube que gastei cinquenta reais do meu cachê sem autorização dele! Disse que nosso dinheiro não era para ser gasto com frivolidades. Bem, na verdade, até hoje não sei no que é gasto, porque ele só me dá dinheiro quando peço, e nunca mais do que cem reais, reclamando toda vez, dizendo que gasto muito! E isso porque só peço uma ou no máximo duas vezes por mês. Nem morta digo que é para absorvente, calcinhas, shampoos e coisas assim!

Quando percebi que estava divagando, falando em voz alta, não sabia onde escondia minha cara de vergonha ao ver a expressão de horror de Aleksei!

— Desculpe, Aleksei! É que foi tão engraçado para mim me imaginar fazendo compras que desatei a falar besteira.

— Você não falou besteira nenhuma! É um abuso o que seu pai faz com você! É você que ganha o dinheiro, mas não usufrui dele!

— Mas preciso de muito pouco, Aleksei! Certamente meu pai está poupando para o futuro.

— Você nem sabe o que o homem faz com seu dinheiro?!

Envergonhada, não quis lhe dizer que as coisas não funcionam assim com meu pai. Não quero parecer covarde ou fraca diante dele, mas anos de reações violentas fazem uma pessoa parar de pisar em areia movediça e aprender a se conformar com as coisas como vêm. Não é questão de ser submissa, mas de autopreservação.

Ele respirou fundo, como se achasse melhor não discutir mais.

— Veja bem, não se ofenda com o que vou dizer, mas agora você está num lugar em que há várias pessoas que fazem reuniões, vão à cidade, participam de festas e outras coisas mais. Sendo assim, é importante que compre roupas, sapatos e acessórios, para que não se sinta deslocada, entende?

— Hum... Você tem razão, mas tenho que ver com meu pai se pode me dar dinheiro.

— Kenya, o dinheiro é seu! Você não tem que pedir a ele.

— Mas como vou pegar se é ele que recebe tudo?

— Simples, eu sou seu patrão, lembra-se? Vou ordenar que façam o pagamento em dinheiro diretamente a você. Ele receberá só a parte dele, está bem?

Na hora fiquei meio indecisa, porque poderia parecer deslealdade com meu pai, mas, como recebe o próprio cachê como treinador, percebi que esta era uma contratação diferente e não teria problema de, pela primeira vez na vida, pegar o dinheiro eu mesma e usar como bem quisesse. Adorei a ideia de Aleksei, que me adiantou mil reais para gastar no que quisesse hoje. Embora dissesse que deveria pegar mais, já estava assustada com essa quantia! Teria um treco se o tivesse feito.

Depois das compras, quero voltar logo. Aleksei disse que teria apenas uma reunião, depois estaria livre. Então, quero namorar mais um pouquinho. Mas não lhe contei para fazer surpresa, principalmente depois que comprar uma lingerie nova.

— Aqui, Kenya, isto vai servir em você. — Lara aparece dentre as araras com um vestido vermelho fulgurante, curto e decotado em uma das mãos. — Este também. — Na outra, tem um vestido azul nada diferente do primeiro. Estende-me ambos, como se eu fosse vestir aquilo sem contestar!

— Lara, experimente você esses aí! Vi alguns outros nos quais vou me sentir mais confortável.

Seu tipo exuberante não tem nada a ver comigo. Gosto muito do jeito como se veste, mas para manter esse estilo a pessoa tem que ter uma personalidade específica. As peças que ela segura definitivamente não combinam comigo.

Ela vai para o provador. Olho as araras e nada me atrai, até que um modelo mais casual e elegante chama minha atenção. Tem um comprimento razoável e é justo, mas não indecente. Viro-o e questiono o motivo de os vestidos atuais terem esse espaço entre os seios, que nem se pode chamar de decote! Essa meia pele entre eles deixa entrever praticamente tudo! E preto? Eu já tenho um. Volto a colocá-lo na arara, quando Lara aparece.

— Que lindo!

— Ele não é bem o que quero.

— Pode parar, Kenya! Esse vestido vai ficar um arraso em você.

— Não sei.

— Mas eu sei. Vá provar. — Faço um sinal negativo, e ela quase me empurra para dentro do provador. — Tire o sutiã, Kenya. Com esse vestido não se coloca sutiã. — Indiscreta, grita para qualquer um ouvir. — E saia com ele que quero ver como fica.

Enrolo para colocar e decido mentir para ela que o vestido não serviu.

— Kenya, não se atreva a me enrolar.

— Que sorte a minha ter encontrado uma amiga bruxa...

— Eu posso ouvir daqui de fora seus miolos fritando ao pensar em uma boa desculpa para não o experimentar.

Coloco o vestido e... Sinto-me linda! Meus seios não ficam tão à mostra como imaginava, mas, ainda assim, é um pouco ousado demais para meu gosto. Abro a cortina do provador, e o escândalo é feito.

— Bandida! Que arraso!

Todos da loja olham para nós, e a vendedora mais que depressa vem em nossa direção.

— Ficou lindo o vestido!

— Convencida? — Lara pergunta, e não respondo, fechando a cortina na cara dela.

— Você é muito escandalosa!

— Porque hoje estou mais para bruxa do que para fada. A delicadeza deixo para você, que parece ter mais o estilo de contos de fadas. — Para me provocar, emenda: — Moça, minha amiga vai levar o vestido.

O resto da manhã passa e nos divertimos muito. Mal chegamos ao circo, e não vejo a hora de encontrar meu motoqueiro-palhaço ou palhaço-motoqueiro. Acho que sou doida ao ficar falando sozinha e rindo de minhas próprias brincadeiras.

Lara diz que vai encontrar com o namorado no churrasco mais tarde e me convida para ir também. Agradeço, mas recuso. Quero ficar o máximo de tempo possível com Aleksei, apenas nós dois. Quase não temos ficado sozinhos.

Voltando ao trailer, com mais de três horas de antecedência, estou ansiosa para surpreender meu amor. De mansinho, abro a porta sem fazer barulho, mas percebo uma movimentação e vozes, o que me faz parar, a fim de não ser inconveniente. Identifico que são Micha e Yuri que estão com Aleksei.

— Temos que acelerar nossos planos para pegar o homem. Tenho receio de ele fazer mal à Kenya se não fizermos isso logo. Tinha um olhar insano quando disse umas palavras estranhas para ela. Até parecia Lara quando estava em contato com o Além!

Está falando do meu pai? A culpa por talvez ter passado uma ideia errada do meu relacionamento com meu pai me faz sentir dor no fundo da alma. Meu pai não é insano! Intolerante, sim, mas até aí sempre pude lidar muito bem com ele. Não preciso de Aleksei para fazer isso. Por mais que esteja apaixonada, não lhe dou o direito de punir meu pai.

— Apesar de não podermos fazê-lo arcar com as consequências do que fez no passado, podemos criar uma situação em que seja pego e preso até apodrecer na cadeia — Micha responde.

Meu coração acelera e entro em pânico. Que papo estranho é esse? O que foi que meu pai fez? De onde o conhecem?

— Tive a ideia para um plano na estreia do circo aqui em Limeira, quando o peguei no flagra bisbilhotando o caixa. O velho é sorrateiro e continua ambicioso. Vi muito bem seus olhos brilhando ao ver o dinheiro sendo contado.

Já chega! Vou invadir essa reuniãozinha. Meu pai não é nenhum ladrão!

— Tem que ser logo. O homem estava insano quando o segui depois que saiu do circo. Concordo com Aleksei que há perigo de machucar seriamente Kenya. A raiva dele naquele dia do treino não era uma coisa que um pai sentiria por sua filha, mesmo chateado com ela — Yuri comenta, com preocupação na voz.

Meu Deus, insanos são eles!

O que meu pai se tornou agora? Um monstro?

— Na verdade, isso é outra coisa que está me intrigando, a maneira que trata e fala com a própria filha. Parece odiá-la! É estranho, porque, diferentemente do que a fez acreditar, é ele que precisa dela. Foi ela quem cuidou dele enquanto trabalhava sem parar e ele torrava todo o dinheiro, não o contrário. Acho que está na hora de começar a ter uma conversa com algumas pessoas que trabalharam para ele. Alguma coisa não se encaixa nessa história.

Ouvir Aleksei dizer que meu pai demonstra me odiar rasga meu peito, como se suas palavras me cortassem como uma navalha.

— Temos que definir os próximos passos logo. Kenya chegará da cidade e não quero que desconfie de nada. Ligo para vocês assim que puder. Vão pensando em algo enquanto isso, está bem? Yuri, monte uma agenda com as pessoas que trabalharam no circo do Adrik para mim. Quero conversar pessoalmente com todas elas. Vou descobrir algo dessa raposa velha.

— Também acredito nisso. Vamos seguir o plano inicial e fazê-lo pagar por tudo o que fez até hoje.

O que falam me faz imaginar que estou em um pesadelo, do qual quero despertar, mas não consigo. Não posso me mover, falar ou agir. Dentro de mim, um grito pede para sair. A imobilidade involuntária me deixa sem ação.

— É isso aí! — diz Yuri.

De onde estou, consigo ver Yuri se levantar.

— Cara, não acredito que me apaixonei pela inocente menina que tentava, sozinha, salvar os leões e que, depois, foi covardemente levada embora naquele trailer, chorando e chamando por Iva.

Iva?

O ar some dos meus pulmões.

De repente, o passado retorna como um soco. A lembrança da noite do incêndio invade meus pensamentos, dominando totalmente a mulher que sou hoje e que segura as sacolas de compras.

Solto tudo no chão e parece que volto a ser a menina sozinha, cercada apenas por sua Iva e seu irmãozinho de pelos.

Buscando forças no fundo da minha alma, consigo dar um passo atrás por vez, até perceber que não só já desci as escadas do trailer, como estou bem longe.

Tudo é muito confuso, mas nada dói mais do que descobrir que fui um mero objeto de vingança para Aleksei.

Saio correndo, sem entender direito tudo o que ouvi. Parece muito sério e vai me afetar. Não há nenhuma dúvida de que a raposa velha e outros nomes depreciativos foram dirigidos ao meu pai. Não entendo por que todos parecem odiá-lo tanto! Muito menos o fato de parecerem pensar que ele não me ama! Isso não é verdade!

Desorientada e confusa, preciso ir para o meu trailer para analisar tudo o que ouvi.

Irônico, não é mesmo?

Meu trailer ou meu cárcere?

Ando sem rumo, acabando no trailer de Ivana.

O destino não poderia me colocar em um lugar mais apropriado, porque se há alguém que pode me dar algumas respostas, esse alguém é ela. Já percebi que é íntima e próxima de Aleksei e de todos os outros.

Para mim, coincidências não existem.

Determinada, bato na porta uma vez. Espero e nada.

Bato mais forte. Ela pode não ter ouvido. A força que imprimo representa a dor que sinto.

Barulhos dentro do trailer mostram que há alguém. Fico na expectativa de que abra, mas nada, só ouço... O quê? Guinchos?! O que é isso? Será que Ivana está passando mal ou algo assim?

Bato ainda mais forte.

— Ivana! Você está bem? Ivana?

— Ela não está aí agora — diz sorridente o senhor Juarez, zelador do circo.

— Ah, o senhor tem certeza? Porque estou ouvindo barulhos estranhos! Parecem ser guinchos!

— É o escandaloso animal de estimação dessa doida — ele esclarece, simpático.

— Animal de estimação? Isso não parece barulho de cachorro ou gato!

— E o que a faz pensar que Ivana teria como animal de estimação algo tão prosaico como essas duas simples espécies? Ah, não! Não nossa maluca e incontrolável doceira.

Doceira? Como assim? Do que está falando? Ivana trabalha diretamente para Aleksei, pelo que me falou, já está muito idosa para fazer outra coisa. Ele só permite que cozinhe para mim porque ela insistiu muito.

Minhas desconfianças aumentam.

Iva é Ivana?

— É ela! — horrorizada, tampo a boca com a mão.

— O que foi que disse? — ele me pergunta, e quando vou responder e fazer mais perguntas ao senhor para entender o que está querendo despertar em minha mente, Ivana chega.

— Kenya! *Zdrástvuitiê*[42]! O que está fazendo aqui, *moyá devushka*? Não era para estar num salão de beleza ou algo assim? — Sem graça, demonstra estar constrangida com minha presença. — Nem levei seu almoço por causa disso...

Para, ao ver minha expressão de angústia, e vem me abraçar. Instintivamente, dou um passo atrás, esquivando-me.

— O que houve, *moyá devushka?* Você está pálida! Venha, vamos entrar e tomar uma água para que possa melhorar e contar o que está afligindo esse coraçãozinho.

— Eu não quero entrar. Quero respostas. Quem é você?

— Oras! Como assim, quem sou eu? Ivana.

— Minha Iva?

Seus olhos arregalam-se.

— Kenya, vem comigo, por favor! — Sem me deixar falar nada, vai me empurrando para seu trailer. Quando faz menção de abrir

[42]Здравствуй!, "Oi", em russo.

a porta, aqueles guinchos esquisitos ficam mais altos. O trailer balança, como se o animal estivesse pulando de um lado ao outro lá dentro. Um clarão penetra em minha mente e paraliso. Flashes e mais flashes remetem-me a cenas de infância. A lembrança é tão intensa que chego a ficar tonta e a sentir as pernas bambas. Ivana me segura, senão certamente teria caído.

— Kenya! Você comeu algo hoje, menina?

— Iva? Você é minha Iva? Não pode ser, pode?

Os olhos dela se enchem de lágrimas.

Não posso acreditar que voltei a encontrar minha Iva, minha mãezinha de coração! Por que não me falou que você era ela antes? Aleksei! Claro! Por que não pensei nisso?

Ela não deve ter me contado porque ele a impediu. Mas, por quê? Que crueldade!

— Iva, minha mãezinha! Não acredito que é você! Como senti sua falta estes anos todos. Nunca mais fui tão feliz quanto fui com você! Não sabia se estava viva ou morta! — As chamas do circo queimando apertam meu coração. Por todos estes anos sofri com um luto imaginário, como se algo de ruim tivesse acontecido a ela. — Nunca mais vi qualquer pessoa daquela época ou soube o que aconteceu depois que fomos embora!

Ela abre os braços para mim, chorando. Corro para eles, com medo de sermos separadas novamente. Abraçando-me forte, consola-me como fazia quando eu ainda era menina.

Como não a reconheci antes? Olho para seu rosto tentando entender o que está diferente nela, além das marcas naturais da passagem do tempo.

— Procurei tanto por você, *devushka*! Mesmo com toda a desolação causada pelo incêndio, eu te procurei nos escombros desesperadamente! Só descobri que seu pai tinha ido embora quando o fogo foi contido, depois de muitas horas, e que havia levado você junto. Só depois de dois dias! Não pode imaginar minha preocupação!

Iva chora tanto que é muito comovente, refletindo minha própria emoção e horror por aquele dia e por nossa separação tão inesperada.

— Vocês sumiram do mapa! Não podia acreditar que minha menininha havia sido tirada de mim tão abruptamente, sem qualquer aviso! Fiquei anos procurando pistas de vocês, porque era minha filhinha do coração e não podia acreditar que seu pai havia feito isso conosco. Deixar uma mãe sem sua menininha, e esta sem sua mãe!

Foi muita crueldade dele! Tinha pesadelos imaginando como estaria, porque ele nunca teve carinho e sensibilidade com você!

Apesar de verdadeiras, ouvir suas palavras voltam a me incomodar. Todos parecem odiar meu pai e só veem coisas ruins nele! Está certo que tem seus defeitos, mas foi o único a cuidar de mim!

— Iva, meu pai foi a única pessoa presente para mim durante dez anos. Fez o máximo que podia para sobrevivermos após perder seu circo amado! Fomos sempre só nós dois, sem ninguém jamais se importar conosco.

— Kenya, não houve um só minuto que eu tenha deixado de procurar você nesses anos todos! Muitas vezes, quando alguma pista surgia e eu corria para te encontrar, era só para descobrir que haviam acabado de partir e nunca ninguém sabia informar para onde, apenas que tinham muitas vezes deixado coisas para trás.

Reconheço a verdade nas palavras dela e, se não entendia por que sempre partíamos assim, apressados, algo me faz suspeitar de que era justamente por isso. Será que meu pai tramava nossa fuga cada vez que descobria haver alguém atrás de nós? Não entendo por que fugir se Iva sempre cuidou de mim com tanto amor! Do que tinha medo? Será que era de me perder? Bem, por mais leal que seja, até mesmo eu sei que não é possível acreditar nisso. Posso ter consciência de que devo tudo a ele, ser agradecida por isso e tentar fazer de tudo para ser uma boa filha, mas nem eu sou tão cega assim a ponto de achar que ele me ama dessa forma.

— Com o passar do tempo, fui guardando essas coisas porque, no meu coração, sabia que chegaria o dia em que poderia devolvê-las para você. Nunca perdi as esperanças, *moyá devushka.* — Abraçada a mim, ela me beija.

— Será que meu pai sabia que estava me procurando?

— Não posso afirmar isso, minha menina. Mas também não posso omitir de você que, muitas vezes, ao chegar aos lugares em que viviam, haviam partido há poucas horas. Sempre enviava carta ou telegrama para avisar que estava indo... Demorei para perceber que isso foi um erro! — Desolada, ela me olha. — Ele nunca se conformou com o fato de nós duas termos tanta afinidade.

— Por que, Iva? Por que ele não me queria perto de você?

— Adrik sempre foi muito egoísta.

— Não o queira mal! — Tento amenizar seu rancor. — Ele cuidou de mim sozinho. É natural que se sinta enciumado.

— Cuidou sozinho porque não quis ninguém ao seu lado. Ele sabia que se me chamasse antes de ir embora, teria ido com vocês.

— Ah, Iva, meu pai sempre disse que só restávamos nós dois. Nunca quis acreditar nisso. No fundo, eu sentia você presente dentro de mim, muito mais que minha mãe, que mal conheci. Minha referência materna sempre foi você.

Olho-a, inconformada por não tê-la reconhecido. Seus cabelos brancos colaboraram muito para que sua fisionomia mudasse. Seus dentes, antes amarelados e tortos, hoje estão preenchidos com próteses. A Iva que cuidou de mim era uma mulher claramente sofrida e, no entanto, a Iva de hoje parece bem-cuidada, mesmo que com muitas rugas.

Abalada com tantas revelações num só dia, estou emocionalmente exausta, embora muito feliz por ter reencontrado minha Iva, cujo amor sempre foi tão intenso que, mesmo com o passar dos anos, sou capaz de senti-lo, sem reservas. Abraço-a mais forte. A sensação de me sentir protegida depois de anos é reconfortante e acolhedora.

— E Aleksei, Iva? Onde entra nessa história? — Afasto-me dela.

— Eu ouvi ele, Micha e Yuri falarem do meu pai com tanto ódio! Não posso acreditar que me usou como isca para chegar até ele, independentemente de quaisquer intenções que tenha tido. Ele tendo razão ou não.

— Não tire conclusões precipitadas. Essas respostas você tem que obter dele, olhando em seus olhos, e não ficar alimentando hipóteses. — Como é bom ouvi-la. Iva sempre foi tão serena! — E antes mesmo de me perguntar se sei alguma coisa, já lhe adianto que não tenho o direito de intervir nessa história. É com Aleksei que tem que conversar. Mas não agora. Neste momento, você está muito sobrecarregada e nada do que ouvir a fará raciocinar direito. O que está precisando é beber um bom chá russo e descansar um pouco. O tempo é o senhor do destino, *moyá devuskha*.

Volto a abraçá-la, refletindo sobre cada conselho seu, e decido curtir meu momento de felicidade com ela, afastando de mim todos os pensamentos e dúvidas, inclusive relacionados ao que ouvi no trailer de Aleksei. Permanecemos abraçadas por um longo período, até que nos damos conta do barulho frenético vindo de dentro do quarto dela. O barulho, bastante parecido com o da época em que me aproximava do nosso trailer quando tinha Chimba, me faz olhar interrogativamente para Iva, que sorri. Não posso acreditar no que me vem à cabeça, porque é muita emoção ao mesmo tempo, me recuso a seguir com meus pensamentos esperançosos.

Mesmo assim, volto meu rosto para Iva, com um olhar de criança expectante, com fé de que vai ganhar o doce que está na vitrine.

— Esse barulho todo é o que estou imaginando?

Ela sacode afirmativamente a cabeça.

— Sim, minha *devushka*, é isso mesmo! Eu lhe disse que cuidei do que era seu para te entregar quando te encontrasse...

Sem a deixar terminar, viro-me e escancaro a porta, com a impetuosidade de uma criança que não pode mais esperar para pegar seu doce tão desejado. Quando entro, sou agarrada por braços peludos, pernas que se enroscam em minha cintura e guinchos sem fim!

Não há como evitar a torrente de lágrimas que jorram de meus olhos e as palavras emocionadas que saem aos borbotões de meus lábios.

— Chimbaaaaaa! Meu irmãozinho de pelos! Não acredito!

Sufocada pela emoção, só consigo chorar, abraçá-lo apertado e o acariciar!

Pode parecer absurdo, mas parece que, além de me reconhecer, Chimba está tão emocionado quanto eu. Ele me envolve com braços e pernas e guincha alto, apertando tão forte, como se tivesse medo de me perder de novo.

— Sou eu, meu Chimba! — Encho-o de beijos, sem parar. — Sou eu! Sua Kenya...

É bom demais!

Desabo no chão e choro muito com ele em meu colo. Choro pelos anos de separação; pela crença que tinha de que ninguém me queria; pela vida solitária que levei por dez anos, quando havia, sim, pessoas e meu animalzinho que me amavam. Contudo, choro mais ainda por saber que, apesar de todo o sofrimento, sempre há tempo para ser feliz. Que mesmo as coisas sendo ruins, isso não significa que devamos nos fechar para as boas que poderão acontecer.

Esses pensamentos fazem com que sinta como se um peso estivesse sendo retirado de mim.

Alívio! Sinto muito alívio!

Sei que há muitas coisas por vir e que algo muito estranho está acontecendo. Tenho absoluta convicção de que vou sair ferida, de uma forma ou de outra, mas, igualmente tenho a certeza de que nunca estive sozinha e sempre fui amada. Agora, ao menos terei condições de suportar os golpes, tendo minha Iva para me dar suporte e meu irmãozinho para me amar.

Capítulo 27

A fera ataca

Kenya

— Abra esta porta agora, Kenya! Não adianta fingir que não está aí porque sei que está!

Acordo com os berros de meu pai. Por um momento, fico desorientada, sem saber onde estou, mas logo sinto algo macio roçando meus braços, vejo Chimba aconchegado a mim e me lembro de tudo o que aconteceu. Ele parece tão assustado quanto eu. Chimba sempre teve medo do meu pai.

Ainda confusa por ter dormido num horário a que não estou acostumada, olho em volta para saber se ainda é dia ou se já caiu a noite. Pela minúscula janela do quarto, vejo a claridade, que mostra que não fiquei fora do ar por tanto tempo quanto pensei. Nem anoiteceu ainda.

— Calma, Adrik! Já vou abrir, homem!

Ouço Iva responder e abrir a porta.

— O que é isso?

— Isso o quê?

— Você, sua russa nojenta! O que faz aqui?

— Modere seu palavreado comigo, seu velho! Não vou ofender seus compatriotas te chamando de checheno porque você só os envergonha. Basta lhe dizer assassino e ladrão, sem envolver um povo tão nobre e trabalhador como eles.

Assassino e ladrão? O que Iva está dizendo? Tento levantar e sou impedida por Chimba, que me abraça forte.

— Cale essa boca, sua vadia! Limite-se ao seu lugar de doceira e criada, e não fale asneiras!

— Falo asneira e você as comete, não é isso, Adrik?

— Como veio parar aqui?

— Moro aqui.

— Aqui? Como assim?

— Que ironia do destino. Venho dando com a cara em suas portas há anos e, quando você vem até à minha, eis-me aqui com cara e coragem! Apesar de que coragem não é uma palavra que conhece muito, não é? Só tem em seu dicionário a palavra covardia. Porque é isso que você é, um covarde ao esconder Kenya de mim por todos esses anos.

— Então, você descobriu onde ela estava e veio atrás dela?

— Pense o que quiser. Não tenho que lhe dar satisfação.

Ouço um enorme estrondo.

— Onde está Kenya, sua russa nojenta? Se falou alguma mentira para ela, juro que a faço engolir cada palavra.

— Solta... Adrik... — O som abafado da voz de Iva me faz pular da cama desesperada e, em menos de cinco passos, meu sangue gela ao ver meu pai enforcando-a.

Conheço a crueldade dele e estou acostumada a vê-lo tratar mal gente de bem, mas tentar enforcá-la é um golpe para mim! Ainda mais uma pessoa que o ajudou muito até eu fazer dez anos, me criando e poupando-o de ter que se preocupar com uma criança.

Tampouco consigo entender por que Iva o chamou de assassino e ladrão! Estou assustada com tudo isso porque não acredito que ela falaria algo assim sem motivo, ainda mais para uma pessoa tão bruta e violenta como meu pai.

— Para agora, pai! O que está acontecendo aqui? — Meu pai empurra Iva e ela bate as costas na parede. Corro em seu socorro.

— Por que estão brigando? Achei que se dessem bem e que ficariam felizes ao se reencontrarem!

Meu pai dá uma risada grotesca de desprezo.

— Só em seus sonhos, sua idiota! Quanto mais o tempo passa, mais débil mental você fica. Acha mesmo que ficaria feliz de rever uma empregada inútil, que só ficava me enchendo o saco para comprar coisas para "a menina", como gostava de dizer? Ela só sabia fazer uma cantilena a respeito de ser um bom pai e me irritava ao extremo por não entender qual era seu lugar!

Suas palavras são como um murro no meu estômago. Se me batesse doeria menos do que ouvir isso.

Meu Deus! Sinto como se um véu estivesse sendo retirado da minha frente e começo a enxergar o que me recusei durante todos esses anos. Longe de ser um homem apenas calado e preocupado, meu pai é um homem arrogante e cruel. Não era só comigo que mostrava sua agressividade, embora, na verdade, só me permiti enxergar assim até hoje, querendo convencer-me de que era por causa das responsabilidades que foi obrigado a assumir por mim.

— Adrik, poupe a menina de sua crueldade. Há coisas que ela não precisa saber. Acho que você já a faz sofrer o suficiente, não é?

— O que andou inventando a meu respeito, Kenya? Está procurando despertar piedade porque sabe que vem tendo um comportamento de uma vadia sem profissionalismo, tornando-se, como dizem aqui, a quenga do patrão?

Quenga do patrão? Que expressão é essa? Quanto veneno e maldade!

Quando penso que meu pai não pode ser pior, ele consegue me surpreender! Será que passa horas investigando maneiras de me ferir?

— Por que está dizendo isso, pai?

— Você quer que eu desenhe para mostrar que sei que está transando com o patrão? É a atual vadia dele.

— Pai! Não é assim! Estou apaixonada por Aleksei...

— Não me venha com balelas românticas, Kenya! Poupe-me! Não queira disfarçar sua safadeza com palavras bonitinhas que você lê nessas porcarias de livros. São tão inúteis quanto você!

— Estou dormindo com Aleksei, sim! — Confiro se Iva está bem e me levanto para encará-lo de frente. — Qual é o problema nisso?

— Problema? É uma vergonha, isso sim!

É demais. É muita coisa num dia só para processar. Preciso sair de perto desse homem e ficar sozinha só um pouco. Sou otimista e positiva, mas é pela dor que terei que absorver todas as mudanças que estão acontecendo na minha vida, bem como todas as revelações das últimas horas. Mas o pior é perceber como meu pai é na realidade.

— Está bem, pai, se essa é a ideia que o senhor tem de mim, não vamos discutir por causa disso — digo, em vez de o mandar para o inferno, em nome do pouco respeito que ainda consigo manter por ele. Lágrimas formam-se em meus olhos e pisco forte para não as derrubar, tentando manter minha dignidade. — Por que veio me procurar depois de desaparecer por três dias? E bem na minha folga!

— Não tenho que lhe dar satisfação, garota! Mas tenho ouvido coisas que não estou gostando e não sei se é bom mantermos esse contrato. Há muitos defuntos saindo do armário para meu gosto, como essa mulher agourenta — ofende outra vez Iva, aparentemente só pelo prazer de fazê-lo. — Não estou mais te reconhecendo e não sei se esse contratante é uma pessoa decente e digna, porque parece que queria mesmo era levar você para a cama, o que conseguiu bem facilmente, não é?

Sua crueldade desmascara-o para mim, e as lágrimas contidas escorrem. O ódio que direciona a Iva e a banalização que faz de meus sentimentos por Aleksei são desprezíveis! Acho que, pelo hábito, não me manifesto e o deixo soltar a torrente verborrágica costumeira da qual faz uso sempre que quer me humilhar.

Iva observa tudo, também com lágrimas nos olhos.

— Kenya, só vou deixar esse bode velho continuar para que possa enxergar coisas que parece ter ignorado até hoje. Sei que é doloroso, mas é a única maneira de admitir a verdade para si mesma! Ninguém vai convencê-la de nada se quiser manter-se cega.

Meu pai diz palavrões, dá um passo em direção a Iva e eu temo que possa agredi-la fisicamente. Avanço e coloco-me entre os dois, ao menos eu já estou acostumada a isso.

Ele agarra minha garganta com uma mão só, aperta e olha para os meus olhos com uma expressão que me dá muito medo.

— Será que não pensa que quando ele enjoar de você, o que não vai demorar muito, sendo a pessoa insossa que é, vai lhe dar um pé na bunda e adeus, contrato? Está pondo em risco tudo o que construímos para ser a vagabunda desse homem, que nem respeita seu próprio pai, impedindo-o de cuidar de você como fiz a vida inteira, protegendo-a e lhe ensinando uma profissão!

É estranho, mas, pela primeira vez, as palavras dele não encontram eco dentro de mim. Antes, só o começo da conversa já teria feito com que me encolhesse e fizesse tudo o que mandasse. Só que, agora, não consigo senti-las como verdadeiras nem, tampouco, que se aplicam a mim! Suspirando alto, resolvo acabar com esta tortura psicológica.

— O que você quer de mim, pai? Por que veio me procurar aqui?

Falo ofegante, porque sua mão está quase cortando meu ar.

— Solte a menina, Adrik! Ela vai ficar marcada, e lhe garanto que não será bonito quando Aleksei perceber.

Solta-me, abruptamente, e se afasta com um olhar de nojo, limpando a mão na calça como se quisesse me mostrar que não gosta nem da sensação de mim nele. Isso dói!

— Vim saber o que fez com o meu dinheiro. Fui receber o salário da semana, mas o rapaz da contabilidade disse que seria entregue diretamente a você!

— Como assim? Não lhe pagaram como treinador? — Pela primeira vez na vida, sou irônica com ele.

— Não seja estúpida! Claro que sim! Não seriam loucos de não me darem o meu cachê. Estou me referindo ao pagamento de sua apresentação. Não se faça de sonsa!

— Mas, pai, esse dinheiro é meu! Já está recebendo como treinador!

— Seu? Desde quando tem direito a qualquer dinheiro que não seja eu a decidir, mocinha?

Como assim? Dessa vez, o contrato que fizemos foi diferente. Além de ser por um tempo maior do que uma só apresentação, foi feito com remunerações estipuladas para cada um de nós separadamente. Nunca havia acontecido antes, então, não havia essa questão de meu e seu, mas agora...

— Pai, não querendo desrespeitá-lo, nem sua experiência em lidar com dinheiro, mas, como temos salários separados, desta vez gostaria de aprender a administrar meus ganhos e meus gastos. Não posso ficar dependente do senhor o resto da minha vida!

— Que besteira é essa, Kenya? Qual é sua jogada? Está querendo me passar para trás, é? Bem que aquela advogada metida me alertou.

Cospe as palavras como um dragão lançaria fogo.

— Que história é essa, pai? Não tem jogada alguma! E o que a intrometida dessa tal Raissa falou de mim? É uma despeitada e quer me prejudicar porque estou com Aleksei. Não se conforma de ele não querer nada com ela.

— Você tem certeza disso? Olhe para você! Acha que pode competir com uma mulher culta, bonita e inteligente como ela? Você é apenas a diversão barata desse homem, enquanto ela será a esposa respeitada. Agora, se não quer entender isso, faça o que quiser, afinal, esse corpo só quer sacanagem, não é mesmo?

Meu Deus! Como uma pessoa consegue achar tantas palavras para ferir outra? Iva, atrás de mim, começa a fazer carinho nas minhas costas, como se a me consolar e a mostrar que não concorda com o que ele fala.

— Mas não me venha com esse papo de aprender a administrar seu dinheiro. Enquanto estiver sob o meu domínio, fará como eu mando. Acho que já te aturei por anos e sou muito mais do que capaz de continuar administrando tudo. Me entregue o dinheiro que já pegou agora!

— Não! — respondo alto, sem nem mesmo pensar. — Já gastei tudo porque precisava de roupas, sapatos novos e alguns artigos de higiene, mas, mesmo que ainda estivesse comigo, não te daria, porque tenho o direito de tomar decisões. Esse dinheiro é fruto do meu trabalho, esforço e dedicação. Já recebe o seu pelo mesmo motivo, não só como treinador, mas como empresário também.

Mal acabo de falar e recebo um soco no estômago, tão forte que acabo caindo sobre Iva, e ambas tombamos sobre a pequena mesa. Com medo de que a machuque, tento me levantar rápido, porque sei que vêm mais golpes. Quando outro soco está vindo, Chimba pula sobre ele e começa a arranhar seu rosto. Fico ainda mais nervosa, porque se ele pegar meu macaquinho, vai matá-lo!

Meu amiguinho não é apenas valente, mas esperto. Quando meu pai vai agarrá-lo, pula longe e começa a atirar em sua direção os objetos que alcança.

— Então a velha nojenta ficou com esse pulguento?

— Chimba! — grito, quando meu pai avança nele, mas meu amiguinho consegue escapar mais uma vez, indo para cima da geladeira, continuando a arremessar o que pode.

— Isto não vai ficar assim, Kenya! Você ultrapassou todos os limites! — grita meu pai, enquanto tenta evitar que os objetos o atinjam.

— Vai se arrepender de ir contra aquele que não a abandonou para ficar com gente que nunca lhe deu qualquer importância. E, nessa hora, vou ter o maior prazer em ver sua miséria.

Com essas palavras sinistras e cheias de crueldade, sai batendo a porta com tanta força que o trailer chega a balançar.

— Você está bem, *devushka*?

Olho para Iva e acho que, por ser tudo tão louco, ao me lembrar da cena de Chimba jogando coisas no meu pai e da expressão ridícula dele ao tentar evitar ser atingido, explodo numa gargalhada histérica. Só após muito tempo é que passo do riso ao pranto.

Ivana me abraça, falando palavras carinhosas e contando que meu pai sempre foi assim, cruel e amargo, mesmo antes de eu nascer. Revela que nunca entendeu por que minha mãe se casou com ele, mas não prolonga o assunto, parecendo sem jeito. Mudando o rumo da conversa, conta que Aleksei havia ligado para saber de mim, enquanto eu dormia.

— Não sei se quero vê-lo.

Ela se senta no pequeno sofá e bate a mão no assento ao seu lado, numa ordem implícita para me juntar a ela.

— Ouça o que ele tem a dizer. Depois que fizer isso, seja qual for a dor que sentir, saiba que não estará sozinha, porque tem a mim e a Chimba.

— Estou com medo!

— Não tema! O que já foi escrito não pode ser apagado, mas não esqueça que o que não foi ainda pode ser mudado.

O resto da tarde passa como vento, e o aconchego dela e de Chimba me faz relaxar. Como sonhei em receber novamente seus carinhos! Como desejei receber aqueles abraços depois de todas as discussões que tive com meu pai. Quantas vezes sonhei em ouvir de alguém que eu era especial e que havia sentido saudade de mim. Como fantasiei poder olhar dentro dos olhos de alguém e ver neles amor. E tudo isso estou sentindo verdadeiramente no fundo do coração.

Depois de eu tomar mais uma xícara do seu chá milagroso, Iva insiste para que fique com ela, mas lhe asseguro que estou bem para ir para meu trailer. Temendo que meu pai volte, ela só sossega depois de ligar para Yuri, exigindo que proíba a entrada dele no circo até que eu o autorize a entrar novamente. Acho um exagero, mas acato sua decisão. Chimba não desgruda de mim, e Iva não o impede de me acompanhar. Aliás, finge concordar comigo em ficar sozinha no meu trailer, deixando passar cinco minutos para vir atrás de mim, com a desculpa de trazer minhas sacolas de compras, que Yuri levou para ela.

Mal entra, alguém bate à porta e Ivana vai abrir e fica parada, com a boca aberta. Vou até ela e a tiro do caminho. Dou de cara com Lara, que parece um zumbi, com seus olhos fixos em ponto algum. Está nitidamente nos seus momentos inconscientes de devaneios.

— Se o que ouviu a machucou, tenha forças para escutar outras verdades duras e cruas.

— Lara, não sei se pode me ouvir ou não, mas está precisando trabalhar melhor essas suas divagações, minha amiga! Você tem noção do que está me dizendo?

Ela não se move, mas continuo.

— Olha, sem querer ser rude, mande um recado para esse Além de onde ouve essas previsões, avise que, seja lá qual a verdade que tenham a me dizer, não me machucarão mais do que as que já ouvi até agora!

Apenas se vira, mecanicamente, e segue não sei para onde.

Fecho a porta atrás de mim, preocupada com minha amiga, mas nem um pouco disposta a analisar suas palavras no momento.

Ah, vá! Só me falta agora ter que desvendar enigmas!

Olho para Iva, que tem aquele ar de mãe-leoa a defender suas crias.

Mas, independentemente de todas as revelações, por incrível que pareça, mesmo devendo estar arrasada com tantos acontecimentos em um só dia, estou surpreendentemente calma e diria até aliviada. Parece que o fato de ver como meu pai verdadeiramente é tira minha culpa pelos sentimentos ruins que nutri por ele até hoje. Com isso, também percebo que não tenho que acreditar e concordar com tudo o que vomita a meu respeito e posso começar a avaliar as coisas a partir do meu próprio ponto de vista.

Capítulo 28

Tempo de mais revelação

Aleksei

Quando estamos nos despedindo, Micha recebe um telefonema e, enquanto ouve, fica branco e colérico, gritando em russo.

— *Kakoy koshmar, Katyusha!! Ti ne soglasishsya pagavarit's nim naedine* [43]?

Nem preciso perguntar do que se trata... Sua irmã gêmea.

Na mesma medida em que Micha é brincalhão, Katyusha é rebelde! Se não agimos rápido quando resolve fazer suas loucuras, ninguém consegue evitar que as faça. Nesse caso, sei que terei que ir junto, porque senão os dois podem se digladiar.

Consciente da urgência de nossa presença em São Paulo, quero ajudar a resolver tudo e voltar no mesmo dia. Por isso, acabo agradecendo o fato de Micha transitar para cima e para baixo num helicóptero. O que para mim parece ostentação, ele chama de praticidade. Hoje tenho que concordar.

Com a carteira em uma mão e o celular na outra, saio do trailer e tropeço. Nos degraus da escada noto sacolas caídas, e alguma

---

[43] "Que porra é essa, Katyusha! Você não vai aceitar falar com ele sozinha!"

coisa me diz que tem algo errado. Sem tempo para descobrir o que está acontecendo, sigo Yuri até o campo em que está o helicóptero e passo instruções para ele.

— Yuri, descubra o que tem naquelas sacolas caídas na porta do trailer e o motivo de estarem ali. — Enquanto caminho e falo com ele, ligo para Kenya para avisar que voltarei até o fim do dia. O celular que lhe dei chama até cair na caixa-postal.

Ligo, então, para Lara, que sei que foi com ela. Esta atende e me diz que já haviam voltado há mais de meia hora e que Kenya tinha ido para o meu trailer.

Um frio sobe pela minha espinha. Se isso aconteceu de fato, chegou ao trailer quando estávamos falando dela e do pai! Fico aflito e nervoso porque não posso deixar de estar com Micha e Katyusha neste momento. Conheço a gravidade da situação de Katyusha, que vive sempre na corda bamba, como se uma espada estivesse permanentemente por um fio sobre sua cabeça.

Ao mesmo tempo, não posso deixar de me preocupar com o que Kenya pode ter visto ou ouvido! Já estamos quase embarcando e não sei o que fazer!

Tento o celular de Ivana e ela atende no primeiro toque.

— *Zdrástvuitiê*, Ivana! Você sabe de Kenya?

— Ela está aqui comigo. — Ouço a emoção em sua voz alterada.

— O que houve, Ivana? Ela está machucada?

— Não, apenas muito emocionada! Descobriu que sou sua Iva e que seu amado Chimba está comigo. — Ivana fala baixo, quase sussurrando.

— Como foi isso, Ivana? Nós combinamos que você só revelaria algo quando achássemos que era a hora! Por que se antecipou?

— Acho que quem fez algo indiretamente foi você, então não me venha com conclusões precipitadas antes de saber o que aconteceu! Já provei que sou confiável tendo ficado quieta até agora, além do que ela é minha menininha, *moy daragoy*! Acha que a machucaria?

— Desculpe, Ivana! — Exasperado, passo a mão pelos cabelos e fico em alerta. — Estou muito nervoso com a possibilidade de Kenya ter descoberto tudo. Estou indo para aí.

— Aleksei, melhor não! — Sua advertência me gela.

Kakoy koshmar! Como vou conseguir ajudar meus primos quando minha cabeça vai ficar aqui? Meu ódio por Adrik só aumenta. Aquele velho maldito está em tudo de errado que acontece na minha vida.

— Ivana, estou preocupado com Kenya, mas estou embarcando num helicóptero agora, para mais uma missão Katyusha. — É como passamos a chamar as ocasiões em que tenho que mediar as discussões dos dois. — Não sei o que fazer! Vou tentar de tudo para voltar ainda hoje.

— Fique tranquilo, Aleksei. Depois de conversarmos um pouco, Kenya me disse que não vai fazer nenhuma dedução. De acordo com ela, você é uma pessoa digna e confiável. Sabe que vai lhe dizer se julgar que algo é importante. Apesar de concordar com ela, nós sabemos que não está agindo assim com ela, *moy dorogóy*.

— Por favor, Ivana, faça-a manter a mente e o coração abertos. Diga-lhe que, assim que chegar, vou buscá-la para fazermos o que planejei para nós hoje.

— Eu vou cuidar dela. No momento devido, sabe que conversarão.

— Até mais e obrigada, Ivana!

— Vê se coloca juízo na cabeça desses dois turrões!

Fechando o cinto de segurança, presto atenção na poeira que se levanta com o girar das hélices e reflito que o fato de colocar em prática meu plano de destruir Adrik tem provocado muitas e inesperadas consequências.

Já em São Paulo, a situação com os gêmeos é surpreendentemente resolvida bem rápido, e volto logo para Limeira. Ao chegar, vou até o trailer de Ivana, mas não há ninguém, nem mesmo o espevitado Chimba. Ao virar em direção ao trailer de Kenya, recebo um telefonema justamente de Ivana.

— Aleksei? Você conseguirá chegar hoje?

— Já estou aqui. Katyusha se rendeu logo desta vez.

— Que progresso! Parece estar criando juízo.

— Aí você está querendo muito.

Rimos juntos. Sabemos como são seus famosos estouros de rebeldia.

— Vamos torcer para que crie, então.

— Milagres acontecem. E Kenya? — Vou direto ao ponto.

— Está tomando banho.

— Ela está bem?

— Não muito. Estou aqui no trailer dela e vou contar rapidinho o que aconteceu, mas não fale nada para ela. Deixe que resolva o que e quando lhe falar.

— Além de ouvir nossa conversa, descobrir que é a querida Iva dela, encontrar Chimba, ainda aconteceu mais coisa?

— Sim. Adrik veio procurá-la no meu trailer, e não foi bonito! Essa menina já sofreu muito nas mãos daquele *sukin syn*. Pedi para Yuri proibir a entrada dele aqui até que ela se sinta segura com a presença dele novamente.

Concordo com o que Ivana diz e ouço-a relatar resumidamente o que aquele verme disse e aprontou. Se a versão resumida está quase me tornando um assassino, fico imaginando a versão na íntegra. Miserável! Não tinha ideia de quanto meu ódio por ele podia aumentar!

Ainda no celular, chego ao trailer e bato de leve na porta, até que Ivana sai.

— Ivana, pode nos deixar sozinhos?

— Você tem certeza de que está preparado para ser sincero com ela? Porque não vou mais admitir que lhe omita nada.

— O que for necessário ela saber, direi. Mas acho que isso só cabe a nós dois.

Não costumo ser rude com Ivana, principalmente por ter sido tão querida comigo todos estes anos, mas uma coisa é ela querer defender Kenya, outra é eu permitir que dite o que devo fazer.

— Espero que seja sensato. Estou saindo, mas terão companhia.

— Quem mais está aí? — Guinchos e barulhos ao fundo chamam minha atenção e noto que o som não é da televisão, e sim de... — Chimba?

— E pelo jeito não vai embora.

— Diz para ele que comprou um brinquedo novo. Dê uma desculpa, mas o leve junto, não consigo imaginá-lo junto conosco em uma conversa tão séria.

— Ofereça a um macaco uma penca de banana e tente tirar dele. Depois me conta o que acontece.

Sorrio e concordo com o que diz. Não sou um macaco e muito menos Kenya é uma penca de banana, porém, sou capaz de agir como um e passar por cima de qualquer criatura para não a tirarem de mim.

— Agora, por favor, vá, Ivana! Por ela vou aceitar a presença dele. Até porque imagino que também queira ficar com ele. Eu via como aquela menininha estava sempre com seu macaco pendurado no colo.

Ivana sai do trailer, deixando a porta aberta e nós trocamos olhares. Sem dizer nada, leva uma trouxa de roupa na mão e uma sacolinha.

Entro e, logo na entrada, dou de cara com Chimba. O símio me segue até o quarto do meu amor.

Mil coisas passam pela minha cabeça e uma delas é me trancar no banheiro, junto com Kenya, longe dos olhos de Chimba, que observa cada movimento meu, como um guardião.

A lembrança dela se entregando a mim e me fazendo o seu primeiro homem emociona-me e tenho uma ideia para tentar demonstrar quanto estou de alma limpa para ela. O mais rápido possível, arranco a camisa pela cabeça.

Vou despir-me para ela.

Não que acredite que minhas cicatrizes a comoverão, mas me ajudarão a lhe contar tudo.

Abro o botão da calça e o guincho de Chimba me incomoda. Olho para ele e a cena seria bizarra se não fosse engraçada. Tampa os olhos com dois dedos entreabertos.

— O que você está olhando? Será que pode esperar lá fora enquanto converso com Kenya?

Pulando da poltrona para a cama, finge que não me entende.

— Vá, Chimba! — Aponto o dedo para a porta e ele repete meu gesto. — Eu não vou sair! Quem tem que sair é você.

Guincha. Eu o provoco:

— É assim, é? Então fique com inveja. — Tiro a calça, ficando apenas de cueca.

O abusado abre um sorriso.

— Sai para lá, macaco. Está precisando de uma mulher-gorila! Não curto macho, não.

Seu sorriso amplia-se e ele parece zombar de mim, com desdém, olhando diretamente para minha masculinidade!

— Ah, está desdenhando o tamanho de meu rapaz aqui? Pois fique sabendo que estou me despindo para mostrar à Kenya que estou desnudo, com a alma limpa para me abrir com ela! Não estou com segundas intenções. Macaco depravado! Saiba que quando meu amiguinho aqui está acordado, tem um tamanho bem acima da média.

O que estou fazendo? Justificando o tamanho do meu órgão sexual a um *abiszyiana*[44]?! Quem é mais insensato aqui? Só pode ser o meu estado emocional desestabilizado.

---

[44]Обезьяна, "macaco", em russo.

— Chimba! — Ouço Kenya chamá-lo e volto meus olhos para ele, que me encara, exibido, querendo dizer que é a ele que ela chama.

— Vai lá. Ou vou entrar em contato com as autoridades do meu país e indicar você para ir a Marte. Você sabia que a Rússia já até anunciou que enviará um macaco para lá em sua próxima expedição ao planeta vermelho?

O bichinho não me dá bola e sai do quarto. Mais que depressa, eu fecho a porta, sentindo-me aliviado.

— Estava no meu quarto? Não sei onde você dormia no trailer da nossa Iva, mas se ficar aqui, terá que dormir no sofá. Você e eu já somos mocinhos e precisamos da nossa privacidade.

Ouço-a conversar com ele e meu coração se enche de felicidade ao sentir alegria na sua voz.

— Espera aqui! Vou me trocar e já volto para ficarmos mais um pouquinho juntos. Cadê a Iva? Iva!

Chimba faz barulho e parece mostrar que tem algo no quarto, porque Kenya o questiona:

— Está no quarto, é isso?

Meus olhos vão para a maçaneta e vejo a porta ser aberta. Kenya entra, enrolada na toalha, e seus olhos encontram os meus.

— *Zdrástvuitiê*, Kenya!

— O que faz aqui, Aleksei?

— Acho que precisamos conversar.

Fita intensamente meu corpo nu, e arrepio-me nos locais pelos quais seus olhos passam, como se tivessem mãos e tocassem cada parte do meu corpo. Em silêncio, também a observo, acariciando com o olhar cada curva da sua face, seus cílios longos e seus olhos azuis, com as pálpebras inchadas e vermelhas. Meu peito aperta ao constatar que ela chorou muito. Não sei se a encaro por segundos ou minutos. O tempo para de existir. Tudo o que posso processar é o desejo de lhe oferecer puro conforto.

— Imaginou que seria na cama que faríamos isso?

Levanto as mãos em sinal de paz. Por algum acordo não falado até agora, nossas conversas nunca ultrapassaram certos limites pessoais; porém, estou disposto a mudar isso, desnudando minha essência mais oculta.

— Não foi minha intenção, embora não vá reclamar se você optar por conversar nela.

— Se não foi essa intenção, por que está quase nu?

— Para simbolizar que estou me mostrando totalmente descoberto para que enxergue quem sou e o que sou, sem nada que possa me mascarar.

— Aleksei...

— Por favor, Kenya, eu preciso te falar tudo.

Olha para mim como se eu fosse Koscheii, um mago da mitologia russa, que tem aparência esquelética e é conhecido por gostar de donzelas inocentes, as quais sequestra para se casar com elas. Diz a lenda que é imortal, porque seu corpo e sua alma foram separados um do outro por um feitiço que ele próprio fez com essa finalidade.

Mas o mais interessante é onde sua alma estaria guardada. As lendas afirmam que ela está dentro de uma agulha, que está dentro de um ovo. Este, por sua vez, está dentro de uma lebre, que está em uma caixa, escondida no meio de uma árvore, localizada numa ilha mágica, muito dificilmente encontrada. Na lenda, se alguém conseguir quebrar a agulha, o matará. Mas, se tiver o ovo, terá total controle sobre o mago. É justamente esse resultado que espero da nossa conversa, que ela prefira ter o ovo.

— Cheguei ao Brasil quando ainda era muito jovem. Por questões políticas e pessoais, meus pais decidiram emigrar para um lugar melhor. — Ela presta atenção em tudo o que falo. — Muitos dos nossos amigos artistas circenses já estavam aqui no Brasil, trabalhando e se mantendo bem. Você sabe o que os imigrantes acham daqui, não é? — Kenya acena afirmativamente. — Meu pai ficou encantado com o que ouviu do famoso Máximo Gorkov e decidiu que, enquanto minha mãe aceitaria a proposta do Cirque du Soleil, eu e ele viríamos tentar a sorte aqui. Seu primo trabalhava no circo desse domador, com quem se dava muito bem, mesmo sendo ele um checheno, mostrando que as divergências históricas entre russos e chechenos não tinham lugar naquele circo. Meu pai veio para compor a equipe de trapezistas. Kenya, se você pudesse ter ideia de como meu pai ficou animado! — Uma bola de desgosto se forma em minha garganta ao me lembrar dessa ocasião.

Kenya senta-se na cama e ando até perto dela, respirando fundo.

— Nem bem chegamos, logo percebemos que o circo tinha carência de artistas em diversas atividades. Novo como era, apenas com dezesseis anos, tinha disposição e entusiasmo para aprender tudo que pudesse, desde ser assistente de palhaço, de atirador de faca e treinar para ser globista, entre tantas outras coisas. Tinha sede de aprender. Amava aquele mundo de magia.

Respiro fundo diante da lembrança do nosso entusiasmo.

— Outra coisa que também descobrimos, assim que chegamos, era que o dono do circo era o filho e herdeiro de Máximo Gorkov, que não era tão gente boa e honesto quanto tinha sido seu pai.

Minhas mãos se fecham em punho ao lembrar de quanto Adrik explorava e maltratava todos.

— Ele era mau. Muito mau! O que nos ajudava a suportar tudo era que fomos criados sob a educação comunista, mesmo após muitos anos após o regime ter sido abolido. Da mesma maneira que outrora, fomos acostumados à disciplina e isso nos deu forças para aguentar aquele homem e as condições vis que nos impunha.

Sinto peso na consciência por não falar logo que esse crápula é seu pai.

— Dos dezesseis aos dezoito anos, aprendi o máximo que uma pessoa podia a respeito das atividades artísticas, operacionais e administrativas de um circo, enquanto meu pai, por sua vez, foi adoecendo. Contraiu tuberculose poucos meses depois que chegamos aqui e, por não ter sido devidamente tratada, diante da carga de trabalho e das condições precárias de moradia, ele foi ficando cada vez mais debilitado.

Amargurado, ando de um lado para o outro, lembrando das vezes em que encontrava meu pai em depressão, porque, mesmo quando não estava doente, nunca tínhamos condições financeiras para nada. Adrik nos fazia pagar por tudo, desde a barraca insalubre onde dormíamos até o que chamava de taxa de moradia, que alegava ser pelo uso de água, luz, vestimentas artísticas, entre outros, coisas que, na verdade, quase nunca tínhamos, tendo que nos virar com água comprada e lamparinas a óleo. O que nos sobrava mal dava para comer, muito menos para adquirir os remédios de que meu pai precisava.

— Ele não podia mais fazer os esforços físicos como trapezista. Sabe, Kenya, meu pai sempre foi muito esforçado, era um homem honrado, não queria parar de trabalhar. Então, foi até o dono do circo e implorou para que o colocasse em um trabalho menos exigente fisicamente. Foi humilhado por muitas vezes, Kenya! Consegue imaginar o que isso significa para um homem que, mesmo doente, tenta manter sua dignidade? E que não queria que o filho, de sangue quente, soubesse de tudo porque tinha medo de que fizesse algo que podia desgraçar a vida do próprio jovem? Não foi fácil para ele. Acho que apenas a possibilidade de nos juntarmos com minha mãe novamente é que o fazia seguir em frente.

Lembro-me do monte de serviços braçais esporádicos que fizemos nas cidades em que ficávamos mais tempo, até conseguirmos juntar dinheiro para comprar um trailer. Meu pai não podia continuar morando em uma barraca em seu estado de saúde. Seus ataques de tosse e o estilo de vida que levávamos chegavam a ser desumanos.

Devo ter me perdido em lembranças, porque não vi Kenya se aproximar de mim e só noto que isso aconteceu por causa do toque suave da sua mão em meu braço. Seus olhos encontram os meus, transmitindo-me força e incentivando-me a continuar.

Falta pouco, Aleksei! Siga em frente. Respiro fundo.

— Sentindo que poderia manipular meu pai por causa de sua necessidade em desacelerar, o dono do circo acabou lhe dando a opção de trabalhar na bilheteria, mas sob condições normalmente inaceitáveis!

O ódio parece invadir todos os poros do meu corpo. Era vergonhoso ver nos olhos do meu pai o constrangimento que sentia cada vez que saía daquele amontoado de tapume que Adrik montava, tendo a janela do caixa como sua única fonte de ar.

— Ele o colocou trabalhando lá, trancado por fora, e só o dono do circo tinha a chave. Meu pai só podia sair de lá depois de prestar contas de todos os centavos e, ainda assim, era revistado ao final de cada sessão. Tem noção da crueldade que é submeter alguém a trabalhar quase que sob regime de cárcere privado, sem poder ao menos ir ao banheiro em seu horário de trabalho?

— Que horror! — Chocada, Kenya manifesta-se verbalmente pela primeira vez.

— Horror foi o que aconteceu em seu último dia de vida!

Percebo que lágrimas de um sofrimento guardado por anos tomam meus olhos e nem tento contê-las. Estou totalmente exposto à Kenya e não vou recuar agora.

— Nesse dia fatídico, durante um espetáculo, um incêndio começou a se formar em um canto do circo. Pessoas corriam de um lado para o outro, desesperadas, procurando ajuda e socorro. Trancado dentro da bilheteria, meu pai presenciou tudo sem poder fazer nada. Lá de dentro, só via o alvoroço. No meio daquele caos, não tive condições de o ajudar de imediato porque, além de tentar conter o fogo, inutilmente, diga-se de passagem, já que nenhum dos extintores que consegui pegar funcionava, quando pude ir em seu socorro, deparei com uma menina de vestido azul tentando, bravamente e sozinha, salvar os leões que seu pai domador covardemente abandonou em meio às chamas.

— Não!

— Sim, Kenya! Fui eu que a ajudei a levar aquela jaula de leões para longe do fogo.

— Meu Deus, Aleksei! Nunca imaginei que era...

— Eu? — Olho-a com a expressão do homem que me tornei. Abrindo meus braços, mostro para ela todas as marcas que esse dia deixou em mim.

— Você parece outra pessoa!

— Talvez porque aquele dia tenha me tornado quem sou hoje.

Kenya tampa a boca com as mãos e começa a chorar. Busco forças dentro de mim e continuo com a história. Não posso parar agora, o que vem a seguir é tudo o que sou.

Os gritos da multidão gritando "fogo, fogo" repetem-se incansavelmente em meus ouvidos, e meu estômago revira com a memória, fazendo-me reviver cada momento que narro para Kenya, desde que a deixei com o pai, até sua partida.

— Queria tanto correr atrás daquele trailer para te salvar novamente, Kenya! Seus gritos por Iva não saíram da minha memória um só segundo, assim como também a sequência de tosses do meu pai, que chamou a minha atenção, fazendo-me perceber, só então, que estava preso na bilheteria, ao contrário do que Adrik havia me dito quando perguntei sobre ele. O canalha havia dito que tinham arrombado a porta para ele sair, por isso não tinha ficado preocupado antes. Mas o desgraçado mentiu!

Ela ofega e sinto meu peito doer ainda mais ao me lembrar de tudo e de quanto foi torturante não ter tido tempo para tirá-lo de lá.

— Ele estava morrendo ali, Kenya, nos meus braços! Mesmo que tivesse tido tempo de sair com ele, não teria conseguido... A porta só abria por fora e, por causa da minha pressa em socorrê-lo, não percebi que se fechou quando entrei! Mas, mesmo assim, estava disposto a arrebentá-la para salvar meu pai, só que um pilar de sustentação caiu em chamas sobre a bilheteria, quase nos atingindo!

Abro bem os braços e estufo o peito, virando o lado de meu rosto queimado para ela.

— Está vendo todas estas tatuagens, Kenya? Todas elas cobrem cicatrizes das queimaduras que sofri naquele dia. — Aponto cada uma delas, para dar ênfase ao meu argumento de que o causador delas precisa pagar por todo mal que fez a mim e a todos.

— Não sei o que falar... — Ela chora, com os olhos colados em mim, sendo a única, em toda a minha vida, a me ver mostrando voluntária e completamente minhas cicatrizes! Faço isso apenas para ela, porque nunca me expus ou me exporei para mais ninguém desta maneira.

Sua boca curva-se, em flagrante sofrimento.

— Não existem palavras que apaguem o que aconteceu. A única coisa que pode amenizar um pouco toda essa tragédia é fazer justiça. Muitas pessoas, como eu, machucaram-se naquele dia. Embora a única morte tenha sido a do meu pai, que, fique registrado, poderia ter sido evitada, muitos perderam tudo, suas casas, seus trabalhos, sua aparência sadia e, na verdade, alguns até seus sonhos! Como foi o caso da minha mãe, que nem estava lá, junto a tantos outros familiares.

Afinal, a punição não deveria ser à altura do crime? Nem preciso mencionar para ela todo o meu ódio, não quero abalá-la ainda mais, além do que, ela não é boba e pode percebê-lo impregnado em mim a cada vez que cito o bandido.

— Meu Deus! Que tragédia. Por que meu pai não tirou o seu de lá? Não posso acreditar que foi embora deixando-o ali! Ele não faria isso! — altera-se, nervosa. — Ele deve ter esquecido que seu pai estava lá, só pode ser isso!

— Não esqueceu.

— Não? — Ela tenta segurar-se e não perder a compostura, deixando evidente sua decepção.

— Não, Kenya, seu pai foi até lá, pegou todo o dinheiro do cofre e, quando meu pai perguntou o que iria fazer, respondeu que daria no pé. Meu pai, honesto como sempre foi, ainda tentou impedi-lo, mas, forte como seu pai era, empurrou-o com força e o derrubou, trancando-o lá dentro para que não pudesse contar a ninguém o que ele faria.

— Propositadamente deixou seu pai trancado para poder fugir?

Sua expressão é tão dolorosamente horrorizada, que apenas meneio a cabeça lentamente, fechando a boca por instantes, rangendo os dentes e procurando um meio de responder sua pergunta sem parecer vingativo.

— Você era muito nova para entender. Mas, sim, ele fugiu! Sem prestar socorro ou se preocupar com ninguém, deixando para trás um mar de destruição.

Kenya afasta-se de mim, dando passos para trás. Surpreendo-me com sua reação. Sua expressão de dor muda para raiva e, pela primeira vez, desde o dia do incêndio, questiono minha sede de vingança, que me moveu por todo esse tempo. Durante anos, tentei arquitetar o fim de Adrik, agora, foi ao amor de Kenya por mim que parece que consegui pôr fim.

De qualquer maneira, tenho que deixar uma coisa muito clara para ela, independentemente do que decidir a respeito de nós dois:

— Não pense que estou te contando tudo isso para que se sinta culpada ou, então, para que tenha pena de mim. Porque faria tudo de novo. Ajudaria a salvar aqueles animais e você quantas vezes fosse possível. E o mais importante é que superei essa tragédia.

Respiro fundo e, com firmeza, tento ressaltar a grande lição de vida que tirei disso tudo.

— Como a fênix, sou um homem renascido das cinzas. Como presente maravilhoso que um ovo Fabergé guarda, minha vida tornou-se uma surpresa em termos de superação e de sucesso no ramo de trabalho que sempre amei. Para coroar tudo isso, encontrei minha maior riqueza dentro da *matryoshka,* que representa a mãe que nutre e acalenta: você, minha *devushka* Kenya!

Capítulo 29

E a verdade vos libertará... Ou não!

Kenya

Tudo o que acabo de ouvir é monstruoso! Ainda mais assustador foi saber quem foi o responsável e algumas das consequências! Com certeza ainda há mais coisas, embora eu nem precise saber o quê.

Meu Deus! Essas pessoas que meu pai destruiu têm sede de justiça e vingança!

Pior...

Aleksei também!

E eu? O que represento nessa história? Uma peça de vingança?

A suposição, ao ouvir a conversa de Aleksei, Micha e Yuri, de que eu poderia ser um objeto de vingança foi dolorida, mas ouvir da boca de Aleksei que me usou para fazer justiça é mais ainda!

— Quando você esteve em Manaus já sabia quem éramos?

— Sabia — Aleksei admite, e sua confirmação é como um punhal em meu peito.

— Então, todo aquele teatro de que estava lá para contratar uma excelente contorcionista para se juntar ao seu circo era mentira? — questiono, fraca, sem entender o que me motiva a fazer esta inquisição, quando os fatos mostram do que realmente se trata.

— Kenya... — Aleksei dá um passo em minha direção e levanto a mão para o impedir de chegar mais perto. — Não estava atrás de você.

— Não importa atrás de quem estava.

— Eu não a teria contratado se não fosse uma artista excepcional.

— Não, Aleksei? — Altero-me e me recuso a ficar calada, estou determinada a me defender pela primeira vez na vida. — E o que teria feito? Não nos trate como idiotas agora! Teria feito a contratação, sim, caso eu não fosse uma profissional gabaritada. E sabe por quê, Aleksei? Porque você é cruel como meu pai. Para você e os outros o que interessa é somente pôr em prática o próprio plano. Não estão nem aí se vão machucar pessoas ou não.

— Não, Kenya! Nunca quis fazê-la pagar pelos crimes de Adrik!

— Então me explique como pensava em fazer isso sem me machucar?

— Inicialmente, não pensei, na verdade... — confessa, parecendo derrotado. Mas não me importo com o remorso dele. Tudo o que vivemos parece não ter significado nada diante de suas verdadeiras intenções.

— Aleksei, você dormiu comigo! Entreguei-me a você como nunca me entreguei a nenhum outro homem, sem saber que me apaixonei por uma pessoa que, agora, não reconheço!

Em lágrimas e sem chão, luto para entender toda a situação, considerando não apenas o que ele me contou, mas todo o contexto criado a partir do momento em que começou a colocar seus planos em prática. O fato é que, na verdade, nenhum deles importou-se comigo, uma mera peça de um plano... Maquiavélico, por sinal!

— Dormir comigo fazia parte da sua vingança também?

— Nunca fez! Não sou nenhum cafajeste que a atraiu para minha cama com segundas intenções! Eu te quis como nunca quis outra mulher antes, desde o instante em que pus os olhos em você.

— Ah, Aleksei, muito difícil acreditar nisso agora!

— Quando cheguei em Manaus, só pensava em vingança, admito. Não vou mentir que era por meio de você que pretendia atrair Adrik. Mas, se a faz sentir melhor, quero que saiba que me apaixonei por você na primeira noite em que a vi tão esplendorosa naquele palco.

— Não, não faz com me sinta melhor! Sua paixão foi tão avassaladora que, naquele mesmo instante, desistiu de tudo para que eu não viesse a sofrer, não é mesmo? Inclusive aquelas cláusulas absurdas que impôs eram para me preservar, não é?

Aleksei fica quieto por um momento e eu me exalto.

— Responda, Aleksei!

— Nada do que eu disser minimizará o impacto do que planejei. Não tenho outra resposta para lhe dar, a não ser admitir que fui muito inconsequente quando não pensei em como tudo iria afetá-la. A única coisa que posso fazer quanto a isso, neste momento, é pedir perdão.

O punhal termina de rasgar meu peito. Destroçada, sinto-me chocada com sua admissão. Nunca achei que, um dia, desejaria ouvir uma desculpa qualquer ou uma mentira em vez da verdade.

— Vou embora.

— Por favor, Kenya, não vá! — Aleksei pega meu braço, que puxo, sentindo seu toque me queimar.

— Não me toque! Não me faça dizer coisas que me deixarão mal depois. — Com a voz trêmula, dou-me o direito de me preservar. — Ontem fui dormir com um homem e hoje é como se eu tivesse acordado com seu irmão gêmeo do mal!

Respiro fundo para conseguir continuar falando, a dor é muito intensa!

— Lamento, mas não consigo separar as coisas! Posso até entender que vocês têm o direito de querer alguma reparação quanto ao que houve, porque foi realmente muito triste e trágico, mas não considerar quem poderiam atingir e machucar com essa vingança é imperdoável! Todos sabiam da situação de antemão e aproximaram-se de mim, que era a única a ignorar tudo! Acreditei que fui acolhida e aceita, quando isso ocorreu apenas porque necessitavam de minha presença para ter sucesso num plano de vingança!

Vejo, por sua expressão, que finalmente entende a dimensão do que todos fizeram comigo! Mesmo que tenham vindo a gostar de mim e ver que não sou nada como meu pai, tudo foi construído com base numa mentira! Dessa maneira, colocaram-me em uma situação em que, logicamente, fico em dúvida quanto aos sentimentos que dizem ter por mim serem verdadeiros ou não!

— Não foi assim, Kenya! Seria impossível qualquer um de nós ser tão dissimulado! Com sua doçura, meiguice e entusiasmo pela vida você conquistou todos nós! Tanto que estávamos muito preocupados com o tratamento que seu pai te dava e queríamos evitar que ele continuasse a agir assim! Todos amamos você e a vemos como uma de nós, *móya devushka*! Por favor, pense por um tempo antes de tomar qualquer decisão drástica.

— Não me chame assim! Nem você, Aleksei, imponente empresário, nem o motociclista do globo da morte, nem o trapezista musculoso, nem Bim Bom, nem qualquer outra faceta sua conseguirá me fazer aceitar a ideia de continuar aqui, respirando o mesmo ar.

Em um ato de desespero, ele me puxa para seus braços, e não consigo mover nenhum músculo do meu corpo.

— Confie em mim quando digo que nunca quis te magoar, Kenya! E que, mais do que qualquer outra pessoa, você foi aquela para quem mais me despi da minha costumeira armadura e mostrei a mim mesmo.

— Não posso! Por favor, Aleksei, deixe-me sozinha!

Seus braços afrouxam, e meu corpo, mesmo que paralisado, sente falta deles. Acompanho-o com os olhos enquanto recolhe a roupa e abre a porta. No mesmo instante, como se só esperando a oportunidade, Chimba invade o quarto e pula em meus braços.

— É irônico que Adrik tenha, mais uma vez, tirado de mim quem mais amo... — Aleksei fala sobre os ombros ao sair.

— Não foi meu pai quem fez isso. Foi você. Ele pode ter lhe tirado muitas coisas, mas quem matou nosso amor foi você.

— Não fale por mim! Se isso aconteceu com você, de minha parte, meu amor não morrerá nunca!

Assisto-o sair pela porta, seminu.

— Só mais uma coisa... — Volta-se para mim, olhando-me profundamente. — Gostaria que soubesse que Bim Bom jamais seria covarde a ponto de abandonar o próprio público, mesmo que estivesse estraçalhado emocionalmente. Ele viveu uma vida fazendo todos rirem quando, no fundo de sua alma, chorava.

Ofego com sua afirmação.

— O rapaz que a salvou no passado, como já lhe disse, faria o mesmo quantas vezes fosse preciso e nunca desistiria de você, apesar de todas as dificuldades em volta.

Uma lágrima cai de meus olhos ao relembrar aquela cena de tantos anos atrás.

— Quanto ao motociclista, ele diria que, apesar dos perigos e reviravoltas, viver um grande amor é a melhor adrenalina que se pode sentir, o que ele fez com você e continuará fazendo se assim o permitir.

Mais uma lágrima cai, diante do tom de sua despedida.

— O trapezista, por sua vez, sempre estaria disposto a fazer movimentos arriscados com você, sem nunca te deixar cair, tendo como prioridade te segurar e te fazer ter a certeza de que pode confiar nele.

Meu coração aperta ainda mais, e já nem tento controlar as lágrimas.

— Já o empresário, este aconselharia a não desprezar toda a estrutura que o circo vem lhe proporcionando, porque partir não arrancará de dentro de você a dor que sente. No final, todos eles diriam, em coro, que te amam e esperam com fervor que reconsidere sua decisão de abandoná-los.

Silenciosamente, vira-se e fecha a porta, o que parece ser um ato simbólico selando nossa separação.

Está tudo acabado!

Chimba me abraça forte e choro, aconchegando-o a mim, como a menininha que fui fazia quando estava triste. Por não aguentar seu peso, sento-me na cama. Suas mãozinhas peludas acariciam-me.

— Por que, Chimba? Por que tinha que ser assim? Por que ele decidiu se declarar para mim justo agora?

Ele me olha, compreensivo, mostrando-me que ficará ao meu lado.

Não sei se choro por minutos ou horas. O tempo parece ter parado e as palavras de Aleksei ficam a se repetir dentro de mim. De repente, lembro do último transe de Lara, quando bateu à porta do meu trailer e não fui tão paciente com ela. Fico ofegante porque, embora ela pareça não entender ou controlar o que "vê", ao menos essa profecia acaba fazendo sentido agora: *"Se o que ouviu a machucou, tenha forças para escutar outras verdades duras e cruas"*.

Confesso que agora estou com medo do que mais acontecerá para que eu possa entender as outras profecias.

Capítulo 30

Profecias continuam a se concretizar

Kenya

Passei a noite toda em claro pensando em uma solução para continuar no circo e, no fim, concluí, apesar de parecer covardia de minha parte, que seria muito duro conviver com Aleksei sabendo que ele, mais cedo ou mais tarde, faria algo com meu pai. Independentemente de tudo o que descobri dele e de como me maltratou a vida toda, não poderia suportar isso. Ainda mais porque seria traição não lhe contar o que agora sei! É humanamente impossível "servir a dois senhores" e, por isso, decidida, levanto-me da cama determinada a partir.

A primeira coisa que faço é ligar para meu pai, que, por mais que seja cruel, cuidou de mim toda a minha vida. Se vou partir, é justo que fale com ele antes. Quanto a ser julgado pelos seus erros do passado, não cabe a mim decidir a esse respeito, porque vai ter que arcar com as consequências de seus atos, se não diante das leis dos homens, com certeza pela justiça de Deus, caso o declare culpado.

Claro que, com todas as descobertas de suas atrocidades, vejo-o de forma diferente, porém, meu amor não mudará.

No segundo toque, ele atende.

— Pensei que fosse ingrata a ponto de não me ligar para se desculpar.

Respiro fundo, antes de responder.

— Sinto desapontá-lo, mas não estou ligando para me desculpar, até porque não cometi nenhum erro! — Volto a respirar fundo para me impedir de concluir o que penso e vou direto ao ponto. — Liguei para avisá-lo de que vou embora do circo.

— Você ficou louca? Temos um contrato a cumprir.

— Não temos. Quando assinei, exigi uma cláusula referente ao direito de partir caso as condições não me fossem mais convenientes.

— O que foi? O esnobe Aleksei enjoou de você antes do esperado? Ou... Deixa eu adivinhar... Você o flagrou com a advogada metida? — Ele ri, sarcasticamente.

Sua crueldade quase faz com que me arrependa de ter ligado, mas não esmoreço. Se aprendi alguma coisa com tudo o que me aconteceu nestes últimos dias é nunca mais abaixar minha cabeça para ninguém.

— Na verdade, garanto-lhe que o senhor partiria muito antes de mim se soubesse os verdadeiros motivos. Mas vou lhe adiantar que minha partida é muito mais favorável ao senhor do que a mim. Então, acredite quando lhe digo que é melhor o senhor me acompanhar.

Meu pai diz seguidas palavras em russo que, acredito, sejam palavrões. Algumas delas conheço de cor e salteadas, mas nunca quis saber o que significam.

— Não pensei que voltaríamos tão cedo para Manaus.

— Ninguém pensou, mas é o que faremos por hora! Ah... E compre três passagens aéreas em uma companhia que permita o transporte de animais de estimação.

— Três?

— Quero levar Chimba e Iva comigo. Se ela aceitar, aonde eu for, desta vez eles vão junto.

— Escute aqui, Kenya...

— Escute aqui o senhor! Viajarei com eles e não há ninguém neste mundo que me fará mudar de ideia, a não ser eles mesmos.

— Não pense que o fato de ganhar um dinheirinho a mais lhe dá o direito de falar comigo desse jeito, pirralha, porque não dá!

— Não é o dinheiro que me dá esse direito, mas a jornada de descobertas que empreendi até chegar a esta decisão de partir.

Só recebo silêncio como retorno e admiro o fato de ele não questionar nada a respeito do que falo. Apenas desliga o telefone. Mas minha audácia faz, na verdade, minhas pernas fraquejarem e eu mesma não acreditar que fui capaz de enfrentá-lo desse jeito. Puxo a mala para cima da cama e olho para meu irmãozinho peludo.

— Chimba, está disposto a seguir minha vida nômade?

Ele parece entender meu convite, pulando de um lado ao outro na cama.

— Eu sei que ama estar aqui, Chimba, mas preciso partir e não quero deixá-lo.

Sorrateiro, foge, pulando a janelinha do quarto. Já havia esquecido que ele não pode ver uma fresta aberta, que já se embrenha nela.

— Chimba, aonde você vai?

Como Iva disse que ele está acostumado a andar pelo circo, visto sem pressa uma roupa para ir atrás dele. Quando estou pronta para sair, ouço uma batida na porta e vou atender, torcendo para não serem mais más notícias.

— O que Chimba está querendo me dizer, Kenya, que foi até mim aflito?

Meus olhos encontram os de Iva e, em seu colo, vejo Chimba impaciente.

— Por favor, Iva, entre! Eu não faria nada antes de falar com você.

— Sei que não, minha menina.

Dou passagem para ela entrar.

— Resolvi ir embora, mas não partiria sem falar com você. Aliás, tenho um convite a fazer. Quero que vá comigo. Já falei com meu pai, que concordou em comprar passagens para todos nós.

Iva ergue as sobrancelhas, em dúvida.

— Adrik comprando passagem para mim? Essa pago para ver.

Ela me encara e desvio o olhar em direção ao quarto.

— Então, desta vez, terá que pagar, porque é exatamente isso que ele vai fazer.

— Você não acha que está tomando uma atitude muito drástica?

— Não, Iva. Nunca estive tão certa quanto a uma decisão.

— Posso saber o que a faz pensar isso?

— Ser uma mera peça de xadrez em um plano de vingança não é o bastante? E não tente parecer surpresa, porque sei que você está a par de tudo.

— Bem, pensando no valor de cada peça, pode até ser que, para Aleksei, você tenha sido um peão. Já para a vingança de Adrik, você tem a mesma importância da rainha desde que nasceu!

Suas palavras captam minha atenção e, com um frio na barriga ao ouvir o nome de Aleksei, também sinto que há algo mais não dito nelas.

— O que você está querendo dizer com isso, Iva?

— Não sei se posso ir com você. — Tenta mudar de assunto.

— Iva, não foi isso que perguntei. — Mantenho-me firme. Por pior que fosse o que tenta esconder, estou preparada para ouvir.

Ela olha para mim, branca como neve.

— Não tenho certeza de nada! Só sei o que sua mãe me contou quando trabalhávamos juntas.

Iva sempre me falou da amizade que mantinha com minha mãe e como se conheceram no circo. Uns dos motivos que fez com que aceitasse cuidar de mim era sua consideração a ela. Eu a encaro, e ela estala os dedos, olhando para eles.

— Iva? — Eu me aproximo. — Sei que está nervosa e impaciente, porque está destroncando os dedos. Se não tem provas do que tem a me dizer, sua palavra é suficiente para mim — falo baixo, incitando-a a revelar o que sabe.

— Não quero ser inconsequente e dizer alguma coisa baseada em suspeitas.

Iva parece desconfortável.

— Não me interessa se são suspeitas ou não. Confio no seu discernimento de não dizer coisas de maneira leviana.

— E no que isso ajudaria? Veja o que está fazendo com Aleksei! Foi sincero com você e o que vai fazer? Virar as costas para ele!

— Ele falou com você?

Sorri, como se minha pergunta provasse minha preocupação com ele.

— Fiquei com ele até adormecer. Aliás, nem sei como você ainda está em pé, a essa hora da noite, depois de ter acordado tão cedo e de tantas emoções...

— Como ele estava? — Corto sua tentativa de novamente desviar do assunto e questiono-a, amargurada.

— Mal... Muito mal! Eu só o vi assim quando perdeu o pai.

Dói ouvir isso. Chimba não sai do colo de Iva e imagino se não está do lado dela, como se concordando com tudo o que diz.

— Ele vai superar! — digo, sem saber muito bem como reagir à ideia de Aleksei sofrendo, depois de tudo o que já passou na vida.

— Por que está agindo assim? Essa não é você!

— Iva, você ainda não me falou sobre suas suspeitas! — Evito a pergunta, tentando voltar ao assunto original. Porque, sinceramente, saber que Aleksei está sofrendo me destroça, e tudo piora ao saber que é por minha causa! Some a isso minha dor por nunca mais o ver. Como dói!

— São só suspeitas, minha menina! Só terríveis suspeitas... — Seu olhar se perde e se dirige para longe.

— Bem, se está preocupada quanto a serem apenas suspeitas, compartilhe-as comigo, deixe que eu mesma julgue, está bem?

Volta a ficar impaciente e Chimba mais ainda. Sua expressão mostra que está revisitando suas memórias.

— O pai de Adrik, o senhor Vladimir, embora um domador muito famoso no mundo, conhecido como Máximo Gorkov, era um homem extremamente bondoso, muito gentil com todos que chegavam ao circo. Não importava de que lugar da antiga União Soviética viessem. Tratava todos com muito respeito e dizia para que o chamássemos de Vlad, dispensando qualquer tratamento cerimonioso.

— Sério que meu avô era assim?

— Era muito diferente do filho, sim! E, bem... Ele tinha uma namorada linda e tão simples como ele. Olha, nunca fui invejosa e Deus sabe quanto já torci e ajudei muita gente a ser feliz, mas o amor dos dois era uma coisa de fazer inveja, tão lindo, puro e contagiante!

— Então, quando os conheceu, meu pai ainda não tinha nascido? Porque se eles eram namorados...

— Kenya, quero que entenda que este é um assunto muito delicado e peço que tenha paciência de escutar para que eu não cometa nenhuma blasfêmia e para que você tente ver as coisas como eu e os outros, à época, víamos. Embora apenas poucas pessoas saibam o que realmente aconteceu.

Arregalo os olhos diante de sua seriedade, como se estivesse a me ensinar, como fazia quando eu era criança, a não julgar ninguém pela aparência, cor ou religião. Resolvo me calar e ouvir com atenção.

— Está certo, Iva, vou só ouvir.

Uma vez mais, com uma expressão de quem está voltando no tempo e com a voz de uma contadora de histórias, que nos envolve com sua narrativa, volta a falar:

— Ela era contorcionista e chamava-se Aleksandra Petrovna Kulieva, conhecida como Sania Akrobat[45], também famosa no mundo todo...

---

[45]Акробат, "contorcionista", em russo.

— Mas esse era o nome da minha mãe, Iva! — Não consigo me conter diante do nome da namorada do meu avô. Se tinha o mesmo nome da minha mãe, então...

— Para você ver como contar isso é complicado, minha menina! Sua conclusão está certa, mas, por favor, só ouça!

Balanço a cabeça, concordando.

— Nossa, que mulher linda, radiante e apaixonada em tudo o que fazia! Você lembra muito ela, embora consiga ser ainda mais bonita.

Olha para mim, com um olhar de adoração. Só minha Iva mesmo para me olhar com tanto brilho nos olhos, como uma mãe que acha o filho sempre o mais lindo.

— Mas não era só nas mulheres românticas que o amor dos dois despertava inveja. Também fazia muitos terem ciúmes, tanto por causa dele, que era uma pessoa admirável, quanto por ela, que era um primor. Só que havia um ciúme muito mais perigoso e funesto! O do filho do primeiro casamento de Vlad, que tinha cerca de vinte anos quando Sania veio ao Brasil. Não precisou nem terminar o segundo mês da chegada dela e ela e seu avô já formaram um casal, tão fulminante foi a paixão entre eles. Mesmo brigando muito com o pai por assumir a namorada, o filho não conseguiu impedir aquele amor. Ao menos por um tempo...

Um arrepio de medo sobe pela minha espinha. Ela suspira e vejo lágrimas se formarem nos seus olhos.

— Os dois eram tão dedicados um ao outro e ao circo que era como se não conseguissem sair da bolha de felicidade e amor em que viviam e não enxergavam o mal chegando para estourar esse envoltório.

Nostálgica, uma lágrima cai de seus olhos e meu coração fica apertado.

— Para resumir a história macabra, muitos incidentes começaram a acontecer com Vlad. Um dia, por exemplo, uma jaula foi misteriosamente aberta e um dos tigres atacou um dos tratadores, fazendo com que Vlad tivesse que tentar defendê-lo das garras e dentes da fera, porque estava com a carne ainda nos braços. A cena foi horrível! Conter a fera louca para se alimentar causou muitos machucados, mesmo sendo ele um domador experiente e muito pacífico, o que fazia com que os animais gostassem demais dele.

Mais lágrimas caem, como se estivesse revivendo cada acontecimento triste.

Tudo é tão intenso que prefiro sentar. Do contrário, minhas pernas bambas não me sustentariam. Agulhadas latejam na minha cabeça e esfrego as têmporas.

— Em outro dia, uma leoa no cio foi inexplicavelmente colocada na jaula de três leões. — A cada episódio sua voz torna-se mais indignada. Tenta juntar forças para continuar. Percebo que as lembranças estão vívidas dentro dela e que, agora que começou a falar, precisa seguir em frente de acordo com seu próprio ritmo. — Mais uma carnificina e muito mais machucados. Claro que o circo todo sentiu esses problemas. Máximo Gorkov teve que ficar meses sem se apresentar e, mesmo com muitas dores e dificuldades, começou a treinar o filho, que, insistentemente, pedia-lhe para fazer isso, para que pudesse assumir seu lugar. A cada treino dos dois, Vlad ficava mais machucado e, obviamente, Sania sofria muito junto com ele.

Tento imaginar tudo e, deixando de lado o fato de que estava falando de meu avô com minha mãe, fico envolvida e também triste com o desenrolar da história.

— O fato de continuar sofrendo acidentes misteriosos impedia que ele recuperasse a saúde e voltasse a administrar o circo e a trabalhar como domador. O filho foi cada vez mais tomando as rédeas do negócio e impondo seu regime autoritário e desumano. Não respeitava nada nem ninguém, inclusive os animais que domava, maltratando-os com o chicote e com remédios para torná-los dóceis, mas que prejudicavam a saúde deles.

Vou exprimir minha indignação, mas me lembro de que ela pediu para não a interromper e me atento também para o fato de que o tal filho é meu pai! Mantenho-me calada.

— Embora muitos desconfiassem de que algo muito sórdido estivesse acontecendo, ninguém podia fazer nada! A maioria de nós ainda estava no país ilegalmente e, enquanto Vlad aceitava isso e até tentava regularizar nossa situação, o filho nos humilhava e ameaçava nos denunciar, nos fazendo concordar com sua administração cruel e desumana. Kenya, é incrível uma pessoa tão vil ter nascido de outra tão admirável!

Não aguento mais me conter.

— Iva, você não pode falar assim de meu pai!

— Estou falando do monstro do Adrik!

Ela grita, e me assusto! Na verdade, vejo que até ela fica assustada com sua reação. Não entendo, mas, ao vê-la tão alterada, acho melhor realmente ficar quieta e esperar o fim da história para tecer qualquer comentário.

— Desculpe, *devushka*! Minha indignação não é com você. Para encurtar a história, Sania, num dia em que estava muito nervosa com um dos ataques, deixou escapar que estava muito preocupada em contar, diante de todo aquele caos, que estava grávida.

O quê?! Será que ouvi direito?

— Mas, como nunca mais tocou no assunto, tampouco eu quis lhe trazer mais sobrecarga falando de algo que ela não tinha ainda mencionado ao namorado. Depois disso, coisas ruins começaram a acontecer numa sucessão de eventos vertiginosos, porque, infelizmente, na época, o atendimento médico para nós, que vivíamos mudando de um lugar para o outro, era muito precário e complicado!

Ivana já nem contém mais as lágrimas, que rolam sem parar por seu rosto já castigado.

— Vlad ficou gravemente doente, com uma doença que só decorei o nome de tanto ver Sania perguntando para Deus e o mundo nos hospitais como tratar direito e o que ela podia fazer para ajudar! Todas as vezes em que ia para um hospital com ele e eu estava junto, já dizia que ele era portador da doença. Hum... Isso... Leucemia mieloide aguda. Ele foi definhando muito rapidamente!

Que horror! Meu Deus, um amor tão bonito!

— Mas o mais estranho disso tudo foi que Sania se separou dele e se casou com o filho, assim... — Ela estala os dedos à frente do rosto.

— Sem mais nem menos, num piscar de olhos! E mal passou um mês, já estava grávida dele!

O choque me invade e fico indignada com o comportamento leviano de minha mãe, largando um homem doente para ficar com sua versão mais jovem e sadia, esfregando a virilidade do filho na cara do pai com sua gravidez!

— Mas, longe de deixar Vlad a definhar sozinho, continuou cuidando dele, com muito carinho e desvelo. Enquanto ele encolhia com a doença, porque nenhum dos remédios da época fazia efeito, ela engordava com a gravidez.

Ai... meu... Deus! O que isso tudo significa?

— Ela teve o bebê e, poucos dias após o parto, Vlad teve uma crise e precisou ser levado às pressas para o hospital. Sania deixou o bebê para eu cuidar e fez questão de ir com ele, como sempre. Nunca deixava ninguém fazer nada por ele, inclusive fez o parto no próprio circo porque não queria sair de perto de Vlad. Não é estranho? Afinal, estava casada com o filho, com quem tinha tido um bebê!

Essa história está cada vez mais confusa e macabra! Estou tão angustiada! Uma onda de náusea me toma ao pressentir o que vai dizer.

— Kenya, eles nunca chegaram! Tiveram um acidente horrível quando estavam a caminho, despencando de uma altura enorme! O carro explodiu e nenhum deles teve qualquer chance de se salvar.

Lágrimas inundam meus olhos de imediato. Já tinha ouvido falar superficialmente sobre a morte deles, mas nunca como realmente tinha sido. Independentemente do que possa ter acontecido, acho difícil culpar alguém agora pelo curso que a vida deles tomou.

Igualmente abaladas, nessa altura, nós duas nos abraçamos e choramos copiosamente. Ela, pelas lembranças tristes e perda de seus entes queridos em tão trágicas condições; eu, por algo que ainda não sei, mas que me enche de pavor e horror! Há algo querendo surgir em minha mente, mas choro de desespero por não querer descobrir o que é!

Não quero saber...

Não quero!

Enquanto choramos juntas pela tragédia, um calafrio sinistro passa por meu corpo todo quando me lembro de mais uma das profecias de Lara:

"Quem não é o verdadeiro quer mais tirar todo o proveito possível!".

Ao lhe perguntar a respeito do que falava, ela soltou mais uma parte:

"No tempo devido, o verdadeiro se revelará falso e não mais conseguirá tirar proveito".

Não quero saber, não quero saber, não quero saber! Grito em pensamento, como se fosse possível tudo desaparecer e nada do que ouvi tivesse sido revelado, foco apenas no meu desejo de fugir de Aleksei... Ou de mim mesma.

Talvez eu seja do tipo que foge da realidade para tentar apagar tudo o que possa me ferir. Se conseguirei, ainda não sei. E não importa agora...

O rumo do meu futuro está em meus ombros, ameaçado pelo impacto do passado.

Não quero saber, repito, uma vez mais, para mim mesma, com firmeza.

— Iva, minha mãezinha linda, vamos nos acalmar e tomar um daqueles seus chás milagrosos. Depois, vamos começar a arrumar nossas coisas, está bem?

— Kenya, você não está raciocinando direito. Não entende a gravidade de tudo o que te contei até agora?

— Iva, isso é um assunto meu. É minha história e, se tiver que enfrentá-la, que seja como o destino quiser.

— Se é assim que deseja, estarei com você. — A voz dela suaviza e isso é tudo que preciso ouvir.

Abraço-a com força! Preciso sentir nela toda a segurança de que necessito.

Começamos a arrumar as malas e, mesmo sabendo que não conseguirei dormir, obedeço Iva e deito um pouco, enquanto ela vai para o próprio trailer arrumar suas coisas e as de Chimba. A dor que sinto é tão grande que não consigo parar de chorar por tudo, mas, de fato, o que mais parece espremer meu coração sem piedade é saber que nunca mais estarei nos braços do meu grande amor.

Capítulo 31

Mais uma profecia em realização

Adrik

Não vou tolerar nem mais um minuto desse ultraje! *Kakoy koshmar!*

Quem eles pensam que são? Maldita a hora em que achei que seria vantajoso aceitar esse contrato! Russo abjeto!

Nem bem entro no quarto do hotel, já ligo para aquela advogada idiota e ciumenta. Pode até ter estudo e se considerar muito esperta, mas não tem ideia de com quem está lidando! Se meu próprio pai não foi capaz de me deter, muito menos vai conseguir uma *shilyurra*[46] que mal saiu das fraldas!

Ainda acredito no provérbio russo que diz que o apetite vem com o comer e é por isso que a advogadazinha vai cair na minha armadilha feito um patinho.

Se Kenya achou, ontem, com aquela pretensa voz autoritária, que me curvei às suas ordens, está muito enganada! Já comprei as passagens que exigiu apenas porque me é conveniente como álibi quando puser meus planos em ação. Mas, antes, quero entender algumas coisas, para ficar ainda muito mais feliz quando tiver sucesso com eles.

---

[46]Шлюха, "cadela" ou "prostituta", em russo.

Depois de ser atendido por uma recepcionista e uma secretária, o que mostra quanto a moça é metida e ambiciosa, finalmente chego a quem quero.

— Olá, doutora! — Um pouco de bom tratamento para começar é prudente. — Bem, como não nos falamos mais, estou ligando para lhe fazer uma proposta.

— Do que se trata, Adrik? Seja rápido, porque tenho um cliente daqui a cinco minutos.

— Hum... Agora está ocupada para me ouvir, é? Não parecia ter pressa quando nos encontramos no circo. Aliás, parecia bem disposta a me fazer descobrir algo, não é? Mas não fique preocupada. Não preciso de mais do que seus preciosos cinco minutos.

Balanço a cabeça. É tão tola!

— Não sei a que se refere, a não ser quanto à sua filha não ser tão inocente quanto pensa e que você não me engana com sua conversa de que é um pai zeloso, acreditando na pureza da filhinha.

— Bem, tem razão! — Que comece o jogo. — Ela não é nenhuma idiota, basta ver que fincou as garras no poderoso do circo, não é? Mas, como está querendo criar asinhas e abandonar o ninho e, nele, um pobre e velho pai, sou obrigado a tentar evitar isso, mesmo porque não tenho interesse algum na duração desse romance.

— Seja objetivo e diga o que quer de mim, Adrik! — Ignoro seu falso tom autoritário, divertido com a situação. Como imaginava, a sabichona mordeu a isca e não vou desperdiçar esse peixão. Afinal, para um cachorro louco, sete milhas não são um desvio.

— Como você quer o russo e temos o interesse em comum de manter minha filhinha bem longe dele, preciso que me diga exatamente quem é ele para que possa fazer a cabeça dela, provando que ele só a está usando.

— O que está querendo dizer com isso? O nome dele está no contrato que você leu e analisou exaustivamente.

— Não me trate como idiota, doutora! Obtive algumas informações que mostram que esse russo está relacionado, de alguma forma, ao meu passado. E não me venha com enrolação e papo de advogada, porque já encontrei Iva e Chimba, provas mais do que cabais de que há no circo pessoas relacionadas a mim.

— Ao seu passado criminoso, quer dizer, não é? — Levanto o copo, tilintando o gelo como um brinde de vitória. A mocinha entregou-se de vez agora. Como é ingênua!

— Ora, ora, ora! A jiripoca piou! Tem que fazer melhor se quer mesmo minha filha longe do homem que tanto deseja.

— Fale logo, seu velho nojento, o que pretende? Cada vez que tenho que falar com você, preciso vomitar depois! — Parece até que consigo ver aquele rosto dela cheio de maquiagem enrugando-se de raiva e me sinto muito bem com isso. Como a desgraça alheia me regozija!

— Apenas saber exatamente quem é o russo e por que quer me ferrar. Só isso, e terá o caminho livre para sua caçada. Afinal, como você mesma lembrou, um assassino não pode dar colher de chá, não é mesmo? Ou sua própria classificação à minha pessoa não a assusta?

— Dobre a língua para falar comigo, seu assassino! Você não apenas deixou seu próprio circo, animais e empregados abandonados à própria sorte, como condenou um homem à morte porque o deixou trancado numa bilheteria! — Ah, como é fácil fazer uma franguinha falar. Rio comigo mesmo, parabenizando-me por minha astúcia e experiência em manipular mulheres.

— Deixei, não é mesmo? Então estamos falando do trapezista patético que me implorou o posto de bilheteiro, aliás, trabalho até que muito complexo para alguém tão desclassificado como ele.

— Não fale assim do pai de Aleksei! — grita, e eu gargalho, sem nem sequer disfarçar, porque me entregou de bandeja o que eu queria saber.

Fico até frustrado, achei que seria mais difícil e emocionante. Para não perder o gostinho de disseminar o terror, despeço-me sem nem ligar para as imprecações que me dirige pelo telefone.

— Bem, como seu sogrinho já foi tostado, vou deixar seu homem para você de outra maneira... — Gargalhando antes de desligar o telefone, concluo, ouvindo ao fundo seus gritos. — Seja boazinha e não diga nada, porque se falar, posso até pensar em não o deixar inteirinho.

Como já estava desconfiado, não estávamos aqui apenas pela competência da idiota da Kenya. Isso é vingança pura e simples. O rapaz quer se vingar de mim por causa daquele imprestável do pai dele, que ia morrer mais dia, menos dia! Eu o poupei de ter que cuidar do moribundo, como foi o meu próprio pai. Deveria mesmo é me agradecer.

Bem, está na hora de começar a ação. O pedido de Kenya para ir embora veio bem a calhar, o que vai limpar qualquer desconfiança que pairar ao meu respeito após executar o que planejei. Mas se ela pensa que eu vou levar aquela velha asquerosa e aquele macaco fedorento, está muito enganada. A droga é que tive que gastar dinheiro com passagens para eles e com o aluguel de um carro até São Paulo porque nenhum ônibus aceita um bicho nojento daqueles.

Para me livrar deles, providenciei um eficaz remedinho que os impeça de seguirem viagem. Que peninha da Kenya! Seu Chimbinha e sua velhinha não poderão acompanhá-la...

Começando, teclo o primeiro número.

— Kenya, já comprei as passagens, mas só poderemos sair amanhã, quando haverá carro disponível para locação. Já que quer levar esse bicho, não dá para irmos de ônibus até São Paulo para pegarmos o voo para Manaus.

— Está bem, mais um dia e uma noite aqui não vão me matar.

— Sonsa, sua hora está chegando. Não posso correr mais riscos. A idiota já está ficando famosa.

— Não fale com esse ar de vítima! O que quer que tenha acontecido não é importante a ponto de fazer você ficar com essa voz de coitadinha que me irrita. — Odeio quando fala assim, como se achasse que eu iria consolá-la.

Essa pirralha nunca entende que só está comigo até hoje porque me é útil. Depois de hoje, se tudo correr como espero, chegará o momento que tanto esperei, o de ela se arrepender de ter nascido!

— Não vou até aí hoje, só vamos nos ver quando for buscá-los amanhã logo cedo! Estejam todos prontos, porque não vou ficar esperando como um idiota.

— Está bem, pai! Não precisa falar assim. Logo ficará livre de mim.

— Não sabe quanto suas palavras são proféticas, minha filha — falo essas duas últimas palavras com muita ironia.

— O que está querendo dizer com isso?

— Apenas lamentando quanto é ingrata... — Desligo o telefone sem nem me despedir. Não quero perder mais tempo com essa menina irritante. Com ela só perderei tempo para fazê-la sofrer quando for eliminá-la de vez. Todos esses anos tendo que aguentar conviver com essa bastardazinha têm que trazer alguma compensação. Quero vê-la sofrer muito quando fizer tudo o que pretendo.

Vou até o armário e tiro um uniforme igual aos que os ajudantes temporários usam. Como é fácil se misturar às pessoas que trabalham num local! Quase sempre um uniforme dispensa qualquer verificação mais apurada. Povo ignorante!

Visto-me, pego um conjunto de chaves mecânicas e vou colocando-as nos bolsos. Saio do hotel e pego um táxi que me leva até o circo, vendo que o paspalho que me segue há dias não percebeu que saí, como eu já imaginava. Chegando ao circo, vou primeiro ao local em que ficam as motos. Já sei toda a rotina e exatamente as horas em que há pessoas em cada um dos locais do grande acampamento. Para se ter sucesso na vida, tem que saber observar a situação como um todo, e, após observar, reunir os mínimos detalhes de tudo que a envolve. É pelas bordas que se chega ao melhor ou, como dizem os mineiros, comendo pelas beiradas.

Ah, sinto até um tremor de prazer ao encontrar tudo como planejei, e ainda tenho a vantagem de um grupinho estar concentrado em socorrer uma criança. As coisas não poderiam ser melhores. Sem demora, vou até as motos do russo e do panaca do seu pau-mandado. Com apenas duas ferramentas, completo o serviço. Tão simples de executar, mas que causa um estrago bem considerável. Veículos que perdem os freios depois de um tempo em movimento são minha especialidade!

Adoro isso!

Se os dois resolverem sair juntos, então, será um verdadeiro golpe de mestre de minha parte.

Que felicidade sinto! Pareço-me com um personagem *serial killer* num suspense policial.

Há tempos que não tenho tanto orgulho de mim mesmo!

Olho para todos os lados, não sei se apenas para me certificar de que ninguém está aqui ou se por causa de uma sensação de estar sendo observado.

Faço uma varredura do local, vejo que está limpo. Olho o relógio e vejo que é hora do próximo passo.

Apesar de o circo não ter funcionado no dia anterior, não sei por que cargas d'água não foi feito o depósito do dinheiro do fim de semana no banco.

O mundo parece conspirar a meu favor!

Talvez seja prática deles pagar o pessoal em espécie ou algo assim, porque isso não aconteceu nenhuma vez desde que cheguei. É inédito. Bem, mas o fato é que me beneficia muito. Vou usar mais uma de minhas habilidades, que aprendi nesses anos de estrada, primeiro com um arrombador com quem jogava pôquer em Piracicaba, nossa primeira parada depois de largar aquele circo medíocre em chamas. Depois fui aperfeiçoando quando precisava de dinheiro porque a incompetente da fedelha não conseguia o suficiente.

Sigo para a bilheteria que, claro, está vazia. Tiro mais uma das ferramentas e vou direto para o cofre. Hum... Vamos lá, belezinha! Encosto o ouvido e começo minha mágica.

Clique... clique... clique!

Ah... Já? Que droga! Muito fácil!

Esses cofres nem respeitam mais os experts! Abro a porta e vejo os pacotinhos que pedem para ser pegos. Tiro um saco plástico preto de um dos bolsos e começo a colocar o dinheiro dentro. Acho que vou até ser bonzinho e deixar as moedas. Rio comigo mesmo.

Após fazer a limpa, fecho o cofre, me viro para sair e dou de cara com...

— Por que está fazendo isso?! Eu não posso acreditar!

— Cale essa boca, sua idiota! É melhor se virar e fingir que não viu nada disso. A essa altura, você já deve saber do que sou capaz, portanto, saia da minha frente e vá fazer o que quer que fosse fazer antes de me ver aqui.

— Eu não vou deixar você prejudicar pessoas inocentes de novo!

— De novo? Ora, ora, ora! Então você já foi contaminada pelo veneno, é? Bem, deixe-me dizer uma coisa. Se você foi burra até agora para não entender que sou capaz de qualquer coisa, vou soletrar para você: se... não... fizer... o... que... eu... mandar... você... se... arrependerá! — Chego perto dela e agarro seu pescoço. Adoro fazer isso!

— Você está apertando demais, pai! — ela fala, quase sem ar.

— Se ainda consegue falar, é porque não estou apertando o suficiente.

— Por... favor...

— Suplicando, Kenya? Ah, como é bom ouvir isso! Você me deixa tão feliz! Mas apenas ouça, porque ainda preciso de você antes de te mandar ver as harpas tocando com sua mãe. Você vai voltar para o lugar de onde veio e esperar até eu vir te buscar amanhã, como se nada tivesse acontecido, para não despertar suspeitas. Depois verá do que realmente seu paizinho aqui é capaz. E me obedeça agora, Kenya! Não se esqueça de quem cuidou e ficou com você quando todos a abandonaram! Seja grata a quem lhe dedicou a vida toda. Vá! Agora!

— Bem que Lara disse que isso ia acontecer! Você é mesmo o monstro que todos dizem! — ela fala, ofegante, tão burra que não entende que deveria poupar o fôlego para se manter viva. Gargalho com o que diz, mas é hora de ir.

— O que tem a ver essa tal de Lara comigo, que nem sei quem é? Ah, nem quero saber, porque nada é importante perto de todo esse dinheiro em minhas mãos.

— Nem eu? Sua própria filha?

— Minha o quê? Filha? Mesmo?

— Você fala como não se fosse meu pai.

— E se eu não for? O que isso muda? Não fui eu que te criei, sua ingrata? — Aperto mais meus dedos e a gazelinha esbugalha os olhos. — Quer saber? Cansei de você! Dê um jeito na sua vida e volte a me respeitar e obedecer ou serei capaz de matá-la, assim como fiz com seus pais.

— Então, é...

— Verdade? Sim, é a pura verdade. Com certeza soube algo dessa história pelas suposições daquela velha russa recalcada. Se bem que, agora, com o novo visual e a velhota toda arrumadinha, até que eu teria me divertido com ela. Mas é tarde. Sabe, Kenya, um navio grande pede águas profundas, e suas águas estão se tornando cada vez mais rasas, como as deles.

— Foi você que...

— Você é muito previsível, Kenya! Quer saber se fui eu que os matei? Na verdade, eles se mataram sozinhos, só dei uma forcinha. Sua mãe era muito oferecida, mais ou menos como você. Viu no meu pai a mesma oportunidade que você no russo. Quando ela me flagrou incitando os leões a atacarem a pobrezinha da leoa, eu a impedi de contar ao meu pai. Ou seria nosso pai? — Paro para pensar e volto a estrangulá-la. Quanto mais quieta ficar, melhor para concluir a história mais rapidamente, porque nem sei se tenho tempo para tanto. E já estou sem paciência para ouvir seus gemidos. — Eu disse a ela que, se não ficasse comigo, mais acidentes aconteceriam. Consegue imaginar a cara dela de horror? Se tivesse um espelho aqui, mostraria seu reflexo e veria exatamente a cara que ela fez.

Perco-me um pouco no regozijo que foi assustar Sania daquele jeito. A mulher que queria para mim e que escolheu o fraco do meu pai.

— Naquele dia, até me convenci de que ela gostava do velho moribundo. Mas o que a assustou mesmo foi quando disse que não queria um irmãozinho, mas um filho. Eu fui legal, sabe? Dei opção a ela. E não é que ela aceitou? Diga se não sou muito persuasivo. Se bem que vou te confessar baixinho...

Aperto meus dedos e sussurro, próximo do ouvido dela.

— A ordinária da sua mãe, mesmo depois do casamento, recusou-se a dormir comigo uma só noite que fosse! Mas ela apanhou, hein? Ah, como apanhou! Quando você nasceu, aquela atrevida me ameaçou, jurando procurar ajuda a cada vez que eu a tinha em meus braços e era obrigado a me conter. Mexi no carro que a levava junto com nosso paizinho para uma internação. Não me olhe assim, imbecil! Ele ia morrer de qualquer jeito.

Suas mãos sem forças vêm ao meu braço. Mesmo que praticamente desfalecida, tenta lutar, mas estou sem tempo agora e, preocupado que alguém possa chegar, solto-a com um empurrão, mesmo que minha vontade, quase que incontrolável, seja de matá-la de vez!

— Não conte nada disso para ninguém! Se fizer, volto aqui e acabo com aquele macaco nojento. Virei pegar todos vocês de manhã. Estejam prontos!

Ainda preciso da confiança dela em mim e seu desejo ridículo de amor paternal para manter meu álibi e ninguém desconfiar de mim quanto ao roubo. Depois disso, acabo com ela! Ainda bem que conheço muito bem o desejo dela de me agradar e me fazer feliz e sei que não fará nada. Sou um gênio! Sei que fiz muito bem meu trabalho de lobotomia. Rio muito. Como essa menina é uma idiota crédula! Mostra que puxou ao pai, tão bonzinho e cheio de desejos de agradar.

Saio das imediações do circo e vou até o táxi que paguei para me esperar. Depois de guardar essas belezinhas, será muito bom terminar o dia onde mais gosto: lugares que oferecem mulheres para todos os gostos. Caso de polícia? Talvez, mas pouco me importa, porque o descaso deste país com a própria população, seja em que cidade for, só faz felizes loucos como eu.

Capítulo 32

Correndo contra o tempo

Kenya

Tossindo muito, mal consigo respirar.

Cambaleando, tento me recompor, porque sei que tenho que correr para evitar uma tragédia.

Deus!

Nunca poderia imaginar tudo isso!

Num mesmo dia ajudei uma mãe a salvar seu filho e quase fui morta por meu suposto pai!

Quando saí para me despedir do circo, próximo ao meu trailer vi uma movimentação que me chamou a atenção. Mariana, esposa de Stepanov, o atirador de facas, estava correndo, apavorada, com seu bebê no colo. Alguma coisa não estava certa, e eu me aproximei deles, tentando aparentar a maior calma possível.

— O que está acontecendo, Mariana?

— Eu estava amamentando o bebê e olha como ele está, Kenya, não respira, não chora e está ficando roxo! — Aos berros, ela o chacoalhava, enquanto gritava por socorro. — Não consigo fazê-lo voltar a respirar. Meu Deus, me ajuda! Meu filhinho...

Histérica, ela parecia cega. Seu desespero era tamanho, que fui obrigada a pegá-lo em meu colo e ela mal notou.

Por já haver presenciado uma criança engasgada com uma moeda e prestado muita atenção no que o socorrista fez para salvá-la, já sabia, em teoria, o que fazer, mas não tinha experiência prática.

O que tinha certeza era que, para tentar ajudá-lo, precisava tomar algumas providências antes que a situação se agravasse e fosse tarde demais. Ele não tossia ou manifestava qualquer reação. Era notório que suas vias aéreas estavam totalmente fechadas.

Segurando o bebê inclinado para frente, de bruços no meu braço, dei três palmadas nas costas dele, com a mão aberta. Mantive sua cabeça levemente inclinada para a frente, para facilitar o processo de desengasgo e evitar que ele engolisse o leite, que o sufocaria, caso vomitasse.

Repeti o processo mais uma vez e, por glória de Deus, senti o bebê se mexer e ouvi junto um barulhinho que parecia um chorinho. Animada por ver uma espuma branca sair de seus lábios, disse o nome da mãe.

— Olhe, Mariana! Ele está voltando.

Ela me olhou e pareceu não conseguir raciocinar direito com o que estava acontecendo. De repente, várias pessoas se aproximaram. Ela continuava a gritar por socorro.

Stepanov chegou e a segurou nos braços, tentando acalmá-la. Eu contei rapidamente o que havia acontecido.

— Eu acho que vocês devem levar o bebê para um pronto-socorro o mais rápido possível. Ele já voltou, mas vocês precisam pedir para um médico examiná-lo.

Alguém do circo, sensibilizado ao ouvir a gravidade do que havia ocorrido, em segundos pegou um carro e parou ao nosso lado. Entreguei a criança para o pai, que seguiu com ela e a mãe para o hospital, enquanto murmúrios de pesar e desejos de melhoras se multiplicavam entre os que se reuniram em torno de nós.

Passado o susto, senti uma dor dilacerante por partir e deixar para trás aquelas pessoas que se tratavam como família.

Afastei-me de todos com discrição, para não chamar atenção e para ninguém notar minha angústia. Já longe, olhei para eles com tristeza e segui adiante. Dei alguns poucos passos e percebi uma figura que chamou minha atenção. Aquele era mesmo um dia de revelações e acontecimentos. Cismada e desconfiada, segui a figura de meu pai, não fazendo ideia de que iria descobrir o que todos já sabiam! Como pude ser tão cega esse tempo todo?

Nunca imaginei que meu... Adrik fosse capaz de tanta violência e maldade! Nem que nossa história acabaria um dia, muito menos com tantas lágrimas e mágoas! O amor que esperei dele a vida toda nunca viria, porque só tinha ódio, ganância e maldade em seu coração.

Respirando fundo, tento me concentrar no momento presente, ciente de que tenho que realizar mais uma missão de salvamento o mais rápido possível. Com muita dor nos pulmões e no pescoço, tenho dificuldades de me manter em pé. A urgência de avisar Aleksei da sabotagem nas motos acaba por piorar meu estado em vez de ajudar! Estou abalada e muito nervosa.

Além disso, outra profecia de Lara fica martelando em minha cabeça, no ritmo dos meus arquejos:

"A verdade vai aparecer e o assassino será revelado. Ele quer matar novamente, mas a alegria vai derrotá-lo e o castigo finalmente virá."

Estou totalmente convencida, agora, de que nunca se tratou de loucas divagações de Lara, mas de premonições bastante precisas.

Tenho que correr...

Não posso me permitir ficar assim.

A verdade apareceu e o assassino me foi revelado, não posso deixá-lo matar novamente, preciso correr em direção à alegria que vai derrotá-lo e deixar que receba o castigo que lhe é devido.

Levanto-me, começo a correr entre os trailers e dou de cara com a moto, alguns metros à frente, vindo em velocidade razoável, mas não paro...

Meu São Nicolau! É a moto de Aleksei!

Corro... corro...

Eu preciso fazer com que pare!

Caso isso não aconteça, então vai ter que passar por cima de mim. A moto continua a se aproximar e não me intimido, tenho que avisá-lo!

Meu coração bate desenfreadamente, tudo vai acontecendo de maneira rápida e, quando aquela máquina potente vem de encontro a mim, fecho os olhos, já sabendo que, provavelmente, ele não terá como parar quando for tentar. Aquele assassino deve ter mexido justamente nos freios.

Valente e de peito aberto, aceito receber o que o destino me reserva. Se é para ele passar por cima de mim para se livrar de um acidente pior, que assim seja.

Um filme desenrola-se em minha cabeça, como um curta-metragem. Revejo a ocasião em que conheci Aleksei; nossa primeira vez; os dias em que ficamos juntos e felizes; as vezes em que acordamos e dormimos abraçados e até a descoberta do rapaz que me salvou naquele fatídico dia, que era ele.

Um estrondo e o som de uma correia girando no ar me fazem abrir os olhos.

— Aleksei! — grito, ao vê-lo no caído no chão. — Meu Deus, você tinha que me atingir para parar! — Antes de pensar ou gritar por socorro, vou até ele. — Aleksei, por favor, fala comigo.

Toco-o, mas ele não responde. Mesmo já tendo lido que não deveria, tiro seu capacete depressa, sem mexer muito nele, e grito por socorro.

— Eu te amo, meu amor! Fala comigo, por favor! — Minhas palavras parecem reanimá-lo, indicando que está vivo.

Beijo, entre lágrimas, a tatuagem sobre seu rosto, a que ainda não perguntei o que significa. Deus! Quantas coisas ainda não partilhamos e contamos um ao outro! Por favor, ajude-nos! Precisamos de mais tempo!

— O que foi que aquele homem fez com você? Não era a hora de pegar a moto!

Ele se mexe e emite gemidos de dor. Seus olhos abrem e fecham. As pessoas vão se aproximando e, em pouco tempo, a ambulância chega. Não ouço e nem falo com ninguém, alheia a tudo à nossa volta. Dentro de mim, perguntas, dúvidas e dor duelam, como um caleidoscópio.

Os paramédicos conseguem afastar-me dele enquanto o examinam e, depois, o colocam na maca. Amparada por Iva, choro em seu ombro, repetindo que sou culpada o tempo todo e que, se algo acontecer com ele, nunca me perdoarei. Quando o levam para dentro da ambulância, entro junto. Por todo o percurso não solto sua mão. Um dos paramédicos pede para examinar meu pescoço, que, segundo ele, está com um aspecto horroroso e deve estar provocando dor. Mas estou tão entorpecida com tudo e tão preocupada com Aleksei que não permito.

Chegando ao hospital, sou impedida de continuar a acompanhá-lo. Não sei por quem, sou levada à enfermaria, onde tratam dos meus hematomas e me dão um remédio para dor, até que posso ir à sala de espera. As horas passam e parecem durar uma eternidade. Metade dos artistas do circo está comigo, aguardando informações tanto do bebê quanto de Aleksei. Meu celular não para de tocar com mensagens do meu pai. Eu sabia o que elas significavam e não atenderei! Ele tentou matar o meu amor!

O médico aparece e, prontamente, Micha, que foi chamado por alguém e apareceu sem nem sequer eu ter me dado conta, Yuri, Ivana e eu vamos até ele.

— Doutor, como Aleksei está? — parece um jogral, quando perguntamos juntos.

— Vocês são da família?

— Somos! — O jogral continua e vejo que realmente são a família dele.

— Ele está bem. Fizemos todos os exames e nenhum dano foi constatado.

— Por que desmaiou? — Ivana questiona-o, preocupada.

— Será que não bateu a cabeça? — Yuri indaga.

— Fizeram tomografia? — Micha, duvidoso, interroga.

Eu, por minha vez, só peço o que mais quero.

— Podemos vê-lo?

— Como falei, ele está bem. Só não para de chamar por Kenya.

Meu coração dispara com o alívio da minha ansiedade.

— Por favor, doutor, leve-me até ele.

O corredor extenso parece ser interminável. Caminho com esperança de que, ao final, encontrarei meu amor. O médico indica a porta e paro, respirando fundo antes de abrir. Deitado, Aleksei segura a beira da cama, enquanto seus olhos cruzam com os meus.

— Pensei que não quisesse me ver mais... O quê? Deus! Veja como está machucada! Tem que cuidar disso agora! — Mesmo convalescente, seu tom não deixa de ser soberano. Parece que estava me esperando.

— Fique tranquilo! Já fui devidamente medicada. Quanto a não te ver mais, não poderia partir depois das coisas que vi.

Suspirando, ele vira a cabeça. Vê-lo deitado na cama, depois de todo o ocorrido, parece curiosamente doloroso e, ao mesmo tempo, reconfortante, porque constato que está bem.

A verdade é que estou feliz de vê-lo novamente, mesmo que nestas circunstâncias.

— O que estava pensando quando entrou na frente da minha moto? — Sua expressão de dor corta meu coração. Porém, contrastando com ela, seu tom profundo e controlado me gela.

Talvez Aleksei não entenda minha intenção e, agora, nada mais do que eu disser vai ter importância.

Ele terá que ser tolerante com relação à maneira desastrosa que lhe contarei tudo. De qualquer forma, preciso falar. Não tenho escolha.

— Que o monstro que você tanto perseguia queria vê-lo morto, mas que isso nunca aconteceria se dependesse de mim! Preferiria morrer a ver algo acontecer a você, Aleksei!

— Não fale isso! Por favor, seja objetiva, Kenya! A pancada na minha cabeça não deve ter me deixado confuso a ponto de não conseguir entender o que está dizendo.

— Claro que não! Aliás, nem é a hora para falar disso! — Abaixo a cabeça, envergonhada por, em vez de dar mais importância ao que me contou a respeito de meu pai, ter me concentrado no fato de me sentir usada por ele. — Desculpe por ter causado todo esse transtorno, eu poderia ter...

Sinto-me tão incapaz e tola que nem consigo concluir o que quero lhe dizer.

— Kenya! — O comando em sua voz me faz gelar! Acho que vai me mandar embora. Quando meu... Adrik usa esse tom, sei que não vem coisa boa.

— Você sabe o que me fez desviar aquela moto? — Olho para ele, esperando uma resposta. — A valentia que vi em seus olhos. A mesma que fez eu me apaixonar por você. Não a covardia que estou vendo agora e quando não tem coragem de se defender do seu pai. Então, não me faça me arrepender por te amar tanto assim e por ter desviado aquela moto em vez de ter seguido em frente!

— Está querendo me dizer que, se eu não tivesse demonstrado coragem naquele momento, teria passado com a moto por cima de mim?

— Não, ainda teria desviado, mas não teria tido a oportunidade de conhecer essa guerreira destemida que me apresentou, porque estaria atrás do canalha que a machucou tanto!

A esperança enche meu peito e sinto que há espaço para o perdão no coração de Aleksei.

— Estava tão assustada! Sabia o que havia sido feito em sua moto e vê-lo correndo como louco com ela foi aterrador!

— O que quer dizer, Kenya?

— Estou cada vez mais conhecendo a verdade. Por favor, tente entender se tenho dificuldade de contar as monstruosidades que presenciei, Aleksei! — suplico.

Ele senta-se na cama e a camisola mal amarrada se abre, revelando aquele corpo glorioso, que carrega as marcas de suas dores e tragédias. Continua perigosamente lindo, como sempre, apesar de parecer longe e distante de mim.

— Durante anos, a ânsia de vingar a morte do meu pai e as cicatrizes que me marcaram me cegaram. A única coisa que via à minha frente era vencer na vida e ter recursos suficientes para encontrar seu pai e fazê-lo pagar por tudo. Ele devastou a vida de muita gente inocente.

— Aleksei, por mais que o entenda agora e saiba do que meu pai é capaz, como você já se declarou de maneira tão honesta, eu também tenho que revelar que... — Não consigo concluir que o amo, não é o momento certo. —Deveria e vou confiar mais em você. Por isso é que gostaria que entendesse que, ao querer se vingar a qualquer preço, doa a quem doer, fazendo um inocente pagar, se tornará igual a ele, entende? Você nem sequer considerou como tenho vivido todos estes anos! Consegue imaginar o que foi não poder ter o direito de ir e vir ou nem mesmo ter gozado da oportunidade de estudar? Consegue, Aleksei? — digo-lhe, com as lágrimas a rolar.

— Eu não sabia como vocês viviam.

— E isso justifica sua atitude? Na verdade, mesmo que constatasse que minha vida tinha sido feliz e eu tivesse tido um resto de infância bom, eu seria, mesmo assim, merecedora de uma vingança surgida por causa de algo que aconteceu sem eu ter qualquer participação?

Ele me olha, como se quisesse me amparar, mas não o faz. Será que me chamou para dizer que eu estou livre para ir embora?

— Kenya, não sei de muito mais coisas agora, a não ser que entendo e prometo refletir a respeito de tudo o que me disse. Mas tenho que lhe dizer também que seu pai, reafirmando tudo o que pensávamos dele, é realmente uma pessoa desonesta.

Como se ele precisasse me dizer.

— Eu estava naquela moto, correndo atrás dele, porque, como prevíamos, veio roubar a bilheteria. Não bastando isso, agrediu covardemente a mulher que amo!

Pigarreio, sem saber como descobriu tão rápido, com medo de pensar que eu estava junto com Adrik.

— Como...

— Tenho câmeras na bilheteria e sabia que era uma questão de tempo para ele dar o bote. Quando me comunicou que estava indo embora, não tive dúvidas de que essa era a deixa perfeita para ele. Por isso liguei diretamente ao meu trailer os sistemas de alarme.

— Então viu tudo?

— *Kakoy koshmar*! Nem me faça lembrar, Kenya! Tem certeza de que quer que eu reviva tudo o que aconteceu ali? Confesso que me surpreendi quando a vi chegando e, por mais assustador e monstruoso que possa parecer, foi melhor ele ter te atacado...

Fico horrorizada com o que diz, mas Aleksei nem percebe, parece perdido em suas reflexões, até que balança a cabeça e eu o encaro, surpresa.

— Fiquei cego quando ele fez isso! Mas foi o que te fez ir ao meu encontro e o que me fez parar. Não fosse isso, eu o teria alcançado e o mataria por fazer aquilo com você, me tornaria tão assassino quanto ele. Estava tão desesperado para saber se você estava bem...

Engole com dificuldade e consigo ver a profunda dor e amargura em sua expressão.

— Agora sei que armaram isso para pegá-lo, porque finalmente consegui juntar todas as conversas que ouvi, mas não sabia disso antes, por isso é que o segui ao ver que estava rondando alguns locais do circo.

— O quê? Você tem ideia do risco que correu ao fazer isso?

— Sim, mas não tive medo algum, muito menos do que poderia me acontecer. Precisava saber o que ele estava tramando, e foi aí que o vi primeiro mexendo em sua moto e depois na de Yuri. Meu Deus!

— Levo a mão à boca, desesperada por ter esquecido de avisar Yuri.

— Tenho que avisá-lo! Espera um pouco...

Deixo Aleksei olhando-me aturdido, saio correndo e vou até a sala de espera, onde seguro os dois braços de Yuri, balançando-o.

— Não use sua moto, por favor. Avise no circo para ninguém usá-la!

Yuri olha-me com estranheza, como se achasse que estou louca.

— Yuri, telefone para Juarez e faça-o avisar para ninguém usar sua moto! Agora!

Ao comando da voz de Aleksei, viro-me e vejo-o na porta da sala de espera, sem o camisolão, só de calça jeans. Nesta hora, fico aliviada com seu tom autoritário.

Yuri pega seu celular e obedece.

— Micha, a polícia foi atrás de Adrik?

— Sim, Aleksei. Já deve estar preso neste momento. Ainda estava com as notas marcadas.

Ivana vem e me abraça para me consolar e, pela primeira vez na vida, sinto o gosto amargo da justiça sendo feita. Ele teria uma punição merecida. Se Aleksei tinha realmente tudo gravado, provavelmente seria condenado por algum dos crimes que confessou.

— Pronto, Aleksei, Juarez já foi avisado. Agora você pode me contar o motivo da proibição?

— Adrik sabotou nossas motos.

— Sr. Aleksei, precisa voltar para o quarto. O senhor ainda está em observação.

Aleksei levanta uma das sobrancelhas para a enfermeira e todos nós sabemos o que significa, embora ela nem desconfie.

— Ouviram o que ela falou? Preciso de cuidados. O que estão esperando, Micha e Yuri? Carreguem-me até o quarto. Estou convalescendo e não posso andar.

Brincalhão, chama os rapazes e entendo que precisa de um momento sozinho com eles.

— Se veio até aqui, volte como veio! — Micha o desafia, enquanto Yuri o segue.

— Kenya! — Volta-se para mim e sinto como se estivesse nua na sua frente, prestes a ser inspecionada. — Nós ainda não terminamos. Vá com Iva para o circo que logo estarei lá! Ivana, por favor, cuide dela e desses machucados que devem estar doendo muito! — Não sei se choro ou pulo de alegria por falar comigo e expressar seu cuidado antes de sair. Mas o que quero mesmo é dar gritos de regozijo porque nenhuma de suas palavras estava relacionada a me mandar embora.

Antes de ir, peço para Iva me acompanhar até a pediatria para saber do bebê de Mariana. Chegando lá, vejo pai e mãe encostados na porta do centro intensivo.

— Kenya! A salvação do meu filho! Os médicos disseram que os primeiros socorros ministrados ao meu bebê foram primordiais para mantê-lo vivo.

Ela me abraça e todos os acontecimentos do dia me atingem. Eu desabo em soluços nos seus ombros, como se esta fosse a minha oportunidade única de desabafar todas as emoções do dia.

Iva e Stepanov se juntam a nós, nos abraçando também. Aproveito a ocasião para sentir todo aquele calor humano e todo o carinho.

Ainda estou muito confusa e chocada por Adrik ter feito tudo o que fez e, mesmo assim, ter tido coragem de me encarar com aquela monstruosa falta de arrependimento, não sentindo qualquer culpa por seus atos absurdos!

Ele matou meus pais, pelos quais nem sei se conseguirei manter qualquer luto. Para mim, na verdade, eles nasceram e morreram com tais revelações, sem nunca poderem ter tido qualquer importância concreta em minha vida. Adrik teve bastante êxito nesse sentido, infelizmente!

Tampouco sei como lidarei com tudo o que descobri, mas, de uma coisa eu tenho total e absoluta certeza: preciso dessa família do circo.

Capítulo 33

Enfrentando o monstro

Aleksei

Do hospital, fui direto para a delegacia. As recomendações médicas podiam esperar.

Nunca entrei em uma e posso dizer que o clima não é nada bom; porém, mesmo em um lugar tão decadente, consigo manter um sorriso de satisfação enquanto aguardo trazerem aquele verme para eu falar com ele. Fico até intrigado com o fato de aceitar minha visita, porque isso só é permitido se ele concordar. Claro que deve ter algo em mente.

— O que faz aqui, seu comunista?

Ainda bem que Raissa, após tentar ligar para meu celular e ver que não a atendia, ligou para Yuri para me avisar que tinha deixado escapar quem eu era para esse crápula, senão iria achar que havia sido Kenya quem tinha lhe contado tudo.

Adrik me fita, com sangue nos olhos, e não deixo por menos.

— Vim me certificar de que se hospede no lugar que lhe é devido pelo resto da sua vida.

— Estamos no Brasil, comunista infame! Não confie tanto nas leis deste país.

— De fato, aqui não temos leis muito severas. Mas reserve boa parte do que vem roubando nestes anos todos para pagar uma boa defesa. Você pode até não responder por todos os crimes que cometeu, mas pelo menos pelo roubo do meu circo vai. A filmagem da agressão que fez à Kenya e suas digitais nas motos também lhe pesarão sobre a cabeça, além de serem provas para te manter aqui por um bom tempo.

— Agressão? — Ele ri, sarcasticamente. — Aquela idiota não seria capaz de me denunciar.

— Ela talvez não. Só que não há necessidade de fazer qualquer denúncia, as câmeras da bilheteria foram suficientemente eficazes para filmar tudo. — De imponente, a velha raposa passa a temeroso.

— É, Adrik, passei aqui para olhar bem para você e me despedir, deixando-o trancado, assim como fez com meu *papa*. A propósito, o que mais descobriu além de quem sou?

Mesmo já sabendo que foi Raissa que lhe revelou minha identidade, como ainda não conversei com ela, quero ter uma ideia do que disse a ele e avaliar se tenho que me preparar para algo não previsto. Uma dor no peito me faz ter remorso por saber que teria desconfiado de Kenya se não tivesse sido avisado por Yuri do telefonema de minha amiga inconsequente.

— Cuidado, comunista! Se você não consegue controlar seus serviçais e suas mulheres, deixando-as mal assistidas, elas se tornam presas fáceis e revelam aos seus inimigos tudo o que querem saber.

— Se ela se juntar a você, o que acho difícil pelo que causou aos pais dela, será para traí-lo, como você faz com todos.

— Acha-se muito esperto, né?

Ignoro seu sarcasmo.

— Aprendi com o melhor.

— Quando eu sair daqui, vou atrás de você!

— Se conseguir sair, serei o primeiro a esperá-lo. E pode contar que estarei preparado para me vingar de você com minhas próprias mãos.

O homem é muito covarde, só é valente com mulheres e animais. Posso ver seus lábios tremerem de medo e ele espumar de raiva. Suas ameaças são pueris e tenho certeza de que não sairá daqui por um bom tempo. Isso se não morrer aqui dentro, enforcado por sua própria arrogância.

— Seu comunista de uma figa, você não pode me deixar aqui. Eu cuidei de Kenya. Como sei que você está interessado nela, não a quer chateada. Então, será obrigado a me tirar daqui para fazer feliz minha linda filhinha!

Idiota, será que pensa que tenho alguma piedade dele? Ou que Kenya o ama a ponto de passar por cima da lei por sua causa?

— Nos seus sonhos! Passar muito mal, Adrik! — Deixo-o gritando palavras ofensivas, sem nem me dar ao trabalho de olhar para trás.

À minha espera, na sala de depoimentos, estão Micha, Yuri e Raissa.

Mal consigo olhar na cara dela e, incrível, ela parece imune ao meu olhar mortal e vem até mim.

— Aleksei, até que fim temos Adrik onde merece estar! — Joga seus braços em meus ombros e não mexo um músculo, encarando-a, taciturno.

— Ainda não temos nada, ele só está detido. Deveria saber, muito melhor do que eu, que apenas o teremos onde tem que estar depois de condenado.

— Cuidarei pessoalmente disso!

— Não! — digo, em um rompante. — Não cuidará de mais nada. Aliás, você não cuida mais dos meus interesses cíveis e muito menos me representará contra Adrik.

— Você não pode me descartar assim, Aleksei! — Seus braços deslizam pelos meus ombros e suas mãos vêm direto para meu peito, mesmo minha postura deixando claro que não quero. Lanço meu olhar para onde elas estão, e Raissa percebe que desaprovo seu ato. Mesmo muito decepcionado, mantenho meu autocontrole.

— Sua firma continua cuidando dos meus interesses, Raissa, mas não você, designe outro dos seus advogados associados.

Seus olhos se arregalam.

— O que foi que Adrik falou de mim?

— Adrik? O que poderia falar, Raissa? Você contou algo mais além de revelar quem sou eu?

Ironicamente, espero-a responder.

— Ele ligou me ameaçando! — Observo-a baixar os olhos e analiso o rubor envergonhado em seu rosto.

— Então se sentiu acuada e resolveu... Hum, deixa ver se adivinho. Contou sobre nossa origem porque ele a ameaçou... Ou, deixa eu tentar ser mais específico: ele disse que, se você contasse tudo, deixaria o caminho livre para você me reconquistar, não é isso?

— Sim, ele falou algo assim, além de me ameaçar, é claro! — replica. — Mas não aceitei nenhuma proposta suja dele, apenas deixei escapar quem era você, Aleksei!

Não duvido de que ele a tenha ameaçado, mas é impossível impedir meu sangue russo de ferver! Pego em seus braços e os solto no mesmo instante, receoso de fazer uma besteira e perder a razão. Como pode ter sido tão ingênua, seguindo uma carreira que requer esperteza?

— Acorda, Raissa! Você não tem como reconquistar algo que nunca teve! Como pôde cair numa armadilha ridícula dessa? Você não é só linda, é inteligente!

Encarando-me por um momento, desvia os olhos.

— Mas não o bastante para você.

— Vejo-a apenas como amiga. Não como minha mulher, entende?

— Faço tudo isso porque te amo! É você que não percebe!

— Impossível não perceber, Raissa, mas sempre fui muito transparente quanto a não querer nada com você, além da nossa amizade.

Tento ser o mais claro possível.

— Por que está dizendo tudo isso, Aleksei?

— Porque esta é a mais pura verdade. Por favor, aceite isso.

— Não me peça para entender que, além de não poder te ter como algo mais que amigo, também vou te perder como meu cliente especial.

Raissa testa todos os meus limites e o arrependimento de ser mais duro com ela desaparece.

— Talvez se entender um dia quanto sua ética pessoal e profissional foi prejudicada por você mesma, eu reconsidere e você possa voltar a cuidar dos meus assuntos jurídicos. Mas, por agora, não podemos mais trabalhar juntos.

— É por causa dela, não é?

— Não! É por mim.

Pela primeira vez, desde que a conheço, vejo a derrota em seus olhos e a compreensão de que algo que nunca existiu acabou. As lágrimas escorrem por sua face e sinto por esta ter sido a única maneira de ela entender. Considero-a muito, mesmo sabendo que usou de subterfúgios não muito honrosos para me conquistar.

Mantendo-me ereto à sua frente, aguardo seu próximo movimento. Não a forcei a aceitar o trabalho, mas, tendo aceitado, deveria saber que exigiria lealdade. É por isso que não há perdão.

— Posso te abraçar? — Vejo sinceridade e um pedido de desculpas em seus olhos.

Puxo-a para meus braços, em nome da amizade de uma vida.

— Eu torço por você, menina! Pense em tudo o que aconteceu e cresça com seus erros. Seus pais dependem de você. Não os decepcione.

Raissa não diz nada, apenas chora e, em silêncio, conduzo-a para seu carro. Faço sinal para Micha avisando-o que o esperarei fora da delegacia.

Antes de fechar a porta do carro, ela acrescenta:

— Aleksei! Desculpe por tudo.

— Você deve desculpas a si mesma, Raissa. Você não traiu somente a mim. Traiu seus pais e, inocentemente, se traiu também.

— Consigo ver isso agora.

Fico feliz por admitir isso. Raissa é uma profissional maravilhosa e conquistou um escritório bem-sucedido, com uma carteira grande de clientes.

— Sei quanto é inteligente. Não chegou aonde está sem sua sabedoria.

— Obrigada!

— Cuide-se!

Ela liga o carro e vai embora. Agradeço aos santos por ter saído da minha vida sem eu precisar ter sido mais rude.

Com a adrenalina baixa, meu corpo inteiro reclama. Micha chega até mim e conta que as fitas gravadas, com o áudio, já estão nas mãos do delegado responsável pelo caso. Fico aliviado. No trailer só pude ver as imagens, mas não consegui ouvir nada. O áudio não funcionou para mim. Ainda bem que não aconteceu o mesmo com as fitas originais, em poder do técnico de som do circo.

— É incrível que tenhamos procurado tanto alguém que pudesse falar do passado de Adrik e a pessoa estava bem debaixo dos nossos olhos.

— O que está querendo dizer, Micha?

— Bem, é melhor ver as gravações com o áudio e prestar atenção no que foi dito. Ninguém melhor do que a nossa Ivana para nos ter esclarecido muita coisa. Desculpe por não ter tempo para te contar agora. Se demorar mais para voltar a São Paulo, Katyusha será capaz de se aboletar correndo para cá para saber de tudo, quando eu só pude vir tão rápido porque ela ficou com os investidores. Não quero que os largue, você sabe que ela é capaz.

Rimos. Ele me dá um abraço e vai embora rapidamente. Yuri encosta no meio fio, entro no carro e ambos seguimos para o circo. Quando estaciona, desço, ouvindo suas piadinhas.

— Tem certeza de que não quer que o leve no colo?

— Se não estivesse tão dolorido, você teria seus cinco minutos de fama, porque te levaria para o ringue e te daria uma lição por brincar comigo.

Yuri também desce comigo. Sem olhar para o lado, sinto que Kenya está bem próxima de mim. Viro a cabeça e lá está ela, abraçada com alguém. A dor de cabeça não me deixa ver direito quem é e já fico irritado. Mas logo percebo que se trata de uma mulher.

— Yuri, aquela com Kenya é Lara?

— Sem dúvida, aquele cabelo irreverente é difícil de ser confundido.

Tonto! Rio por dentro. Ele pensa que nunca notei como ele repara nela. Mesmo que os refletores do circo estivessem apagados, ele a reconheceria no escuro.

— Será que aconteceu mais alguma coisa hoje?

— Ah, ela deve estar profetizando algo. Na verdade, tenho reparado que tem acertado bastante, mas isso a está degastando demais.

Finge falar superficialmente, como se não se importasse, mas não tira os olhos delas.

— Quando ela faz isso, parece mais com um zumbi, não um cachorrinho sem dono nos braços da amiga.

Observando-as, noto que alguma coisa não está certa. Lara vive perambulando por aí com suas profecias, mas, ainda assim, está sempre bem-humorada e com sorrisos, de lado a lado, para todos. Um xingo sussurrado de Yuri chama minha atenção e ergo as sobrancelhas. Interessante!

— A coisa parece séria, não acha?

— Talvez devam ser problemas no paraíso.

— Acho essa opção difícil. Ela e Dimitri parecem tão apaixonados! — provoco-o.

— Ela merece um homem mais maduro e que a ajude a desenvolver seu dom, não um que é intolerante com isso, como é o caso dele! Ela deveria procurar um homem de verdade!

— E este, no caso, seria você?

— Você sabe que nós três fomos sempre muito amigos, desde a infância, portanto, conheço muito bem os dois. Sei que ele não consegue, e nem faz força, para entender o dom dela. Ele só quer a melhor parte, que é o lado descontraído e bem-humorado dela. Já ela precisa de alguém que não só a compreenda e a ajude com seu dom, mas que possa administrar esse seu lado selvagem e impulsivo, vivendo com ela suas loucuras, mas a segurando na Terra quando extrapola!

— Entendo e concordo com o que disse, mas você fugiu da pergunta.

— Não veja coisas onde não existem! Não é porque está apaixonado que o mundo inteiro tem que sentir a mesma coisa! E, ao contrário de Raissa, se esse fosse o caso, eu continuaria sendo leal aos meus amigos, a despeito de uma possível paixonite! O que não é o caso, repito!

O pior cego é aquele que não quer ver.

Dou de ombros e sigo para o meu trailer, fazendo uma anotação mental para procurar ajuda para Lara, porque Yuri destacou algo com que devo me preocupar, que é o desgaste mental e psicológico que ela vem sofrendo. De fato, suas profecias, ou seja lá como devam ser chamadas, têm se revelado muito certeiras para serem desconsideradas. Preciso ver como ajudar essa menina.

Kenya se vira para nós. Ela está a uns trinta metros e meu coração se sacode quando nossos olhos se encontram.

— O que acha de ir até lá e ver o que está acontecendo? Assim você me faz o favor de chamar Kenya.

— Com certeza! Lidar com Lara ainda me parece melhor do que ficar ao seu lado, ouvindo insinuações ridículas. Kenya decerto saberá cuidar de você melhor do que eu.

Sorrio para ele.

— Até que enfim se tocou de que você não faz meu tipo.

Ele não espera que eu peça novamente, tamanha é sua ansiedade para saber o que aconteceu com Lara.

— Se fizesse, não estaria aqui até hoje.

— Eu o domaria, Yuri! — brinco com ele.

— Só em seus sonhos!

Rir da resposta de Yuri já faz meu corpo reclamar, chega a doer até o couro cabeludo. Espero que minha conversa com Kenya seja tranquila. Ainda não acho que seja o momento oportuno para ela se pronunciar contra ou a favor de mim ou de Adrik, nem que esteja confortável para saber quais medidas pretendo tomar contra ele, porém, uma coisa é certa: ele tentou sufocá-la e vai pagar por isso, ela querendo prestar queixa ou não, porque as gravações são provas contundentes do ocorrido, sem haver necessidade de ela fazer nada quanto ao assunto, a não ser depor, quando intimada.

Capítulo 34

Realinhando a órbita

Aleksei

Yuri aproxima-se delas e fala algo para Kenya que, primeiro, olha para Lara e diz alguma coisa. Esta balança a cabeça e faz sinais com as mãos, indicando-me.

Yuri enlaça Lara pelos ombros e a química é evidente entre os dois. Embora não tenha querido falar nada a respeito de Dimitri que, como Yuri mesmo disse, é seu amigo desde a infância, a verdade é que ele não merece uma gota de lágrimas dela. Há pouca coisa que não sei que se passa no meu circo. O fato de conhecer os três, desde crianças, torna-me uma espécie de irmão mais velho, com quem podem desabafar. Dimitri não é diferente e realmente já me falou a respeito de suas dificuldades quanto a lidar com o que considera as loucuras de Lara. Ele ainda é muito imaturo porque seus pais, ao contrário dos de Yuri e Lara, preservaram demais o filho, que ainda não tem experiência para lidar com questões mais profundas e difíceis.

Bem, tomara que a confusão que fizeram seja resolvida da melhor forma possível, sem que percam a amizade bonita que sempre tiveram. Vou acompanhar essa história de perto. Yuri e Lara foram feitos um para o outro. Não sei em que ponto os três perderam-se no caminho e ela e Dimitri começaram a namorar, enquanto Yuri virava o maior mulherengo do circo!

Entro no trailer. Não demora quase nada e Kenya chega, porém bate na porta antes de entrar, o que lhe pedi para não fazer porque minha porta tem passagem livre para ela. Senta-se na sala e fica a me olhar, como se fascinada por mim. Só que, há um dia, estava decidida a abrir mão de estarmos juntos.

Mesmo parecendo não saber por onde começar, quero dissipar o mal-estar que se formou entre nós. Nossos reflexos, um voltado para o outro, estão por todos os espelhos que cercam o ambiente. A visão de seu lindo pescoço brutalmente marcado faz meu peito apertar e doer, principalmente por ser impotente para eliminar e tirar dela toda e qualquer marca, física ou emocional.

— Há pouco, estive na delegacia. — Levanto-me da cadeira, reclamando de dor, para me servir de água e tomar o remédio receitado pelo médico.

— Você deveria ter deixado para ir outro dia. Primeiro precisa se cuidar, está todo ferido! Deve estar sentindo dor.

— Este é seu jeito de dizer que está triste por Adrik? Ah, já sabe que será intimada para ir à delegacia prestar depoimento também, não é?

— Eu? — Pisca, como se chocada com a notícia.

— Você foi vítima e é testemunha, Kenya! Há uma gravação de tudo, que já está nas mãos do delegado.

Vejo-a se encolher e, pensando na cena, sinto novamente vontade de matar aquele crápula por lhe causar tanto sofrimento. Até esta conversa já nos estressa.

— Se é meu dever depor, acho que só responderei ao que me for perguntado.

— Pode parecer um pouco clichê, mas tudo o que disser irá para o tribunal e, nesse caso, será usado contra Adrik, que foi o agressor.

— Ainda assim, responderei com a verdade ao que me for perguntado e mais nada. O que ele me confessou já me fez sofrer o bastante por ter roubado de mim fatos e acontecimentos preciosos da minha vida. Continuo sendo grata e o mais leal possível, mas não posso perdoá-lo por essa omissão quanto aos meus pais.

Em questão de segundos, mesmo me causando dor, viro-me para ela, demonstrando minha incompreensão e curiosidade quanto ao que fala.

— Não sei se estou entendendo bem do que você está falando...

Estranho sua postura, porque, até onde eu sei, diria que não responderia nada, alegando seu direito de ficar calada. O que a fez mudar de ideia e agora dizer que responderá às questões?

— Adrik foi responsável pela morte do meu pai e da minha mãe.

Com isso, eu, um homem de mais de um metro e noventa, desmorono na cadeira.

— Deixa ver se entendi direito. Adrik não é seu pai? — pergunto, perplexo, olhando espantado para ela.

— Aleksei, você disse que acompanhou tudo o que aconteceu na bilheteria!

Claro, ela não sabe que o áudio não funcionou para mim.

— Receio que terá que me contar tudo o que foi dito. Não saiu som algum aqui no trailer. Só pude ver as imagens que, por si só, eram suficientes para me deixar apavorado! Kenya, eu morria um pouco a cada apertão que ele lhe dava, *moyá devushka*!

Respiro fundo, agora tentando conter a dor no meu peito ao me lembrar de quanto sofreu nas mãos dele.

— Bem, respondendo à sua pergunta, não, ele não é meu pai. Na verdade, é meu irmão.

Conta-me toda a história, com detalhes.

— Quando Micha falou que ouviu a gravação, não teve tempo de me contar tudo o que Adrik havia confessado!

— Talvez tenha achado melhor eu mesma lhe contar.

— Pode ser. Porque, de fato, tudo é tão monstruoso, que deve estar sendo extremamente difícil para você administrar e digerir tudo!

Levanto-me novamente e, com a desculpa de pegar um pouco mais de água, sento-me perto dela e abraço-a com cuidado. Com receio de me machucar, ela se recosta levemente em mim.

— Fiquei muito chocada, sim, por confirmar o que Iva já havia me contado.

Fico ainda mais pasmo do que já estou com essa história e lembro-me do que Micha disse na delegacia a respeito de Ivana. Ela sabia de tudo e nunca me disse nada! O amor dela por Kenya é realmente resistente a qualquer prova. Para preservar sua menina de sofrimento, não nos forneceu armas que poderiam nos ajudar a pegar o assassino! Não porque queria poupar Adrik, mas para impedir Kenya de sofrer! Aliás, sempre foi contra nossos planos de vingança...

Sou interrompido em minhas divagações por sua pergunta temerosa.

— Precisarei levar algum advogado comigo?

— Já providenciei isso! — Vejo-a fechar a cara, como se zangada com minha interferência. Logo entendo o motivo.

Nunca indicaria Raissa para representá-la, mesmo que não tivesse cometido a gafe que cometeu. Fitando-a, divertido e feliz com seu ciúme, logo emendo:

— Micha indicou um amigo dele que é criminalista. Passará aqui amanhã.

— Pensei que...

— Sei o que você pensou, Kenya! — Pouso minha mão esfolada e quente sobre a dela. — Raissa não trabalha mais para mim.

— Não? — Ela não consegue esconder sua expressão de felicidade. Minha *devushka* é tão transparente...

— Vamos esclarecer uma coisa aqui entre nós dois. — Inclinando levemente meu corpo em sua direção, vejo-a ficar sem palavras, prendendo o ar nos pulmões. — Sempre que quiser perguntar algo, quero que seja direta e questione-me logo que qualquer dúvida surja.

Seguro seu rosto entre minhas mãos e olho profundamente em seus olhos. Quero que entenda meu ponto de vista.

— Quero deixar claro. Seja lá o que acontecer amanhã, depois, daqui a semanas ou meses, não quero que nada interfira na nossa decisão se resolvermos voltar ao ponto em que estávamos. Não podemos basear nosso relacionamento em superficialidades, como receio de falarmos um para o outro o que pensamos ou decidimos fazer.

Sério, falo tudo como se esperando uma resposta sincera. Por mais que sinta que quer ficar comigo e saiba que gosta de mim, como eu dela, e muito, na verdade não sei se está preparada para viver com todo o ódio que tenho de Adrik. Tudo é muito recente no coração dela, até mesmo a dor. No que tudo isso vai se transformar dentro dela, nenhum de nós sabe ainda.

— Eu não sei se estou preparada ou se até mesmo quero odiar Adrik como vocês fazem — confessa, com pesar.

— Eu entendo e aceito. De minha parte, também serei honesto em lhe dizer que não sossegarei enquanto não vir Adrik pagar pelos seus crimes.

Exigir que compactue com meus desejos de vingança seria pedir que fosse contra sua natureza bondosa e compassiva, portanto, uma agressão a ela, o que é inconcebível e coisa que nunca faria. Porém, quero que saiba que exigir o contrário de mim seria igualmente uma agressão à minha pessoa.

— Desejo que Adrik pague por tudo o que fez, mas que seja julgado pela lei. Acho justo. Só não posso me obrigar a sentir o mesmo que você. Da mesma forma, não posso exigir de você que se sinta diferente com relação ao que ele lhe fez! Respeito isso!

Sua declaração me traz uma onda de alívio. Embora discordando, respeitamos o ponto de vista e os sentimentos um do outro.

— Eu entendo, Kenya! — Minha mão aperta a sua e ela treme como sempre acontece quando a toco. Estreito meus olhos ao fitar sua boca e tenho muita vontade de beijá-la. Luto para resistir à atração, porque a quero ao meu lado sem reservas. Terá que sair da sua zona de conforto neste momento e deixar claro tudo o que deseja, seja o que for.

Sei que jamais seremos indiferentes um ao outro. Como eu, ela deve decidir até que ponto está disposta a ir, sem medo de não ser capaz de aguentar. Preciso perguntar-lhe se quer continuar no circo ou não. A dúvida quanto à sua resposta ronda meus pensamentos e, misericordiosamente, ela se antecipa a mim.

— Aleksei, depois de tudo o que aconteceu, gostaria de saber se posso continuar com as minhas apresentações aqui no circo. Tudo o que ocorreu me mostrou que, apesar de ter sido apenas uma peça nos planos de vocês, fui muito bem aceita e querida aqui, mesmo tendo o pai que tive! Consigo agora ver pelo lado positivo o fato de que realmente as pessoas superaram suas desconfianças e me deram o benefício da dúvida, me acolheram e me fizeram saber o que é ser querida.

Vejo seus olhos umedecidos e sinto por tudo o que lhe foi roubado na vida, como a sensação de fazer parte de um grupo cujos integrantes cuidam ou do outro.

— Está dizendo que quer continuar aqui?

Se pudesse ter ideia da felicidade que me invade! Contenho-me para não agarrá-la e enchê-la de beijos. Sei que ainda não é o momento de demonstrar todo o meu profundo amor por ela, que precisa voltar a confiar em mim primeiro.

— Se não houver nenhum problema, gostaria, sim!

— Quem quis sair foi você, Kenya! — Tento manter a pose estoica.

— O circo sempre teve interesse em você. Se quiser continuar, será sempre bem-vinda.

Ah, tá! Uma pinoia que só o circo tem interesse nela! Droga, não posso falar isso.

— Obrigada por reconsiderar minha decisão de partir... — Parece estranhamente decepcionada!

— Nosso contrato será mantido, porém, compreensivelmente, o de Adrik será rescindido e terá que pagar a multa contratual por não cumpri-lo. Afinal, ao ser preso, não poderá cumprir as cláusulas e será processado por isso.

Lágrimas de dor inundam seus olhos e vejo que tenta reprimi-las. Será que pensava que manteria o contrato com Adrik? Bem, na verdade, acho que sua dor tem mais a ver com a perda do pai do que com o contrato propriamente dito. Mesmo não sendo seu verdadeiro pai e tendo-a feito sofrer tanto, foi a única referência que teve.

— Acho que preciso ir embora. Agora que concordou com minha permanência, preciso levantar cedo para retomar o treinamento.

Fala isso com certa tristeza na voz.

— Pedirei algo para comermos. — Quero muito prorrogar a partida dela, e a atmosfera no ambiente eleva-se.

Meu coração acelera no mesmo ritmo em que seus mamilos enrijecem, pressionados contra a blusa, enviando arrepios diretamente ao meu pau. Consciente do clima formado, vejo-a umedecer os lábios e meus olhos a observam com gula. Se continuarmos assim, não serei capaz de esconder as reações que causa em mim.

— Não estou com fome — diz, ofegante.

Ergo as sobrancelhas, duvidoso.

— Está pensando em levantar cedo e ir treinar sem jantar?

— Antes de me deitar como um lanche ou tomo uma vitamina.

— Está fugindo de mim?

— Por que diz isso?

— Quando disse que precisa ir embora para acordar cedo, eu falei que pediria comida, mas você respondeu que não estava com fome. Aí questionei se iria treinar logo cedo sem comer e você caiu em contradição ao dizer que comeria algo antes de dormir, mesmo tendo dito que não estava com fome. Suas respostas não foram coerentes! Então, só pude concluir que essas objeções são, na verdade, desculpas para não jantar comigo.

Sei que a estou tirando de sua zona de conforto, mas quero entender por que quer me evitar, já que esclarecemos os pontos pendentes entre nós. Parece estar com medo de algo, só não consigo perceber do quê.

Sou o mesmo homem que conheceu e entregou-se desde o primeiro momento e quer construir um futuro com ela que, por sua vez, não vê a hora de se levantar e sair logo daqui!

Olho para ela com fome e desejo, mas ela não corresponde. Levanta-se, trêmula.

— Analisando da forma que colocou, parecem desculpas mesmo. Mas preciso realmente ir embora! Confesso que o dia de hoje foi cheio de revelações e acontecimentos bombásticos, aliás, o que parece ter se tornado rotina em minha vida, ultimamente! Não tem mais nenhuma revelação a fazer, tem? Que tenho três irmãos marcianos ou algo do tipo?

Rio alto de seu bom humor, apesar de tudo pelo que passou hoje. Levanta-se comigo ainda segurando sua mão. Meus dedos apertam os dela, como se estivessem suplicando para que não fosse embora. Ela respira fundo e, contra minha vontade, solto sua mão.

O lado bom é que nossa conversa foi bem produtiva. Mas a quero de volta e, antes de sair, proponho algo que venho desejando há algum tempo.

— Kenya, estive pensando a caminho daqui, agora que Adrik não está mais à frente de seu treinamento, gostaria de fazer algumas mudanças na programação e te convidar para montarmos outras apresentações, começando por uma com Bim Bom. — A surpresa evidente em seus olhos me diverte. Quem disse que o único caminho para um homem reconquistar uma mulher é por meio dos prazeres carnais? Tenho cartas e charme nas mangas, como diria Bim Bom.

— O que exatamente está pensando?

— Se não vai se juntar a mim para jantar, acho melhor conversamos em um outro momento, com mais tempo. — Embora prefira que fique, uma vez mais digo a mim mesmo que ela precisa de espaço.

— Continuamos amanhã, Kenya. Bons sonhos!

— Até, Aleksei... — Vira-se e, a passos largos, como quem quer fugir, sai. Não resisto e resolvo provocá-la.

— Quanta cordialidade sua ir embora sem se despedir corretamente de um moribundo!

Consigo vislumbrar a jugular do pescoço delgado dela pulsando debaixo daquelas marcas malditas quando para, mesmo sem se virar para mim. Mais forte do que eu, não consigo evitar e levanto-me num salto primitivo, necessitando aproximar-me dela.

— Eu fiz isso!

— Não de maneira adequada! Ou se esqueceu de que os cariocas selam com dois beijos seus cumprimentos e despedidas?

— Virou carioca, seu russo fajuto? — provoca, bem-humorada.

— Não há qualquer choque com minha cultura, além de também dar dois beijos, um em cada face, os russos também dão um terceiro nas mãos de suas mulheres quando as cumprimentam.

Vira-se, espantada, e reflito que, por mais intenso que tenha sido o curto período em que ficamos juntos, mal nos conhecemos. Em menos de um passo, nossos corpos ficam rentes um ao outro.

— De qualquer maneira, pelo fato de minha casa ficar na Gávea, que é no Rio de Janeiro, o costume carioca dos beijos igualmente se justifica.

— Você tem uma casa no Rio?

— Kenya, Kenya, não prestou atenção em nada do que eu disse, não é? Sim, tenho, mas só vou para lá quando não estamos em turnê. Bem, e quanto ao convite para se juntar a Bim Bom?

— Você vai... Responsabilizar-se pelo treinamento dessas apresentações que tem em mente?

Meus olhos focam na boca dela.

— Isso a assusta?

— Nem um pouco. — Seus olhos fitam os meus, sabendo muito bem para onde olham. Umedece os lábios. — Só acho que pode me passar o que deseja que eu faça e treinarei sozinha, afinal, você tem tantos afazeres aqui no circo! Não quero ser mais uma de suas obrigações.

— Tenho motivos particulares para querer treiná-la.

— Não confia em mim para seguir suas orientações? — Seguro-me para não a agarrar ao ver o seu nariz empinado.

— Esse projeto requer muita confiança sua em Bim Bom! Acredite em mim quando lhe digo que passaremos mais tempo juntos do que poderá suportar. Será com Bim Bom que começará a voltar, ao longo do tempo, a confiar integralmente em mim.

Com um suspiro, dá um beijo em cada uma das minhas faces.

— Mal posso esperar para conhecer o script.

Pego sua mão e dou-lhe o terceiro beijo.

— Nem eu.

Capítulo 35

Reconquistando a confiança

Kenya

Diante de tantas emoções e revelações que, de fato, abalaram meu mundo e tudo em que acreditava até então, depois de refletir bastante a respeito de todos os pontos e aspectos descobertos, concluí que devo aceitar as coisas como são, ter paciência para que se ajustem e, mais especificamente de minha parte, continuar com minha atitude de aproveitar tudo de bom que a vida oferece.

Sem dúvida, estar aqui no circo tem me feito muito feliz. Sinto que estou entre pessoas que, digamos, vibram na mesma sintonia que eu, além do bônus de me acolherem sem qualquer restrição, como uma verdadeira família. Quero dizer, até melhor que uma verdadeira família, se for considerar meu histórico com Adrik.

Poder voltar a conviver com Iva e Chimba só faz tudo ser ainda melhor! Ambos alegram demais minha vida e a convivência com eles é sempre divertida. Chimba vive fazendo gracinhas para Aleksei, que, bobo, entra na onda do meu macaquinho, sem nem sequer perceber que é um animal tão esperto que o envolve fácil, fácil!

Já Iva, além de me tratar como a filha que realmente sinto que sou para ela, tem me deixado encantada com seu *affair* com o Juarez!

Parecem dois adolescentes apaixonados! Talvez porque nenhum deles teve qualquer relacionamento amoroso sério e duradouro e estejam agora vivendo esses momentos deliciosos que são o jogo da paquera e o início de namoro. Confesso que é bastante inspirador ver o romance dos dois desenvolver-se. A pessoa que disse que o amor não tem idade parece que estava certa.

Rio demais com o nervosismo de Iva quanto a que roupa usar, qual penteado é melhor, suas dúvidas quanto ao que vai fazer Juarez ficar doidinho por ela... É muito bom vê-la ter esses momentos que, acredito, não viveu antes porque nunca se perdoou por não estar comigo, até que me reencontrou. O Juarez, apesar de tímido, chega sempre com um sorriso tão brilhante que não sei se é por causa da prótese dentária ou da alegria por ver Iva. Deixa a timidez de lado e fica todo saidinho para cima dela, sempre fazendo piadinhas maliciosas. Vê-los juntos é diversão garantida!

Outra coisa muito boa é poder trabalhar com liberdade e respaldo no que mais gosto de fazer; não fico limitada apenas aos meus antigos números de contorcionista. Aleksei e minha equipe estão sempre me incentivando a colocar em prática minha criatividade, que, para minha surpresa, parece inesgotável!

Mas a cereja do bolo mesmo tem sido a convivência com meu russo adorável! Seja qual for o papel que esteja desempenhando, é irresistível e charmoso, conquistando-me a todo instante. Estamos nos descobrindo e nos conhecendo e, apesar de ter certo traço mandão, ele é muito maleável e aceita argumentações, mudando de opinião quando convencido, sem ter qualquer problema com isso.

— Acabou o intervalo. Hora de voltar ao trabalho. Vamos!

Volto ao treino com ele, sem me distrair. Não há espaço para divagações na coreografia que montou para nós.

Faz duas semanas que ensaiamos incessantemente. Sempre na expectativa pelo deleite de seu toque, admiro-o por fazer questão de manter seu humor contagiante e, ainda assim, ser extremamente profissional, a ponto de se maquiar e colocar a peruca em cada ensaio. Seu corpo de homem sarado, vestido de lycra de trapezista, realça a beleza máscula de seu porte.

Sua força e agarre nas acrobacias mais ousadas são coisa de outro mundo!

— Isto foi incrível! — digo, assim que sinto meus pés no chão novamente. Posicionando-se ao meu lado, Bim Bom sorri.

— Estamos formando uma bela dupla! — Seu ombro magnífico toca o meu, com jeito brincalhão. Finjo tombar, como se tivesse empurrado forte. Claro que só para ter suas mãos em mim. Sei que ele vai me segurar, o que faz física e emocionalmente, como na manhã em que recebi a intimação do oficial. Colocou-se ao meu lado e foi comigo à delegacia, sem nada dizer. Deixou-me confortável para decidir o que falar e o que acreditava ser correto fazer, não me contestou um só segundo.

Respondi às perguntas de acordo com o que realmente aconteceu e não teci qualquer comentário ou expus minha opinião, limitando-me aos fatos. Quando saí da sala de interrogatório, destroçada por reviver tudo, ele estava lá, com os braços abertos para me abraçar e me confortar em silêncio, inclusive quando o advogado que contratou para representar meus interesses dirigiu-se a mim e revelou que meu pai se recusou a receber minha visita. Nessa hora, finalmente concluí que minha história com Adrik havia terminado, mesmo que tenha machucado meu coração naquele momento.

Bem diferente dele, Aleksei sempre me apoiará. A química latente entre nós dois está presente em cada poro do nosso corpo e, por mais que tivéssemos ficado algumas vezes sozinhos, podendo chegar às vias de fato, acabamos recuando. Sei que acha que preciso de um tempo, e até pode ser que tenha razão, porém, o que sei mesmo é que quero muito voltar a estar em seus braços, amando-o sem restrições.

— Queria repassar amanhã, novamente, seu último giro no ar, Colombina! — Quando está trajado de Bim Bom, só me chama assim.

— Tive a impressão de que suas mãos estavam geladas quando as segurei nesta última vez.

Não foi impressão. Estavam mesmo geladas, não por causa das acrobacias, mas porque o frio na barriga que sinto a cada vez que estou com ele é enorme, o que me torna um ioiô humano de emoções!

— Estou segura quanto ao giro, mas, se te deixar mais confortável, repassaremos amanhã.

Abaixo-me para pegar a toalha no banco para enxugar meu suor e, envaidecida, flagro-o me cobiçando.

— Tive uma ideia melhor. Vem comigo! — Suas mãos me puxam, enquanto, no lugar de Bim Bom, vejo aparecer a expressão de Aleksei. Hum... Interessante!

— Aonde vamos?

— Preciso de algo contundente para me convencer de que realmente confia em mim. — Sua mão puxa a peruca, arremessando-a longe. A passos largos, vou sendo rebocada por ele. — Até acredito e fico feliz por se sentir segura em todas as acrobacias, mas quero que confie em mim incondicionalmente.

Paramos em frente ao globo da morte e mil pensamentos vêm a minha mente quando me dou conta de sua intenção.

— Se está pensando o que deduzo, pode desistir! Aliás, nem sei pilotar motos! Nem mortinha entro nesse emaranhado de lata. — Começo a transpirar só de me imaginar lá dentro.

— Confia ou não em mim, Kenya? — Ah, agora não sou mais a Colombina, né? Voltei a ser a boa e velha Kenya.

— Aleksei! Não se trata de confiança, mas de puro medo!

— Você sabe que, em nossa profissão, medo é discutível, não é? Se vamos levar nosso show para o próximo nível, que será você fazendo as acrobacias de maneira não convencional, quero averiguar até que ponto confia em mim.

— Está tentando me testar?

— Acho que esse é um bom termo para definir.

Yuri e os outros motociclistas estão fora do globo. Tem sido assim todos os dias, sempre que termina nossos treinos, ele vai ensaiar e treinar outros números de que participa e eu, por outro lado, experimento outras práticas do circo, desde mágica até a coreografia das bailarinas que abrem as noites de show.

— Por favor, Aleksei! — Ele solta minha mão e vai até sua moto, vestindo a jaqueta pendurada no guidão sobre o collant, porque nem trocou de roupa, apenas tirou a peruca tanta era sua pressa. Acho que não queria me dar tempo para pensar.

— Você tem duas opções, Kenya: subir ou subir naquela moto. Qual escolhe?

— SUMIIIIIIR!!! — grito, sem querer, a resposta brincalhona, de tão nervosa que estou. Todos à volta riem de mim.

— Você anda passando muito tempo com Bim Bom, sua engraçadinha. — Sorri.

— Nem sequer tenho um capacete... — Continuo fazendo de tudo para me safar dessa loucura.

Meus olhos alternam entre ele e a jaula em forma de esfera de aço, com esperança de que ainda possa desistir.

— Ei, Dimitri, joga seu capacete para mim! — Divertidos, todos me olham, com expectativa, já conhecendo a determinação de Aleksei quando treina alguém ou se dispõe a fazer algo. — E você, Catatau, empresta a jaqueta!

Catatau é um dos menores motociclistas do grupo.

— Só vou fazer isso para deixar bem claro que, quando digo algo, minha palavra tem que bastar. Neste caso em específico, se disse que confio em você, é porque confio. No futuro, não vou aceitar nunca mais ter que provar o que quer que venha a afirmar, estamos conversados?

— Bem, há coisas que você até gosta de provar, não é?

Bandido, está fazendo referências a quando lhe disse que sou capaz de fazer coisas surpreendentes quando se trata de sexo. Com a plateia que nos assiste, nem posso replicar.

— Bem, principalmente quando você implora, não é, Aleksei?

Todos gritam e explodem em gargalhadas com minha resposta espirituosa. Fica bem quietinho, com medo de que eu seja mais ousada. Amei minha coragem! Bem, ao menos nisso, porque desaparece rapidinho quando olho para aquela geringonça que quer me engolir.

Fechando o capacete, Aleksei finge que não me ouve. Yuri e Catatau vêm me ajudar e, antes mesmo de o primeiro colocar o capacete em mim, parecendo um homem das cavernas, Aleksei entra na frente dele.

— Eu só pedi o capacete, Yuri! A garupa é minha, *moy daragoy*! Sendo assim, o privilégio de colocar o capacete nela também é meu.

— Não temos dúvidas de que tudo o que se refere a ela é seu, não é, pessoal? — Yuri levanta as mãos e ri, juntando-se ao grupo.

Aleksei fica muito próximo de mim, olhando-me eufórico e ansioso, o que representa para mim uma mensagem de confiança. O calor que emana do seu corpo me esquenta.

— Pronta?

— Acho que nunca estarei...

— Relaxa, Kenya! Tenho certeza de que vai amar a adrenalina. O que sentirá lá dentro não chega nem perto da adrenalina que desperta em mim.

— Essa declaração era para tentar me acalmar?

— Nada disso! A declaração foi por conta da casa. Pelos velhos tempos, em que não pensava muito quando ficava próximo a você.

Se soubesse que as coisas só pioraram... Hoje, quando está próximo, já nem penso em nada e, quando distante, também não sai da minha cabeça. Meu coração dispara só ao pensar nele. E mais, vivo com uma toalhinha, fico a salivar e a babar só de ouvir sua voz. Corro sério risco de me tornar obcecada por ele. Meus olhos acompanham suas mãos másculas terminarem de fechar meu capacete, depois, seus braços e, finalmente, fitam seu rosto. Mais do que qualquer coisa, Aleksei faz meu corpo sentir-se vivo, como somente ele é capaz.

— Dos velhos tempos, tenho recordações ótimas, inclusive de posições bem ousadas! — provoco-o, falando só para ele ouvir, antes de fechar minha viseira, retribuindo-lhe um pouco da insanidade com que quer me contagiar com esse passeio louco.

— Deveria ter guardado essas lembranças só para você. Agora não é momento para me distrair. Vamos! — Aleksei vira-se e sobe na moto. O som do motor me arrepia toda.

— Bem-vinda ao clube, Kenya! — Um dos rapazes fala comigo e mal consigo fazer um sinal de positivo enquanto subo na garupa de Aleksei.

— Passe os braços pela minha cintura! — Faço o que manda. — Não me largue em hipótese alguma!

A moto arranca e, entre minhas pernas, sinto o vibrar das pernas dele. Aleksei dá duas voltas em torno da jaula de aço antes de propriamente entrar.

Conforme circulamos, minha ansiedade eleva-se e, como uma virgem seduzida e pronta para se entregar ao seu homem, anseio que vá logo para dentro do globo.

A esfera de aço parece tremer. Aleksei para a moto no centro e Yuri fecha o portão por onde entramos.

Ele parece concentrar-se por segundos e o medo que senti, minutos antes, é substituído por inquietação.

— Kenya, lembre-se sempre de que em tudo o que me propuser a fazer ao seu lado, pensarei em você em primeiro lugar. Não duvide nunca de que pode confiar em mim de olhos fechados, concreta e metaforicamente falando.

— Não tenho dúvidas disso, meu motoqueiro destemido! Agora, acelera esta moto antes que eu desista de viver mais uma nova emoção ao seu lado.

Incentivado por minha coragem, Aleksei fecha a viseira do capacete e acelera a máquina. Para frente e para trás... para frente e para trás... Repete esses movimentos para que a moto pegue o impulso necessário para começar a percorrer a esfera. Várias vezes. Para frente e para trás. E eu, sem mesmo pensar, fico molhada ao imaginar os movimentos do ato sexual, o que me excita demais! Estou com as pernas abertas e minha intimidade roçando no banco, apenas a centímetros de seu corpo, estimulada pela vibração do motor da moto.

Sei que parece bizarra a comparação, porém é só nisso que consigo pensar estando assim tão próxima dele! Medo? Alguém falou em medo? Isto aqui é puro deleite!

Ousado, acelera mais e vai além. Aperto meus braços em torno de sua cintura, totalmente confiante, embora, devo admitir, também muito excitada com tudo. Quando, de repente, sem qualquer aviso prévio, o mundo começa a girar em uma velocidade que, com o tempo, passa a ser confortável e segura, não sinto nem uma pontinha de medo, só prazer em todos os sentidos possíveis.

Aleksei domina a moto com maestria. Os arrepios que sinto em vários locais do corpo são todos de pura energia, força, vigor e, desculpem-me os apreciadores da arte pela arte, de muita excitação sexual!

A cada volta completa, vou gostando mais de estar ali dentro e, quando vejo que o circuito acaba, vibro, embora também lamente o fim. Estou com medo de que vejam a umidade entre minhas pernas. Minha esperança é de que pensem que é suor...

De volta ao centro, Aleksei abre a viseira.

— E aí? O que achou?

— Amei! — falo, com a voz trêmula.

— Imaginei que amaria, mas não que estaria com medo até agora.

Quando vou explicar que não é bem medo, é a sensação de uma fêmea no cio, que precisa roçar seu corpo no de seu parceiro, Yuri abre o portão e Aleksei leva-nos para fora, onde somos ovacionados por todos.

Desço da moto totalmente feliz, apesar das pernas bambas. Tirando o constrangimento por estar tão excitada, esta foi uma das melhores experiências da minha vida!

— Obrigada, Aleksei! — agradeço-lhe, enquanto tiro o capacete.

— Espero que tenha entendido que minha intenção, além de ter sua confiança total e irrestrita em mim, também foi a de lhe mostrar que não deve dizer não às coisas por causa do medo, confiando em si mesma para enfrentar tudo o que aparecer pela frente, como, na verdade, vem fazendo até hoje, para só depois decidir o que sim e o que não lhe convém. — Seus dedos vêm ao meu rosto, de onde afastam uma mecha de meu cabelo, colocando-a atrás da minha orelha.

Fecho minhas pálpebras pesadas, absorvendo melhor seu contato carinhoso, inalando seu cheiro profundamente. Quero lhe falar da minha excitação e lhe dizer que não apenas desejo, mas necessito voltar a ter tudo o que tivemos, mas, mesmo depois dessa lição para eu superar o medo, não consigo falar.

Parecendo perceber meu dilema, fita meus olhos, constata o ardor que exprimem. Não consigo esconder, e suas pupilas dilatam, revelando sua percepção do meu estado e sua excitação como resposta.

— Podemos fazer qualquer coisa nesta vida, Kenya, desde que estejamos seguros conosco. Se quer alguma coisa, lute para ter e a agarre com força! — Arregalo os olhos, analisando o que Aleksei acaba de falar. Quando pisca para mim, sei que pensou o mesmo que eu ao som dessas palavras e o que queríamos ver "agarrado".

— Aleksei...

Droga, justo quando crio coragem de lhe dizer que o quero, somos arrancados da bolha em que nos envolvemos pelos gritos dos rapazes.

— Nos falamos mais tarde, *moyá devushka*!

Minha vontade é de pular no pescoço dele, tocá-lo e beijá-lo como se não houvesse amanhã. O problema é que ele acelera e sai. Pobre de mim, fico vendo-o voltar para a jaula, deleitando-me com a visão de sua masculinidade poderosa, entre suspiros frustrados.

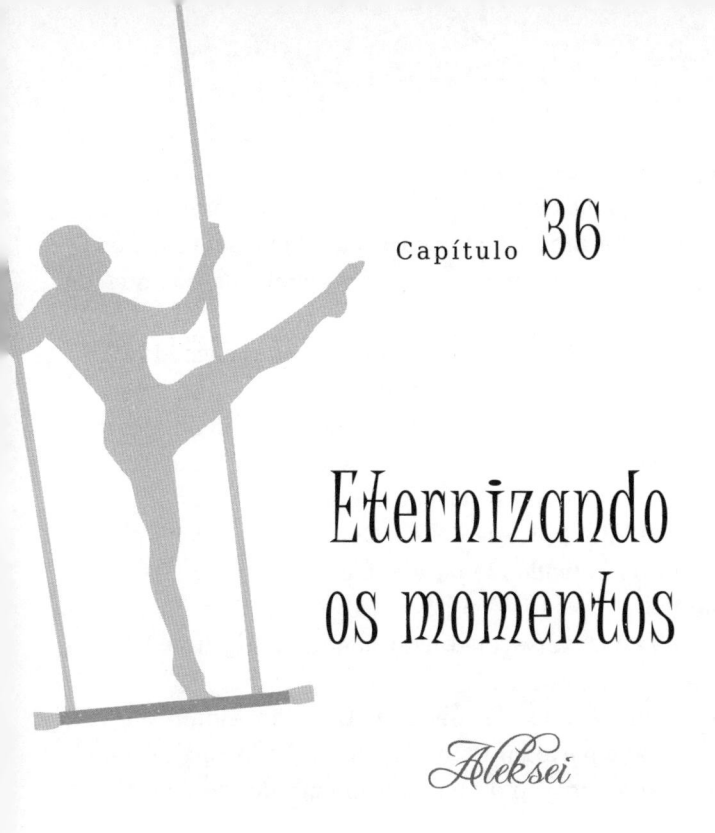

Capítulo 36

Eternizando
os momentos

Aleksei

Contratempos existem para cumprir seu papel, seja para nos impedir, algumas vezes, de agirmos com o coração e esperar o momento certo, seja para nos preparar para algo diferente do que imaginamos até então. Antes de praguejar contra eles, talvez uma análise rápida nos mostre qual é o caso de cada um.

Depois que Kenya saiu do espaço do globo da morte e o treino acabou, recebi uma ligação do escritório de advocacia de São Paulo, pedindo uma reunião a respeito do caso de Adrik. Como não queria e ainda não quero que essa situação se arraste mais do que o estritamente necessário, resolvi ir imediatamente. Liguei para Micha e pedi emprestado seu providencial brinquedinho voador.

Mal tive tempo de tomar um banho, trocar de roupa e ir falar com Kenya antes que meu transporte chegasse. E ainda bem que o tempo foi escasso, do contrário, teria embarcado aquele macaco num navio, direto para o programa espacial da Rússia!

Quando passei no trailer, ao bater na porta, ninguém atendeu. Apesar de frustrado por ela não estar lá, resolvi entrar para ao menos lhe deixar um bilhete. Adivinha quem ficou brigando comigo para não abrir a porta? Ô, macaco enxerido esse Chimba! Não acredito que fiquei numa espécie de queda de "porta", não de braço, com ele! Consegui ouvir o barulho de chuveiro, mas nem podia gritar para Kenya, porque ela não ouviria com aqueles guinchos estridentes do animal.

Poderia empurrar a porta com força, mas fiquei com medo de machucá-lo e, depois, ter que lidar com a raiva de Kenya. Tentei mais uma vez, mas Chimba não arredou pé. Saco! Resolvi telefonar para ela mais tarde. Ao ouvir o som do helicóptero, virei para ir até onde pousou e dei de cara com Iva e o novo namorado, o Juarez. Pedi, apressado e sem parar, que avisasse Kenya. Continuei a andar e avisei ambos de que teriam dificuldade para entrar, apontando a porta e explicando o motivo.

Iva estendeu a mão para a maçaneta, abriu a porta e gritou:

— Aleksei, nada!

Parei e virei. E não é que não tiveram trabalho algum para entrar?! De repente, pela porta entreaberta, saiu Chimba, que olhou para mim com um baita sorrisão e teve o desplante de me mostrar a língua!

Maldito macaco! Além de me impedir de me despedir de Kenya, ainda zombou de mim. Ah, ainda vai ver o que vou aprontar para ele...

Desde esse dia, venho correndo contra o tempo para dar conta de tudo. Além da situação de Adrik, ainda há os novos shows do circo, os detalhes operacionais da turnê, cuja próxima apresentação será na cidade de Campinas, sem falar da nossa empresa de motos. Micha e Katyusha estão no Canadá negociando a parceria, mas muitas vezes tenho que participar de algumas videoconferências porque os dois não querem decidir sozinhos, afinal, quase sempre discordam e tenho que ser o "voto de Minerva".

Os advogados do caso de Adrik instruíram-me a reunir o máximo de testemunhas entre as vítimas dele, para anexarem o maior número possível de elementos ao processo. Apesar de ter o pessoal contratado por Micha para me ajudar, a palavra final e os rumos de suas atividades são sempre de minha responsabilidade. Mas o bom é que a equipe de juristas está satisfeita com tudo de que dispõe e disse para não me preocupar mais. O que tinham já era suficiente para manter Adrik muito tempo na prisão, mesmo havendo a questão da idade, que poderá vir a beneficiar sua libertação no futuro.

Satisfeito, não quero gastar meu tempo com mais essa preocupação, já fiz tudo o que estava ao meu alcance, agora a seara é jurídica.

Faz uma semana que estou atolado em toda essa correria e mal tenho ido ao circo. Mas hoje tive que abrir uma exceção e largar tudo para trás para poder acompanhar as sessões de fotos que pedi, envolvendo o corpo artístico. Também prometi falar com Reginaldo, o rapaz que faz uma pesquisa a respeito de nossa vida circense para seu TCC, que gostaria de esclarecer alguns pontos. Disse que está com o prazo esgotado para seu a entrega da primeira versão para o orientador, sem cuja aprovação não conseguirá manter sua bolsa de pesquisa.

O material publicitário tem que ficar pronto antes de seguirmos com a turnê para a próxima cidade. O atual já está sendo usado há mais de um ano, e temos mesmo que incluir as novas atrações, além do que, quero fazer uma encomenda muito especial.

Como sempre, ao voltar ao circo depois de dias afastado, sorrio ao entrar no estacionamento, principalmente ao perceber o alvoroço de todos. Considerando o horário, tenho certeza de que a maioria já foi fotografada, então, embora atrasado em relação ao início dos trabalhos, ainda estou no cronograma que foi agendado para eu e Kenya fotografarmos juntos como Bim Bom e a Contorcionista Colombina.

Em tempo recorde, caracterizo-me de Bim Bom, enquanto Yuri me põe a par de tudo o que ocorreu hoje, prosseguindo com o relato ao caminharmos juntos em direção ao picadeiro central, local que escolhemos como melhor cenário para nossa dupla.

— Então todos já fotografaram?

— Acredito que só faltam você e Kenya. Na verdade, a equipe de fotógrafos já está fazendo algumas fotos com ela, para ir testando as luzes.

— A agência respondeu quanto tempo levará para entregar todo o material?

Yuri ri, com ironia.

— Levando em conta o valor exorbitante que estamos pagando, tempo não será problema.

— Eu quero datas, Yuri! Não dê colher de chá, porque sabe muito bem o que aconteceu da última vez com a outra agência de publicidade. Além de as fotos ficarem horríveis, não entregaram o material para a estreia.

— Vou me certificar ainda hoje.

— Faça isso.

Entramos no circo e percebo que a movimentação próxima ao picadeiro central indica que é ali que a equipe está trabalhando.

Um, dois, três... seis!

Seis homens ao redor de Kenya?!

Ora, façam-me o favor! Isso é mesmo necessário?

E olha que até o pesquisador universitário está tirando fotos dela!

E ela... Não acredito! Que roupa é essa?

Vestida com um macaquinho, complementado nas pernas, braços, busto e costas por seda transparente revestida de cristais, e que recobre precariamente sua pele, é todo bordado com lantejoulas vermelhas e extremamente curto! Qualquer movimento dela ou uma luz que a atinja faz com que brilhe como chamas e, aos meus olhos, exala um *sex appeal* que nem percebe.

Mas eu e todos os homens presentes o fazemos e todos a cobiçamos. Ignorando os olhares desejosos, faz movimentos de contorcionismo para as câmeras, cujas posições, embora só eu saiba quanto prazer podem dar a um homem, atiçam a imaginação desses marmanjões! O pensamento me faz bufar como um touro enjaulado sendo provocado pela capa. Ou melhor, pelo macaquinho vermelho! Aliás, macaco parece ser minha sina ultimamente, tanto em termos de animal quando de vestuário! Quando se mexe, faz meus nervos contraírem-se ainda mais de raiva!

— O que está acontecendo aqui? — Choco a todos e a mim mesmo com o meu súbito comportamento e o tom cortante de minha voz.

— Aleksei! — diz Kenya antes mesmo de me ver, porque sabe que a modulação autoritária da voz é minha.

Quando me localiza, faz uma expressão confusa ao não me ver vestido de acordo com o tom da voz.

— Bim Bom?! — pergunta e exclama ao mesmo tempo, surpresa por eu falar assim quando estou vestido de palhaço, o que raramente acontece.

Enquanto toda a equipe olha para mim, sigo até parar, de costas para eles, mas de frente para ela, tentando fazer com que o tamanho do meu corpo forme uma barreira protetora e nenhum homem continue olhando-a. Viro levemente a cabeça, dirigindo um olhar mortal aos abutres.

Alheia ao fato de que o cachorro aqui está fazendo xixi para marcar seu território, abraça-me pela cintura e aproxima-se do meu ouvido. Agradeço por estar com as calças enormes de Bim Bom e não com a malha do nosso show, porque um certo impertinente mastro hasteia de imediato sua bandeira.

— Os fotógrafos acharam melhor começarmos para adiantar o trabalho, já que está um pouco atrasado. — Sua voz mansa, longe de me tranquilizar, deixa-me ainda mais aborrecido, porque ela não percebe que a estão manipulando para ficarem babando em sua beleza.

— Eu sei muito bem o que estavam achando, Colombina!

— Nossa! Se você sabe, então por que está gritando assim?

Fico sem ar com sua pergunta sussurrada e ao ver, sob a seda transparente, seu braço todo tatuado com borboletas. Os desenhos sobre sua pele translúcida são muitos excitantes. Por alguns segundos, lamento não estarmos em nosso passado, quando poderia simplesmente puxá-la para meus braços e apertá-la.

— Vocês todos façam um intervalo de meia hora, por favor! — Embora acrescente o "por favor", ninguém tem dúvida de que estou dando uma ordem, sem nem mesmo desviar meus olhos de Kenya.

Quando foi que fez as tatuagens?

E o que significam?

Está tão deslumbrante que não consigo deixar de olhá-la vorazmente, inspecionando cada pedaço da sua pele.

Ouço os murmúrios da equipe afastando-se.

— Que roupa é esta, Kenya?

Mesmo usando um tom mais para Aleksei do que para Bim Bom, como ela costuma falar quando distingue meu estado de humor pela modulação que emprego na minha fala, não se deixa intimidar.

— Você não gostou? Pensei em fazer algo que combinasse com nossos cabelos. Afinal, não é por causa de sua peruca e do meu cabelo que vive dizendo que formamos uma dupla de fogo? Achei que uma roupa vermelha cairia bem em nosso número por causa disso.

— A roupa ou a falta dela?

— Não acho que falte roupa! Na verdade, acho-a bem discreta, porque a seda me cobre toda! Só no show é que não poderei usar a parte da seda por causa da aderência que precisaremos para estabilizar nossos movimentos de agarre. O que foi, Aleksei? Está com ciúmes?

— E se estiver? Como acha que um homem se sente ao ver uma equipe inteira cobiçar a mulher que mexe com suas estruturas? — Antes de conter minhas palavras, revelo logo o que me incomoda.

— Que besteira! Não percebi nada, a não ser minha expectativa para você me ver com esta roupa e eu poder te contar que bordei cada lantejoula pensando em te agradar.

— A mim? — Sua declaração me faz fechar os olhos e inalar seu perfume.

Sua fragrância é como uma essência que desperta em mim o desejo de consumi-la. Quero-a tanto e ela acaba de confessar que pensou em mim! Isso tudo, mais o desejo que venho acumulando desde a última vez em que me enterrei nela, deixa-me insano!

Meia hora nunca será, nem de longe, suficiente para matar minha saudade. De qualquer maneira, preciso estar dentro dela agora! Minha necessidade deixa-me trêmulo em antecipação.

— Você pensou em mim? — Certifico-me de sua resposta para seguir adiante com o que tenho em mente. Os dias longe dela foram como um inferno. Pensava nela dia e noite e, antes mesmo de chegar aqui, já estava determinado a passar por cima de minhas boas intenções em respeitar sua necessidade de tempo! Ter falado com ela todos os dias, várias vezes, não diminuiu em nada a saudade que senti.

— A cada lantejoula bordada... —sussurra, rouca. Perco definitivamente a sanidade e o pavio que explodirá o barril de pólvora, e minha libido acende-se sem chance de ser contida.

Como um ogro, pego-a e jogo-a sobre um ombro, caminhando em direção ao meu trailer, sem nem me importar com quem vê a cena pré-histórica.

A equipe de fotógrafos olha sem entender.

— Aleksei?! — Yuri chama.

— Agora não! Providencie alguma distração para a equipe até que nós voltemos. Estamos perdendo tempo à toa ainda aqui. Há pouco, tínhamos trinta minutos e, agora, se tivermos vinte e cinco é muito!

Nem dou chance para Yuri contestar ou dizer qualquer coisa e sigo adiante o mais rápido que posso.

— Preciso de um tempinho sozinho com você, Kenya! Não me negue isso! — Travo o maxilar, rangendo os dentes por causa da profunda excitação, ainda mais com suas nádegas fabulosas bem na minha cara, literalmente falando.

— Estou percebendo — fala, rindo levemente e pousando as mãos na base de minha espinha, fazendo-me salivar de desejo. — Mas, só para te trazer à realidade, estamos no meio de uma sessão de fotos!

Sem interromper meus largos passos, balanço a cabeça maliciosamente, rindo dos assobios que nos dão por onde passamos, sabendo que deve estar vermelha pelo constrangimento de todos perceberem muito bem o que vamos fazer.

— Não haverá qualquer sessão de fotos se não puder invadir você até o mais fundo que puder ir, nem que seja por alguns minutos! Ah, Kenya, eu te quero tanto!

Finalmente chegamos ao meu trailer e coloco-a em pé nos degraus, levando uma das minhas mãos ao seu rosto, deslizando os dedos por sua face, sentindo-a tremer. As veias do seu pescoço pulsam, deixando claro quanto também me quer. Fica rubra e isso me leva à morte. É justamente a cor que tinge suas faces a cada vez que grita meu nome quando está tendo um orgasmo.

— E onde me quer? — Suas palavras sussurradas têm efeito afrodisíaco duplicado.

— Agora, dentro do meu trailer! Mas para sempre no interior do meu coração, Kenya!

Seus olhos lacrimejam ao me olhar com fascinação.

— Sonhei tanto ouvir isso! — Seus braços enlaçam meu pescoço.

Mal abro a porta e já a tenho sob meu domínio, segurando-a pela nuca, beijando-a com todo a intensidade da minha saudade e todo o ardor de meu desejo.

Inclinando-se em minha direção, solta um gemido que me desperta o anseio de lhe arrancar muitos outros.

— Como senti falta do seu gosto, *moyá devushka*! — Não me canso de beijá-la, enquanto minhas mãos percorrem todo o seu corpo. — Da sua pele... — Inspiro fundo em seu pescoço, fechando os olhos, deleitando-me com seu cheiro único e matando a saudade que nutria dela. — Do seu cheiro... De você, meu amor! Como senti falta de você! — digo, rouco de desejo e excitação.

As lantejoulas da sua roupa pinicam e despertam um resquício de racionalidade em mim, o que me faz alertá-la, ofegante, antes que me deixe levar de vez pela paixão.

— *Devushka,* você tira sua roupa ou eu? Juro que gostaria de rasgá-la ao meio para ter acesso ao seu corpo mais rapidamente e me certificar de que ninguém mais a veja assim, mas, como você mesma disse, bordou cada lantejoula e quero que a coloque novamente para que eu sempre me lembre que cada uma delas representa o que significo para você.

Entre nós dois, em pé, um de frente para o outro, flui algo muito erótico.

— Eu tiro. — Kenya é tão rápida em responder quanto em se despir. Está tão necessitada de mim quanto eu dela.

Minha ereção pulsa, dolorida, enquanto solto os suspensórios da calça e abro os botões da camisa.

Nem conseguimos chegar ao quarto, nossa ânsia em ter um ao outro é tão grande que, após colocar desajeitadamente um preservativo que peguei no balcão, levanto-a com as pernas abertas, encaixo-as em minha cintura e encosto-a à porta que acabei de fechar... sem delongas, enterro-me nela num forte e profundo impulso.

Ah...

Por instantes, ambos pausamos e seguramos a respiração. Percome no azul dos seus olhos, sem condições de articular uma só palavra, só sorrio de felicidade. Sua respiração acelerada sopra quente em meu rosto, enquanto seus seios sobem e descem, encostados ao meu peito.

— Eu te amo, Kenya! Muito! Mas, neste momento, não tenho condições de ser doce, de fazer posições elaboradas ou de realizar quaisquer de nossas fantasias. Só posso fazer amor selvagem, intenso e rápido, enterrando-me em você até que não saibamos onde começa um e termina o outro! — Minha ereção pulsa, demostrando que não posso esperar mais.

Aperto sua bunda com minhas mãos e começo a bombear forte e intensamente, cada vez mais veloz, no compasso de seu balanço, tão desesperado quanto o meu! Suas unhas arranham minhas costas, cada vez mais profundamente, e ela balança seus quadris, gritando para eu ir mais fundo e mais rápido! Seus apelos desesperados são a minha perdição e, ao sentir suas paredes internas apertarem minha ereção, indicando que está perto de gozar, intensifico ainda mais os movimentos e, em segundos, ambos explodimos num orgasmo forte, gritando um o nome do outro, repetidas vezes!

Depois de um tempo, que não faço ideia de quanto foi, volto ao mundo real e levo-a no colo até o banheiro, colocando-a em pé no box. Dou-lhe um beijo suave e amoroso nos lábios, como se a agradecer pelo que acabamos de viver.

Ela levanta um de seus braços para tocar a tatuagem de meu rosto e revejo as borboletas ali tatuadas.

— Borboletas? — Vidrado, observo-a com um sorriso largo no rosto, feliz por estar novamente com ela e contente por vê-la manchada por minha maquiagem. Também me sinto orgulhoso por ter tanta personalidade a ponto de tatuar seu corpo. — Quando foi que as fez?

— No dia seguinte ao que você foi para São Paulo. Elas significam a minha metamorfose. Pode ver que começam da menor, terminando numa maior... — Dando de ombros, graciosamente, encanta-me ao contar o que representam para ela. — Assim como a contorcionista aguardou que todas as *matryoshkas* fossem retiradas para ser descoberta na menor delas, sinto como se, ao contrário, eu tivesse saído de dentro de um casulo para ser feliz e livre. Como a lagarta, tive que sofrer muito para romper minha casca protetora, mas, a despeito disso, valeu a pena, porque, ao me desenvolver e descobrir o mundo externo, como a borboleta, tornei-me capaz de saber que posso voar para onde quiser.

Como minha menina é doce e sábia! Sou mesmo um cara de sorte por tê-la todinha para mim.

— Elas são eróticas e sexy. Fico feliz por suas descobertas e crescimento, tão importantes a ponto de você querer registrar em seu corpo! — Dou-lhe um beijo terno e ligo o chuveiro. — Venha se banhar comigo, minha borboleta Colombina, para depois podermos voar juntos.

Hesita, mas, ainda com uma das mãos em meu rosto tatuado, questiona, baixinho:

— O que significa esta em seu rosto?

Embora pareça que ela pense que tenha um significado complexo, é muito simples, mas que representa o que eu mais queria alcançar após tantas cirurgias e dores...

— Paz, *moyá lyúbímaya*! Esta tatuagem nunca significou tanto para mim como agora. Porque é o que você me traz: paz.

— Eu te amo, Aleksei!

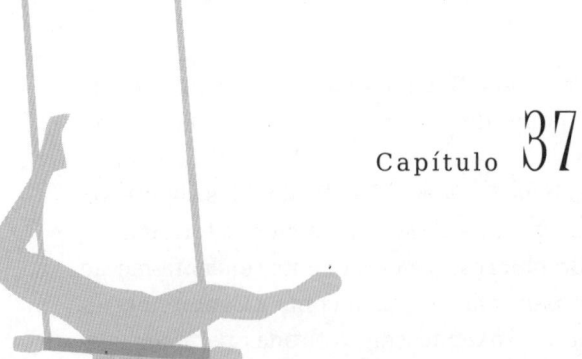

Capítulo 37

Parceria e confiança em movimento

Kenya

— Kenya, tem certeza de que quer fazer este show, *moyá lyúbímaya*?

Aleksei segura minhas duas mãos, olhando-me firmemente nos olhos, ainda com dúvidas quanto à minha confiança nele.

— Nunca tive mais certeza de algo na minha vida do que nisso, *moy lyúbimiy*!

— Você sabe que jamais poria sua segurança em risco, não é?

Está aflito, talvez o único em dúvida aqui, como se meu amor e a confiança que tenho nele, como homem e profissional, não fossem tão intensos e profundos. Seguro seu rosto cheio de maquiagem entre minhas mãos, olho firmemente em seus olhos, para que possa não apenas ouvir, mas sentir toda a devoção e entrega que lhe dedico.

— Aleksei, amo você como meu patrão, um exímio trapezista, um ousado globista, um certeiro atirador de facas, mas, por Bim Bom, sou absolutamente alucinada! Estou completa e irrevogavelmente apaixonada pela doçura, pelo humor e pelo encanto deste palhaço maravilhoso que você é! Juntando todos, não tenho nem um pingo de dúvida quanto a entregar minha vida, minha segurança e meu coração para todos, sem qualquer condição ou restrição.

Seus olhos lacrimejam e vejo todo o meu mundo em suas profundezas, que só exprimem amor e adoração.

— *Ya lyúblyu tyebiá*[47], Kenya!

— *Ya lyúblyu tyebiá*, Aleksei!

Nossos lábios se aproximam e nos beijamos com ternura e carinho, como se selando nosso destino inseparável e duradouro.

Mas, de repente, Bim Bom é puxado de um lado e eu de outro, com Lara dizendo que, aparentemente, tudo o que tinha profetizado havia dado certo e Yuri, que havia puxado meu amor, acrescenta que se continuarmos assim, terá que comprar antiácidos para si mesmo.

Na verdade, apenas estão tentando nos avisar de que é nossa hora de nos posicionarmos nos devidos lugares. O espetáculo tem que continuar! Com um último beijo, seguimos cada um para seu lugar, aguardando a chamada.

Respeitável público! Ele, o irreverente, o destemido e o mais do que nunca palhaço... Biiiiiim Boooooom...

Ela, a bela, a leve e a sempre mágica... Contorcionista Colombina...

Num show de beleza, magia, humor e muita confiança!

Ao fundo, começa a tocar a música tema *Alegria*, do Cirque du Soleil, onde Aleksei trabalhou por um tempo. Da escuridão, surge nada mais nada menos do que Bim Bom, como se a levitar, no alto da lona do circo, pendurado num balanço de trapézio minúsculo, com todas as luzes a convergirem para ele. Parece tão lindo em seu mágico colorido que me emociona!

Alegria / Como um raio de vida / Alegria / Como um louco a gritar / Alegria...

Balança, vira e, de repente, numa posição de ponta-cabeça, escorrega e a plateia grita, aflita. Confesso que eu também, mesmo sabendo que se trata de encenação.

Segura-se ao balanço, com o cabo de seu guarda-chuva, e abre um sorrisão esperto, pedindo palmas, ainda pendurado. O público ri e aplaude ao mesmo tempo, num misto de alívio e deslumbramento, vendo-o voltar a se sentar no balanço. Ah, meu doce palhaço!

De um delituoso grito / De uma triste pena, serena...

A música continua rolando...

As luzes dirigem-se para cima, e... esta é minha deixa. Focam em mim, vestida com meu famoso macaquinho vermelho colante e fluorescente. Começo a descer, desenrolando-me de um tecido, tão rápido

---

[47]Я люблю тебя, "eu te amo", em russo.

que parece que não conseguirei parar antes de atingir o solo. Giro... giro... Mas paro na mesma altura em que meu querido palhaço está.

Bim Bom, entusiasmado, fica em pé no balanço, estende um dos braços e tenta me pegar, estabanado. Mesmo louca para me jogar em seus braços, continuo presa ao tecido apenas pelas pernas, de ponta-cabeça.

Ele não consegue me alcançar, obviamente, e, desafiante, fica na ponta de apenas um dos pés, estende um braço em direção a mim, que não paro de girar no tecido, enrolando-me em mim mesma, como se não o vendo, fazendo várias coreografias. Como não o veria? O meu amor!

Bim Bom tanto se estica que balança e cai, rodando no balanço, preso apenas por um de seus botinões.

A plateia chega a se levantar!

Mas eu nunca o deixaria cair, nem no show, tampouco na vida real! Chego até ele, deposito um beijo em sua face e, estimulada pelo carinho, a flor de seu chapéu abre, como se a florescer em direção ao Sol.

Todos riem, encantados diante daquele enorme girassol que se abriu por causa de um beijo delicado. Tenho até medo de perder a concentração, tão tocante é a cena que não esperava. Esse bandido me surpreendeu!

Imitando uma delicada criatura alada, tento ajudá-lo a voltar ao seu lugar, porém finjo perder o apoio dos tecidos e, prestes a cair, sou segurada pelas mãos de Bim Bom. A plateia grita, suspira, e... silêncio total! Todos receosos de que nós dois caiamos. Seguro forte nas mãos do meu amor, porque sei que jamais me deixará correr qualquer perigo.

Bim Bom consegue levar o outro pé ao balanço e começa a fazer um movimento de vai e vem, me balançando junto pelas mãos. Para cá... para lá... O ritmo do vai e vem vai aumentando e, de repente, Bim Bom me solta e sou lançada no ar. Num arremesso certeiro, consegue me fazer voltar a agarrar o tecido, embora, com a força do movimento, quase caia novamente. Suspense! Após muitas oscilações, não apenas se equilibra, mas consegue voltar ao balanço, sentando-se novamente.

Olha para o público, com seu sorriso safado, e pede palmas.

Mas, a seguir, sacode a cabeça, começa a procurar e finge que, finalmente, percebe que continua distante de mim, seu amor.

Enquanto isso, sigo com minha sequência de movimentos no tecido.

Ao ver que começo a me desenrolar cada vez mais, faz gestos efusivos, indicando que quer descer, mas ao público parece que ninguém o ouve.

E continuo descendo...

Como se não pudesse ver sua amada ir para longe dele, sem pensar, ele joga-se, pulando de ponta.

Não se ouve nem sequer um barulho, apenas a música.

Quase a atingir o solo, paro, olho para cima e estendo os braços para meu amado, como se em desespero. Como se querendo poder segurá-lo em meus braços.

Bim Bom continua caindo... caindo... Direto na rede de proteção, com seu guarda-chuva rosa-choque aberto. Ele agita o braço livre e, descarado, pede mais aplausos, pulando da rede para o chão e abrindo os braços para me receber no colo, nos quais me coloco sem demora. Já estou com saudade!

Passo a mão em um lado de seu rosto, num gesto de carinho, deposito um beijo no outro e desço de seus braços. Ele olha para a plateia, com um olhar deslumbrado e babão, e todos explodem numa gargalhada ao ver a frente de sua calça levantar. Confesso que é difícil, para mim, manter a expressão impassível, porque a cena, junto com sua expressão desalentada, é muito divertida.

Volto a me concentrar, começo a fazer movimentos incríveis e absolutamente espetaculares ao som da música envolvente, enquanto Bim Bom posiciona-se em pé, num equipamento alto que parece uma perna de pau gigante, mas onde fica com os pés apoiados e a cintura presa por um uma correia grossa.

Se a plateia pensa que já viu tudo, que se prepare!

Subo até o pedestal pelo tecido, e, ao som da música, danço ao redor de Bim Bom, que tenta abraçar-me, sem sucesso, porque, mesmo querendo seu abraço, tenho que seguir o script. A perseguição desperta muitos risos na plateia, com ele sempre abraçando o ar em vez de mim.

Finalmente, é hora de subir em seus ombros. Ele estende as mãos, nas quais piso. De repente, pelos meus pés, ele me balança e eu oscilo para baixo e para cima, com velocidade.

A plateia grita, assustada, sem esperar tal movimento. Os gritos aumentam ainda mais quando Bim Bom, numa das minhas voltas para cima, me solta e saio girando em direção ao alto. Na volta, agarra-me pelas mãos e é possível ouvir os suspiros de alívio da plateia.

Subo novamente nos ombros dele, que faz mais movimentos, como se aguardando as palmas, que logo vêm. Mas nós, dois loucos, não paramos, e ele me arremessa, desta vez pelos pés, numa série de movimentos em que me lança no ar, comigo girando de diferentes maneiras, mas sempre voltando para as mãos dele, que nunca me deixam cair. Não damos trégua à plateia, continuamos a série sem cessar e quase matamos todos de emoção e de medo, embora, na verdade, nós dois estejamos nos divertindo!

Quando o público acredita que já fizemos todas as loucuras possíveis e que não há mais nada de celerado e perigoso, Bim Bom venda-me e começa a me lançar no ar, numa série muito rápida e incessante de movimentos. Muitos gritos do público pela expectativa e pelo encantamento, até que, numa das vezes em que me lança, em minha volta, Bim Bom segura-me no colo, tira minha venda e puxa-me para um longo e lindo beijo na boca.

Hum, isso é tão bom! Quase me esqueço de onde estamos e o que estamos fazendo, embalados pela música, num assalto de felicidade tão extremo que realmente o feliz e mágico sentimento furioso que é o amor nos envolve.

A plateia vai definitivamente ao delírio, levantando, batendo palmas, assobiando, gritando... Somos ovacionados por muito tempo.

Descemos da engenhoca e vamos, de mãos dadas, para todos os lados do picadeiro, agradecendo ao público, com Bim Bom sempre tropeçando nas pernas e eu tendo que ajudá-lo.

Após o que parecem horas, tudo fica silencioso, e Bim Bom ajoelha-se à minha frente. Ai, isso não fazia parte do que ensaiamos! O que será que esse meu louco amor vai aprontar?

Pega minha mão e, de seu bolso, tira algo e me estende. Pelo telão, o público pode acompanhar tudo.

Estendo a mão e pego o mimo, olho e começo a gargalhar, erguendo-o no ar para todos verem. É uma maria-mole!

Bim Bom, indignado, balança a cabeça e faz um gesto para que eu coma o doce. Rindo, dou uma mordida e paro. Levo a mão à boca, da qual tiro algo duro que mordi com o doce.

Suspense!

Arregalo os olhos ao perceber o que é! Olho para meu Bim Bom e abro um enorme sorriso, que se torna uma gargalhada. Só ele mesmo!

Ri comigo e abre os braços, levantando a cabeça várias vezes, como se a me perguntar algo. Não poderia dar qualquer outra resposta que não fosse acenar afirmativamente. Pega o objeto das minhas mãos e coloca-o no dedo anelar da minha mão direita. A câmera dá um zoom para o lugar, onde todos podem ver um anel de plástico verde, com uma luz a piscar sem parar...

Uma vez mais, todos começam a gargalhar e a aplaudir, até que Bim Bom e eu saímos do picadeiro, sob aplausos estrondosos.

Ao chegarmos ao camarim, os artistas nos recebem com gargalhadas e aplausos. Bim Bom faz gestos para todos ficarem em silêncio.

— Kenya, você me contou do dia em que Lara foi até você e fez uma de suas profecias, que as palavras não lhe pareciam fazer muito sentido. Só que, para mim, pareciam tão ligadas ao que estava acontecendo e ao sentimento forte que já estava nutrindo por você que as guardei na memória, exatamente como me falou, para poder repeti-las para você no momento oportuno.

Fico um pouco receosa, porque a maioria das profecias de Lara não eram muito animadoras, mas, se Aleksei a manteve na memória e a julga importante, então, só me resta aguardar, com o coração aberto.

— Diga, *moy lyúbimiy!*

— Ela disse: *"Embora tudo pareça obscuro, a luz está dentro do ovo, esperando para renascer. O que está escondido será revelado e o que está revelado será desmascarado! O horror e a raiva serão curados e a tirania, castigada. Muitas águas correrão, mas o lírio, no pântano, nascerá, depois de tempestades. Durante o caminho, tente ser feliz, porque isso também será possível"!*

Lágrimas começam a cair de meus olhos, porque, de fato, só agora tudo faz sentido para mim, e Lara foi extremamente precisa, embora não tivesse ideia disso nem se lembrasse de nada depois. E, graças a Deus, apesar de tantos encontros e desencontros, eu e Aleksei, ainda assim, tivemos muitos momentos felizes.

De joelhos à minha frente, percebo que Aleksei também compreende tudo e está tão emocionado quanto eu. Respirando fundo, continua:

— Você sabe que não damos muita importância para convenções, principalmente porque estamos ligados a tantas culturas diferentes que não dá para termos muitos apegos nesse sentido, mas esse anel que lhe dei, embora de plástico e muito escandaloso...

Todos nós rimos, olhando para aquele anel de brincadeira, como um farol em seu piscar intermitente.

— ... esse anel simboliza meu compromisso eterno com você e minha dedicação e amor inquestionáveis. Para mim, a partir deste momento, tendo nossa grande família circense como testemunha...

Olha em volta e percebo que, com exceção das dançarinas que fazem uma coreografia para dar tempo de preparar o picadeiro para o próximo show, todos os artistas estão à nossa volta: Iva com seu mais "novo-velho namorado", o Juarez; Micha, que veio porque disse estar precisando liberar as tensões no globo da morte; Lara, surpreendentemente amparada por Yuri; minha equipe; Stepanov e Mariana, com o bebê Olaf no colo; e tanta gente linda que nem consigo nomear todos, inclusive a figura mais controvertida que todos vivem a citar e que só conheci hoje, poucas horas antes do espetáculo, a temível e incontrolável gêmea Katyusha!

— ... você se torna minha mulher, minha companheira de vida, a artista principal do meu coração, sem necessidade de nada mais para selar este nosso compromisso. Se quiser, passarei por quaisquer formalidades e cerimônias que deseje. Elas podem reafirmar tudo o que sinto por você, mas serão apenas isso, formalidades, porque o meu amor é único, eterno, real e não necessita de aprovação de nenhuma instituição do mundo. Seu "sim" é suficiente para selar nossa união.

Ouço suspiros e fungadas à minha volta! Na verdade, acho que até são meus também! Estou emocionada demais! Sei o que representam as palavras de Aleksei e sinto-as como uma expressão dos mesmos sentimentos que carrego dentro de mim em relação a ele. É tudo o que uma artista de circo poderia desejar e sonhar, ter seu amor propondo compromisso de uma vida e declarando sua absoluta dedicação e amor diante de todos os que nos são importantes.

Olha para mim em expectativa, como se não soubesse o que eu responderia... Que tolinho adorável é esse meu Bim Bom!

— Sim, sim, e dez mil vezes siiiiiim!!!

Todos explodem em gritos, assobios e palmas, enquanto Bim Bom levanta-se, carrega-me nos braços e grita para todos.

— Pessoal, bom show para vocês. A partir de hoje até daqui uma semana, Yuri está responsável por tudo! Kenya e eu estaremos em nossa merecida e deliciosa lua de mel!

Em meio a risos, palmas e assobios, sai do circo carregando-me e vai em direção ao trailer. Quando chegamos, no lugar de seu trailer, há um maior, mais bonito e pintado com figuras minhas e de Bim Bom, feitas na tarde em que me sequestrou da sessão de fotos como um troglodita maravilhoso! Apertando-o ainda mais com meus braços, beijo-o com muito amor, intensidade e emoção, ao que sou correspondida na mesma medida.

Entra no trailer, não sei como, já que continua a me carregar e a me beijar. Afasta-se um pouco.

— Bem-vinda ao nosso lar e ao início de nossa vida de casados.

— Aleksei, nunca imaginei que podia ser tão feliz e ter como meu especial uma pessoa tão completa e maravilhosa como você.

Moy lyúbimiy, é o mais especial dos especiais que uma mulher poderia desejar.

Emocionado, coloca-me no chão e faz um sinal para aguardar. Vira-se e abre um armário, de onde tira uma caixa de presentes.

— Embora não sejam mais fabricados, tinha que providenciar um para você, mesmo não sendo da família que criou todos os outros. Acho que representa bem o nosso amor, tendo um pouquinho de você, um pouquinho de mim e bastante de nós dois juntos.

Tremendo de emoção, começo a rasgar o papel. Não aguento de expectativa para ver o que é. Nunca fui paciente e tenho a desculpa de não ter tido oportunidades de receber presentes, então, posso ser afoita.

A caixa é linda, mas, para falar a verdade, não demoro admirando-a. Estou louca para saber o que tem dentro. Vejo que Aleksei está tirando a maquiagem com rapidez, rindo de meu entusiasmo e da minha fúria ao abrir o pacote.

— Só esqueci de lhe dizer que é frágil, talvez esteja quebrado quando abrir após ser tão balançado com sua pressa...

Ri quando paro, olhando assustada para ele, com receio de ter quebrado meu presente.

— Ah, sério?

— Não, *moyá devushka*, embora possa quebrar, não acontecerá só por causa dessa sua pressa juvenil. Estava brincando com você. Continue! Estou amando ver você assim.

Mostro a língua para ele e continuo abrindo.

Dentro da caixa, vejo um objeto oval. Coloco a mão e começo a puxá-lo e descubro que é uma linda e maravilhosa cópia de um ovo Fabergé que, num dos lados, tem um retrato meu e de Aleksei, tirado na tarde da sessão de fotos, quando nós já havíamos retirado as roupas e maquiagens, dentro de uma moldura redonda dourada toda trabalhada! É lindo! Um primor! Muito bem-feito! No outro lado, a mesma moldura, só que com a contorcionista e Bim Bom! É uma miniatura do cartaz que fizemos para o show que acabamos de apresentar! Que lindo!

Novamente começo a derramar lágrimas.

Aleksei passa o indicador por uma delas.

— Abra o ovo, Kenya!

Olho novamente para o ovo e vejo que tem um mecanismo que o faz abrir. Conforme vai sendo aberto, de dentro sai um pássaro para um lado e uma *matryoshka* do outro, ambos muito bem trabalhados em dourado. Vejo que o pássaro é uma fênix, que representa Aleksei porque, das cinzas da tragédia, renasceu como um homem forte e bem-sucedido. Claro que a *matryoshka* representa a mim mesma!

— Isto é simplesmente fantástico, *moy lyúbimiy*! Uma obra de arte que consegue simbolizar muito bem nós dois!

— Sim, *devushka*! Quis colocar ambos juntos num ovo, simbolizando nossa união. Por isso é que, dentro do ovo, debaixo da fênix e da *matryoshka*, estão meu nome e o seu, com a data de hoje. Mas há algo mais no ovo. Observe bem!

Emocionada demais, já nem contenho as lágrimas, deixo que caiam livremente, são de emoção e felicidade! A delicadeza e a sensibilidade de Aleksei são tocantes! Esse homem que, claro, também tem seus defeitos, é o que chega mais perto da perfeição de um príncipe encantado. Não imaginaria nunca poder ser a felizarda companheira de alguém assim. Volto a olhar para o interior do ovo e reparo que, sobre a almofada vermelha, algo brilha. Insiro a mão para pegar o objeto e encontro um anel maravilhoso, com uma pedra de rubi simplesmente linda!

Olho maravilhada para Aleksei.

— Claro que o anel de plástico é importante, mas foi dado pelo Bim Bom à Contorcionista Colombina. Este é de Aleksei, e tudo o que ele é, para a linda e maravilhosa mulher dos cabelos vermelhos, Kenya! *Ya lyúblyu tyebiá, moyá lyúbímaya! Moyá jena,*[48] Kenya.

Sufocada pela emoção, com lágrimas de alegria escorrendo pelo rosto, faço um enorme esforço para lhe dizer o que quero. Iva tem me ajudado com o russo, sabendo que desejo surpreendê-lo. Sei muito bem o que falou e o que quero lhe responder.

— *Ya lyúblyu tyebiá, moy lyúbimiy! Moy muj,*[49] Aleksei!

Abre seu sorrisão lindo, que sempre me encanta, beija-me com sensualidade, pega-me nos braços, e seguimos em direção ao nosso futuro.

Volto meus olhos aos céus e agradeço, porque Aleksei é o especial que eu sonhava ter em meu "felizes para sempre", um homem ressurgido das cinzas, que se tornou a joia mais linda da minha vida! Para mim, definitivamente: A Fênix de Fabergé...

Конец[50]

---

[48]Моя жена, "minha esposa", em russo.
[49]Мой муж, "meu esposo", em russo.
[50]Pronuncia-se koniêtz e significa "fim", em russo.

Agradecimentos

Convidar Cassandra para se aventurar nesta história foi a melhor decisão que poderia ter tomado. Sempre contei com sua sabedoria e talento em outros trabalhos. Obrigada, sua linda, por embarcar comigo neste projeto! Amei cada segundo e já sabe que espero que nossa parceria se perpetue.

Entre os muitos anjos que me iluminam, sempre ressalto meu marido, Milton, e meu filho, Gabriel, agradecendo ao papai do céu por tê-los colocado na minha vida, meus maiores muros de arrimo.

Obrigada a amigas muito queridas, como Suzete Frediane, Ana Carolina Ribeiro, Maria Augusta, e Cleide Natal de Alcântara pela revisão de meus textos, além de Mari Sales, minha espécie de personal de imagens e diagramação. Finalmente, agradecimentos sem fim ao grupo de divulgação das Suezetes. Amo vocês!

SUE HECKER

Fazer agradecimentos não é uma tarefa fácil. Há tantos seres maravilhosos e acontecimentos de nossas vidas que nos levam até um determinado lugar e a um ponto específico, que é impossível dar o devido crédito a todos!

Mas preciso agradecer ao "Grande Ser lá de cima", à querida Sue Hecker, que gentilmente me convidou para escrever esta história, e a duas criaturas essenciais, necessárias e prêmios em minha vida: *Memé*, que me proporcionou voltar a este mundo, sempre pacientemente me ensinando tudo o que pudesse, e *Mimin*, a Luz que ilumina meu caminho todos os dias... Obrigada, mãe e filha!

Querida amiga Geisla, que me acompanhou e foi leitora crítica durante a criação desta obra. Amadas Liliane, Viviane, Telma, Elaine, Suzete, Andréia, Mari e meninas do Suezetes, entre tantas outras, valeu pelo apoio e divulgação que culminaram nesta publicação! Agradeço à equipe da *Agência de Notícia e Rádio Sputnik*, fonte riquíssima e inesgotável de informações para quem se interessa pela admirável cultura da Rússia.

CASSANDRA GIA

Este livro foi impresso em 2018, pela Santa Marta, para
a HarperCollins Brasil.
A fonte usada no miolo é DejaVu, corpo 9.
O papel do miolo é Pólen soft 80g/m².